퍼펙트 커플

Perfect Couple

©

퍼펙트 커플

재키 캐블러 장편소설 | 김효정 옮김

BOOK PLAZA

Perfect Couple

출장을 마치고 집에 돌아와 보니 남편이 사라지고 없다면?

1

가장 먼저 감지한 것은 집 안에 흐르는 정적이었다. 대니 주위에는 항상 소리가 따라다니는데. 노래를 부르거나 흥얼대는 소리, 노트북 키보드를 탁탁 두드리는 소리, 도자기 잔에 숟가락을 달그락달그락 부딪치는 소리. 그는 설탕도 넣지 않은 블랙커피를 한참이나 힘차게 젓는 습관이 있다. 섞을 게 뭐 있다고? 나는 정신 사납다고 투덜대면서도 그가 만들어내는 소음을 사랑했다. 대니를 만나기 전 오랫동안 혼자 살았기에 끊임없는 소음은 그와 교감하고 있다는 느낌을 주었다. 내가 살아있고 행복하다는 느낌도. 그래서 그날 저녁 현관문을 밀고 열쇠를 빼내면서, 거실에서 들려올 요란한 환영 인사나 주방 문틈으로 내민 웃는 얼굴을 기대했던 내게 싸늘한 파도처럼 실망이 밀려왔다.

"대니? 자기야, 나 왔어. 어디 있어?"

대니를 부르기도 전에 그가 집 안에 없다는 사실을 알았지만, 전등을 켜고 여행 가방을 현관문 옆 탁자에 툭 내려놓은 다음 집 안을 둘러보기 시작했다. 반질거리는 나무 바닥에 내 발소리가 울렸다. 방문을 하나씩 열어 깜깜한 빈방을 확인할 때마다 점점 표정이 일그러졌다. 어디 있는 걸까? 대니는 어제 자기 전에 보낸 이메일에서 내가 돌아올 때쯤 저녁을 차려놓고 기다리겠다고 약속했다. 약속까지 했는데. 집에 돌아온 금요일 밤을 한껏 즐기기 위해 가장 좋아하는 스파클링 와인 한 병을 차게 식히러 주방으로 향하면서 나는 그 이메일을 떠올렸다. '혹시 잊은 건가…'

"뭐야, 대니. 당신, 어떻게 그럴 수 있어?"

냉장고 내용물을 살폈다. 목요일 아침과 똑같은 상태였다. 반쯤 남은 우유 한 통, 한쪽 귀퉁이가 잘려 나간 치즈 덩어리, 네 개가 빠진 소시지 한 팩. 없어진 소시지는 내가 취재 여행을 떠나기 전 아침 식사로 먹어 치웠다. 와인도 없다. 신선 식품은 흔적도 없다. 장도 안 봤나? 무슨 일이 있었나? 직장에 일이 생겨서 늦는 건가? 오늘은 점심때 일이 끝나니 기분전환 삼아 슈퍼마켓에 다녀올 시간이 충분하다고 했었는데. 평소 토요일 아침에는 내가 장을 보러 간 사이 대니는 집에서 진공청소기를 돌리고 선반 위의 먼지를 턴다. 브리스톨의 고급주택가 클리프턴에 위치한 아름다운 집으로 이사하면서부터 정착된 규칙이었다. 오늘은 우리가 정한 이 소소한 규칙에서 잠시 벗어나기로 되어 있는 날이었는데. 원래 안 그랬던 사람이 이사한 이후로는 집안일을 더 돕겠다고 나섰다. 내가 귀찮아하는 일들을 덜어주겠다는데 마다할 이유는 없었다. 새집에 이사 온 지 딱 3주째였지만 내가 봐도 최근의 생활은 '깨가 쏟아지는' 신혼 생활 그 자체였다.

"토요일엔 늦잠 좀 자면서 푹 쉬어, 젬마. 근사한 호텔에서 화끈하게 놀다 보면 오죽 피곤하겠어?" 대니가 식탁에 차려진 영국식 아침 메뉴 위로 허리를 굽혀 내 아랫입술에 묻은 케첩을 닦았다. 그의 손가락이 내 피부에 부드럽게 와 닿았다.

"일하러 가는 거거든." 나는 그의 코앞에 포크를 흔들며 씩 웃고는 검은 소시지 한 조각을 더 찍었다. "모르지…, 나도 좀 방탕하게 즐길지도."

"어련하시겠어. 기자들이야 다들 일에도 음주에도 열정을 불태우는 사람들이잖아."

나는 음식을 꿀꺽 삼키고 웃음을 터뜨렸다. "그럴 리가. 술을 몇 잔 마시기는 하겠지만 11시에는 다들 곯아떨어질걸. 그 모임엔 기가 다 빨린 엄마들이 많거든. 하루 저녁 아이들을 떼 놓는다는 건 오래간만에 푹 잘 수 있다는 뜻이니까."

그가 두툼하고 짙은 눈썹을 추켜세웠다. 예전에는 일자눈썹이 었는데 언젠가 내가 침대에 눕혀놓고 족집게를 휘두른 결과물이 었다. 도저히 못 믿겠다는 듯 우스꽝스러운 표정을 짓는 그를 보니 다시 웃음이 터졌다.

"아, 그만 좀 해."

"입도 뻥긋 안 했거든!"

그는 의자에서 벌떡 일어서더니 앉아 있는 나를 꼭 끌어안고 머리카락에다 속삭였다.

"보고 싶을 거야. 그래도 즐겁게 지내다 와. 당신은 그럴 자격 충분하니까."

'그래놓고 대체 어디 간 거냐고, 대니?' 나는 냉장고 문을 쾅 닫고 얼룩말 무늬 외투 호주머니에서 휴대폰을 꺼내려다가 문득 떠올렸다. 망할. 대니는 새 직장에서 아직 업무용 휴대폰을 지급받지 못했다. 계속 미뤄지다가 마침내 다음 주 월요일에 나오는 모양이었다. 이전 직장을 나오면서 쓰던 휴대폰을 반납하는 바람에 그는 한동안 휴대폰 없이 지내는 중이다. 그의 사무실에 전화를 걸어 야근 중인지 물어볼까 잠시 고민하다가 한숨을 쉬며 생각을 바꿨다. 퇴근이 좀 늦다고 어디 있냐며 호들갑을 떠는 건 아무래도 꼴불견일 터였다. 그럼 이메일을 보낼까? 그가 태블릿은 갖고 다니니까. 이메일은 지난 몇 주간 우리가 서로의 소재를 파악하는 데 꽤 유용했다. 지금까지는 쓸 일이 없었지만 둘 다 비상용으로 스카이프 계정도 갖고 있었다. 사무실에 전화하는 거나 스카이프나 과하기는 마찬가지다 싶었다. 역시, 이메일을 써야겠다.

식당 의자에 걸터앉아 자판을 두드렸다.

나 집에 왔어. 자긴 어디야? 그보다 내 저녁은 어디 있는 거야? 내 와인은!? —젬마—

발송 버튼을 누르고 시간을 확인한 다음 한숨을 쉬며 일어섰다. 7시를 조금 넘긴 시간. 짐을 정리하고 뜨끈한 물로 샤워를 하고 옷을 갈아입어야지. 요리를 하는 대신 배달을 시켜도 되고. 대니가 집에 오는 길에 술을 좀 사 올지도 모른다. 주방을 둘러보니 적어도 설거지는 해놨고, 싱크대 표면을 말끔히 닦고 식칼도 나무 칼꽂이에 가지런히 정리해두었다. 눈에 띄는 얼룩 한 점 없었고, 공기 중에 표백제 냄새가 희미하게 감돌았으며, 스테인리스스틸 후드도 반짝반짝 윤이 났다. 가벼운 짜증이 눈 녹듯 사라졌다. 아무래도 일 때문이겠지. 귀가가 늦어지는 건 대니 탓이 아니다. 이제 곧 집에 올 테고. 어깨에 걸친 외투를 벗어 던지고 가방을 가지러 복도로 갔다.

2

"이것 참. 형제라고 해도 믿겠어요. 우연일까요? 팀장님은 어떻게 생각하세요?"

데번 클라크 경사는 어깨 너머를 흘끗 돌아봤다. 뒤에 서 있던 헬레나 디킨스 경감이 천천히 고개를 끄덕이며 짙푸른 눈으로 사건 현황판에 붙은 두 장의 사진을 응시했다.

"글쎄. 아직은 모르지. 그래도 둘이 소름 끼치게 닮기는 했네. 신기하다."

헬레나는 시계를 보았다. 7시가 막 지난 시간이었다. 그녀는 한숨을 쉬며 수사본부를 향해 몸을 틀다가 등허리의 찌릿한 통증에 인상을 살짝 구겼다. 어젯밤에 너무 빨리 오래 달린 탓이리라.

"자, 다들 이쪽으로 모여 봐요. 금요일 저녁에 참 미안하게 됐지만, 두 번째 살인 사건이 일어났으니 주말이고 뭐고 쉬기는 다 글렀네요. 지금까지의 수사 자료를 다 같이 검토하면서 사건을 정리해보죠. 역할도 분배하고요."

그녀는 잠시 기다렸다가 현황판 쪽으로 돌아섰다. 의자가 삐걱대고 발이 질질 끌리는 소리가 요란하다가 금방 조용해졌다. 한시간 전부터 내리기 시작한 비가 창문을 다급히 두드렸고 공기 중에는 김빠진 커피 냄새가 짙게 감돌았다.

"고마워요. 이 중에 우리 수사를 지원하러 오늘부로 브리스톨에 파견 온 분들도 계시죠. 감사드립니다. 저는 수사팀장 헬레나 디킨스 경감입니다. 이쪽은 데번 클라크 경사고요."

그녀가 손짓하자 데번은 머리를 꾸벅 숙였다.

"에이번 경찰서에 이렇게 단기간에 살인 사건이 두 건이나 접수된 게 얼마 만인지 모릅니다. 그러니 바쁘게 움직여야겠습니다. 현재로서는 두 사건의 연관성을 추정할 단서가 없습니다. 아직 법의학 보고서가 나오지 않았으니까요. 하지만…." 그녀는 말을 멈추고 데번과 눈을 맞췄다. "그럼, 처음부터 설명해보죠. 데번, 머빈 엘리엇에 대해 확인된 사실을 말씀해주세요."

"알겠습니다." 데번은 고개를 끄덕이고 목청을 골랐다.

"자, 이 사람이 머빈 엘리엇입니다." 그는 현황판 왼쪽 상단에 붙은 사진을 가리켰다.

"32세, 남성복 매장 관리자. 캐벗 광장에 있는 최신 유행 의류 매장 중 한 곳이죠. 독신에 이성애자이며 자녀는 없고 항구 근처의 아파트에서 혼자 살고 있었습니다. 그의 시신은 2주 전인 2월 13일 수요일 이른 아침에 클리프턴 다운에서 개를 산책시키던 사람의 눈에 띄었습니다. 여기, 스토크 로드 인근 레이디스 마일에서 약간 떨어진 위치죠." 그가 지도에서 부촌 클리프턴의 북쪽에 자리 잡은 널찍한 광장인 다운스를 가리켰다. "시신은 관목, 덤불 따위에 가려져 있었습니다. 사망 추정 시간은 발견 시점보다 약 10~11시간 전이니까 전날인 12일 화요일 밤 7~8시 사이입니다. 사인은 머리에 가해진 타격이고요. 그밖에 큰 부상은 없습니다. 살해 도구도 발견되지 않았고요."

데번은 잠시 멈추고 코를 문질렀다.

"지금까지 조사한 바로는 착하고 평범한 남자였답니다. 말씀드렸듯이 혼자 살면서 일에만 몰두했고요. 동료들에 따르면 최근에 별난 데이트를 즐겼다고 합니다. 대개 온라인에서 만난 여자들이었는데 진지하게 교제하는 상대들은 아니었다는군요. 사교적인 성격이라 밤에 나돌아다니는 건 좋아했지만 마약은 손에 대지 않았고 술도 과한 편이 아니었답니다. 운동에 푹 빠진 헬스클럽 회원이었고요. 그가 살던 아파트가 위치한 항구 인근에 24시간 영업하는 대형 헬스클럽이 있습니다. 자기 앞가림도 잘했고 전과 기록도 없었습니다. 살해당할 동기도 전혀 찾지 못했고요. 죽은 날 밤에 밖에서 러닝을 했던 것으로 추정됩니다. 발견된 시신이 운동화와 운동 장비를 착용하고 있었으니까요. 꽤 비싼 스포츠 시계를 찼고 주머니에 괜찮은 휴대폰도 있었지만 누가 건드린 흔적은 없었습니다. 다운스 일부 지역에는 밤만 되면 섹스 상대를 찾아 어슬렁거리는 사람들이 있지만, 시신에는 최근에 성행위를 한 흔적이 없었고 머빈이 그런 목적으로 그쪽으로 갔다는 증거도 없습니다. 지금까지는 그가 습격을 당하는 장면을 목격한 사람도 전혀 찾지 못했고요. 물론 꽤 어둑할 시간이죠. 어쨌든 아직 수사를 진척할 실마리가 거의 없습니다. 쓸 만한 법의학 증거도 안 나왔고요. 아무것도요."

갑자기 뒤편의 책상에서 전화벨이 울렸다. 젊은 경장 한 명이 전화기를 집으러 달려가는 사이 데번은 말을 멈추고 기다렸다. 경장은 작은 소리로 전화를 받고는 데번을 보며 얼굴을 찡그렸다.

"별거 없대요." 그녀가 입을 뻐끔거렸다.

데번은 고개를 끄덕이고 다시 현황판을 돌아봤다.

"자, 그러니까 저쪽이 머빈 엘리엇이고, 이 사람은…." 그는 첫 사진 오른쪽에 붙은 사진을 가리켰다. "라이언 존스입니다. 그의 시신은 어제 아침인 2월 28일 목요일, 버클리 라이즈의 두 집 사이 골목에서 발견됐습니다. 여기 새빌 로드에서 조금 벗어난 바로 이 위치죠."

그는 지도 위로 손가락을 움직였다.

"새빌 로드에서 동쪽으로 이동하면 더덤 다운이 나옵니다. 잘 모르시는 분들을 위해 설명하자면, 더덤 다운은 스토크 로드 북쪽 지역입니다. 클리프턴 다운은 남쪽 지역이고요. 합해서 1.6제곱킬로미터 면적이죠."

"그러면…, 시신이 발견된 두 지점이 1.6킬로도 안 되는 거리였다는 뜻입니까?"

뒤편 어딘가에서 나온 질문이었다. 데번이 고개를 끄덕였다.

"네, 맞습니다. 사인은 마찬가지로 두부 손상으로 추정되지만 일단 부검 결과를 기다리고 있습니다. 곧 나올 겁니다. 그쪽 업무에 다소 정체가 생겨서요. 이번 사건에 앞서 끔찍한 교통사고 몇 건이 발생했거든요. 두 번째 시신은 다른 부위에도 경미한 부상이 몇 군데 있었지만 치명상은 아니었습니다. 역시 머리를 둔기로 얻어맞았지만 흉기는 찾을 수 없었고요. 시신이 어제 발견되었으니 아직은 단정할 수 없지만요. 사망 시각은 이번에도 발견되기 약 10시간 전인 수요일 저녁으로 추정됩니다. 인근 주민이 이른 아침에 운동을 나갔다가 지름길로 내려가던 중에 발견했고요. 사망자의 호주머니에 든 지갑에서 신분증을 확인했습니다. 50파운드도 그대로 남아 있더군요. 라이언 역시 31살의 독신으로 자녀는 없고, 만나는 여자가 있었지만 수사 초기 단계에 확인한 바로는 진지한 관계는 아니었습니다. 퀸 스퀘어에 있는 회사에서 회계사로 일했고요. 아직 단정하기는 이르지만 첫 희생자와 닮은 면이 많습니다. 건실하고 평범하고 전과 기록도 없고요."

데번은 말을 멈추고 헬레나를 돌아봤다.

"시신이 발견된 지역에 CCTV가 있었나요?" 헬레나가 물었다.

데번은 고개를 저었다. "그 인근에는 카메라가 전혀 없습니다. 머빈이 발견된 곳에 비하면 건물이 많은 편이라 어제 오후부터 집집마다 찾아다니며 탐문했지만 아직 뭔가를 보거나 들었다는 사람을 찾지 못했습니다."

헬레나는 한숨을 쉬었다. "라이언이라는 사람, 옷차림은 어땠나요?"

데번은 다시 현황판을 돌아봤다.

"평상복입니다. 러닝복은 아니었어요. 청바지, 운동화, 남색 점퍼, 검정 패딩이요. 수요일 밤은 추웠습니다. 그 근처에 무슨 일로 갔는지는 아직 밝히지 못했고요. 그의 주소지는…." 데번은 눈살을 찌푸리며 현황판을 훑었다. "레드클리프입니다. 죽은 채 발견된 곳에서 4~5킬로 떨어진 곳이죠."

"고마워요, 데번."

헬레나는 헛기침을 하고 사람들을 돌아봤다.

"자, 지금까지 밝혀진 사실이 이 정돕니다. 남자 둘 다 머리를 맞았고 2주도 안 되는 시차를 두고 다운스 지역에서 살해당했습니다. 부유하고 성실한 30대 초반이었고요. 우리가 알기로 어떤 범죄 행위에도 관여한 적 없습니다. 그리고 두 남자의 외모는…." 그녀는 다시 현황판을 돌아보며 머빈의 사진을, 다음에는 라이언의 사진을 톡톡 두드렸다. "솔직히 쌍둥이처럼 똑 닮았죠. 짙은 색 곱슬머리에 검은 눈, 두꺼운 눈썹. 키와 체격도 비슷하고요. 아무 의미 없을지도 모르지만…." 그녀는 어깨를 으쓱하고는 그 자리에 모인 형사들을 돌아봤다. "아무래도 좀 이상하죠? 하지만 일단 외모에 관해서는 접어두기로 합시다. 물론 이 두 사건 사이에 아무 관계가 없을 수도 있습니다. 그렇다 해도 범행 수법의 유사점을 고려할 때 미리 연관성을 배제해서는 안 되겠죠. 모든 가능성을 열어놓고 사실에 근거해 판단해야 합니다.

　운이 따라준다면 라이언에 대한 법의학 분석 결과가 도움이 될 수도 있겠죠. 하지만 결과를 기다리는 동안 가급적 많은 친구와 가족을 탐문해 둘 사이에 공통점이 더 있는지 찾아봐야 합니다. 레드클리프가 항구에서 그리 멀지 않으니 두 사람이 같은 술집에 다녔다든지, 서로 안면이 있다든지, 공통의 친구나 관심사가 있을 가능성도 있지 않을까요? 그리고 왜 머빈은 죽은 날 밤 다운스에, 라이언의 경우 거기서 아주 가까운 곳에 있었을까요? 맞습니다, 머빈은 그곳에서 러닝을 하고 있었죠. 워낙 달리기 좋은 곳이라 나도 가끔씩 그쪽으로 가긴 해요. 하지만 그는 헬스클럽 회원이고, 야외에서 러닝을 하고 싶었다고 쳐도 브리스톨 주변에는 달릴 곳이 널렸죠. 그런데 왜 하필 거기였을까요? 그곳을 자주 달렸을까요? 라이언은 왜 그 부근에 있었을까요? 친구나 친척을 만나러 갔을까요? 이 두 사람에 대한 모든 정보를 신속히 파악해야 합니다."

　그녀는 서로 눈빛을 교환하면서 수첩에 메모하는 동료들을 보며 말을 마쳤다. 그들이 무슨 생각을 하는지 알 듯했다. 어제 현황판에서 머빈 엘리엇 옆에 붙은 라이언 존스의 사진을 보고 그녀는 가슴이 철렁 내려앉는 기분이었다. 만약 이 두 건의 살인이 서로 연관돼 있고, 같은 사람이 범인이라면….

　그녀는 침을 꿀꺽 삼켰다. 공식적으로는 세 건이어야 한다. 영국에서 가장 널리 사용되는 정의에 부합하려면 살인은 세 건이어야 한다. 아직은 두 건뿐이다. '부디, 여기서 끝났으면.'

　두 번도 충분히 많다.

　하지만 세 번이라면….

　셋이라면 그녀의 손에 연쇄 살인 사건이 들어온 셈이다.

3

"대니, 대체 어디 있는 거야? 정말 너무해."

주방을 초조하게 서성이던 나는 잠시 멈춰 서서 빗물이 줄줄 흐르는 창으로 아름다운 뒤뜰을 내다봤다. 그가 그곳에 '짠'하고 나타나기를 바라며 손톱이 손바닥을 찌를 만큼 주먹을 꽉 쥐었다. 벌써 토요일 늦은 오후였고 온종일 남편의 행방을 추적했지만 사실상 아무것도 알아내지 못했다. 전화를 더 돌려봐야 했지만 일단 내 불안감부터 다스리는 게 먼저였다. 두근거리는 심장을 진정시키기 위해 심호흡을 하면서 싸늘한 유리창에 이마를 대고 두 눈으로 뒷마당을 훑었다. 석회암이 깔린 이층짜리 테라스 주위를 서어나무가 둘러싸고 있었다. 대니와 함께 처음 집을 보러 온 순간부터 나를 매혹시킨 공간이었다. 이층 중앙에는 돌 받침대 위에 놓인 반질반질한 금속 구에서 물이 보글보글 솟아나는 분수가 설치돼 있었고, 그 옆에는 거대한 유리 상판 테이블과 여섯 개의 철제 의자가 놓여 있었다. 야외 식사 공간은 아름답게 어우러진 대나무, 뉴질랜드삼, 나무고사리가 이국적인 분위기를 자아내어 발리를 연상시켰다. 밤이면 나뭇잎 사이에 점점이 박힌 수백 개의 전구가 이 공간을 밝혀주었다. 위층 테라스 앞으로 연결된 계단을 내려가면 뒷문 양쪽에서 키 큰 흑연 화분에 심긴 월계수가 바람에 살랑살랑 춤을 추었고, 담장을 따라 허브 화단이 이어져 있었다. 도시 한복판에서 누리는 우리만의 텃밭이었다. 3월의 축축한 토요일, 나는 작은 기쁨의 전율을 느꼈다.

"분수다! 분수가 있어, 대니!" 처음 뒷문을 들어서는 순간 좋아서 꺅꺅거리던 내 손을 꼭 쥐며 대니는 깔깔 웃었다. 부동산 중개인이 정문이 아니라 집 뒤편에서 만나자고 제안했을 때 이유가 궁금했었는데 금방 이해가 갔다. 뒤뜰은 눈부시게 아름다웠다.

"작긴 하지만 괜찮네. 당신 멋진 정원 갖고 싶어 했잖아." 실내로 안내받는 중에 대니가 소곤거렸다. 내부 상태를 굳이 확인하지 않아도 나는 이 집에 이미 푹 빠져 있었다. 그의 말대로 나는 언제나 테라스 정원을 갈망했다. 친구들을 초대하고, 여름 오후에 와인 한 잔을 손에 든 채 일광욕을 즐기고, 일요일 오후에 책을 읽으며 빈둥거리고, 잔디는 따로 깎을 필요 없는 그런 평화로운 곳. 내가 꿈꾸던 완벽한 풍경이었다.

런던에서도 멋진 집에 살았지만, 대도시가 다 그렇듯이 중심가에 위치하면서 괜찮은 실외 공간을 갖춘 곳은 찾아보기 어려웠다. 우리는 아파트의 조그만 옥상 테라스도 나름대로 예쁘게 가꾸었지만 브리스톨의 안뜰은 그곳에 비할 바 없이 넓었다.

"자전거 보관대도 있네. 아래층 모퉁이를 봐봐. 이젠 내 사랑스런 자전거를 집 앞 울타리에 묶어두지 않아도 되겠다. 당신도 이제 보기 흉하다고 불평하지 않겠지." 그 말에 손뼉을 치며 신나게 춤을 추는 나를 보고 그는 웃음을 터뜨렸다.

하지만 토요일인 오늘, 창밖을 내다보다가 평소에 그가 애지중지하는 자전거를 세워두던 세련된 나무 거치대가 출장에서 돌아온 이후로 줄곧 비어있었다는 것을 깨달았다. 빈자리를 응시하던 내 시야가 흐려지던 찰나, 손에 와 닿는 차갑고 축축한 코를 느끼고 깜짝 놀랐다.

"아, 앨버트구나. 대니는 대체 어디 있는 걸까?" 녀석은 나를 말똥말똥 쳐다보며 고개를 갸웃거리다가 낑낑 울었다. 대니를 원망하진 않았다. 흐느끼고 싶은 기분일 뿐. 뱃속이 뒤틀리고 눈물과 수면 부족으로 눈이 건조하고 뻑뻑했다. 텅 빈 뒤란을 한 번 더 바라보고는 창을 등지고 다시 서성대기 시작했다. 앨버트는 잠시 나를 지켜보며 낮은 소리로 찡얼대다가 주방 한구석에 놓인 잠자리로 갔다.

금요일 밤에 결국 피자를 주문해 먹는 둥 마는 둥 하고는 대니의 사과 메일이 이제나저제나 도착하길 기대하며 메일수신함만 들여다봤다. 아무 소식도 들어오지 않자 나는 그가 밤새 일을 하다가 책상에서 곯아떨어졌나보다 짐작하며 툴툴거렸다. 이불 속을 파고들다가 내가 출장 간 사이에 대니가 침구까지 갈았다는 사실을 깨달았다. 뺨에 와 닿는 베갯잇의 감촉이 깔깔했다.

'무슨 놈의 직장이…'

대니는 자기 일에 무척이나 열정적이었다. IT 보안 전문가인 그는 뚫린 시스템을 분석, 복구하고 온라인 해킹으로부터 기업을 보호하는 일을 했다.

"사이버 범죄와 싸워요. 보안계의 슈퍼히어로인 셈이죠." 첫 데이트 때 그는 슈퍼맨처럼 팔을 뻗으며 이렇게 말했다. 나는 눈을 굴리며 피식 웃었다. 솔직히 그가 한다는 일에 대해 잘 몰랐지만 속으로는 감탄했다.

현실적으로 그 직업은 긴 업무 시간과 잦은 긴급 호출을 의미했다. 이번에 새로 옮긴 직장에서는 이런 경우가 처음이지만, 중요한 고객의 컴퓨터 시스템에 문제가 생기면 밤새워 일할 때도 드물지 않았다. 우리가 처음 만났을 때 그는 런던 서부 치스윅 소재의 회사에서 일하며 어마어마한 연봉을 받고 있었다. 런던을 떠나자는 얘기가 나왔을 때 나는 대니가 연봉이 줄어도 감수하겠다는 뜻인 줄 알고 좀 놀랐지만 알고 보니 그게 아니었다. 새로 옮긴 회사 ACR 시큐리티는 런던 시내에 있다가 몇 년 전 영국에서 11번째로 큰 도시로 이전해 저렴한 임대료의 혜택을 누리고 있었다.

"나쁠 건 없어." 런던을 벗어나자는 제안을 처음으로 하면서 대니는 이렇게 말했다. "브리스톨에는 좋은 일자리가 넘치고 인터넷은 어디서나 가능하잖아. 내가 하는 일은 어딜 가든 똑같고 보수도 큰 차이가 없어. 런던처럼 물가가 비싼 곳이 아니면 금전적으로 훨씬 여유로워지지 않겠어? 당신도 어디서든 일을 할 수 있잖아? 그러니까 당신한테도 그쪽이 더 좋을 거야, 틀림없이. 삶의 질이 훨씬 나아질 테니까. 브리스톨은 아름다운 도시잖아. 몇 시간 내려가면 데번이랑 콘월이 있고 반대쪽으로 코츠월드도 멀지 않지. 거긴 대학교가 많아서 괜찮은 술집이며 레스토랑, 예쁜 건물도…."

"좋아, 좋아, 벌써 자기 말에 넘어갔어. 그렇게 하자!"

사실 그가 나를 애써 설득할 필요도 없었다. 프리랜서 기자인 나는 그의 말마따나 어디서든 원하는 곳에 살면서 일을 할 수 있고, 이제는 꼭 런던에 머물러야 할 이유도 없었다. 너무 팍팍한 생활에 스트레스가 이만저만이 아니어서 이미 몇 년 전부터 좀 더 여유로운 삶, 녹지는 많고 소음은 적은 곳을 갈망했다. 그래서 그가 새 일자리를 수락한 후, 우리는 치스윅 대로 바로 옆에 있던 현대식 아파트를 정리하고 브리스톨 교외의 클리프턴에 위치한 빅토리아식 연립주택으로 이사했다. 멋진 안뜰과 높은 천장이 매력적인 집이었다. 결혼한 지 1년밖에 되지 않았고 정착할 곳을 결정하기 전까지는 거액을 대출받고 싶지 않아서 런던에서는 월세를 내고 살았다. 브리스톨은 우리 둘 다에게 적합한 도시 같았지만, 성급하게 집을 사기보다 일자리와 생활방식이 만족스러운지 직접 체험하면서 오래도록 함께 살 완벽할 보금자리를 천천히 구하기로 했다.

"일단 1년 정도 월세로 살아보는 거야. 가장 좋은 동네의 멋진 집에서." 잔뜩 들뜬 대니는 인터넷에서 부동산 매물들을 살펴보다가 월세가 치스윅과는 비교가 안 되게 저렴하다며 놀라워했다. 그렇게 이사는 일사천리로 진행되었고 단 며칠 만에 나는 새집이 내 집처럼 편안하게 느껴졌다. 대니도 같은 생각 같았다. 다만 근무시간은 런던에서와 다름없이 길었다. 그건 불만스러웠지만 차츰 그러려니 했다.

그럼에도 그와 함께할 금요일 밤을 간절히 기다렸기에 몹시 비참한 기분이 들었다. 혹시 침대 옆자리에 그의 따뜻하고 지친 몸이 누워있을까 확인하느라 자꾸만 잠을 깼다.

토요일 아침 9시까지도 전화 한 통이 없자 점점 불안해졌다. 아무래도 뭔가 이상했다. 호들갑스러운 아내처럼 보일까 봐 꺼리던 마음을 접고 그의 회사 대표번호를 찾아 전화를 걸었다. 곧바로 음성사서함으로 연결되더니 지금은 ACR 시큐리티의 근무시간이 아니므로 월요일 오전 9시에 다시 연락하길 바라며 긴급한 용무가 있는 고객은 계약서에 기재된 비상 번호로 전화하라는 안내가 나왔다.

"긴급한 용무가 있는 아내는 어쩌라고?" 수화기에다 이렇게 소리치고 전화를 끊었다. 심장이 두방망이질 치기 시작했다. 사무실이 문을 닫았다면 대니는 어디 있단 말인가? 집으로 오는 길에 사고라도 당했나? 망할 놈의 자전거. 그에게 차가 없다는 것이 늘 이상하다고 생각했다. 운전은 할 생각 없냐고 물었더니 그는 유쾌하게 어깨를 으쓱했다.

"별로 필요가 없더라고. 더블린에서 학교에 다닐 때는 대중교통만으로도 충분했어. 런던에 와서는…, 런던에서는 차가 더 짐스럽지 않아? 교통 혼잡 부담금에, 주차는 터무니없이 불편하지…, 그러니까 자전거가 최고야, 젬마. 그리고 정 필요하면 당신 차가 있잖아? 두 대나 굴리는 건 낭비야."

일리 있는 말이었다. 하지만 자전거를 타고 통근하는 대니가 걱정스러웠다. 그래서 그가 사무실에 없다는 사실을 확인하고 스카이프 화상 통화를 여섯 번 시도해도 매번 오프라인 상태라는 것을 알게 된 후에는 병원에 연락을 돌리기 시작했다. 브리스톨에는 응급실을 갖춘 병원이 많지 않아서 어린이 병원과 안과 병원을 제외하면 남는 곳은 딱 두 곳, 사우스메드와 브리스톨 왕립 진료소뿐이었다. 떨리는 손으로 두 곳에 전화했지만 지난 24시간 사이에 생년월일이나 인상착의가 대니와 일치하는 남성이 들어왔다는 기록은 없었다. 나는 잠시나마 안도했다가 다시 두려워졌다. 직장에도 없고 사고를 당하지도 않았다면 그는 어디에 있단 말인가? 즉흥적으로 친구를 만나러 갔다 해도 내게 연락은 하고 갔을 텐데? 하지만 그럴 가능성도 희박했다. 내가 집에 도착할 때쯤 저녁을 차려놓고 기다리겠다고 약속하지 않았던가. 그러니까 그는 회사에 있는 게 맞고 대표전화는 주말 모드로 바뀌었다고 볼 수밖에 없다. 하지만 이메일에 답도 없고 내게 연락해 행선지를 알리지도 않은 이유는 뭘까? 아무리 바빠도 그 정도 연락을 할 시간조차 없을까? 내가 얼마나 걱정할지 모를 리가 없을 텐데.

심호흡하면서, 엄습하는 불안감을 덜기 위해 다시 한번 이메일을 썼다.

대니, 어디야? 지금 걱정돼 죽겠어. 사무실에 전화했더니 바로 음성사서
함으로 연결되더라. 제발 연락 좀 해줘. 알겠지? —젬마—

발송 버튼을 누르고 시간을 확인했다. 토요일 정오. 목요일 밤
11시경에 호텔 방에서 읽은 안부 메일을 끝으로 그의 연락은 뚝
끊겼다. 이제 막 36시간이 지났다. 뭔가 잘못된 게 분명했다. 이렇
게 연락이 닿지 않는 건 우리 사이에는 평범한 일이 아니었다. 경
찰에 신고해야 할까? 하지만 그가 정말로 일하느라 미친 듯이 바
쁘고, 중요한 고객의 온라인 참사를 해결하느라 시간 감각을 완
전히 잃은 거라면? 사무실에 경찰이 들이닥치고 대니의 새 동료
들이 신경과민 아내를 수군대며 비웃는 장면을 상상해 보았다.
역시, 경찰을 부를 수는 없다. 그러기엔 너무 일렀다. 내가 어리석
은 생각을 했나 보다. 조금 전에 보낸 이메일에 그가 금방 회신할
거라고, 모든 게 괜찮을 거라고, 나는 혼잣말을 했다. '오늘 저녁이
면 둘이서 소파에 붙어 앉아 와인을 마시며 내 과잉반응을 두고
깔깔대며 웃겠지.'
　애견 호텔에서 앨버트를 데려오느라 잠시 외출했다. 목요일 아
침에 출발해야 했기에 수요일 밤에 개를 그곳에 데려다 놓았다.
대니의 업무 시간은 길고 종잡을 수 없었기 때문에 그가 개를
돌보는 건 무리였다. 우리가 집에 도착할 즈음에는 남편이 돌아
와 있기를 간절히 바랐다. 사무실에서 긴 밤을 꼴딱 지새운 대니
가 주방에서 힘없이 커피를 내리거나 녹초가 되어 소파에 뻗어있
을지도 모른다. 하지만 집에 돌아와도 그는 없었다. 점심시간에는

암울하고 불안한 소식밖에 없다는 이유로 평소에 잘 듣지 않던 BBC 라디오 브리스톨 뉴스를 켰다. 프리랜서가 되기 전 보도국에서 여러 해를 일하면서 충격과 경악을 주는 뉴스에 신물이 났다. 시간이 지날수록 뻔뻔하고 단단해졌는지 마구잡이식 도륙이나 살인을 연이어 보도하면서도 공포 따위는 접어둘 수 있었지만, 어느 순간 그런 생활이 너무 버거웠다. 나는 모든 것을 뒤로 하고 직장을 나왔다. 그 후 몇 달은 뉴스를 아예 보지 않고 신문도 읽지 않았다. 세상이 어떻게 돌아가는지 모르고 살면서 마음이 편해진 나는 다시 일을 시작할 때 범죄와 정치를 멀리하고 실용 저널리즘으로 방향을 틀었다. 하지만 남편이 증발한 지금, 다시 라디오를 켜고 사건, 교통사고, 신원 불명의 시신에 대한 소식을 들으며 몸서리를 치고 있었다.

오후가 되자, 이러고 있는 내가 좀 한심하다는 생각에 앨버트의 목줄을 잡고 대니의 출퇴근길을 따라가 보았다. 그가 자동차 사고로 자전거에서 내동댕이쳐져 의식을 잃은 채 울타리 뒤편이나 골목길에 쓰러져 있을지도 모른다는 생각이 희미하게 떠올랐기 때문이었다. 설령 그런 일이 생긴다 해도 몇 분 안에 사람들에게 발견될 대도시인지라 내가 생각해도 터무니없는 상상이었지만 어쨌든 그를 찾아보기로 했다. 하지만 출발하기도 전에, 그가 날마다 같은 길로 다녔다 쳐도 정확한 경로를 모를뿐더러 자전거를 타면 선택할 수 있는 샛길이나 지름길이 훨씬 많아진다는 생각이 들었다. 그래서 지도를 연구해 가장 가능성이 높아 보이는 두 개의 경로를 골랐다. 몬빌 로드에 있는 우리 집과 로열 요크 크레센트에 있는 대니의 사무실을 잇는 가장 그럴듯한 길을 선택해 갈 때와 올 때 다른 길로 이동하며 살펴보기로 했다. 도착해보니 그의 회사는 문이 단단히 잠겨 있었다. 호출 벨을 누르고 창문을 통해 아무도 없는 깜깜한 공간을 들여다보다가 발걸음을 돌렸다. 절망감은 점점 커졌다. 물론 오가는 길에 아무것도 찾지 못했다. 자전거도, 헬멧도, 대니도 보이지 않았다.

오후 내내 집 안을 서성대다가, 창밖을 멍하니 내다보다가, 옆에 있지도 않은 남편에게 악을 쓰다가, 눈물을 펑펑 쏟았다. 6시가 다 되었을 무렵 다시 앉아서 전화를 돌리기 시작했다. 시간이 많이 지났기에 도움을 요청하고 싶었다. 더 이상 이 상황을 혼자 감당할 수 없었다. 브리스톨에 사는 짧은 기간 동안 알게 된 사람이 몇 명 있었다. 그중에는 좋은 친구가 될 것 같은 이도 있었지만, 알고 지낸 지도 얼마 안 된 사람들에게 이런 일로 부담을 줄 수는 없었다. 우리 부부가 어울리던 사람들은 대부분 내 지인들이어서 아무리 오랜 친구라도 지금 단계에서 도움이 될 리는 없었다. 가능성은 낮았지만 대니가 내게 알리지 않고 누구를 만나러 갔다면 직장 동료 중 한 명이었을 것이다. 그의 아일랜드 친구 중에는 연락처를 아는 사람이 없었지만, 런던의 직장에서 그와 친하게 지낸 동료 둘과 상사의 전화번호는 알고 있었다. 하지만 내 전화를 받고는 다들 의아하다는 반응이었다. 그가 직장을 떠난 이후로 소식을 듣지 못했다고 했다. "이쪽 일이 어떤지 잘 아시잖아요. 아마 지금이 몇 시인지, 책상 앞에 얼마나 앉아 있었는지도 까맣게 잊었을걸요. 몇 시간 후면 아무 일도 없었던 듯이 나타날 테니 걱정 말아요, 젬마. 그래도 소식은 다시 전해주고요, 알았죠?"

대니의 새 직장 상사의 비상 연락처를 알아뒀으면 얼마나 좋았을까 싶었지만 사실 그의 이름조차 생각나지 않았다. 그렇다면…,

친척은? 대니는 런던에 사촌이 한 명 있었고 나머지 친척들은 아일랜드 서부에 살았다. 한참 고민하다가 우선은 그들에게는 연락하지 않기로 마음먹었다. 그의 사촌 퀸과 어머니 브리짓은 속을 알 수 없는 사람들이라 같이 있으면 마음이 편치 않았다. 대니의 아버지 도널은 우리가 결혼하기 얼마 전에 돌아가셨는데, 대니는 부모와 친했던 적이 없었다고 했다. 별일이 아닐지도 모르니 미리 브리짓을 공포에 빠뜨릴 이유가 전혀 없었다. 내 부모님에게도 연락하지 않았다. 두 분 다 걱정이 많은 유형이라, 안 그래도 극도로 불안한 내가 그들의 고통까지 감당할 수는 없었다. 다른 번호로 전화를 계속 돌리다가 대니의 친구들은 도움을 줄 수 없음을 깨닫고 결국 내 친구 몇 명에게 연락하기로 했다. 사라진 남편의 행방을 수소문하고 싶어서라기보다 조언과 위로를 구하고 싶어서였지만 별 도움이 되지 않았다.

"맙소사, 젬마, 진짜 걱정되겠다. 나 같으면 경찰에 신고하겠어."

"아, 젬마, 어떡하니! 내가 옆에 있어 줄까? 말만 하면 바로 갈게. 하지만 대니는 틀림없이 곧 나타날 거야. 일 때문이겠지…."

"남자들이란. 그래도 대니는 믿을 만한 사람 아닌가? 어떻게 된 영문인지 모르겠다, 젬마. 내일까지만 기다려보고 실종 신고를 하는 게 어때? 혹시… 음, 이런 말 하긴 싫지만 딴 여자 생긴 거 아냐?"

그때까지는 전혀 생각 못 했던 부분이었다. 가장 친한 친구 에바와 통화를 마치고 전화기를 내려놓던 나는 그 가능성을 가늠하면서 침을 꿀꺽 삼켰다. 아니, 그럴 리 없다. 브리스톨로 이사한 이후로 내가 취재차 출장을 떠난 목요일까지 우리는 하룻밤도 떨어져 있은 적이 없고, 주말에도 새집을 정리하느라 내내 붙어 있었다. 그에게 바람피울 시간이라도 있었으면 모를까. 이사 오기 전에도 우리는 떨어지고는 못 사는 사이였는데…. 아직 신혼이기도 하고. 그러고 보니 떨어진 적이 아예 없었던 건 아니었다. 각자 출장을 간다거나, '여자들끼리' 또는 '남자들끼리' 밤새 논다며 외출하기도 했고, 대니는 때로 자기만의 공간이 필요해 보이기도 했다. 하지만…, 나는 고개를 저었다. 그가 외도했다면 내가 눈치채지 못했을 리 없다. 어떻게 된 상황인지는 몰라도 절대 그건 아니다. 그렇다면 떠나야만 하는 다른 이유가 있었던 걸까? 나는 벌떡 일어서서 대니가 크리스마스 선물로 사준 하늘색 캐시미어 카디건을 단단히 여몄다. 거실에서 복도를 거쳐 주방까지 천천히 걸어가 어둡고 허전한 마당을 다시 내다보았다. 앨버트도 일어서서 내 뒤를 바짝 따라다녔다. 녀석의 코가 내 정강이에 와 닿았다. 개도 나만큼이나 불안해하고 있었다. 녀석은 항상 내 감정을 예민하게 감지한다. 나는 앨버트의 옆에 웅크리고 앉아 보드라운 머리를 쓰다듬고 총명해 보이는 진갈색 눈을 들여다보며 출렁대는 마음을 달래기 위해 의미 없는 말을 중얼거렸다.

대니가 진짜 나를 떠났다면 그 이유는 뭘까? 짐도 전혀 챙기지 않은 것 같은데. 그건 모르는 일이라는 생각에 몸이 떨려왔다. 아직 확인하지 않았으니까. 그럴 생각조차 하지 않았다. 갑작스런 공포로 머리가 어질했다. 이층 침실로 달려 올라가 서랍을 열고 그의 옷장에 든 옷을 뒤지고 침대 옆 수납장을 미친 듯이 헤집었지만 내가 무얼 찾고 있는지조차 알 수 없었다. 어느 것 하나 손댄 흔적 없이 제자리에 있었다. 그의 여권은 항상 보관하는 서랍에 들어 있었다. 외출복과 속옷, 시계들도. 내가 보기엔 빈틈도, 빠진 물건도 없었다. 모든 것이 평소와 똑같은 상태였다. 그러면 없어진 것은? 그의 코트와 노트북, 태블릿, 그것들을 담는 검정 백팩, 자전거와 헬멧. 평소 출근할 때 챙기는 소지품들뿐이었다. 다른 물건들은 전부 그를 기다리고 있었다. 나처럼, 앨버트처럼.

홀트러진 침대에 몸을 묻고 숨을 헐떡거렸다. 앨버트는 잠시 머뭇거렸다. 우리가 평소에 침대에 올라오지 못하게 했기 때문이었다. 하지만 지금은 내 정신이 산란해서 야단을 안 칠 거라 여겼는지 내 옆으로 폴짝 뛰어올랐다.

대니의 물건이 전부 남아 있다는 건 좋은 일일까 나쁜 일일까? 알 수 없었고, 제대로 생각할 수도 없었다. 공포에 사로잡히면서 갑자기 처절하게 외로워졌다. 아직 런던에 산다면 오래 친구들이 가까이 있었을 텐데. 집에 불쑥 찾아와서 내게 용기를 줄 사람들. 하지만 이 집, 이 낯선 도시에서는….

심장이 다시 벌떡벌떡 뛰어서 몇 차례 심호흡했다. 브리스톨에서 만난 새 친구들에게 이 일로 부담을 주지 않기로 한 결심을 뒤집어야 했다. 입주하고 며칠 후 클리프턴 다운에서 클레어를 만났다. 사실 나는 대니보다 한 주 먼저 이 도시에 도착했다. 그는 런던에서 직장 일을 마무리한다며 뒤늦게 내려왔다. 나는 포장을 풀지 않은 산더미 같은 상자들을 방치한 채 한 시간쯤 머리를 식히고 앨버트도 제대로 산책 시킬 겸 밖으로 나갔다. 클레어는 스탠다드 푸들을 데리고 있었다. 활기 넘치는 곱슬곱슬한 흰색 털뭉치는 앨버트에게 달려들어 열렬히 코를 비비다가 저만치 달아나 새침하게 이쪽을 바라봤다. 앨버트는 잠시 머뭇거리다가 신나게 푸들을 쫓아다니기 시작했다. 나와 클레어는 속수무책으로 그 자리에 서서 손가락에 목줄을 늘어뜨린 채 둘이 돌아오기를 기다리는 수밖에 없었다.

"저 애 이름은 위니예요. 위니 더 푸들. 알죠?" 활짝 웃는 그녀가 나는 금세 좋아졌다. 클레어는 맨발로도 180센티미터나 될 만큼 키가 컸고 나뭇가지처럼 마른 몸에 곱슬곱슬하고 풍성한 금발이었다.

"네, 맞아요. 나랑 꼭 닮은 개를 골랐어요." 그녀가 덧붙였다.

우리는 첫날부터 벤치에 앉아 족히 30분쯤 수다를 떨었다. 브리스톨에 온 지 얼마 안 됐고 근처에 요가 수업하는 곳을 찾고 있다고 했더니 그녀는 다음 날 저녁에 자기 집으로 꼭 오라고 당부했다.

"타이라는 친구랑 한 주에 두 번씩 요가 수업을 받거든요. 아쉬탕가(고전 인도 요가를 현대식으로 변형한 요가의 일종으로 에너지 소비가 많고 호흡과 동작을 동시에 수련한다. - 옮긴이)라 꽤 힘들지만 마치고 나면 기분이 상쾌해요. 가끔 수업을 마치고 길 건너 와인 바에 들를 때도 있어요. 생각 있으면 함께 해요."

그 제안이 마음에 들었고 수업도 좋았지만, 대니가 퇴근하고 돌아오면 저녁마다 같이 집을 정리하느라 정신이 없어서 몇 주 사이 두 번밖에 가지 못했다. 타이는 대학을 다니러 영국에 왔다가 아예 눌러앉은, 체구가 작고 예쁜 중국 여성으로 웃음소리가 낭랑했다. 클레어와 타이와는 고작 몇 번 만나 술이나 커피를 마셨을 뿐인데 이미 단단한 우정이 형성된 느낌이었다. 둘은 내가 좋아하는 거침없고 당당하고 다정하고 재미있는 타입이었고 그들도 내가 마음에 드는 눈치였다. 그래도 아직 만난 지 얼마 안 된 사람들인데 전화해서 내 남편이 갑자기 없어졌다고 털어놓으며 위로를 구할 수 있을까? 아니, 그럴 염치는 없었다.

대니는 대체 어디 있는 걸까? 다 큰 어른이 실종되면 시간이 얼마나 지나서 신고해야 할까? 정해진 규정이 있었던 것 같은데? 침대에서 몸을 일으켜 다시 거실로 내려갔다. 아이패드를 집어 텅 빈 받은편지함을 또 확인한 다음 구글 검색을 시작했다.

아니, 규정 같은 건 없었다.

최소 24시간은 지나야 신고할 수 있다고 알려져 있지만 사실이 아니다. 누군가 실종됐다고 생각되면 즉시 경찰에 신고할 수 있다. 실종자는 대부분 48시간 내에 돌아오거나 발견되며, 1년이 지나도록 실종 상태에 있는 사람은 약 1퍼센트에 불과하다.

1년이라고? 속에서 두려움이 소용돌이쳤다. 하지만 대부분은 48시간 내에 돌아온다. 시간을 확인했다. 9시. 그렇다면 46시간이 지났다. 남편의 마지막 연락을 받은 지 46시간이 흘렀다.

'어서 와, 대니. 이제 두 시간 남았어. 다른 사람들처럼 어서 집으로 돌아와. 제발, 대니.'

만약 그게 아니라면. 그가 집에 돌아오지 않는다면? 그럼 어떻게 해야 할까? 신고해야 하는 거 아닌가? 그래, 내일 아침에 눈 뜨자마자 해야겠다. 경찰서에 가서 실종 신고를 하는 거다.

4

"팀장님, 바쁘신데 죄송합니다만 아래층에 누가 찾아와서 드릴 말씀이 있다고 합니다."

헬레나는 컴퓨터 화면에서 마지못해 눈을 뗐다. 두 건의 살인 사건에 대한 수사 자료를 다시 한번 꼼꼼히 검토하던 참이었다. 늘 웅성웅성하던 수사본부였지만 찌무룩한 일요일 아침에는 간혹 낮게 웅웅대는 소리만 들릴 뿐이었다. 낙담하고 고단한 사람이 그녀 혼자만은 아닐 터였다. 긴 주말 내내 아무 성과가 없었고, 간밤에는 심하게 뒤척이다가 몇 번이나 가슴을 졸이며 잠을 깼다. 결국 새벽 5시에 침대에서 나와 다운스를 한참 달렸다. 살인 현장 두 곳을 거치는 경로를 택해 한 조각의 영감이라도 얻기를, 뚜렷한 이유 없이 젊은 남자 둘이 머리를 맞아 죽은 이유를 조금이라도 깨닫기를 기대했다. 그녀는 아픈 등허리를 문지르며 생각했다. '달리기를 계속하려면 정형외과에 찾아가는 수밖에 없겠어.' 그리고 한숨을 쉬었다. 법의학은 최근의 살인에 대해 아무것도 알려주지 않았다. 둘의 죽음에 연결고리가 있는지는 아직 확실치 않았지만 두 남자가 놀라울 정도로 유사점이 많으니….

머잖아 신문에서도 이런 사실을 물고 늘어질 게 뻔했다. 그녀는 월요일 아침에 이런 헤드라인이 나오지 않을까 두려웠다.

두 명의 살인 피해자 - 다운스에 엄습한 공포
이중 살인: 다운스에서 살해당한 꼭 닮은 두 명의 희생자

그녀는 진저리를 쳤다. 수면과 제대로 된 차 한 잔이 간절했지만 어느 쪽도 당장은 가능할 것 같지 않았다.

"무슨 일이야, 데번?' 그녀는 짜증을 애써 감추며 그를 돌아봤다.

"남편 실종 신고를 하겠다고 찾아왔어요. 그분 얘기로는-"

"실종이라고? 진짜, 데번, 지금 우리 앞에 살인 사건만 두 건이야. 내가 왜 실종자한테까지 신경을 써야 하지? 제발 나 좀 봐줘."

주눅 드는 그를 보고 헬레나는 금방 죄책감을 느꼈다.

"아, 미안. 너무 지쳐서 그래. 이서 말해봐."

데번은 엷은 미소를 지었다.

"괜찮습니다. 안내데스크 전화를 받고 저도 똑같이 반응했으니까요. 그런데 잠깐 얘기를 나눠보니 아무래도 뭔가 심상치 않아서… 내려가서 잠시 만나보지 않으실래요? 5분이면 될 텐데요."

헬레나는 잠시 그를 응시하다가 한숨을 쉬었다. 데번은 훌륭한 경찰이자 좋은 친구였다. 그녀는 그의 판단을 믿었다. 최근에 개인적으로 힘든 일을 겪었지만 한 번도 그 핑계로 일을 소홀히 한적이 없었다. 그래서 얼마나 고맙게 생각하는지 그도 알고 있을까? 아마 모르겠지. 조만간 고맙다고 말해야 할 것이다. 지금 그빌어먹을 여자를 만나는 것도 괜찮을 것 같다. 갑갑한 수사본부를 잠시 벗어나는 것도 나쁠 건 없으니까. 그녀는 책상 의자를 뒤로 밀고 일어섰다.

"좋아, 당신이 이겼어. 대신 돌아오는 길에 매점에서 가장 맛있는 차를 큰 잔으로 사줘야 해."

그는 희고 고른 치아를 드러내며 씩 웃었다. "그러죠."

조사실에서 기다리던 여자는 30대 초반으로, 날씬한 체형에 갈색 곱슬머리를 어깨까지 기르고 있었다. 예쁜 얼굴은 파리하고 핼쑥했다. 축축한 손을 내밀어 불안하게 악수를 하며 그녀는 자신을 젬마 오코너라 소개했다.

탁자 맞은편에 앉은 헬레나는 여자를 안심시키려고 미소를 지었다. 얼굴에 수심이 가득한데도 그녀는 차림새에 꽤나 신경을 쓴 듯했다. 반질반질한 진홍색 립스틱은 무릎에 놓인 커다란 빨강 가죽 가방과 맞춘 게 분명했고, 세련된 검정 모직 코트에 어울리는 호피 무늬 스카프를 두르고 있었다.

"실종 신고를 하러 오셨다고요? 남편 말씀이죠?" 헬레나가 물었다.

젬마는 고개를 끄덕였다.

"네. 그이 이름은 대니예요. 대니얼 이냐시오 오코너." 젬마는 얼굴을 살짝 찌푸렸다. "그이 부모님이 아일랜드인이고 가톨릭 신자거든요. 이냐시오가 잘 알려진 성인은 아니지만요."

헬레나는 다시 미소를 지었다.

"저는 할머니 이름을 따서 뮤리엘이라는 미들 네임을 쓴답니다. 남편분 심정을 알 것 같아요. 계속 말씀하세요."

젬마도 살짝 미소를 지은 후 심호흡을 했다.

"그러니까… 제가 목요일 밤에 출장을 떠났어요. 그날 아침에 둘이서 아침 식사를 했고 그날 밤에는 그이가 제게 잘 자라는 이메일을 보냈어요. 그런데 금요일 저녁에 돌아와 보니 남편이 집에 없었어요. 처음에는 그냥 회사 일이 늦어지나보다 했어요. 그런 경우가 드물지 않으니까요. 밤새워 일할 때도 있거든요. 하지만 연락이 계속 없었어요. 어제, 그러니까 토요일 아침까지도 남편이 집에 오지 않고 연락도 되지 않아서 슬슬 겁이 났어요. 하루 종일 생각나는 모든 곳, 그 사람 직장이랑 병원, 친구들한테 전화를 걸었어요. 앨버트를 데리고 남편 출근길을 걸어보기도 했고요. 바보 같은 소리지만 혹시 사고라도 당해 길에 쓰러져있나 싶어서요. 남편은 자전거로 출퇴근을 하거든요. 사실 이런 행동은 너무 그 사람답지 못해요. 자전거랑 노트북, 평소 출근할 때 챙기는 물건을 제외하면 아무것도 가져가지 않았고요. 이제 일요일이 되었는데도 행방을 알 수 없으니 저는…, 너무 무서워서…" 그녀의 목소리가 갈라지고 눈에는 눈물이 그렁그렁했다.

헬레나는 이 여성이 가여웠지만 데번이 두 건의 살인 사건 수사까지 접어두고 그녀를 만나보라고 한 이유는 알 수 없었다. 그녀는 티슈가 어디 있나 두리번거리다가 협탁에 놓인 티슈 상자를 발견하고 일어서서 가지러 갔다.

젬마에게 티슈를 내밀며 그녀는 다정하게 일렀다. "알겠습니다. 너무 속상해하지 마세요. 상황을 좀 더 자세히 설명해주시면 조사를 시작할게요. 남편분이 하루 이틀 뒤에 나타날 가능성도 적지 않답니다. 실종자 대부분이 그때쯤 돌아오거든요. 그러니까 일단 진정하시고 같이 서류 작성부터 하죠. 그나저나 앨버트는 누구인가요? 혹시 아드님?"

헬레나가 내민 티슈를 무시하고 핸드백을 뒤지던 젬마는 놀란 표정으로 고개를 저었다.

"아, 결혼한 지 1년도 안 돼서 아직 아이는 없어요. 앨버트는 우리 반려견이랍니다. 까만 미니어처 슈나우저예요. 아이나 다름없긴 해요. 워낙 영리해서요."

헬레나가 빙그레 웃었다. "그렇군요. 귀여운 애들이죠. 제 친구도 슈나우저를 키우거든요."

젬마는 아직도 핸드백을 뒤적이느라 그녀의 말을 듣는 둥 마는 둥 했다.

"어디 있는 거야, 젠장! 이놈의 가방…, 죄송합니다. 뭐가 필요하실지 몰라서…. 사진이 있으면 도움이 될 거 같아서요…."

그녀는 헬레나를 마주 보며 마침내 가방에서 봉투 하나를 꺼냈다. 그 속에 사진 한 장이 들어 있었다.

"여기 계신 동료분께는 아까 아래층에 내려오셨을 때 먼저 보여드렸어요. 뭐 하러 다시 집어넣었는지 모르겠네요. 이 빌어먹을 가방에서는 물건 꺼내기가 왜 이리 어려운지. 그냥 아무 사진이나 집어왔어요. 결혼식 사진이라 저도 같이 찍혔네요. 나중에 좀 더 괜찮은 사진, 그이 독사진을 갖다 드릴게요. 휴대폰에도 많이 저장돼있어서 좀 살펴보고 괜찮은 사진을 고르면 되지만 현상된 사진이 나을 것 같고 그냥 뭐라도 해야겠다는 생각에…."

서둘러 쏟아내느라 말이 꼬였다. 그녀는 갑자기 입을 닫고 눈물을 글썽였다. 데번이 손을 뻗어 사진을 자신과 헬레나 사이의 탁자 위에 놓았다.

"고마워요, 젬마. 팀장님, 한번 보시죠."

그는 헬레나에게 의미심장한 미소를 던졌다. 그녀는 사진을 흘끗 봤다가 다시 자세히 들여다봤다. 맙소사. 이제 알 것 같았다. 뱃속이 요동쳤다. 심플한 디자인의 흰 새틴 드레스를 입고 머리를 우아하게 틀어 올린 사진 속 젬마는, 한 손에 흰 백합 꽃다발을 쥐고 다른 손으로 싱글거리는 젊은 남자의 손을 잡고 있었다. 짙은 색 곱슬머리. 짙고 두꺼운 눈썹, 진한 갈색 눈. 아내처럼 30

대 초반으로 보이는 남자였다. 대니 오코너라는 남자. 하지만 얼핏 보면 머빈 엘리엇이나 라이언 존스 같기도 한 남자였다. 아니면 그들의 형제나. 같은 체격, 같은 피부색, 같은 얼굴. '세상에, 이게 무슨 상황이지?' 헬레나는 마음을 다스리기 위해 심호흡을 했다. '괜히 설레발칠 필요 없어.' 그의 아내에 따르면 대니 오코너는 실종되었다. 죽은 게 아니라. 시체가 발견된 것도 아니고, 해코지를 당했다는 증거도 전혀 없다. '그러니까 그냥 단순 실종자로 취급해야 해. 어쨌든 당분간은.' 그녀는 사진을 옆으로 치우고 데번을 보며 천천히 고개를 끄덕였다.

"불러줘서 고마워, 데번. 그래요, 젬마, 좀 더 자세히 들어봅시다. 28일 목요일 아침에 남편을 마지막으로 보셨다고요? 부인은 몇 시에 집을 나섰죠?"

젬마가 심호흡을 했다.

"7시쯤에요. 코츠월드에 새로 생긴 스파 호텔로 취재 여행을 갈 예정이었거든요. 아, 저는 프리랜서 기자, 작가예요. 한때는 딱딱한 뉴스를 다뤘지만 요즘은 주로 실용 기사를 쓰죠. 패션, 미용, 여행, 그런 분야요. 〈카미유〉잡지에 기고하는 월간 칼럼 외에도 이런저런 글들을 써요. 주로 집에서 일하지만 한 달에 몇 번씩 외출하거나 출장 갈 기회가 있어서 이번 여행도 손꼽아 기다렸는데…." 그녀의 목소리가 가늘어지고 일 얘기를 하는 동안 잠시 얼굴에 나타났던 생기가 사라졌다. 눈에 다시 비탄이 깃들었다.

"네, 그랬군요. 그래서 작별 인사를 하고 떠난 다음은요? 언제 대니와 다시 통화했죠?" 헬레나는 수첩에 글자를 끄적이고 있었다.

"글쎄요, 정확히 말해 통화는 하지 않았어요. 런던에서 새집으로 이사한 지 몇 주밖에 안 돼서 아직 집 전화를 놓지 않았고, 새 회사에서 업무용 휴대폰도 제때 나오지 않아서 지금 그이한테 전화기가 없거든요. 그래서 지난 몇 주 동안 이메일로 연락을 주고받았어요. 좀 불편하긴 해도 그 방법도 그럭저럭 쓸 만했죠. 그이는 목요일 밤 11시쯤에 제게 잘 자라는 이메일을 보냈어요. 제가 금요일에 집에 도착하면 저녁을 해놓고 기다리겠다고 했고요. 그냥 평범한 이메일이었어요. 저도 사랑한다고 답장을 보냈는데 그게 끝이었어요. 그 이후로는…, 그이한테 소식이 없었거든요." 그녀는 다시 눈시울을 붉히며 떨리는 손으로 휴지를 집었다.

헬레나가 고개를 까딱했다. "그래요. 3월 1일 금요일 밤에 돌아왔더니 남편이 흔적도 없이 사라졌다는 말이죠? 아무것도 가져가지 않았고요? 여권이나 옷 따위도요? 평소 출근할 때 휴대하는 물건 외에는요? 쪽지 같은 것도 남기지 않았겠네요?"

젬마는 고개를 끄덕였다. "쪽지는 없었어요. 그리고 여권이며 옷이며 전부 제자리에 있었어요. 적어도 이 나라를 뜨지는 않았나 봐요." 그녀는 맥없이 웃었다.

"남편분의 사무실, 친구, 가족에게 전화했다고 하셨죠? 병원에도요?"

젬마가 또 고개를 끄덕였다. "네, 생각나는 사람들에게 다 전화했어요. 사무실에 아무도 없어서 그이 동료들과는 연락할 수 없었어요. 남편 친구들 연락처를 다 아는 건 아니지만 아는 번호로는 다 전화를 돌려봤어요. 그이를 봤거나 소식을 안다는 사람은 아무도 없었어요. 하지만 그 사람 가족에게는 연락하지 않았어요. 대부분 아일랜드에 사는데 시어머니는 연로하셔서…, 걱정하실까 봐 알리지 않았어요, 아직은요."

"네, 그쪽 가족까지 걱정시킬 필요는 없겠네요. 당분간은요." 헬레나는 젬마에게 잠시 미소를 지어 보였다.

"조금 있다가 지금까지 연락한 병원들이랑 대니의 직장 주소 좀 알려주세요, 젬마. 생년월일, 마지막으로 봤을 때의 옷차림, 현재 주소, 이사하기 전에 살던 곳 같은 정보도 구체적으로 알려주실 수 있죠? 하지만 그보다 앞서 의례적인 질문을 몇 가지 드릴게요. 최근에 대니의 행동에 변화가 있었나요? 그러니까, 걱정이 있거나 뭔가 어수선해 보이지 않았냐는 뜻이에요. 건강이나 금전 문제는 없었나요? 약물이나 술을 했나요?"

젬마는 고개를 저으며 얼굴을 찌푸렸다. "아니요, 그런 문제는 전혀 없어요. 우리는 행복했어요. 처음에 런던에서 이곳으로 이사하자는 건 그이 생각이었어요. 저는 어디에 살아도 일에 별로 지장이 없어서 선뜻 동의했고요. 사실은 기뻤죠. 남편도 새 직장과 새 삶을 많이 기대했어요. 물론 이사 온 뒤로 집 정리를 하느라 눈코 뜰 새 없이 바빴지만 정말 즐거웠어요. 맘에 쏙 드는 집을 찾을 때까지 세 들어 살 계획이지만 지금 사는 곳도 참 좋거든요. 방도 크고 정원도 아름다워서 우리 둘 다 만족하고 있어요. 아니, 꼭 집 때문이 아니라…, 그이는 건강하고 행복했어요. 솔직히 저는 그 사람이 사라진 이유가 한 가지도 떠오르지가…." 그녀는 말을 끝맺지 못하고 힘겹게 삼켰다.

헬레나는 계속 받아 적었다.

"대니가 소셜미디어는 하나요? 페이스북, 트위터, 인스타그램? 그중에 하나라도?"

젬마는 다시 고개를 저었다. "아뇨, 우리 둘 다 안 하는 거나 다름없어요. 그 사람은 아예 관심 없고 저는 업무용 인스타그램 계정이 있긴 하지만 게시물을 자주 올리지는 않아요. 대니는 사실 소셜미디어를 좋아하지 않아요. 완벽하게 사는 것처럼 보이는 타인들과 자신을 비교하는 건 유해하다면서요. 저는 그렇게까지 싫어하진 않아요. 관심 있는 대상을 팔로우하면 유용할 정보를 얻을 수도 있잖아요. 언론계에 일하면 실제로 업무에 도움이 되기도 하고요. 하지만 형사님 질문에 대답하자면, 저는 대니가 소셜미디어를 하는 걸 본 적이 없어요."

잠자코 앉아 있던 데번이 헛기침을 했다. "두 분이 만난 지 얼마나 됐습니까, 젬마? 결혼은 1년 전쯤에 하셨다고요?"

그녀는 고개를 돌려 데번을 보았다. "사실 그리 오래되진 않았어요. 모든 게 일사천리로 흘러갔거든요. 말 그대로 '불꽃 튀는 연애'라고나 할까요." 그녀는 얼굴을 붉히며 살며시 웃었다. "우리는 18개월 전쯤에 온라인에서 만났어요. 만난 지 석 달 만에 그 사람이 청혼했고 그 석 달 뒤인 작년 3월에 결혼했거든요. 몇 주 뒤면 우리의 첫 결혼기념일이에요. 그러니까, 말씀드렸다시피 모든 일이 순식간에 진행됐어요. 딱 이 사람이다 싶을 때 있잖아요."

"그랬겠지요." 데번이 웃음을 지었다가 금방 진지한 얼굴로 돌아왔다. "그렇다면…, 이런 질문을 드려 죄송하지만…, 다른 사람을 만나 바람을 피웠을 가능성은 없겠죠? 가끔 사람들이 자취를 감추는 이유가…."

젬마는 격렬하게 고개를 저었다. "절대 아니에요. 제 친구도 그런 의심을 하길래 곰곰이 생각해봤어요. 사실 생각도 하기 싫었지만 그것도 한 가지 가설이니까요. 하지만 아무래도 아닌 것 같아요. 그 사람은 하루 종일 직장에 있고 꽤 늦게까지 야근할 때도 있지만 퇴근하고 나면 거의 집으로 바로 돌아왔어요. 이사한 이후로 단 하룻밤도, 주말 한 번도 따로 보낸 적 없고요. 제가 출장을 간 지난 목요일이 브리스톨에 온 후로 처음 떨어진 날이었어요. 런던에서도 대부분 붙어 있었고요. 우리 둘 다 가끔 밤에 각자 친구들과 모여서 놀았고 그 사람은 혼자 자전거를 타러 나가기도 했어요. 자전거를 무척 좋아하거든요. 하지만 대부분의 시간은 둘이서만 보냈어요. 외도를 했다면 제가 몰랐을 리가 없어요. 분명히 눈치챘을 거예요. 우리 둘 사이에는 변한 게 전혀 없어요. 늘 한결같은 사이였어요. 이사한 후로는 여러 면에서 더 좋아졌고…." 다시 그녀의 뺨 위로 눈물이 흘러내리며 얼굴에 줄무늬를 남겼다.

"잘 알겠습니다. 이런 질문을 드려서 죄송하네요. 힘드신 거 잘 압니다."

데번이 티슈 상자를 다시 젬마 쪽으로 밀자 그녀는 훌쩍이며 고개를 끄덕였다. "괜찮아요. 이해해요. 그이가 집에 돌아오기만을 바랄 뿐이에요."

"저희도 최선을 다할 겁니다." 헬레나가 말했다. 그녀가 잠시 데번을 돌아보자 그는 고개를 까딱했다. "그럼 주소, 생년월일 같은 정보들만 알려주시고 집에 돌아가 계세요."

몇 분간 헬레나는 지금 당장 필요한 정보는 전부 확보했다 싶을 때까지 집과 직장 주소, 대니의 상세한 연락처를 비롯한 기본 정보를 읊는 젬마에게 귀를 기울였다. 헬레나는 수첩에 마지막으로 뭔가를 휘갈겨 쓴 다음 펜을 내려놓고 의자에 등을 기댔다.

"일단 탐문을 시작할 겁니다. 집에 가서서 대니의 소식을 듣거나, 친구, 친척을 통해 그의 행방을 알게 되면 곧바로 저희 쪽에 연락을 주셔야 해요. 아시겠죠?"

"감사합니다." 젬마는 천천히 일어서서 먼저 헬레나에게, 다음으로 데번에게 손을 내밀었다. 그녀의 손목에서 우아한 은팔찌가 반짝거렸다.

"감사합니다." 그녀가 반복했다. "정말 감사해요."

"별말씀을요. 하나 마나 한 소리 같지만 너무 걱정하지 마세요. 말씀드렸듯이, 실종자는 대부분 금방 돌아온답니다. 저희도 뭔가 찾아내면 바로 알려드릴게요. 데번이 안내데스크까지 모셔드릴 거예요. 몸 잘 챙기세요."

젬마가 엷은 미소를 지었다. 데번이 그녀를 면회실 밖으로 데리고 나갔다.

그가 돌아왔을 때 헬레나는 여전히 탁자에 앉아 결혼사진을 들여다보고 있었다.

"그래, 어떻게 생각하세요?"

헬레나는 그를 돌아봤다.

"글쎄. 뭐, 희생자의 유형 같은 게 있다면 이 남자는 확실히 거기에 부합해. 나이며, 외모며. 그리고 다운스에서 무척이나 가까운 클리프턴에 산다니까 지역도 맞아떨어지고."

그녀는 젬마와 대니의 주소가 적힌 페이지를 톡톡 두드렸다. 데번이 그녀 옆에 앉았다. 두 사람은 말없이 사진 속의 미소 띤 남자를 응시했다. 헬레나가 한숨을 쉬었다.

"아 진짜, 모르겠어, 데번. 이 남자는 얼마 전에 런던에서 이쪽으로 이사 왔으니까 다른 두 사망자와 관계가 있을 리 없잖아. 닮은 외모 말고는 그 둘 사이의 연관성도 아직 찾지 못했고…. 직업도 전혀 다르고, 서로 아는 사이도 아니고, 공통의 친구나 동료도 없고. 대니는 IT 업계에서 일한다니까 직종도 완전히 다르고, 이사 온 지 얼마 안 됐으니…." 그녀는 또 한숨을 쉬었다.

데번은 사진에서 눈을 떼지 않고 천천히 고개를 끄덕였다.

"그러게요. 살인 피해자 둘이 똑 닮은 것도 소름 끼치게 이상했는데 이제 이 남자까지…, 하지만 팀장님 말이 맞아요. 지금으로서는 단서가 전혀 없죠. 그러면 어떻게 해야 할까요?"

그녀는 잠시 생각하다가 결정을 내렸다. "그래. 아직 우리가 세 번째 시신을 발견한 건 아니잖아. 그냥 남자 한 명이 실종됐을 뿐. 어쨌든 지금으로서는 그래. 계속 그 상태이기를 간절히 바라야지. 그래도 외모가 비슷하다는 점, 그에게 연락이 닿지 않는다는 점을 감안해서…, 우신은 살인 사건과 병행해서 수사해 보자. 아무래도 머빈 엘리엇과 라이언 존스 사건이 우선이겠지. 뭐가 뭔지 파악될 때까지 일단 24시간 정도만 자네가 이번 건은 좀 맡아줄래? 그 사이에 대니가 돌아오고 모든 상황이 기막힌 우연에 불과하기를 기도하자고."

"그래야죠. 바로 시작할게요. 아…, 그런데, 미들 네임이 뮤리엘? 진짜예요?" 그가 히죽거렸다.

"닥쳐. 혹시 소문이라도 나면 출처가 어딘지는 빤하네. 얼른 나가봐."

"갑니다, 간다고요. 비밀은 지켜드리죠."

그는 싱글거리며 일어서서 조사실을 나갔다. 헬레나의 눈길은 탁자 위의 사진으로 돌아갔다. 물론 대니 오코너처럼 생긴 남자가 지금 실종된 건 단순한 우연인지도 모른다. 하지만 갑자기 너무 많은 우연이 겹쳤고 그녀는 우연을 좋아하지 않았다. 우연이라면 딱 질색이었다.

5

마침표를 찍고 방금 쓴 문장을 읽었다. '으악, 완전 개소리잖아.' 전혀 말이 안 되는 소리였다. 백스페이스를 맹렬히 두드려 단어들을 삭제한 다음 좌절감을 느끼며 바퀴 달린 의자를 뒤로 밀었다.

방이 너무 답답하고 훗훗했고, 뱃속은 울렁거렸다. 또 하룻밤 잠을 설쳤더니 머리가 멍하고 눈이 시렸다. 한 시간 전에 홈 오피스로 쓰는 널찍한 방에 억지로 들어왔다. 점심시간까지 어떻게든 기사를 마무리해야 했지만, 남편 걱정에 이토록 애를 태우면서 스파에서 체험한 꿈결 같은 마사지와 맛나고 신선한 음식에 대한 글에 집중할 수 있을까? 여전히 그에게서 아무 소식이 없었다. 내 폰은 잠잠했고 받은편지함은 텅텅 비어있었다. 아침에 눈을 뜨자마자 좀 밝혀진 게 있나 싶어 경찰서에 전화했더니 형사들은 아직 새로운 소식이 없지만 알려줄 정보가 생기면 곧바로 연락하겠다고 점잖게 말했다. 앨버트를 데리고 잠시 산책을 나갔다가 집에 돌아와 일에 주의를 돌리려 애썼지만 도저히 집중할 수 없었다. 불가능했다. 일어서서 양손으로 머리를 쓸어내리며 생각했다. 내게 무슨 일이 있었는지 설명하면 〈피트니스 앤 스타일〉의 편집자 레베카가 마감일을 연장해줄까? 그럴지도 모른다. 책상으로 다가가 휴대폰을 들고 마음이 바뀌기 전에 그녀의 번호를 눌렀다. 2분 뒤, 전화를 끊고 나니 안도의 물결이 밀려들었다. 그녀는 친절했다. 대니가 실종되었다는 소식에 충격을 받았고, 마감을 앞두고 어쩔 줄 모르는 나를 온전히 이해했다.

"진심이에요, 젬마. 원고 걱정은 마세요. 그 기사는 다음 호나 그다음 호로 옮기면 그만이니까요. 쓸 수 있을 때 쓰세요. 제가 도울 일이 있으면 뭐든 말씀하시고요. 남편분께선 분명 곧 돌아오실 거예요. 좋은 소식 있으면 꼭 알려주세요."

나는 노트북을 끄고 아래층 주방으로 내려가며 이토록 배려심 많은 상사를 둔 행운에 감사했다. 음, 엄밀히 따지면 상사는 아니었다. 프리랜서에게는 상사가 없다. 하지만 지난 6개월 동안 내 업무의 태반은 〈피트니스 앤 스타일〉 기사였다. 꽤 좋은 조건이었다. 그것과 매월 〈카미유〉에 기고하는 칼럼 덕분에 웬만큼 수입을 확보할 수 있었고 운 좋게도 〈레드〉의 여행 기사, 〈여성과 가정〉의 건강 관련 기사 등 여기저기서 다른 원고 의뢰도 들어왔다. 처음에는 〈피트니스 앤 스타일〉 일을 해야 하나 말아야 하나 확신이 없었다. 온라인 잡지여서 못 미더웠다. 지금까지 '실물' 신문과 잡지 등 손에 쥘 수 있는 출판물에만 글을 썼기 때문이었다. 하지만 어리석은 걱정이었다. 급증하는 독자와 다수의 유명 기고가 덕분에 〈피트니스 앤 스타일〉은 지난 몇 년 사이 가장 성공한 출판물로 꼽혔고 나도 다양한 주제를 다룰 수 있어서 만족스러웠다. 테스트와 리뷰를 위해 정기적으로 화장품 샘플이 몇 박스씩 내 앞으로 도착했고, 한 달에 몇 번쯤 출장 갈 기회도 생겼다. 새로 오픈한 필라테스 스튜디오, 새로 런칭한 패션 브랜드, 그리고 누구나 부러워할 스파 호텔이나 리조트로. 하룻밤 묵으며 그곳에서 제공하는 서비스를 즐기고 그 경험을 기사로 옮기는 일이었다. 신문 기자로 일하던 초창기와는 판이하게 다른 삶이었다. 지역 언론사를 거쳐 마침내 꿈에 그리던 〈텔레그래프〉에 입사했었다. 한동안은 큰 사건을 쫓아다니고 중요한 인터뷰를 따내는 바쁜 나날을 즐겼지만 몇 년이 지나자 긴 업무 시간과 끝없는 스트레스가 고통으로 다가오기 시작했다. 불안감이 점점 커지면서 며칠 연이어 한숨도 못 잘 정도로 심한 불면증에 시달렸다. 빈 화면을 바라볼 때마다 공포에 사로잡혀 한 단어도 쓸 수 없었다. 2주 사이에 두 번이나 마감을 지키지 못하고 편집국에 불려가 질책을 들은 날, 곪아가던 상처가 한꺼번에 터져버렸다. 그날 밤, 땀을 흘리고 몸을 떨면서 비틀대며 지하철을 타고 집으로 가다가 두 정거장 앞에서 내려 숨을 헐떡였다. 꼭 심장마비가 온 것 같았다. 다음날 의사를 찾아갔더니 공황발작일 가능성이 높다며 상태가 극히 안 좋아 보이므로 정신 건강을 위해 일을 좀 쉬라고 충고했다. 나는 바로 그날 오후에 신문사에 전화해 그 사실을 알렸다. 그날 밤, 등에 지고 있던 육중한 짐 덩어리를 내려놓은 홀가분한 기분으로 몇 달 만에 처음 숙면을 취했다. 그래도 나는 운이 좋은 편이었다. 지난해에 쓴 기사 몇 건이 내 몸값을 올려준 덕분에, 프리랜서가 되기로 결심하고 일을 구하러 나서자마자 영국에서 가장 많이 팔리는 여성 월간지 〈카미유〉의 칼럼니스트로 계약할 수 있었다. 원고료는 아주 후했고, 이 일이 내게 명성을 안겨주면서 다른 잡지들도 앞다투어 일을 맡겼다. 아무래도 처음에는 이런 방향 전환이 쉽지만은 않았다. 뉴스 편집실에서 동료들과 주고받던 신소리가 못 견디게 그리웠지만 그들과는 계속 연락을 주고받았고 머잖아 프리랜서 생활에도 완벽히 적응했기에 내 결정을 후회한 적은 없었다. 립스틱과 벽지에 대한 글을 쓰는 것은 내무장관을 인터뷰하거나 살인 사건 공판을 취재하는 것과는 크게 달랐지만, 이미 그런 일을 신물 나게 하다가 내게는 이런 평화로운 삶이 더 필요하다는 사실을 절실히 깨달은 다음이었다. 하루 24시간 내내 뉴스데스크에 묶여 있어야 하고 다음에 쓸 중요한 기사 때문에 늘 신경을 곤두세우는 대신 편히 잠자고 숨 쉬고 생활할 수 있는 세계였다.

그 무렵 앨버트도 내 삶에 들어왔다. 일하는 시간이 길던 시절에는 데이트는 말할 것도 없고 동물을 키운다는 것은 생각조차 할 수 없었다. 하지만 갑자기 무엇이든 할 수 있게 되자, 개를 입양하는 것이 나의 새 출발을 기념할 완벽한 선물처럼 느껴졌다. 집에서 글을 쓸 때 내 곁을 지키는 친구, 날마다 신선한 공기를 마시러 밖으로 나갈 수 있는 핑곗거리. 앨버트는 내게 많은 기쁨을 가져다주었다. 다행히 대니도 귀엽고 영리한 내 강아지를 보자마자 퍽 마음에 들어 했다.

"젬마, 이 녀석은 정말이지 완벽해." 그는 쭈그리고 앉아 개를 자세히 들여다봤다. 앨버트가 배를 긁어 달라는 듯 벌러덩 드러눕자 대니는 껄껄 웃으며 실컷 쓰다듬어 주었다.

"아일랜드에 살 때는 집에 항상 개가 있었는데 런던에 온 후로는 일도 바쁘고 해서 도저히 키울 여력이 없었어. 지금 데리고 나가서 산책해도 될까? 우리랑 같이 레스토랑도 가고!"

그의 적극적인 모습에 나는 온몸을 휩쓰는 행복을 느꼈다. 대니에게 이미 품고 있던 호감은 순식간에 배가 되었다. 18개월이 지난 지금도 더없이 행복했다. 물론 금요일 전까지 그랬다는 뜻이다. 대니의 얼굴이 다시 머릿속을 떠돌자 목이 메었다. 한 시간쯤 억지로 글 쓰는 데 집중하다 보니 집착에서 조금 벗어날 수 있었지만 이제 두려움이 되돌아오고 있었다. 월요일 아침이었다. 나흘째 아무 소식이 없었다. 몇 번이나 이메일을 보내도 답장이 없었고, 스카이프에 접속하려는 시도는 번번이 실패했다. 그의 상태는 변함없이 오프라인이었다.

'어디 있는 거야, 대니? 제발, 이런 장난 이제 재미없거든!'

내 가족과 대니의 가족에게 언제 알려야 하나 고민하다가 며칠, 아니 한 주 더 미루기로 했다. 그때쯤이면 그가 틀림없이 돌아왔을 테니 쓸데없이 모두를 겁 먹일 필요는 없었다. 내 정신을 챙기기도 버거웠다. 오로지 할 일을 만들기 위해 그날 아침에만 다섯 잔째 커피를 끓이려고 전기주전자를 켜다가 문득 깨달았다. 잠자리에서 졸고 있는 앨버트에게는 밥을 먹였지만 나는 전날부터 아무것도 먹지 않았다는 사실을. 경찰서에 가기 전에 먹은 토스터에 구운 빵 한 조각이 전부였다. 대니의 다른 사진을 찾아야 했다. 형사들이 가급적 최근에 찍은 사진을 갖다 달라고 부탁했던 기억이 났다. 내가 만난 두 형사는 친절했다. 여자 경찰(디킨스 경감이라 했나?)은 작은 체구에서 엄청난 파워가 느껴졌다. 몸은 호리호리하고 탄탄했으며 짧게 자른 금발에 강렬하고 짙푸른 눈빛이 인상적이었다. 그녀의 부하직원인 클라크 경사는 좀 더 조용하고 차분했다. 훤칠하고 건장한 체격에 깔끔하게 손질된 수염, 희고 고른 치아, 매끄럽고 어두운 피부를 지닌 잘생긴 남자였다. 매우 보기 좋은 한 쌍이었다. '혹시 연인 사이는 아닐까?' 나는 괜히 궁금해 하다가 이내 생각을 접었다. 그들은 TV 경찰 드라마의 주인공이 아니라 브리스톨의 형사들이다. 화장실 갈 시간도 없을 만큼 바빠서 사내 연애는 엄두도 못 낼 것이다.

커피와 토스트를 거실로 가져가 소파에 풀썩 주저앉았다. 커다란 벽난로, 쿠션이 놓인 창가 벤치, 반질거리는 짙은 색 나무 바닥, 높다란 천장. 널찍하고 환하고 우아한 공간이었다. 우리는 노란 벨벳 소파를 새로 장만하고, 집을 좀 꾸며도 되는지 집 주인에게 확인한 다음 벽 두 면을 덮을 은은한 비둘기색의 고상한 격자 무늬 벽지를 구했다. 어느 날 오후에 직접 벽지를 바른 후 나는 매우 뿌듯했다. 이미 흠잡을 데 없는 상태였지만 이 집에서 최소 1년은 살 계획이어서 우리만의 취향을 좀 더하고 싶었다.

"화단 무늬야." 도착한 벽지 샘플을 보여주며 대니에게 설명했다. "빅토리아식 정원 본 적 있지? 아름다운 무늬가 만들어지도록 화단을 설계하잖아. 집 분위기를 해치지 않으면서도 현대적 감각을 더해줄 거야."

과장되게 어리둥절한 표정을 짓는 그를 보고 나는 웃으며 설명을 포기했다. 대니가 인테리어에 별로 관심이 없었기 때문에 내 취향대로 꾸밀 수 있었다. 내가 부탁했다면 그는 기꺼이 도와주었겠지만 어차피 내가 결정한 대로 따랐을 테니 아무래도 좋았다.

잠시 앉아서 거실을 둘러보다가 무엇을 하러 여기 들어왔는지를 떠올리고 휴대폰을 꺼냈다. 사진 파일을 열고 스크롤을 하며 괜찮은 사진이 있는지 찾아보았다. 대니는 사진 찍히는 것을 질색했다. 그렇게 잘생긴 얼굴을 하고도 카메라 앞에 서기를 몹시 꺼렸다. 그래도 이사한 후에 사진을 몇 장 찍어뒀으니 그중 하나를 경찰에게 넘길 생각이었다. 거실 한가운데 서서 벽을 응시하는 대니를 가까이서 찍은 적이 있었다. 나를 도와 우리가 가진 큰 사이즈의 그림 중에 벽난로 위에 어느 것이 가장 어울릴지 확인하는 모습이었다. 대니가 알아채기 전에 사진을 찍으려 했는데 그는 소리를 지르며 달려들어 나를 페르시아 실크 양탄자 위에 쓰러뜨렸다. 그는 나더러 '악질 파파라치보다 더 지독하다'며 숨 막히도록 입을 맞췄다.

'아 대니, 당신이 너무 보고 싶어. 제발 집으로 돌아와.'

휴대폰 화면에 손가락을 댔다가 나는 멈칫했다. 한 달 치 사진을 뒤져도 마음에 드는 것을 찾지 못해 눈살을 찌푸리며 더 앞쪽을 스크롤하던 참이었다. 다 어디 간 거야? 브리스톨에 온 이후로 찍은 그 많은 사진들은 대체 어디로 갔지? 최근 몇 주간 업무용으로 찍은 보습제 용기와 물 빠진 청바지, 유리그릇에 담긴 싱싱한 분홍 난초 사진. 방 몇 군데를 찍은 사진, 인테리어를 구상하느라 벽에 다양한 색을 적용한 이미지들. 대니가 독특한 DIY를 시도한다며 선반을 기우뚱하게 세우는 사진은 어디 있더라? 둘이서 하루 종일 방을 정리하고 상자를 계단 위아래로 나르느라 땀범벅에 녹초가 된 상태로 침대에 널브러진 채 입이 찢어져라 웃으며 찍은 사진은? 커다란 안락의자에 둘이 붙어 앉아 샴페인 잔을 부딪치는 사진은? 휘리릭 넘기다가 놓쳤나 싶어 이번에는 하나하나를 천천히 클릭했다. 하지만 아니었다. 이번에도 우리가 이사하기 전 런던에서 찍은 사진으로 돌아와 있었다. 지난 몇 주 사이의 사진들은 어디 있나? 최근 사진 전부가 아니라 일부만 없어진 이유가 뭘까? 카메라 앱에 문제가 생겼나? 하지만 전부 클라우드에 백업되는 거 아니었나? 클라우드 앱을 열어 다시 스크롤을 시작했지만 조금 전 사진 파일에서 수차례 확인한 사진들뿐이었다.

"뭐야? 이럴 리가 없는데." 내 입에서 이런 말이 터져 나왔다. 쿠션 위에 전화기를 내려놓고 가만히 앉아서 생각했다. 분명히 어딘가에 있을 텐데 그게 어디란 말인가? 다른 폴더에 저장되었나? 하지만 사진은 자동으로 사진 폴더에 저장되지 않나? 분명히 뭔가 잘못됐다. 나는 딱히 기계치는 아니었지만 이제 어디를 찾아봐야 할지 어리둥절했다. 경찰이 가급적 오늘 내로 사진을 보내달라고 당부했는데. 어떻게 해야 하지? 런던에 살 때 찍은 사진을 주면 되겠지. 폰에 몇 장 들어 있는데 그 정도면 충분히 최근이다. 불안감을 잠재우려고 심호흡을 한 다음 다시 폰을 집어 이번에는 이메일을 확인했다. '혹시 모르잖아.' 하지만 지금까지 스무번, 쉰 번, 백 번 확인했을 때와 마찬가지로 받은편지함에는 새 메시지가 없었다. 왈칵 눈물이 쏟아졌다. 더 이상 견딜 수가 없었다. 나흘이 흘렀다. 나흘이나. 그는 어디 있을까? 다쳐서 어딘가에 쓰러져 있는데 도움을 받지 못하는 건 아닐까? 정녕 아무 말도 없이 떠난 걸까? 사람들 말처럼 다른 여자가 생겨서 나를 버렸나? 아니면…, 죽기라도 한 건가? 심장이 쿵쾅대고 호흡이 거칠어졌다.

'그만. 그만해, 젬마.'

이런 생각은 누구에게도 무익하다. 파들거리는 손으로 메시지를 넘겨보다가 대니가 목요일 밤에 보낸 마지막 이메일을 찾았다. 그가 쓴 글을 다시 읽고 싶은 마음이 간절해졌다. 내가 뭔가 놓친 게 아닐까. 행간의 의미라든지, 그의 행방을 알려줄 단서라든지. 젠장, 그의 마지막 이메일은 어딨는 거야? 이제는 그것이 보이지 않았다. 내가 실수로 삭제했나? 그건 확실히 아니다. 나는 남편의 메시지를 지운 적이 없다. 휴지통 폴더를 클릭해 검색 창에 대니의 이름을 입력했다.

메시지가 없습니다.

나는 분명히 휴지통을 비운 적이 없다. 그러면 어디 있단 말인가? 받은편지함으로 돌아가서 똑같이 검색했다. 이번에는 대니가 보낸 이메일 여러 개가 나타났지만 가장 최근 것이 몇 주 전인 1

월 30일 수요일에 발송된 것이었다. 이게 대체 무슨 일인가? 대니에게 휴대폰이 없다 보니 브리스톨로 이사한 후에도 우리는 이메일 수십 통을 주고받았다. 그것들이 다 어디로 갔나?

"오, 세상에!" 전화기를 카펫에 집어 던지고 주저앉아 두 손으로 얼굴을 감싼 채 눈물을 줄줄 흘렸다. 대니의 마지막 이메일을 읽어야 하는데. 내 휴대폰에 무슨 문제가 생긴 건가? 아니면 이메일 서비스 제공자가 문제인가? 내가 모르는 다른 문제가 있나? 업체에 전화해서 물어봐야 하나….

두서없는 생각을 방해하는 날카로운 벨소리에 소스라치게 놀랐다. 초인종이었다. 대니인가? 열쇠를 어디선가 잃어버리고 집으로 돌아왔나? 주방에서 힘차게 짖는 소리가 들렸다. 앨버트도 기대에 차 있다는 뜻이다.

"대니!" 거실에서 복도로 쿵쿵대며 달려 나갔다. 갑자기 쌩 지나가는 앨버트에게 걸려 넘어질 뻔했다. 내 손가락은 더듬거리며 문고리를 찾았고 심장은 아프도록 두근거렸다.

"대니- 아!"

"오코너 부인, 불쑥 찾아와서 죄송합니다만…, 괜찮으세요?"

데번 클라크 경사가 문간에 서 있었다. 떡 벌어진 어깨에 검은 코트를 걸친 그는 의아한 듯 나를 보며 눈썹을 찡그렸다. 그의 옆에 그보다 작고 젊은 남자가 서 있었다. 날렵한 코에 조그만 직사각형 안경을 얹은 그도 나를 응시하고 있었다. 나는 뒷걸음질 치다가 복도 거울에 비친 내 모습을 보고 비로소 울고 있었다는 사실을 깨달았다. 어제 바르고 씻어내지 않은 마스카라가 내 뺨에 줄무늬를 그렸고, 빗질하지 않은 머리카락은 산발이었다.

"아, 맙소사, 죄송합니다. 대니가… 온 줄 알았어요. 아직도 남편한테 소식이 없어서 제가 좀 제정신이 아니라…, 아, 안 돼요, 제발 나쁜 소식을 전하러 왔다는 말씀은…."

형사 두 명이 좋은 일로 집에 찾아왔을 리는 없다는 생각에 다시 공포가 일기 시작했다.

"제발요…."

클라크 경사는 고개를 저으며 복도로 들어와 내 어깨를 토닥였다.

"아니, 아니, 그런 일로 온 건 아닙니다. 걱정 마세요. 방금 탐문을 하다가 좀 이상한 점을 발견해서 알려드리려고요. 얼굴을 보고 말씀드리는 게 낫겠다고 생각했습니다. 하지만 무서운 일은 아니니 진정하세요. 들어가서 좀 앉으실까요? 이쪽은 스티븐스 경장입니다…." 그가 뒤에 서 있는 작은 남자에게 손짓하자 그는 고개를 까딱하며 보일 듯 말 듯 한 미소를 지었다. "이 친구에게 주방이 어딘지 알려주시면 맛있는 차를 끓여올 겁니다. 그 사이 우리는 대화를 나누고요. 그나저나 이 개는 낯선 사람을 경계하지 않나요?"

나를 지키려는 듯 앞에 버티고 선 앨버트를 내려다봤다. 나는 숨을 들이마시고 고개를 끄덕였다.

"죄송해요. 전 그냥…, 네, 얘는 괜찮아요. 앨버트, 네 침대로 가 있어. 이분은 대니가 아니야. 어서 가, 앨버트. 주방은 저쪽이에요. 개를 따라가시면 돼요. 저는 거실로 안내해 드릴게요."

잠시 머뭇거리나 싶더니 앨버트는 눈에 띄게 실망한 기색으로 고개를 숙이고 복도를 건너갔다. 스티븐스 경장이 지시받은 대로 개를 따라가자 나는 비틀대며 거실로 돌아가 소파에 털썩 주저앉았다. 힘이 풀린 다리가 휘청거렸다. 클라크 경사는 반대편 의자

에 앉아 몇 분간 한담을 늘어놓다가 대니에게 연락이 있었냐고
물었다. 그리고는 화제를 완전히 돌려 커다란 퇴창과 사이드 테이
블에 놓인 청동 조각품을 가리키며 칭찬했다. 그러다 다시 우리
가 브리스톨에서 산 지 얼마나 됐냐고 물었다. 하지만 김이 오르
는 머그잔 세 개가 얹힌 쟁반을 들고 스티븐스 경장이 나타나자
분위기는 바뀌었다.

"오코너 부인, 약속드린 대로 오늘 오전에 남편의 실종에 대해
탐문을 좀 했습니다. 대니의 직장부터 찾아갔죠. ACR 시큐리티라
고 하셨죠?"

갑자기 진지해진 그의 말투에 온몸이 오싹해졌다. 나는 고개를
끄덕였다.

"네, 그런데요?"

그는 잠깐 뜸을 들였다. "음, 좀 이상하긴 한데… 그곳은 대니의
직장이 아닙니다."

나는 무슨 소린가 싶어 그를 빤히 보았다. "무슨 말씀이세요?
당연히 그곳은 남편 직장이에요. 오래 다니지는 않았지만 몇 주
전부터 분명히 다녔다고요. 틀림없이 일을 시작했는데…" 나는
정확한 날짜를 떠올리느라 잠시 기억을 더듬었다. "대니가 런던에
서 마무리할 일이 있다고 해서 제가 그이보다 한 주 일찍 브리스
톨에 왔어요. 말씀을 드렸었는지 기억이 잘 안 나네요. 그 사람은
2월 8일 금요일 저녁에 이 집에 도착했어요. 월요일부터 ACR에
출근했으니 11일이 되겠네요. 죄송하지만 그곳이 남편 직장이 아
니라는 게 무슨 뜻인지 이해가 잘 안 돼요."

클라크 경사는 잠시 동료와 시선을 교환하고는 다시 나를 보았
다. "오코너 부인, 남편분은 ACR에 지원을 했고 실제로 2월 11일

부터 일을 시작할 예정이었답니다. 하지만 그 몇 주 전에 사정이 바뀌어서 그 자리를 포기하겠다며 이메일로 통보했대요. 당연하겠지만 회사 측에서는 그가 갑자기 마음을 바꿔 촉박하게 통보했다며 못마땅해 하더군요. 결국 ACR 시큐리티는 대니의 직장이 아니었다는 뜻입니다. 그러니까…, 어떻게 된 일인지 저희한테 설명 좀 해 주시겠어요?"

6

"그 여자가 설명을 전혀 못 했다고? 정말 아무것도 모르더란 얘기지?"

데번의 책상에 걸터앉아 있던 헬레나는 그를 내려다보며 인상을 썼다. 그도 차를 한 모금 마시고 얼굴을 찡그리더니 컴퓨터 키보드 옆의 컵 받침에 머그잔을 조심스레 내려놓았다.

"네. 솔직히 한 방 맞은 표정이었어요. 본인이 알기로 남편은 새 직장에 매우 만족했답니다. 날마다 꼭두새벽에 출근하고, 보통 6시 이후에, 때로는 훨씬 늦게 귀가했다는군요. 이사 후 평일에는 하루도 빠지지 않고 출근했대요. ACR 시큐리티에 다니지 않았다면 그 시간에 뭘 했을지 궁금하네요."

헬레나는 천천히 고개를 끄덕였다. "이유는 알 수 없지만 아내에게 알리지 않고 다른 직장에 나간 거 아닐까? 아니면 아예 딴 짓을 하고 돌아다녔거나? 그 사람 은행 계좌를 확인해야겠어, 데번. 다른 회사에서 돈을 받고 있었는지 알아봐야지. 브리스톨에서 일한 지 3주밖에 안 됐다면 아직 월급날이 안 돌아왔을 수도 있지만. 아마 월말이겠지?"

"그렇겠죠. 이미 조사는 시작했습니다. 그러니까…, 프랭키가요. 오늘 오후쯤이면 은행 거래 내역을 확보할 수 있을 거예요."

그는 옆 책상을 가리켰다. 프랭키 스티븐스 경장이 휴대폰으로 열심히 채팅을 하고 있었다.

"그래, 잘했어. 그나저나 최근에 찍은 사진은 받았어?"

데번이 고개를 끄덕였다. "이메일로 보냈더군요. 지난 몇 주 사이에 찍은 사진은 하나도 못 찾았답니다. 휴대폰에 말썽이 생겼는지 최근에 받은 이메일과 사진이 전부 지워졌대요. 그래도 몇 달 밖에 안 된 사진이에요. 몇 장을 인쇄했어요. 이 정도면 괜찮을 거예요."

"알았어. 좋아, 그럼 계속 분발해주고 새로운 소식 있으면 알려줘. 당분간은 이 사건이 외부에 알려지지 않았으면 해. 신문이나 소셜미디어에 실종자 얘기가 나오면 안 돼. 다른 두 사건과 관련이 있을지 없을지 모르는데 외부에서 멋대로 넘겨짚을까 걱정이야. 오늘 기사만으로도 충분해."

헬레나는 데번의 책상에 놓인 〈브리스톨 포스트〉 조간 제1면 기사를 흘끔 보며 한숨을 지었다. 두려워하던 일이 그대로 벌어졌다.

다운스에서 발생한 두 건의 살인…, 커져가는 연쇄 살인 공포

"지긋지긋한 기자놈들. 그러니까 입단속 좀 잘 해줘. 요즘 얼마나 일이 많은지는 잘 알아, 데번. 정말 고맙게 생각하고 있어."

"별말씀을요. 요즘 수사 말고는 딱히 할 일이 없어서 괜찮습니다. 젊고, 딸린 식구 없는 홀몸이니까 가능하겠죠?"

헬레나는 그의 말에 연민 어린 미소를 지어 보이고 책상에서 일어나 옷매무새를 다듬었다. 가엾은 데번은 지난해에 만난 여자친구에게 불과 몇 주 전에 차였다. 겉으로 티는 내지 않아도 분명 실연의 아픔을 처절하게 겪고 있었다. 언제 그에게 술이라도 사주며 위로하고 싶었지만, 지금 당장은 해결해야 할 일이 태산인데 상황은 더 꼬이고 있으니…. 그녀는 고개를 절레절레 흔들며 지저분한 서류가 무더기로 쌓인 책상들 사이를 빠져나갔다. 대니 오코너의 실종에 수상한 점이 있다는 생각이 들기 시작했다. 새 직장에 한 번도 나간 적 없다는 사실이 특히 이상했다. 그래도 시신으로 발견되지 않는 한 그는 실종자에 불과했다. 더구나 그녀의 머릿속은 더 중요한 것들이 차지하고 있었다. 실제로 살해당한 두 사람이었다. 서로 관계가 있을 수도, 없을 수도 있지만 그것을 밝힐 단서는 턱없이 부족했다. 한숨을 푹 쉬며 그녀는 자신의 책상 앞에 앉아, 먹다 만 모차렐라 토마토 샐러드가 담긴 플라스틱 용기를 옆으로 치우고 키보드를 두드려 컴퓨터 화면을 깨웠다.

바탕화면에 두 건의 포렌식 결과 파일이 열려 있었다. 암담한 마음으로 두 문서를 열 번째로 꼼꼼히 읽었다. 사실상 별 내용이 없었다. 살인자는 극히 주도면밀했는지 아니면 그저 운이 좋았는지, 희생자들에게 자신의 흔적을 전혀 남기지 않았다. 살인자가 여성일 가능성도 배제할 수 없다고 헬레나는 생각했다. 지금 단계에서 단정은 금물이었다. 다만 그녀는 범인이 남성이라는 쪽에 무게를 싣고 있었다. 두 사건 현장에서 흉기는 발견되지 않았지만 머빈 엘리엇과 라이언 존스는 상당한 힘으로 휘두른 무거운 물체에 가격 당했다. 둘 다 두부 손상으로 사망했다는 사실은 이제 확실해졌다. 젊고 건강한 남자들을 여자가 그토록 쉽게 쓰러뜨릴 수는 없다. 다만…, 헬레나는 이따금 달리기 대신 실내 운동을 할 때 동네 헬스장에서 본 몇몇 여자를 떠올렸다. 보디빌더들, 피트니스 대회에 참가하는 여자들이라면 남자를 거뜬히 쓰러뜨릴 것이다. '그러니까 아무도 배제해서는 안 돼.' 범인의 범위를 제한하기에는 너무 일렀다. '모든 가능성에 마음을 열어둬야 해.'

다시 일어서서 사건 현황판 쪽으로 다가가며 손으로 아픈 등허리를 문질렀다. '나중에 샬럿에게 등 마사지를 해달라고 부탁해야지. 내가 집에 도착할 때까지 안 자고 깨어 있다면.' 그럴 리 없다는 생각에 그녀는 혼자 쓴웃음을 지었다. 그녀의 배우자는 도심지 중학교의 교장으로, 퇴근할 때면 헬레나만큼 녹초가 되었다.

"집에 와서 저녁 먹을 거야? 내가 멍청한 질문을 하는 건가?"

길고 답답할 게 빤한 하루를 앞두고 달리기를 하러 나가려고 아침 6시에 조용히 침대에서 빠져나가는 헬레나에게 샬럿이 잠결에 물었다. 헬레나는 몸을 숙여 샬럿의 이마에 가볍게 입을 맞췄다. 그녀에게서 장미 오일 향이 났다.

"미안, 나 때문에 깼어? 그런데 솔직히…, 어려울 것 같아. 중요한 사건인데 단서가 전혀 없어, 샬럿, 아무것도. 당분간은 집에서 저녁을 못 먹는다고 봐야지. 다 끝나면 내가 다 갚을게, 약속해."

"알았어, 알았어. 또 그 소리야."

샬럿은 그녀의 팔을 꼭 쥐었다가 몸을 돌려 다시 눈을 감았다. 헬레나는 얼른 옷을 걸치고 어둡고 싸늘한 아침 공기 속으로 들어갔다. 죄책감에 마음이 아렸다. 샬럿은 인내의 화신이었지만 그 인내가 얼마나 더 지속될지 걱정될 때가 있었다. 가엾은 데번도 최근에 몸소 겪었듯 이 직업은 관계에 독약이었다. 더구나 샬럿은 아이를 원했다. 실은 헬레나도 마찬가지였지만 둘 다 너무 바쁘다 보니….

헬레나는 한숨을 푹 쉬었다. 샬럿은 절대 그녀에게 부담을 주는 사람이 아니었다. 하지만 최근에는 몇 번이나 섭섭한 속내를 드러냈고 별 관련 없는 대화를 나누는 중에 아기 얘기가 튀어나오기도 했다. 헬레나는 화제를 돌려 언쟁을 피했지만 언제까지나 그럴 수는 없는 노릇이었다. 이번 일만 잘 마무리되면….

그녀는 또 한숨을 쉬며 사건 현황판을 응시했다. 그날 아침에 한 가지 돌파구를 찾긴 했다. 한 젊은 경장이 두 희생자 사이의 사소한 연결고리라도 찾아내려고 여러 날 고군분투한 끝에 몇 시간 전 상기된 표정으로 그녀를 찾아왔다. 그는 머빈 엘리엇과 라이언 존스가 같은 데이트 앱을 썼다고 보고했다.

"틴더 같은 사이트처럼 회원 수가 많지는 않지만, 신중한 만남을 원하는 사람들 사이에서 인기를 얻고 있는 앱이죠." 새 소식을 속히 전하고 싶은 마음에 그는 급하게 말을 쏟아냈다. "엘리트 후크업Elite Hookups이라고, 줄여서 EHU라고도 합니다. 무료가 아니더군요. 기본 서비스만으로도 상당한 이용료를 내야 합니다. 기본 서비스는 무료로 이용하고 프리미엄 서비스에 가입비를 내는 여느 앱들과 달리, 상당한 월 이용료를 선결제해야 해요. 그래서 '엘리트'라는 말이 붙었나 봅니다."

헬레나가 기억하기로 마이크 슬레이터라는 이름의 이 경장은 말을 잠시 멈추고 숨을 몰아쉬며 수첩 페이지를 뒤적였다. 그는 눈을 빛내며 다시 그녀를 응시했다.

"두 사람 다 가입했는데 진짜 흥미로운 사실은, 두 피해자의 휴대폰에서 이 앱이 삭제됐다는 겁니다. 제가 조사를 시작한 계기는 머빈과 라이언의 친구들에게서 그들이 데이트 앱을 쓴다는 말을 들었기 때문이에요. 어떤 앱인지는 아무도 몰랐고 시신이 발견되었을 때 휴대폰에도 깔려 있지 않았습니다. 어디서부터 시작해야 할지 난감하더군요. 저는 결혼한 몸이라 이 바닥을 잘 모르지만 주변에 물어보고 이 사무실에 있는 모든 싱글을 대상으로 여론 조사를 했어요." 그가 사무실 쪽으로 슬쩍 손짓했다. "요즘 어떤 데이트 앱이 가장 인기 있는지 물었더니 거의 모두가 EHU를 꼽았어요. 나온 지 1년 반밖에 안 됐지만 기존에 쓰던 앱을 버리고 이쪽으로 갈아탔다는 사람이 많았습니다. 물론 다 그런 건 아니지만요. 프랭키는 그라인더를 고집해요. 섹시한 남자들이 많아서 다른 데 가입할 생각은 없다고…" 그는 씩 웃으며 스티븐스 경장이 앉아 있는 쪽을 힐끔 돌아보고는 다시 헬레나 쪽을 향했다. "죄송합니다. 어쨌든 이 EHU를 포함해 많이 쓰는 앱 다섯 개를 추려봤어요. 승산이 낮기는 했지만 운이 따라주었습니다. 앱을 만든 회사들에 연락해 머빈과 라이언의 가입 여부를 알아낼 방법이 있는지 물었죠. 남자 둘이 살해당했다고 설명해도 몇 곳은 비협조적으로 나왔어요. EHU에 전화했더니 생각을 좀 해 보겠다고 하더군요. 그리고 얼마 후 아주 기본적인 데이터는 내놓을 수 있다고 연락을 주었어요. 결국 머빈과 라이언 둘 다 가입한 것으로 드러났습니다."

그는 다시 말을 멈췄다.

"둘 다 몇 달 전에 가입했는데…" 그는 메모를 참고했다. "머빈은 작년 9월, 라이언은 11월에요. 시신이 발견되었을 때 휴대전화에 그 앱이 없던 게 정말 이상해요. 저도 이 부분은 설명을 못 하겠습니다. 전부 우연일 뿐이고 사건 해결에 아무 도움도 안 될 수도 있지만, 우리 피해자들이 앱에서 만난 상대들에 대해 정보를 줄 수 있는지 EHU 측에 문의했어요. 그 명단에 있는 사람들을 새로 조사해야겠죠. 피해자들의 친구들은 별 도움이 안 됐거든요. 머빈도, 라이언도 몇 달 동안 친구들에게 여자를 소개한 적이 없었답니다. 그 정도로 진지한 데이트 상대를 못 만난 거죠. 그래서 저는 두 사람이 앱을 통해 연락을 주고받았던 여성들을 찾는

다면 수사가 새 국면으로 전환되리라 보았습니다. 그중에 우리에게 도움 될 정보가 있는 여자가 있을지도 모르니까요. 물론 아닐 수도 있지만….”

의자에 앉아 점점 흥미를 보이며 귀를 기울이던 헬레나가 느닷없이 일어서서 손뼉을 쳤다. “잘했어, 마이크! 그러면 앱 회사에서 그 정보를 넘겨받을 수 있는 거지?”

경장은 잠시 시선을 떨구고 발을 바닥에 끌다가 고개를 들었다. 그의 얼굴에서 미소가 희미해지고 있었다.

“아, 음, 거기서부터가 문제예요. 비싼 가입비를 받는 유료 앱이다 보니 운영 방식이 조금 특이하더군요. ‘내가 마음에 들면 오른쪽으로 스와이프하세요’ 같은 방식이 아니에요. 모든 가입자는 자신의 프로필에 이메일 주소를 표시해야 합니다. 사용자들은 개인 이메일보다 이 사이트에서만 쓸 새 이메일을 만들라는 권유를 받지만 선택은 각자의 몫이죠. 그런 다음에 직업, 체형, 나이, 취미 등 평소에 선호하는 유형의 상대를 검색하고, 외모가 마음에 드는 사람을 찾아 이메일을 보내면 그때부터 앱의 역할은 끝나요. 그게 이 사이트의 특징이에요. 다른 사이트에 비해 개인정보를 훨씬 강력하게 보호합니다. 관계가 어떻게 진전되는지 아는 사람은 이메일을 주고받는 두 당사자뿐이에요. 즉, 앱 운영자들도 누가 누구에게 연락하는지 알 수 없습니다. 데이트 상대를 찾으려는 사람들을 위해 은밀한 플랫폼을 제공할 뿐이죠.”

헬레나는 심장이 내려앉는 기분이었다. ‘젠장, 좋다 말았네.’

“알았어, 골치 아프게 됐네. 그래도 수고했어, 마이크.”

그녀는 잠시 눈썹을 찌푸리며 머리를 굴렸다.

“가만, 머빈과 라이언의 전화번호와 이메일 계정은? 어쨌거나 처음에 이메일을 주고받으면서 데이트가 시작된다면, 통화 내역이나 이메일을 통해서 그들이 만난 상대들을 확인할 수 있지 않나?"

마이크는 격하게 고개를 끄덕였다.

"IT 담당자들이 다시 조사하고 있습니다. 두 사망자의 이메일과 통화 내역부터 찾아봤지만 건질 만한 내용은 없었답니다. 아마 데이트 약속보다는 협박 편지 같은 걸 찾아봤겠지만요. 아무튼 이 앱과 관련한 기록을 다시 살펴보고 있습니다. 저도 EHU에 다시 찾아가 좀 더 도움을 받을 게 있는지 문의해볼 생각이고요. 적어도 수사 범위를 좁힐 수 있는 검색 데이터는 갖고 있겠지요. 가령 머빈이 키 큰 빨강머리 여성을 많이 검색했다고 밝혀지면 그의 데이트 상대들을 특정하는 데 도움이 될 겁니다. 아닐 수도 있고요. 물론 제가 영 헛짓을 하고 있을 가능성도 있겠죠."

"그게 아닐 수도 있고. 고마워, 마이크. 대단한 일 했네. 드디어 두 사망자의 공통점을 찾았어. 현재로서는 그게 우리가 가진 유일한 단서니까 더 조사할 필요가 있어. 뭘 더 알아내면 최대한 빨리 알려줘."

이미 몇 시간 전에 나눈 대화였고 그 이후로는 새 소식이 없었다. 헬레나는 잠시 현황판을 응시하다가 생각에 잠긴 채 책상으로 돌아갔다. 데이트 앱이라. 요즘은 다들 짝을 그런 식으로 찾는 모양이었다. 그녀 때는 저녁에 술집, 클럽에 가서 사람들을 만났는데. 샬럿은 10년 전 브리스톨의 게이 바에서 만난 파트너였다. 어쨌든 살인 수사에 필요한 모든 단서가 온라인에 떠도는 시대가 되자 희생자와 용의자의 움직임을 훨씬 쉽게 추적할 수 있어서 좋을 때가 많았다. 두 명의 피해자가 같은 데이트 앱에 가입되었다는 사실에 특별한 의미가 있다고 볼 수는 없었다. 마이크의 말처럼 그렇게 인기 있는 앱이라면 수천 명이 사용할 테니 의미 없는 우연에 불과할지도 모른다. 두 사람이 같은 여성 사이코패스와 데이트를 하고, 그녀에게 맞아 죽는 엄청난 불행을 겪을 가능성이 얼마나 될까? 두 죽음은 아무 관계가 없을 수도 있지만, 적어도 수사를 진행할 단서가 생겼으니 손도 쓰지 못하고 며칠을 흘려보낸 지금으로서는 기분 좋은 성과일 수밖에 없었다.

'혹시…?'

책상으로 다가가던 헬레나는 문득 떠오르는 생각에 우뚝 멈춰 섰다. 신선한 차를 들고 반대 방향에서 다가오던 데번이 제때 멈춘 덕분에 그녀와 충돌을 피할 수 있었다. 뜨거운 액체가 머그잔 가장자리에서 찰랑대다가 순백의 셔츠에 튀자 그는 앓는 소리를 냈다.

"아, 젠장! 무슨 일이에요, 팀장님?"

그는 다른 손에 쥐고 있던 종이 냅킨으로 번져가는 갈색 얼룩을 두드리며 헬레나에게 의아한 표정을 던졌다.

"이런 데번, 정말 미안해. 그냥…, 그냥 생각 좀 하느라고. 황당한 생각이지만…."

그녀는 휙 돌아서며 분주한 수사본부를 훑어봤다.

"마이크?"

창가 옆 책상에 앉아 있던 슬레이터 경장이 고개를 들었다.

헬레나는 그에게 손짓했다. "잠시 이쪽으로 와 줄래?"

그녀는 다시 데번을 돌아봤다. "데번, 마이크에게 아까 젬마가 새로 보낸 대니 오코너 사진 좀 넘겨줘. 그냥 내 생각일 뿐이지만…." 그녀는 옆으로 다가온 마이크 슬레이터의 의욕 넘치는 표정을 보며 말했다. "마이크, 클라크가 사진 한 장을 줄 거야. 대니 오코너라는 남잔데, 실종된 배경이 좀 이상해. 살인 피해자 둘과 외모가 아주 흡사해서 불안해. 이 남자는 독신은 아니고 꽤 최근에 결혼했지만, 그냥 확실히 배제할 수 있게…, 속는 셈 치고 EHU에 가입돼 있는지 확인해줄래? 설마 가입하지는 않았겠지만…, 회원 가입하지 않고 접속해서 검색만 해보는 건 가능해?"

마이크가 고개를 끄덕였다. "네, 일반인들은 불가능하지만 머빈과 라이언의 프로필을 확인하려고 암호를 받아뒀으니 검색이 가능할 겁니다. 한번 해볼게요."

오래 기다릴 필요가 없었다. 10분 후 사무실 저편에서 함성이 들렸다. 헬레나와 데번은 동시에 일어서 그쪽으로 달려갔다. 그들은 마이크의 어깨를 넘겨다보았다. 헬레나의 심장이 못 견디게 벌름거리기 시작했다.

"음…, 뭘 찾았어?" 그녀가 물었다. 마이크의 모니터에는 대니의 신체적 특징, 머리 색 등을 명확하게 입력한 검색 페이지가 띄워져 있었다.

"사실 이름으로 검색했을 때는 일치하는 결과가 하나도 안 나왔어요. 이런 사이트에서는 닉네임을 쓰는 사람이 많다 보니 이상한 일은 아니죠. 그래서 그의 실종 신고서에 기재된 기본 정보를 입력했죠. 그리고 검색 버튼을 눌렀더니…."

그는 화면 하단의 빨간 검색 버튼을 클릭했다. 즉시 화면이 바뀌면서 짙은 색 머리의 젊은 남자 사진이 여남은 개쯤 나타났다. 그 사이에서 낯익은 얼굴을 찾던 헬레나는 숨이 턱 막혔다.

"거기! 둘째 줄 가운데. 그 사람…?"

데번은 화면을 가까이서 들여다보며 마이크의 어깨에 손을 얹었다. 마이크는 씩 웃었다.

"그 사람이에요. 틀림없네. 이런." 데번이 천천히 말을 뱉었다.

"저도 그렇게 생각합니다. 여기서는 션이라는 가명을 썼네요, 보세요. 프로필에 공개된 개인정보가 많지는 않지만 IT 업계에 종사한다고 되어 있어요. 두 사진을 비교해보면 같은 사람이 틀림없죠. 어떻게 생각하세요, 선배님?"

마이크는 헬레나를 올려다보았다. 그녀의 눈은 화면의 이미지에 고정되었고, 뇌는 그녀가 무엇을 보고 있으며 그것이 무엇을 의미하는지 짜 맞추고 있었다. 그것은 억측, 엉뚱한 예감에 불과했다. 실제로 옳을 거라 기대하지는 않았다. 그녀는 목청을 가다듬었다.

"마이크, 자네 말이 맞아. 이게 무슨 영문인지, 결혼해서 잘 사는 남자가 대체 왜 유행하는 데이트 사이트에 프로필이 있는 건지는 모르겠지만 이 사람은 대니 오코너가 확실해."

7

훈훈한 거실에서 소파에 널브러진 채 몸을 부들부들 떨었다. '무슨 일이 일어나고 있나?' 그날 아침 경찰이 돌아간 이후로 물 한 방울, 빵 한 조각 삼키지 못했지만 폭음한 사람처럼 머리가 지 끈거리고 어지러웠다. 음식 생각을 하면 속이 울렁거렸다. 정상이 라 생각했던 모든 것이 내 주위에서 허물어지는데 어떻게 식탁을 차리고 앉아 태연히 식사를 할 수 있을까? 대니는 그동안 출근을 하지 않았다. 새 직상에 아예 가본 적도 없다. 어떻게 그런 일이 가능할까? 3주 내내 아침마다 집을 나섰는데. 옷을 차려입고 자 전거를 타고 사무실에 가서 해가 진 후에 돌아왔다. 새 일을 무 척이나 좋아하는 것 같았고 더없이 행복해 보였고 그래서…, 대니 다워 보였다. 그에게 과거와 달라진 구석은 전혀 없었다. 그런데 모든 게, 전부 거짓이라니. 왜? 다니지도 않는 회사에 다니는 척 한 이유가 뭘까? 대니가 다니는 줄 알았던, 다닌다고 말했던 ACR 시큐리티에서 일하지 않았다면 하루를 대체 어디서 보냈을까? 형 사들도 내게 그 질문을 했지만 그가 갈 만한 곳이 도저히 떠오르 지 않아 고개를 저으며 그들을 멀뚱히 보았을 뿐이다. 다시 혼자 있게 된 나는 지난 몇 시간 내내 온갖 말도 안 되는 시나리오를 떠올렸다. 대니가 다른 사람에게 절대 밝힐 수 없는 일급비밀 업 무를 새로 맡았다거나, 중병에 걸렸는데 나를 걱정시키고 싶지 않 아 날마다 은밀히 치료를 받으러 다녔다거나, 브리스톨에 원래 다 른 아내, 어쩌면 아이까지 두고 있다가 그들과 함께 시간을 보내고 싶어 이곳으로 이사하기를 고대했다거나. 각각의 가설을 머릿속에 떠올렸다가 얼토당토않다는 생각에 떨쳐버리기를 반복하면서 두려움만 점점 커졌다. 나는 아무것도 모르고 있었다.

'대니, 무슨 짓을 한 거야? 나한테 왜 이러는 거야? 사랑해, 대니, 당신도 나 사랑하잖아, 아니야?'

갑자기 의심이 밀려왔다.

'나한테 이런 거짓말을 했다면 다른 거짓말이라고 하지 말란 법 있나?'

물론 어떤 관계에서든 악의 없는 거짓말은 존재한다. 그렇다 해도 사랑하는 사람에게 큰 거짓말은 하지 말아야 하는 거 아닌가? 적어도 일과 삶에 대한 엄청나게 중요한 사실들에 대해서는. 새 업무용 휴대폰이 빨리 나오지 않는다며 그가 부린 짜증. 이제 보니 직장도, 곧 나온다는 휴대폰도 없었다. 거짓말, 거짓말, 거짓말. 그래놓고 느닷없이 자취를 감춰 나를 혼란과 공포에 빠뜨리다니… 사랑하는 사람을 이런 식으로 대하다니….

흐느끼는 소리에 내 발치의 카펫 위에서 웅크리고 자던 앨버트가 눈을 번쩍 뜨고 나를 올려다봤다. 그리고 대니가 돌아왔는지 확인하려는 듯 방 안을 두리번거렸다. 하지만 이내 한숨을 푹 쉬며 다시 눈을 감았다. 오한을 멈추려고 소파 등받이에 걸쳐져 있던 인조 모피를 잡아당겨 다리를 감싸고 턱까지 끌어 올렸다. 우리는 몇 번이나 이 보드라운 모피를 뒤집어 쓴 채 서로를 꼭 끌어안았는지 모른다. 대니와 나는 이 자리에서 영화를 보고, 대화를 나누고, 입을 맞췄다. 떠오르는 추억에 갑자기 눈물이 고였다. 말이 안 된다. 전부 말이 안 된다. 그래도 지난 몇 시간 동안 곰곰 생각해 보았다. 현실을 직시해보자. 나는 남편을 얼마나 잘 알고 있나? 경찰서에 찾아가 형사들에게 밝혔듯이 우리는 겨우 18개월 전에 데이트 앱 틴더를 통해 만났다. 서로의 외모에 끌렸던 우리는 몇 차례 가벼운 메시지를 주고받은 후, 밤늦게까지 긴 전화 통화를 했다. 그의 나긋한 아일랜드 억양에 홀딱 빠진 나는 직접 만나기도 전에 나의 직업, 신문 기자 생활을 접게 만든 불안감, 그 일이 남긴 감정적 트라우마에 대해 털어놓으며 그에게 마음을 열었다. 그는 처음부터 다정했고, 배려와 이해를 아끼지 않았다. 그리고 결국 첫 만남에서 그의 초콜릿 색 눈동자를 들여다본 순간, 너무 금방 빠져드는 느낌에 더럭 겁이 날 지경이었다. 한때는 내게도 진지하게 만나는 연인들이 있었지만 이런 감정은 처음이었다. 대니 같은 사람은 없었다. 그때는 9월이었다. 크리스마스이브에 그는 우리가 즐겨 가던 아늑한 이탈리아 레스토랑에서 웨이터와 다른 손님들의 환호와 응원을 받으며 내게 무릎 꿇고 청혼했다. 그로부터 불과 3개월 후인 3월 17일, 성 패트릭의 날에 우리는 결혼했다.

"매일이 기념일이 될 거야. 당신이랑 결혼하는 것보다 더 기념할 가치가 있는 일은 없으니까." 내 손을 잡고 메릴본 등기소를 나설 때 그가 환히 웃으며 말했다. 우리는 친구 몇 명과 내 부모님, 오코너 일가 중에는 런던에 사는 대니의 유일한 친척인 사촌 퀸이 참석한 가운데 조촐한 결혼식을 올렸다. 슬라이고 주에 사는 대니의 어머니는 결혼식에 참석하지 못했다. 대니의 아버지 도널은 몇 년간 앓다가 6주 전인 2월 초에 돌아가셨고 그의 어머니는 장애가 있는 대니의 동생 리암을 하루 종일 돌봐야 했다.

"어머니는 여행을 싫어하고 리암은 일상에 변화가 생기면 잔뜩 겁을 먹거든. 아버지가 돌아가시기 전에도 우리 가족은 수년간 외국은 물론이고 슬라이고 주 밖으로도 나간 적이 없어." 대니가 해명했다. "아쉽지만 어머니한테는 사진과 영상을 보내야겠어. 그래도 괜찮을 거야. 자기도 우리 어머니가 어떤 분인지 알잖아. 그리고 수수한 결혼식이니까 별로 아쉬워할 것 없다는 말씀도 드렸어."

나는 브리짓을 딱 한 번 만났지만 그의 말에 수긍할 수 있었다. 직접 만나보니 대니가 부모님과 잘 지낸 적이 없다고 한 이유를 알 것 같았다. 브리짓은 확실히 이상한 구석이 있었고 그의 아버지에게는 전혀 호감을 느낄 수 없었다. 그의 말대로 결혼 피로연은 소박했지만 우리 두 사람에게는 완벽했다. 동네 술집에서의 단출한 파티였다. 친구들이 휴대폰으로 찍은 샴페인, 피시 앤 칩스, 감자 요리 사진들을 나중에 선별해 앨범에 실었다. 딱 대니가 원하던 방식이었다. 그는 소란스러운 행사는 싫다고 했고 나는 엄마, 아빠, 가장 친한 친구 등 중요한 하객들만 초청할 수 있다면 아무래도 좋았다. 그래도 흰 예복은 갖춰 입었다. 나는 아름다운 샤넬 원피스를 선택했다. 대니에게는 그래도 정장을 입고 부스스한 곱슬머리는 좀 단정하게 자르라고 타박했다. 그는 투덜대면서도 내 말에 따랐다. 덕분에 결혼식 날의 대니는 내가 아는 가장 멋진 모습이었다. 나는 그날만큼 샘솟는 사랑과 행복을 느낀 적이 없었다. 고작 1년 후에 이런 일이 생기리라고는 상상도 못 했는데….

목에 맺힌 응어리를 힘겹게 삼켰다. 다시 욕지기가 올라왔다. 지금까지 우리는 행복했다. 잘 맞는 한 쌍이었다. 형사들에게 떨어져 지낸 적이 거의 없다고 했을 때도 거짓말이 아니었다. 맞다, 대니는 아주 가끔씩 혼자 있고 싶어 했고 자전거를 타고 몇 시간씩 나갔다 오기도 했지만 그 정도는 자연스러운 거 아닌가. 워낙 자전거를 좋아했고, 답답한 사무실에 갇혀 화면만 들여다보느라 스트레스도 많이 받았을 테니. 나도 글을 쓸 때 비슷한 심정이었기에 그에게 약간의 고독이 필요하다는 것을 이해했다. 몇 시간이 지나면 그는 항상 여유와 활기를 되찾아 웃는 얼굴로 돌아왔다. 그러니 이렇게 아예 자취를 감추는 것은 대니답지 않았다. 어쨌든 그동안 내가 잘 안다고 생각한 사람 같지는 않았다.

'내게 거짓말을 했어. 그 사람이 거짓말을 했어. 사소한 거짓말이 아니라 어마어마한 거짓말이야.'

대니가 자신의 직업 같은 중요한 사실을 두고 나를 속였고 자기 인생에서 실제로 무슨 일이 벌어지고 있는지 말해주지 않은 것을 보니 그냥 나를 떠났을 가능성도 적지 않다는 생각이 얼핏 들었다. 지금까지는 그럴 사람이 아니라고 우겼지만 말이다. 역시 바람을 피운 걸까? 고독한 자전거 타기는 내 짐작과 달리 누군가를 만나러 가기 위한 구실이었을까? 이제 누군지 모를 그 여자와 같이 살기 위해 떠났을까? 나는 욱신대는 관자놀이를 문지르며 도무지 이해가 안 된다고 생각했다. 왜 아무것도 챙겨가지 않았을까? 그의 여권, 세면도구, 옷이 전부 여기에 있다. 배우자를 떠나려고 마음먹고 내가 하룻밤 집을 비운 사이 서둘러 나갈 작정이었다 해도 기본적인 물건은 가져가지 않았을까? 다시 돌아와서 나머지 물건을 가져가더라도 가방 하나에 옷가지 몇 벌과 잡다한 소지품 정도는 챙기지 않을까? 나 같으면 그럴 텐데. 왜 맨몸으로…?

딩동.

초인종 소리에 나는 기겁했다. 곧바로 잠을 깬 앨버트가 힘차게 짖으며 달려 나갔다. 신음 소리가 새어 나왔다. 이번엔 뭘까? 경찰이 새 소식을 갖고 왔을까? 그 사람을 찾은 걸까? 인조 모피를 치우고 개를 따라 현관으로 나갔다. 역시나 그랬다. 클라크 경사와 스티븐스 경장이 다시 찾아왔다. 갑작스런 오한을 느끼며 그들을 다시 거실로 안내하고 앨버트를 주방으로 보냈다. 우리는 아침과 똑같은 위치에 앉았다. 나는 소파에, 클라크 경사는 반대편 안락의자에 앉고 그의 동료는 서서 서성거렸다. 어린애처럼 손으로 귀를 막고 큰소리로 노래를 부르고 싶은 충동이 들었다. 형사들의 표정이 심각해서 그들이 무슨 말을 하든지 간에 이미 듣고 싶지 않았다. 더 이상의 충격은 감당할 자신이 없었다.

"오코너 부인, 젬마…. 젬마라고 불러도 될까요?"

클라크 경사의 목소리는 차분하고 눈빛은 다정했다. 나는 고개를 끄덕였다.

"네, 그럼요. 혹시…, 새로운 소식이 있나요?" 나답지 않은 높고 날카로운 목소리였다.

그는 멈칫하며 스티븐스 경장을 흘끗 보더니 다시 나와 눈을 맞췄다. "하루에 두 번이나 찾아와서 죄송하지만 전할 소식이 있어서요. 아직 남편분을 찾지 못해서 송구하네요."

고개를 끄덕이는 내 눈에 다시 눈물이 고였다. "네. 그러면…, 무슨 소식인가요?"

클라크 경사는 호주머니에서 수첩을 꺼내 앉을 때 무릎에 놓았다.

"음, 대니가 브리스톨에서 일을 아예 시작하지 않았다는 사실이 밝혀진 이후로 조사를 더 해 봤습니다. 그의 재정 상태도 확인해봤고요. 전에 다니던 핸필드 솔루션의 마지막 급여가 1월 말에 은행 계좌로 입금됐더군요. 지난 몇 년간 매달 그랬듯이요. 맞습니까?"

"네. 그 회사에서 4년쯤 일한 걸로 아는데요?"

적어도 그건 거짓말이 아니었구나 싶었다.

"맞습니다." 클라크 경사가 헛기침을 하고 말을 이었다. "그러니까 그 돈은 평소처럼 들어왔죠. 그리고 지난 몇 년간 한 해에 몇차례씩 핸필드 솔루션에서 남편분 계좌로 거액의 돈이 입금됐던데요. 아마 상여금이었겠죠?"

나는 고개를 끄덕였다. "네, 그이는 몇 달마다 상여금을 받았어요. 한 번에 수천 파운드씩 꽤 후한 돈이 들어왔어요. 회사가 잘되니까 이익을 직원들과 나눴겠죠."

"네, 그렇다면 그건 문제없네요."

경사가 잠시 뜸을 들였다.

"그런데, 1월 말에 마지막 급여가 입금된 이후로 대니의 계좌에 더 이상 돈이 들어오지 않았더군요. 흥미로운 점은 돈을 빼지도 않았다는 겁니다. 이 집 월세로 추정되는 금액이 중개 회사로 자동이체된 것 외에는…, 맞는지 확인 좀 해 주시겠어요? 프리처드를 통해 임차하셨죠?"

다시 머리가 빙빙 돌기 시작했지만 눈을 깜빡여 눈물을 참았다.

"프리처드 중개 사무소 맞아요. 대니는 집세를 내고 저는 청구서, 전기요금 따위를 처리했어요. 그런데 출금한 적 없다는 게 무슨 뜻이죠? 그 사람이 실종된 금요일부터요?"

클라크 경사는 고개를 저었다.

"아닙니다, 젬마. 몇 주씩이나 계좌에서 돈이 전혀 인출되지 않았다는 뜻이에요. 그러니까…." 그는 자신의 수첩을 내려다보며 페이지를 손가락으로 훑었다. "1월 31일 목요일부터요. 4주, 4주 반이라는 뜻이죠. 이해되십니까?"

나는 그를 빤히 보았다. '뭐라고? 당연히 말이 안 되지. 그럴 리가 없어.'

"아니요. 아니, 그건 불가능해요. 남편은 돈을 인출했어요. 당연히…. 이사한 이후로 이것저것 많이 샀는걸요."

내가 미쳐가고 있는 것 같아 방 안을 둘러봤다.

"저거요." 소파 앞 커피 테이블을 가리켰다. 짙은 색 오크 상판에 인테리어 잡지가 높이 쌓여 있었다. "저것도 그 사람이 값을 치렀어요. 제가 몇 주 전에 클리프턴 빌리지의 골동품 가게에서 보고 사진을 찍어뒀다가 그날 밤 퇴근하고 집에 돌아온 남편한테 보여줬는데…." 나는 내가 무슨 말을 했는지 깨닫고 잠시 멈췄다. "어디 갔었는지는 모르겠는데, 집에 돌아온 남편이 그렇게 마음에 들면 자기가 사주겠다고 했어요. 제게 주문해서 배달시키라더군요. 제 돈으로 살 수도 있었지만 남편이 사주겠다고 고집했어요. 그 자리에서 제게 현금을 주던걸요. 150파운드였는데, 남편은 오는 길에 현금인출기에 들렀다고 했어요."

클라크 경사는 주의 깊게 경청하고 있었다.

"현금 인출은 없었습니다, 젬마. 말씀드린 대로 몇 주 사이 한 번도 없었어요. 체크카드를 쓴 적도 없고요. 일반 계좌에서는 돈이 한 푼도 나가지 않았어요. 저축예금 계좌도 있어서 확인해봤더니 비어있었고요…."

"음, 맞아요. 이사 비용을 내고 새 가구를 사느라 우리 둘 다 저축 계좌를 비웠어요. 지금까지 모아둔 돈이 그리 많지 않아서.

대니의 상여금은 여행 다니고 외식하고 즐기는 데 썼지만 이제부터 진지하게 저축을 시작해 집 살 돈을 모을 계획이었어요. 대니는 틀림없이 자기 계좌에서 돈을 꺼내 썼을 거예요. 아무래도 이해가 안 돼요. 그동안 얼마나 많은 돈을 썼는데…."

나는 손가락으로 머리를 빗었다. 내 얼굴에 고정된 두 쌍의 눈을 의식하자 심장이 고동쳤다.

"특히 테이크아웃 음식점에서요. 주문할 때마다 현금을 냈거든요. 지난주만 해도 새로 산 자전거 헬멧을 집에 가져왔던데요. 그러니 당연히 돈을 인출해서 물건값을 지불했겠죠. 은행에서 뭔가 착오가 있었던 게 분명해요. 죄송하지만 형사님이 틀렸어요."

클라크 경사의 짙은 시선이 내 얼굴에 고정되었다. 우리는 잠시 서로를 응시했다. 내 이마는 두려움과 당혹감으로 일그러졌지만 그의 차분한 표정에서는 아무것도 읽을 수 없었다. 그는 다시 스티븐스 경장을 돌아봤다.

"젬마한테 앱 좀 보여줄 수 있어, 프랭키?"

그는 다시 내 쪽으로 고개를 돌렸다.

"은행 계좌는 일단 접어둡시다. 이 상황이 무슨 의미인지 잘 모르겠지만 나중에 다시 얘기하죠. 스티븐스 경장이 태블릿으로 뭔가를 보여드릴 겁니다. 그것과 관련해서 아시는 게 있으면 말씀해주세요."

여기 온 이후 줄곧 팔에 태블릿을 끼고 있던 스티븐스가 그것을 펼쳐 화면을 두드렸다. 그리고 내 옆으로 와서 앉았다. 그가 풍기는 희미한 담배 냄새에 나는 다시 속이 울렁거렸다.

"그게 뭐죠?"

그는 내 쪽으로 화면을 기울였다. "EHU라는 앱입니다. 혹시 들어 보셨나요?" 그가 물었다. 그의 부드러운 스코틀랜드 억양을 듣고 나는 그가 문장을 말하는 것을 처음 들었음을 깨달았다.

"EHU요? 그거 데이트 앱이잖아요? 다들 곧 틴더만큼 뜰 거라던데요?" 나는 어리둥절하여 몸을 앞으로 기울였다. 왜 내게 데이트 앱 얘기를 꺼낼까? 그가 화면을 클릭하자 로고를 중심으로 수많은 웃는 얼굴이 뱅뱅 돌다가 로그인 박스가 나타났다.

"잠시만요…." 스티븐스가 비밀번호를 입력했다. "네, 맞아요. 데이트 앱이죠. EHU, 엘리트 후크업의 약자입니다. 보여드릴 게 있어서요."

"네."

나는 눈을 가늘게 뜨고 화면을 들여다봤다. 스티븐스 경장은 로그인하여 수십 개의 프로필 목록을 재빨리 위아래로 스와이프했다. 남자들의 사진이었다. 얼굴을 가까이서 찍은 사진, 전신사진, 축구복이나 흰 테니스복, 정장 차림의 사진. 또….

"세상에. 이게…, 무슨…, 대니예요!"

스티븐스 경장은 스와이프를 멈추고 사진을 확대한 다음 나를 보았다. 나는 그 눈길을 피했다. 화면을 응시하자 심장이 벌떡벌떡 뛰기 시작했고 온몸에서 힘이 쭉 빠지는 기분이었다. 사진 옆에는 션이라는 이름이 적혀 있었다. 하지만…, 대니였다. 나의 대니가 태블릿 속에서 가장 아끼는 빨간 티셔츠를 입고 미소 짓고 있었다. 직접 찍은 사진인 듯 그의 뻗은 팔뚝이 보이고 턱은 카메라 쪽으로 기울어져 있었다. 내 남편 대니가 분명했다.

"미-미-미안하지만 이해가 안 돼요. 이 사람이 왜 여기 있죠? 우리가 온라인에서, 틴더에서 만나긴 했지만 둘 다 그 사이트만 이용했고 사귀기 시작하면서 같이 탈퇴했는데…."

필사적인 목소리였다. 나는 침을 꿀꺽 삼켰다. '제발, 제발, 이 모든 게 끔찍한 착오였으면. 장난이었으면. 장난이라고 하자. 하나도 재미없지만 웃어넘길 수 있으니까. 그냥 장난이라고…'

클라크 경사는 침착한 음성으로 말을 이었다.

"젬마, 받아들이기 힘드시죠. 설명해 드릴 게 있는데 그 때문에 마음이 불편해지실 수 있어요. 그래도 너무 충격받지 않으셨으면 해요. 우리도 확실히 아는 건 아무것도 없으니까요. 앞으로 수사를 진행할 하나의 방향일 뿐이에요. 그러니 부디 진정하세요, 아시겠죠? 심호흡 한 번 하세요."

그가 시키는 대로 했지만 숨이 가슴에 턱 막혀 답답하고 고통스러웠다. 나는 초점을 되찾으려고 눈을 비볐다.

"전 괜찮아요. 그냥 뭐든지 말해주세요, 제발. 이 모든 상황이 도무지 이해가 안 돼요. 직장이며, 은행 계좌며, 이제 이 데이트 앱도…. 납득이 안 되네요, 전혀."

클라크는 얼굴을 찡그렸다. "우리도 당황스러운 건 마찬가지입니다. 자, 그럼 우려하는 바를 말씀드리죠. 클리프턴 지역에서 최근에 발생한 두 건의 살인 사건에 대해 들어 보셨나요? 한 달 전과, 지난주에 젊은 남자 둘이 살해당했는데요?"

나는 눈살을 찌푸리며 기억을 더듬어 봤지만 머릿속이 아득했다. 몇 주 동안 TV에서 뉴스를 본 적이 없었고 요즘은 온라인 뉴스 사이트도 좀처럼 확인하지 않았다. 나는 고개를 저었다.

"아니요, 죄송해요. 예전처럼 뉴스를 열심히 확인하지 않아서요. 한때는 저도 뉴스 기자였지만 이제 세상에서 일어나는 참혹한 사건들을 접할 때마다 불안해져서요. 이사 온 이후로 너무 바쁘기도 했고…" 그가 무슨 말을 했는지, 그것이 무슨 의미인지 마침내 인지하자 숨이 턱 막혔다. "잠깐만요. 두 건의 살인이라고요? 남자들이요? 대니가 살해당했다고 생각하시는 거예요?"

다시 몸에 전율이 일고 두 손이 싸늘해졌다.

'제발, 아닐 거야, 제발.'

클라크 경사가 고개를 저었다. "아니요, 이건 그냥 추측이자 가능성일 뿐이에요. 사망한 두 사람, 그러니까 살해당한 그 두 사람이 EHU 앱 사용자라는 사실을 얼마 전에 확인했어요. 물론 그냥 우연일 수도 있지요. 범행 현장 사이의 몇 가지 어렴풋한 유사점을 제외하고는 현재 두 사건의 구체적인 연결고리를 찾지 못한 상태예요. 하지만…."

그는 수첩 뒷면의 덮개 안쪽을 더듬거리다가 사진 두 장을 꺼내어 들어 보였다. 둘 다 짙은 색 머리에 짙은 색 눈을 지닌 30대 초반의 남자 사진이었다. 나는 사진을 응시하다가 간담이 서늘해져서 태블릿 속 대니의 얼굴로 눈길을 돌렸다.

"피해자들인가요?" 간신히 목소리를 짜냈다.

"네. 왜 보여드리는지 아시겠습니까?" 클라크 경사가 나직하고 온화한 목소리를 냈다. "두 사람 외모가…, 꽤 닮지 않았나요? 뭐랄까…, 비슷한 유형이라 해야겠지요. 부인에게서 받은 남편 사진을 봤을 때도 한눈에 이들과 닮았다고 느꼈어요. 그래서 가능성은 낮지만 혹시 몰라서 확인한 겁니다. 그 앱에 대니도 가입되어 있는지 확인한 거죠. 정말로 단순한 우연인지 아닌지 알아보려고요. 그런데 보시다시피…." 그는 화면에 뜬 대니의 사진을 가리켰다.

나는 다시 침을 삼켰다. 목구멍이 꽉 막힌 기분이었다. 그들이 알려주는 불가해한 정보가 내 뇌를 공격하고 있었다. 숨이 멎을 것만 같았다.

"잠깐만요. 그러니까⋯, 이 앱을 쓰는 누군가가 남자들을 죽였을지도 모른다는 건가요? 이렇게 생긴⋯, 대니처럼 생긴 남자들을요? 두 명은 이미 살해당했고, 실종된 대니도, 그 사람도⋯, 죽었을지 모른다고요? 왜요? 누가 왜 그런 짓을 해요?"

클라크 경사는 고개를 저으며 '내가 어떻게 알겠어요?'라는 뜻으로 양손을 벌렸다.

"말씀드렸듯이 아직 모릅니다. 증거도 전혀 없고요. 그리고 물론, 세 번째 시신도 발견되지 않았죠. 대니가 어딘가에 살아 있기를 간절히 바랄 뿐입니다. 이건 그냥 하나의 가능성일 뿐입니다. 평소에 저희는⋯, 음, 이런 식으로 가족들을 걱정시키지 않습니다. 하지만 이번 일은⋯, 너무 특이한 경우라, 혹시 아시는 게 있다면 실마리를 주실 수 있을 것 같아서⋯." 그가 한숨을 쉬었다. "정말 죄송합니다. 너무 마음에 담아 두지 마세요. 남편분이 돌아올 가능성은 얼마든지 있으니까요. 반대 증거를 찾을 때까지는 남편분이 다치지 않았다고 가정해야 합니다. 하지만 확실히 해둘 것은⋯." 그는 이제 닫힌 상태로 스티븐스 경장의 무릎에 놓여 있는 태블릿을 가리켰다. "부인께서는 모르셨단 말씀이죠? 대니가 그 사이트에 프로필을 올렸다는 사실을?"

그는 이 질문을 할 때 점잖게도 내 눈길을 살짝 피했다. 스티븐스 경장은 자신의 발끝만 내려다보고 있었다.

나는 심호흡을 했다. "네, 남편이 데이트 앱에 프로필을 올린 건 몰랐어요." 최대한 품위를 지키며 말했다. '당연히 몰랐지. 어떻게 된 거야, 대니? 대체 무슨 짓을 한 거냐고?' "당최 이해가 안 돼요. 대니는⋯, 그렇게 문란한 사람이 아니었어요. 절대로요."

이 말을 하면서도 새로 의심이 스멀스멀 기어 나왔다. '아니지, 대니? 당신은 그런 사람이 아니잖아?' 하지만 지금은 그런 생각을 하고 있을 때가 아니었다.

"다른 사람이 거기다 대니 프로필을 올릴 수도 있잖아요. 그의 친구라든지? 장난으로요. 대니는 자기 사진이 거기 있다는 사실조차 몰랐을 수 있어요."

두 형사는 다시 시선을 주고받은 다음 고개를 끄덕였다.

"맞습니다. 그럴 가능성도 다분히 있지요." 스티븐스 경사가 말했다.

"네, 그럴 수 있어요. 일리 있는 말씀이에요. 참으로 기기묘묘한 사건이네요." 클라크 경장이 불쑥 한 마디 뱉고 자리에서 일어섰다.

"그럼, 오늘은 더 이상 귀찮게 하지 않을게요. 불편한 말씀 다시 한번 사과드립니다. 송구하지만 이 문제가 수사에 걸림돌이 되고 있어서요, 젬마. 대니에게 무슨 일이 일어났는지, 사라지기 몇 주 전부터 그의 삶에 무슨 일이 있었는지 저희도 이해하기 힘드네요. 직장, 은행 계좌, 이 앱…, 뭐라도 생각나는 점 있으면 우리 쪽으로 전화주세요. 언제든지요. 그리고 지인을 불러서 며칠 같이 있어달라고 하시는 게 좋을 듯합니다. 친구든, 친척이든요. 혼자서 감당하기 힘든 상황이니까요."

스티븐스 경사도 일어서서 현관문 쪽으로 다가갔다. 우리 집 거실에 수류탄을 터뜨려놓고 내게 골치 아픈 잔재를 처리하도록 맡겨놓은 것이 영 꺼림칙한 모양이었다. 이제 나는 어떻게 해야 하나?

"네, 그렇게 할게요." 내가 대답했다.

8

"사건이 점점 기이해지고 있어."

헬레나는 사건 현황판 앞에서 그날 아침의 두 번째 찻잔을 감싸 쥐고 얼굴을 찌푸렸다.

"준비되셨어요?" 데번이 서류 정리를 마치고 그녀를 돌아봤다.

"그럼. 같이 검토하자."

그녀가 현황판을 가리켰다.

"모두 생각을 모아야 해. 머릿속이 복잡해 죽겠거든. 연쇄 살인일까, 아니면 별개의 살인 두 건일까? 누군가 특정 데이트 앱으로 비슷하게 생긴 남자들을 고르고 있는 걸까? 아무리 용을 써도 이유를 모르겠어. 아니면 그 앱은 사건과 무관하고 모든 게 우연의 일치일 걸까? 두 사람 다 사용한 앱이 휴대폰에는 남아 있지 않은 이유는 뭘까? 그리고 대니 오코너는 단순한 실종자일까, 아니면 세 번째 희생자일까? 솔직히 전혀 모르겠어."

데번은 어깨를 으쓱했다. "저도 마찬가지예요, 팀장님. 일단 회의부터 시작하죠."

그는 사무실 쪽을 돌아봤다. "다들! 모여 봐요. 회의예요."

모두 자리에 앉자 헬레나는 데번에게 고개를 까딱했다. "시작해."

"네, 지금까지 밝혀진 사실들을 짚어 봅시다." 데번이 입을 열었다. "먼저 두 건의 살인 사건입니다. 지난 며칠 사이 머빈 엘리엇이나 라이언 존스에 대한 새로운 단서는 나오지 않았어요. 둘 다 같은 데이트 앱, EHU를 썼다는 흥미로운 사실을 빼면요. 마이크 경장이 수고해주셨습니다."

사무실 뒤편의 책상에 걸터앉아 있던 마이크 슬레이터 경장이 얼굴을 붉히며 고개를 끄덕였다.

"우리 피해자들이 만났을 여성들에 대한 정보를 EHU 측에서 넘겨받는 일은 어떻게 진행되고 있죠?"

마이크는 고개를 저었다. "EHU는 상당히 협조적이지만 최근에 이 사이트의 인기가 점점 높아지면서 시스템에 좀 문제가 생겼다고 합니다. 검색 데이터가 전부 저장되지 않은 것 같다더군요. 더구나 아무리 중대한 이중 살인 수사라 해도 일단 그쪽 법률팀과 확인이 필요하답니다. 새 정보보호법 때문이겠죠? 그래도 내일쯤이면 알 수 있을 겁니다. 제가 계속 확인할게요. 그리고 우리 기술팀도 희생자들이 그 사이트에서 어떤 여성들을 만났는지 추적하기 위해 그들의 이메일과 문자메시지를 확인하고 있습니다. 뭔가 나오면 바로 보고하겠습니다."

"수고했어요, 마이크." 현황판 옆의 벽에 기대서 있던 헬레나가 마이크 경장에게 미소 지었다. "이번에도 수고했어요, 마이크. 당분간 EHU 앱 이야기는 언론에 새 나가지 않아야 합니다. 두 사건에 연관성이 있는지 아직은 알 수 없다는 사실을 항상 유념해야 하고요. 그나저나 혹시 다른 의견 있나요? 있으면 말씀하세요."

그녀가 말을 멈추자, 낮게 웅성대는 소리가 울렸다.

"제 생각에는, 그냥 억측일 수도 있지만…." 새까만 머리를 발랄하게 하나로 묶은 짙은 녹색 눈의 키 큰 여형사 타라 레밍이 손을 들었다.

"좋아요 타라, 한번 들어 봅시다."

타라가 일어섰다. "음, 우리 희생자 둘과 실종자 대니가 EHU 앱을 사용했고 생김새도 비슷한데요. 어…, 누구나 선호하는 스타일이 있지 않나요? 끌리는 타입이랄까요? 제 경우는 키 큰 금발인데요."

그녀는 옆에 앉아 있는 매튜 쇼크로스 경장을 돌아보며 눈을 찡긋했다. 마침 그는 키가 195센티미터에 삭발한 금발이었다. 한바탕 웃음소리가 들리고 매튜는 얼굴을 붉혔다.

"자, 자. 회의에 집중합시다. 계속하세요, 타라."

헬레나가 손짓하자 사무실은 다시 조용해졌다.

"죄송합니다. 어쨌든 제가 하고 싶은 말은, 우리 희생자들과 대니 오코너가, 뭐랄까, 전부 비슷한 타입으로 분류된다는 거예요. 누군가가 데이트 앱에서 짙은 색 머리, 짙은 색 눈, 탄탄하고 호리호리하고 날렵한 30대 남성을 검색하면 세 사람이 전부 검색 결과에 나타나겠죠? 만약 살인자가 여성이라면 어떤 이유로 그런 조건을 지닌 남성을 격하게 싫어하는 사람이 아닐까요? 가정 폭력의 피해자였을 수도 있고, 그 비슷하게 생긴 사람과 연애하면서 학대를 당했을 수도 있죠. 그 여자가 데이트 앱에 가입해 비슷한 남자들을 하나하나 찾아내서 죽이는 거라면요? 그냥 멋대로 추측해본 것뿐이고, 연쇄 살인범은 대부분 남자라고 알고 있습니다. 물론 정말 연쇄 살인범이 맞다면요. 하지만…, 그냥 해 본 생각이었어요." 그녀는 흐지부지 말을 마쳤다.

잠시 침묵이 흘렀다.

"그럴듯한 추리예요. 그렇다면 살인범도 EHU 앱에 프로필을 올렸겠네요." 뒤쪽에 앉아 있던 슬레이터 경장이 말했다.

"등록된 회원이 몇 명 정도죠, 마이크?" 데번이 물었다.

"EHU 측에서 말을 안 해줍니다. 정보보호법 어쩌고 하면서요. 하지만 수만 명은 될 거예요. 나날이 늘고 있고요. 데이터에 접근해서 범위를 좁히지 못하면…"

다시 침묵이 흘렀다.

"네. 조사가 불가능하죠. 말씀드렸듯이 터무니없는 억측이기도 하고요." 타라가 말했다.

그녀가 다시 자리에 앉자 헬레나는 잠시 생각했다. 어떤 가능성도 배제하지 말자고 다짐했지만 그녀는 살인자가 남성이라고 직감했다. 하지만 여자라고 살인을 하지 말라는 법은 없다. 아무래도 이 가능성을 좀 더 면밀히 검토해야 할 것 같았다.

"억측일 수도 있지만 아닐 수도 있죠. 지금 당장은 어떤 가능성도 배제할 수 없으니까요. 고마워요, 타라." 헬레나가 말했다. "확실한 증거가 방향을 잡아줄 때까지 수사에 열린 마음으로 접근해야 해요. 다른 의견 있나요?"

그녀는 사무실의 무표정한 얼굴들을 둘러보았다.

"좋아요. 계속하세요, 데번."

"네."

데번은 다시 현황판을 돌아보며 맨 오른쪽에 붙은 대니 오코너의 사진을 가리켰다.

"그러니까 대니 오코너는, 두 살인 피해자와 꽤 닮은꼴이었지만 처음에는 단순 실종자로 보였습니다. 이제 대니 역시 EHU에 프로필이 있다는 사실이 밝혀졌으니, 최근에 결혼해서 행복한 신혼 생활을 하고 있기는 하지만 그를 실종자로만 취급할 게 아니라 좀 더 상세히 조사할 필요가 있습니다."

그는 앞에 놓인 책상에서 종이 한 장을 집어 들었다.

"당장은 그가 변을 당했다는 증거가 없습니다. 갑자기 어디로 사라졌는지 지금까지 그를 찾으려는 우리의 노력도 전혀 성과가 없었고요. 그의 아내에 따르면 대니에게 휴대폰이 없기 때문에 위치 추적으로 찾을 수도 없죠. 그런데 확실히 이상한 점이 몇 가지 있습니다. 어제 우리가 젬마에게 EHU 앱 이야기를 꺼냈더니 큰 충격을 받는 듯했습니다. 그녀의 표현에 따르면 대니는 그렇게 '문란하게' 행동할 사람이 아니랍니다. 그의 친구가 프로필을 장난삼아 올렸을지도 모른다더군요. 그 말이 맞죠. 그럴 가능성도 없지 않으니까요. 프로필이 어쩌다 올라갔는지 알아낼 방법은 없습니다. 대니가 스스로 가입했는지, 다른 사람이 장난을 쳤는지 어찌 알겠습니까? 대니의 친구들을 만나 그 일에 대해 아는 것이 있는지 물어보고, 아내 몰래 허튼짓을 하고 다녔는지 밝혀야 합니다. 마이크가 그 일도 맡아줄래요? 하지만 앱은 언급하지 말고 신중하게 조사하세요. 지금 당장은 그 얘기가 밖으로 새어나가면 곤란하니까요. 대니가 바람을 피웠을 가능성이 있는지만 물어보는 거예요. 그가 이 사이트의 프로필에 기재한 이메일 계정도 확인해주세요. 건질 게 있을지도 모르니까요."

뒤편에서 슬레이터 경장이 엄지를 들어 보였다. "잘 알겠습니다."

"좋아요, 고마워요. 아일랜드에 있는 그의 가족에게는 당분간 이 일을 알리지 않을 생각입니다. 괜히 걱정을 끼칠 필요는 없으니까요. 대니가 결국 나타나지 않으면 당연히 알려야 하겠지만요. 그리고, 수상한 점 몇 가지가 더 있습니다. 가짜 직장도 그중 하나죠. 대니는 새 직장에 출근을 시작했다는 2월 11일 월요일부터 아내를 마지막으로 본 2월 28일 목요일까지 매일 어디를 다녔을까요? 운전을 하지 않았기 때문에 어디를 가든 자전거를 이용했습니다. 젬마 오코너는 전혀 모르겠다는데요. 그래도 투명 인간이 될 수는 없죠. 그가 매일 어디서 그 많은 시간을 보냈는지 아는 사람이 분명히 있을 겁니다."

그는 현황판에서 대니의 사진 밑에 새로 붙은 사진 두 장을 가리켰다.

"어제 오후에 젬마를 방문했다가 찍은 사진입니다. 두 사람은 클리프턴에 있는 아주 근사한 집에 살고 있어요. 이쪽은 오코너가 자전거를 보관하던 뒷마당 사진입니다. 이쪽은 집 뒤의 골목이고요. 그는 매일 자전거를 갖고 뒷문을 나가 이 골목을 통해 큰길로 나갔을 겁니다. 근처에 CCTV가 없어서 그 동네의 가정과 상점에 설치된 방범 카메라에서 그를 찾아야 한다는 게 문제예요. 그가 어느 방향으로 이동했는지 모르니 쉽지 않겠죠. 그물을 넓게 던질수록 그만큼 시간이 걸릴 수밖에 없으니까요."

헬레나가 다시 입을 열었다.

"그리고 대니가 날마다 어디로 갔는지는 우리의 수사와 무관할 수도 있어요. 만약 그가 외도를 했거나, 일을 잠시 쉬었거나, 방황했다 해도, 역시 안타까운 사정이지만 우리가 관여할 일은 아닙니다. 이런 말은 좀 그렇지만, 그가 우리의 관심의 대상이 되는 건 죽었을 때뿐입니다. 그렇지 않으면 단순 실종자니까요. 하지만 데이트 앱과의 관련성을 염두에 둔다면 지금 당장 단서가 있는지 찾아봐야 합니다. 그가 누구를 만났는지, 이제 자취를 감췄으니 대니가 만난 사람이 어떤 식으로든 그에게 상해를 입힌 건 아닌지, 대니가 그 사람 손에 죽었는지, 그 사람이 다른 사람들도 죽였는지 우리가 알아내야…. 네, 하실 말씀 있나요?"

헬레나가 이름을 모르는 짧은 적갈색 머리 형사가 손을 들었다.

"더 이상 사람들에게 겁을 주는 건 삼가야겠지만…, 두 살인 사건이 연관되어 있고 대니 오코너가 세 번째 희생자라고 가정하면, 음…, 그 EHU에 검색 한 번으로 남자 9, 10명 정도가 나오지 않았나요? 정말 누군가가 황당한 이유로 그들을 하나하나 제거하는 중이라면 그들 모두가 위험에 처한 것 아닌가요? 그 사람들한테 경고해야 할까요?"

헬레나는 손으로 이마를 쓸었다. 머리가 지끈대기 시작했다.

"그런 걱정을 하기에는 너무 일러요. 지금이 어떤 상황인지, 데이트 앱이 정말 살인과 관계있는지도 아직 모르잖아요. 그러니까 그럴 필요는 없겠어요. 그린 빌표를 해버리면 후폭풍이 임청날 거예요. 검은 머리와 검은 눈을 가진 브리스톨 남자는 전부 경찰의 보호 대상이 될 텐데요."

침묵이 흘렀고 헬레나는 한숨을 쉬었다.

"잘못된 판단이 아니기를 바라요. 하지만 희생자들 사이에 우리가 아직 발견하지 못한 연결고리가 있을지도 모르고, 대니가 죽었는지 살았는지도 아직 모르죠. 우리가 완전히 헛다리를 짚고 있을 가능성도 배제할 수 없으니 그림이 선명해지기 전에 연쇄 살인범이 데이트 앱에서 다음 피해자를 고르고 있다고 사람들에게 경고하는 건 누구에게도 도움이 안 됩니다. 다들 동의하시죠?"

고개를 끄떡이고 웅성대며 동의하는 소리가 들렸다. 헬레나는 다시 데번을 돌아봤다.

"지금까지 대니에 대해 조사한 내용을 마저 이야기해 주세요."

"네. 그래서 그가 하루 종일 어디 있었는지, EHU에 어떻게 등장하게 되었는지는 아직 수수께끼입니다. 또 하나 이상한 점은 은행 계좌입니다. 런던의 직장에서 마지막 급여를 받은 이후로 그의 계좌에 돈이 전혀 들어오지 않았습니다. 브리스톨에서는 일을 하지 않았으니 어쩌면 당연한 상황이죠. 그러면 이제 그의 계좌에 잔고가 거의 없어야 할 텐데요. 확인 결과 1월 31일 이후로 통장에서 돈이 전혀 빠져나가지 않았습니다. 현금 인출 내역도, 물건을 구입한 내역도 없더군요. 그런데 대니의 아내는 그가 브리스톨에 온 이후로 테이크아웃 음식과 가구 등을 사는 데 돈을 꽤 썼다고 합니다. 은행 계좌에서 뽑지 않았다면 그 돈은 어디서 났을까요?"

그곳에 모인 형사들이 각자 생각에 잠긴 듯 잠시 침묵이 흘렀다.

"아내가 모르는 다른 비밀 계좌가 있었을까요?"

"그 3주 동안 현금을 갖고 다닌 거 아닐까요? 거래 내역이 남지 않은 구린 돈이라든지?"

데번은 고개를 끄덕이며 그런 가정들을 인정했다. "네, 둘 다 그럴듯합니다. 다른 계좌가 있는지 없는지는 당장 조사할 수 있으니…. 타라, 이 일을 맡아줄래요? 최대한 많은 은행을 확인해주세요. 우리가 아는 현금계좌와 예금계좌는 내셔널웨스트민스터 은행에 있으니 다른 은행을 찾아보세요. 다만 은행 측이 지금 단계에서 개인정보를 내놓을지는 모르겠네요. 대니 오코너는 범죄자가 아니니까요. 현재 우리가 아는 바로는 그렇죠. 그가 실제로 위험에 처했다는 증거도 없고요. 그래도 한번 해보자고요."

타라가 묶은 머리를 찰랑이며 고개를 끄덕였다.

데번은 헬레나를 돌아봤다.

"지금까지 밝혀진 사실은 이 정돕니다. 오늘 오후쯤에 오코너의 집을 수색할 예정이고요. 혹시 뭔가 나올지도 모르니까요. 그

다음에는-"

"팀장님!"

문이 벌컥 열리고 한 젊은 형사가 상기된 표정으로 성큼성큼 다가왔다.

"데이비드? 무슨 일이야?"

데번과 헬레나는 동시에 한 걸음 앞으로 나갔다.

"드릴 말씀이 있습니다. 너무 이상한 일이라서요." 그는 숨이 찬 듯 말을 멈추고 공기를 들이마셨다.

"그래, 말해 봐." 헬레나가 더 가까이 다가갔다.

"네. 아시다시피 저희는 이웃 방범 카메라 영상에서 대니 오코너의 흔적을 찾고 있는데요. 그 인근에 카메라가 많지 않아서 아직은 아무것도 나오지 않았지만 열심히 찾고 있습니다. 그사이에 이웃 사람들에게 대니가 날마다 자전거를 타고 지나가는 모습을 본 적이 있는지 물어봐야겠다 싶었습니다. 어느 방향으로 가는지 봤다면 조사 범위를 좁히는 데 도움이 될 테니까요."

"좋은 생각이네요." 데번이 말했다. "그래서요?"

데이비드가 다시 심호흡했다.

"음, 그게 문제인데요. 오코너의 집 양쪽 옆에 사는 이웃들을 만나봤는데 두 가족 모두 같은 말을 하더군요. 전혀 예상치 못한 얘기였습니다."

그는 말을 또 멈추고 사무실을 돌아보며 기대에 찬 얼굴들을 하나하나 살폈다.

"자기들이 아는 한 새로 이사 온 이웃은 한 명뿐이랍니다. 그 집에서 단 한 번도 남자를 본 적이 없대요. 그 집에는 젬마 오코너 혼자 이사 왔다고 합니다."

9

"오래 걸리지 않을 거예요. 죄송합니다. 별로 기분 좋은 일은 아니시겠죠. 그래도 중요한 일입니다. 남편분을 찾는 데 도움이 될 만한 단서를 얻을 수도 있으니까요."

맞은편에 앉은 사복경찰이 나를 다정하게 응시하며 미소 지었다. 나는 고개를 끄덕이며 감싸 쥔 커피잔의 온기에서 위로를 구했다. 우리는 식탁에 앉아 있었고, 열린 문을 통해 거실 서랍이 열리는 소리, 이층 침실을 가로지르는 묵직한 발소리, 우리 집을 수색 중인 경찰 세 명이 내는 나지막한 목소리가 들렸다.

"어떤 단서 말씀이에요?" 나는 진짜 궁금해서라기보다는 예의를 차리느라 이렇게 물었다. 최근에 형사들로부터 남편에 대한 달갑잖은 정보를 필요 이상으로 얻었기에, 더 들었다가는 머리가 터져버릴 것 같았다.

그날 아침, 집에 있으니 갑갑하고 숨이 막혀서 밖으로 나가고 싶은 마음이 간절해졌다. 결국 클레어와 타이에게 전화를 걸어 끔찍한 일이 생겼다고 털어놓으면서 혹시 같이 커피 한 잔 마실 시간이 있는지 물었다. 화요일 아침이었지만 나는 그들과의 만남을 어느 정도 기대했다. 프리랜서 회계원인 클레어는 아침 시간은 비우고 점심시간 이후부터 일하는 쪽을 선호하고, 피아노 강사인 타이는 수강생들이 학교를 파하는 시간인 평일 3시 이후에만 바쁘다고 들었다. 클레어는 곧바로 우리 둘을 자신의 집으로 초대했다. 다운스 남쪽 끝에서 멀지 않아 클리프턴 현수교의 기막

힌 전망을 감상할 수 있는 아름다운 삼층짜리 조지 왕조풍의 저
택이었다. 두 번째 요가 수업에 클레어를 데려가려고 딱 한 번 들
렀다가 타일로 마감된 긴 복도와 최근에 개조했을 새하얀 주방만
보았을 뿐이지만 눈이 휘둥그레지게 세련되고 입이 떡 벌어지게
비싼 집이 틀림없었다.

"와, 멋지네요!" 클레어가 요가 매트와 핸드백을 가지러 위층으
로 올라간 사이, 요가 교실까지 같이 걸어가려고 찾아온 타이에
게 나는 감탄사를 내뱉었다.

"그렇죠." 그녀가 소곤거렸다. "남편 알렉스의 집안이 꽤 부유한
가 봐요. 금융업 쪽이라는데, 알렉스는 파트타임 전략 컨설턴트라
고 들었어요. 이 집도 대출 없이 샀대요. 대박이죠?"

"진짜 대단하네요. 와."

그날 아침, 나는 두꺼운 운동복 상의와 청바지 차림으로 앨버
트를 데리고 클레어의 집까지 걸어갔다. 클리프턴 다운이 가까워
지자 클라크 경사가 말한 두 살인 사건의 피해자들이 떠올라 몸
서리를 쳤다. 구글 검색으로 뉴스 기사에 실린 그들의 사진을 보
며, 누가 봐도 대니와 닮았다는 생각에 공포를 느꼈다. 전날 밤에
는 그들이 꿈에까지 나타났다. 내가 죽은 두 남자의 시체를 내려
다보며 두려워서 벌벌 떠는 꿈이었다. 축축한 풀 위에 널브러진
뻣뻣한 시신 위로 안개가 맴돌았다. 그들은 초점 없는 눈을 내 얼
굴에 고정한 채 손을 앞으로 뻗고 있었다. 식은땀을 흘리며 잠에
서 깬 나는 헐떡거리며 대니의 이름을 외쳐 부르다가 화장실로
달려가 구토를 했다. 다운스를 가로질러 클레어의 집으로 걸어갈
때 다시 내 눈앞에 그들의 얼굴이 떠다니기 시작했다. 속이 울렁
거려서 뛰다시피 속도를 높였다. 내 옆에서 따라오던 앨버트가 그

런 빠른 속도는 낯설다는 듯 이따금씩 어리둥절한 표정으로 나를 올려다보았다. 하지만 클레어의 집에 도착하자 녀석은 위니를 만난 기쁨을 주체하지 못하고 온몸을 꿈틀거리며 낮게 캥캥거렸다. 푸들 위니도 반가움에 날뛰었다.

클레어가 웃으며 주방 뒤편의 이중문을 열자 개 두 마리는 밖으로 튀어 나가 서로를 쫓기 시작했다. 담장 처진 정원에서 키 큰 관상용 화초와 붉은 단풍나무 사이를 누비며 둘은 이쪽저쪽으로 뛰어다녔다. 나는 잠시 서서 둘을 지켜보았다. 꿈속에서 본 환영이 자꾸만 머릿속을 떠다녔지만 몇 번 심호흡하며 마음을 진정시키고 개들의 장난에 애써 집중했다. 둘은 만나기만 하면 기뻐서 어쩔 줄 몰랐다. 대니가 사라진 이후로 풀이 팍 죽어 있다가 잠시나마 즐겁고 해맑게 뛰노는 앨버트를 보자 나도 기분이 조금은 풀렸다. 개들이 신나게 뛰고 짖는 사이 내 입술에도 미소가 살짝 스쳤다.

"그래, 젬마, 무슨 일이죠?"

타이는 대리석 상판 아일랜드 주위에 놓인 여러 개의 키 큰 금속 의자 중 하나에 이미 앉아 있었다. 데님 미니스커트를 입은 그녀는 완벽하게 미끈하고 탄탄한 두 다리를 발목에서 단정히 겹치고 있었다.

"걱정돼요. 무슨 나쁜 일이라도 생긴 거예요?"

"그러게요, 앉아요, 젬마. 안색이 안 좋네요. 커피 마셔요. 케이크도 있어요. 스펀지케이크랍니다."

클레어는 김이 오르는 커피잔을 매끄러운 대리석 위로 밀어주며 급히 덧붙였다. "내가 만든 건 아니에요. 가사도우미 엘리너가 어젯밤에 갖다 놨더라고요. 종종 그래요. 가끔씩 왕창 만들어서 나눠준답니다. 되게 맛있어요."

그녀는 금발 곱슬머리를 이마에서 쓸어 넘기며 웃었다. 나도 미소를 지어 보였다.

"괜찮아요. 고마워요. 지금 어떤 끔찍한 일이 일어났냐면…."

나는 심호흡을 했다. 이런 말을 하는 게 옳을까? 부모님이나 시어머니에게도 대니의 실종 사실을 알리지 않았는데. 그가 문에 열쇠를 꽂는 소리가 언제 들릴지 모른다는 실낱같은 희망을 품은 채 아직도 통보를 미루고 있는데, 이제…, 갑자기 이 상황이 지극히 현실적으로 느껴졌다.

"남편이 실종됐어요." 내가 차분히 말을 꺼냈다.

대니가 사라진 이후에 발견된 이상한 정황들까지 시시콜콜 털어놓지는 않았다. 눈을 동그랗게 뜬 채 충격에 말문이 막힌 새 친구들 앞에서 나는 금요일 저녁에 취재를 마치고 돌아왔더니 남편이 사라져서 경찰에 신고했다는 얘기만 했다. 물론 둘은 질문 세례를 퍼부었고 나는 최선을 다해 대답했다. 아니요, 내가 아는 한 그이는 우울증은 전혀 없었어요. 아니요, 어디로 갔는지 전혀 모르겠고 이렇게 사라진 건 처음이에요. 아니요, 옷이나 여권은 챙겨가지 않았어요. 그 사람이 사라진 이후로 나는 넋 놓고 기다리고만 있어요.

"맙소사, 젬마, 끔찍한 일이네요. 어떡해요. 며칠 전에 영국에서 90초마다 한 건씩 실종 신고가 접수된다는 기사를 읽은 적이 있어요. 어떻게 그럴 수 있죠? 아직 우리가 잘 아는 사이는 아니지만 당신 곁에 있어 줄게요, 알겠죠? 필요한 게 있으면 뭐든지…."

타이는 손을 뻗어 내 팔을 잡았고 클레어는 격하게 고개를 끄덕였다.

"그럼요. 낮이든 밤이든 언제든지 전화해요. 이렇게 무서운 일이 생기다니요. 알렉스가 그렇게 사라진다면 기분이 어떨지 상상도 못 하겠네요."

외로움과 막막함을 조금 덜어내고 잠시 후 그 집을 나섰다. 그들의 친절이 눈물겨웠고, 작별 인사를 하며 나눈 포옹에서 따뜻한 진심이 느껴졌다.

하지만 경찰이 집을 수색하겠다며 찾아왔을 때 나는 아직도 전날 받은 충격 속에서 허우적대고 있었다. 수면 부족으로 컨디션이 좋지 않았다. 모든 상황이 버겁고 난감했다. 대니가 일하러 다니는 척했다는 것. 몇 주씩이나 통장에서 돈을 인출하지 않았다는 것. 데이트 앱을 사용했다는 것. 두 건의 살인, 두 명의 피해자. 그들이 남편과 무척 닮았고 죽기 전에 같은 앱을 사용했다는 것도. 논리적인 생각도, 이해도 더 이상 불가능했다. 이게 다 무슨 뜻일까? 대니는 어디 있을까? 지금쯤 죽었을까? 내게 어쩌면 그리 많은 거짓말을 했을까? 정말 이 여자 저 여자와 자고 다녔을까, 아니면 데이트 앱에 가입한 건 친구들의 유치하고 어리석은 장난이었을까? 왜 그랬을까? 뭣 때문에 그런 장난을? 도저히 답을 알 수 없었다. 조금 전에 새로 알게 된 사실도 있다. 경찰이 우리 집 벽장을 샅샅이 뒤지러 와서 해 준 말이었다. 정확히 뭐라고 했더라? 옆집 사람들은 내가 이 집에 혼자 이사한 줄 안다는데? 여기 사는 내 남편 대니는 듣도 보도 못했다면서. 새 이웃들과 나눈 얼마 안 되는 대화를 떠올려보았다. 간단히 '안녕하세요'라고 인사하며 미소를 나누고 손을 흔들고⋯, 그런 상황에서 대니가 옆에 있었던 적이 한 번도 없었던가? 정말 그랬나? 알 길이 없었고, 기억나지도 않았다. 너무 피곤하다는 생각뿐⋯.

언뜻 정신을 차려보니 식탁에 앉아 경찰 한 명과 대화를 나누고 있었다. 우리 집을 수색하여 어떤 물건을 찾아내야 수사에 도움이 되겠냐는 내 질문에 그녀는 이렇게 설명했다.

"-일단 찾아봐야 알 수 있어요. 실종 사건에서, 사람은 떠나도 사전에 계획을 세운 흔적은 남을 때가 있거든요. 물론, 남편분이 지금 어떤 상황인지는 알 수 없죠. 스스로 떠나기로 선택했는지, 아니면…, 음, 불행한 일을 당했는지…." 그녀가 말을 얼버무리더니 진회색 재킷의 실밥을 당겼다. 그리고 다시 나와 눈을 맞췄다. "그런 일은 없기를 간절히 바라지만요. 미안합니다."

괜찮다고 대답하려고 입을 벌린 순간 다른 형사 둘이 복도에 나타났다. 한 사람은 지난번에 클라크 경사와 함께 왔던 프랭키 스티븐스 경장이었고 다른 형사는 안면이 없는 사람이었다. 나는 스티븐스 경장이 흔들고 있는 두 개의 투명 비닐봉지 속에 무엇이 들었나 보려고 눈을 가늘게 떴다. 내 심장 박동이 갑자기 빨라졌다.

"다 끝났습니다, 오코너 부인. 대부분 원상태로 되돌려 놨지만 미처 정리하지 못한 게 있을지 몰라 미리 사과드립니다. 안타깝게도 남편분의 실종을 설명하는 단서는 발견하지 못했어요."

그는 비닐봉지를 흔들었다. "이것만 좀 가져가도 괜찮을까요? 혹시 모르니…, 음, 오코너 씨의 DNA가 필요할 수 있으니까요. 세면대 왼쪽에 있던 초록색 칫솔이 남편분 거 맞죠? 이 빗도요? 면도 크림이랑 같이 놓여 있던데요."

나는 자세히 들여다보고 고개를 끄덕였다.

"네, 대니 거예요. 가져가셔도 돼요. 그럼…, 이제 어떻게 하시려고요?"

스티븐스 경장이 비닐봉지 두 개를 동료에게 건네고 고개를 까닥하자 그는 돌아서서 복도 저편으로 멀어졌다.

"런던에서 사시던 집을 대충 살펴볼 겁니다. 혹시 도움 될 만한 게 남아 있을지 몰라서요. 이쪽으로 이사한 후에도 남편분께서는 그 집에 한 주 더 머물렀다고 하셨죠? 다음 임차인이 곧바로 들어왔는지는 잘 모르시죠?"

"잘 모르겠지만 바로 나가지는 않았을 거예요. 새로 페인트칠을 할 거라고 들었고, 집주인이 우리가 이사 나간 후 몇 주간 어디 다녀올 예정이라고 했거든요. 아직 세입자를 구할 틈이 없었을 거예요. 제가 나온 뒤에 대니가 한 주 더 남아 있긴 했어요. 직장에 사직서를 내야 했고 제가 먼저 와서 이곳을 대충 정리해두는 편이 좋을 것 같았어요. 여기 도착하자마자 새 직장에 출근할 예정이어서 그이가 신경 쓸 필요 없도록 전부 정리해두고 싶었는데…" 나는 하던 말을 멈췄다. "아무튼 그때 저는 그렇게 생각했어요. 남편한테 그렇게 들었으니까요."

내 목소리에 씁쓸함이 묻어났다. 뜻밖에 부아가 치밀었다. 두 경찰을 번갈아 바라보며 가슴이 답답해졌다.

"제가 어리석었죠? 그 사람은 모든 게 거짓이었어요. 제가 왜 그랬을까요? 왜 눈치를 못 챘을까요? 뭔가 잘못됐다는 걸 왜 몰랐을까요?"

눈물을 흘리는 나를 보며 스티븐스 경장은 고개를 저었다. 그는 테이블에 한 발짝 더 다가와 내 어깨에 손을 얹었다.

"자책하지 마세요, 오코너 부인. 지금은 수사 초기 단계고 이 일의 내막은 아직 아무도 모르잖아요. 네, 분명 몇 가지…, 특이한 점이 있긴 합니다. 그래도 마음을 단단히 먹어야 해요. 부디 굳

세게 버텨주세요. 저희도 진상을 파헤치는 데 최선을 다할 테니까요. 아직 이 집에 혼자 지내십니까, 아니면 누가 오기로 했습니까?"

심호흡을 한 다음 이마에 붙은 머리카락을 치웠다. 겨드랑이가 축축해졌다. 이 사람들을 내 집에서 내보내고 혼자 있고 싶었다. 잠을 자고 생각도 좀 하고 싶었다. 나는 억지로 그를 바라봤다.

"오늘 아침에 친구들을 만났는데 필요하면 언제든 이쪽으로 와주겠다고 했어요. 에바라는 친구가 와서 같이 있기로 했고요. 런던에서 이쪽으로 와서 며칠 머무르겠대요. 한 시간 후면 도착하겠네요."

그는 고개를 끄덕였다. "잘됐네요. 의지할 사람이 있으면 도움이 될 겁니다. 조만간 남편분의 가족에게 알려야 할지도 모르겠네요. 결국 나타나지 않으면 말이죠. 부인 가족들에게도요. 당장은 보류해야겠지만요. 그럼 저희는 물러가겠습니다. 협조해주셔서 감사합니다. 말씀드렸듯이 내일은 부인의 옛 아파트에 가볼 생각입니다. 계속 소식 전해드릴게요."

"고맙습니다. 정말 감사해요."

그들이 떠나자, 나는 이 방 저 방을 천천히 옮겨 다니며 침구를 정리했다. 경찰들은 매트리스 밑까지 들여다본 모양이었다. 쿠션을 똑바로 놓고 옷장과 서랍 내용물이 뒤죽박죽 섞이지 않았는지 확인했다. 집을 다시 정돈하다 보니 마음이 조금 차분해지고 벌렁대던 심장도 진정되고 머릿속도 맑아졌다. 시간이 흐를수록 대니의 실종을 둘러싼 해괴한 사실들이 드러났지만, 어떤 이유에선지 그가 다른 두 남자처럼 살해당했다는 생각은 들지 않았다. 만약 그가 죽었다면 내 마음 깊은 곳에서 이미 감지했을 거라 확신했다. 실제로 무슨 일이 있어났는지, 일어나고 있는지 논리적으로 추리해볼 필요가 있었다. 에바도 오기로 했다. 그 생각에 기분이 조금 밝아졌고 경찰의 수색으로 큰 피해가 생기지 않은 것도 만족스러웠다. 주방에 들어가 냉장고 내용물을 확인했다. 며칠 장을 보지 않았더니 신선 식품은 다 떨어졌지만 피자 몇 판이 남아 있고 와인 랙에 와인 몇 병도 놓여 있었다. 오늘 저녁은 그럭저럭 넘길 수 있을 것이다. 그리고 에바가 오면…, 그녀라면 분명 문제를 해결할 수 있게 도와줄 것이다.

우리는 신입 신문 기자 시절부터 친하게 지냈고, 내가 경성 뉴스를 그만둔 후에도 우정을 이어나갔다. 에바는 지금도 〈인디펜던트〉에서 범죄 전문 기자로 활동하며 이 시대의 온갖 복잡한 사건을 다루고 있다. 그녀라면 제대로 추리할 수 있지 않을까? 내가 뭔가 중요한 정보를 놓치고 있을지도 모른다. 내가 아직 생각하지 못한 것, 대니가 새 직장을 두고 한 거짓말과 나를 떠난 이유를 설명할 수 있지 않을까? 그래, 에바라면 분명 전부 설명할 수 있을 거다.

휴대폰을 집어 대니에게서 온 문자나 이메일이 없는지 또 한 번 확인했다. 역시 아무것도 없었다. 시계를 보니 5시에 가까웠다. 에바가 탄 기차는 7시에 템플 미즈 역에 도착할 예정이었다. 얼마 전 중요한 기사를 마무리하고 며칠 휴가를 냈으니 목요일이나 금요일까지는 머무를 수 있다고 했다. 2시간 남았다. 그동안 뭘 해야 하나? 침대로 가서 잠을 청해볼까? 하지만 갑자기 잠이 확 깨고 정신이 번쩍 들었다. 휴대폰을 식탁에 내려놓고 안절부절못하며 복도로 나갔다가 커다란 벽거울에 비친 내 모습을 보고 경악했다. 내 모습을 마지막으로 본 게 언제였던가? 평소에는 부드럽고 자연스러운 곡선을 그리며 어깨까지 떨어지던 머리카락에 기름이 껴서 납작하게 눌렸다. 화장기 없는 피부는 눈 밑에 늘어진 푸르죽죽한 다크서클을 빼면 시체처럼 창백했다. 끔찍한 몰골을 보자 에바가 도착하기 전까지 뭘 해야 할지 정확히 알 것 같았다. 나는 욕실로 향했다.

한참을 더운물을 맞으며 뭉친 어깨를 풀면서 눈을 감고 이런저런 생각에 빠졌다. 문득 대니와 약혼한 지 몇 주 후에 아일랜드에 계신 그의 부모님을 찾아갔던 일이 생각났다. 나는 잠시 라크길 호숫가가 내다보이는 슬라이고의 낡은 농가로 돌아갔다. 시인 윌리엄 버틀러 예이츠를 좋아하는 나는 대니가 어릴 때 쓰던 처마 밑 비좁은 방에서 이니스프리 섬과 호수가 저 멀리 삐죽 보인다는 사실에 잔뜩 흥분했다.

"나 이제 일어나 이니스프리로 가리." 대니가 짐을 푸는 사이 나는 미간을 찡그린 채 꿈꾸듯 읊었다.

"그곳에 흙과 짚으로 작은 오두막을 지으리." 나는 시를 계속 읊으며 한숨을 푹 쉬었다. "대니, 자긴 이런 곳에서 자랐으면서 어떻게 예이츠의 명시 '이니스프리 호수 섬'을 모를 수가 있어? 진짜!"

내가 분개하자 그는 싱긋 웃었다.

"알거든, 당연히 알아. 학교에서 배웠잖아. 당신처럼 줄줄 외우지를 못할 뿐이야. 내가 암기력은 형편없거든."

"당신은 뭐든 형편없잖아." 내가 이렇게 놀리자 그는 나를 침대로 끌고 가 마구 간지럽혔다. 나는 참지 못하고 깔깔 웃었다.

그러나 그 집에서 지내면서 웃을 일은 드물었다. 돌아가서 할 일이 많다는 핑계로 이틀 밤만 머물기로 해서 다행이었다. 대니는 어릴 적 얘기를 별로 하지 않았고, 나는 그 이유가 행복한 시절이 아니었기 때문이라는 인상을 받았다.

"부모님과 사이가 썩 좋지는 않아." 그는 이 한마디만 했고 나도 더는 캐묻지 않았다. 언젠가 대니가 그 시절에 대해 얘기해 준다면 기꺼이 경청하겠지만 그 순간에는 분명 말하기를 꺼려하는 눈치였다. 나는 아무래도 괜찮았다. 마침내 그의 부모님을 만났을 때도 두 사람과 아들 사이의 악감정이 분명히 느껴졌다. 목덜미에 단단히 틀어 올린 백발, 얼굴에 깊게 팬 주름, 마르고 찌든 외양의 브리짓은 우리가 도착하자 내 뺨에 건성으로 입을 맞추고 어설픈 미소를 지어 보였지만 대니를 향해서는 고개만 까딱했을 뿐 그를 아래위로 훑어보던 표정이 금방 굳어졌다. 늙은 버전의 대니처럼 보이는 듬성한 회색 머리의 도널은 안락의자에서 일어나지도 않은 채 우리 둘을 향해 손을 흔들 뿐이었다. 옆에 놓인 탁자 위의 조그만 TV에서 헐링(hurling: 막대기와 공을 이용하는 야외 경기. 아일랜드에서 흔히 하는 경기로 필드하키와 유사하다 – 옮긴이 주) 경기를 시청하느라 눈도 떼지 않았다. 최근에 연이은 병치레로 허약해졌다지만 무뚝뚝하고 쌀쌀맞은 사람이 분명했다. 농가 부엌 한편에서 이것저것 지시하는 그의 눈빛은 서늘했다. 그의 아내는 남편의 명령에 따라 분주히 뛰어다녔다. 모든 사물과 사람에 대해 분노를 가득 품은 듯 그녀는 늘 굳은 표정이었다. 나는 브리짓이 가여웠고 도널은 처음부터 싫었지만, 내 약혼자의 연로하고 병약한 아버지에게 그런 감정을 품었다는 데 죄책감도 느꼈다.

두 사람은 첫날 저녁 식사 때 우리에게 어색한 대화를 건넸을 뿐 그 이후로는 거의 관심을 보이지 않았다. 한편 대니는 사실상 아버지를 무시하고 똑같이 무시를 당했지만, 어머니를 대할 때는 딱할 정도로 비위를 맞추려 애를 썼다. 식사 준비나 설거지를 돕겠다고 몇 번이나 나섰다가 도울 필요 없다는 대답을 들으면 풀이 죽었다. 거절당할 때마다 보이는 그의 표정에 나는 마음이 아팠고 어떻게든 그 집에서 빨리 벗어나고 싶다는 생각만 커졌다.

그 집안은 독실한 가톨릭이었다. 다만 대니는 우리가 만난 지 얼마 지나지 않았을 때 종교를 버린 지 오래라고 했었다. 그에게서 다소 특이한 중간 이름을 갖게 된 연유를 듣고 나는 킥킥거렸다.

"성 이냐시오에게서 따온 이름이야. 어떤 전투에서 부상을 입고 침상에서 회복 중에 책을 많이 읽은 사람이래. 원래 모험담을 좋아했지만 병원에 종교와 성자들에 대한 책밖에 없어서 어쩔 수 없이 그것들을 읽다가 성인이 되었나 봐. 빌어먹을 자식. 나를 비롯한 수천 명의 가엾은 놈들한테 우스꽝스러운 이름을 떠안기다니."

구식 가구, 푹 꺼진 소파, 부엌에 오래된 무쇠 가스레인지가 놓인 오코너 가족의 집은 티끌 하나 없이 깨끗하고 아늑했다. 성 이냐시오의 성화는 없었지만 확실히 온갖 성물이 가득했다. 현관에서부터 팔을 뻗은 예수 석고상이 손님을 맞이했고 성모자, 성녀 베르나데트, 성 유다, 성녀 클라라의 그림과 조각상이 집 안 구석구석을 차지하고 있었다. 이런 성자들이 선택된 이유는 금방 분명해졌다. 대니의 동생 리암 때문이었다. 28살인 그는 시력이 약하고 학습장애가 있었다.

"자식을 늦게 봤어. 리암을 낳았을 때 어머니는 마흔이 넘었는데 그것 때문에 문제가 생긴 건지는 알 수 없지." 만난 지 얼마 안 되어 한창 서로를 알아가던 시기에 대니는 이런 말을 했었다. "리암은 항상 집에만 있어. 일을 할 수 없으니까. 사실 자기 앞가림도 제대로 못 해. 물론 착한 녀석이고 웬만큼 노력은 해. 차도 그럭저럭 끓일 줄 아는데 조리 도구를 맡길 수는 없어. 학습장애에다 시력이 약하니까. 어머니, 아버지가 돌아가시면 그 애가 어떻게 될지 걱정이야. 방법이 있기야 하겠지만. 그때쯤이면 내가 그 애를 돌볼 수도 있을 테고, 요즘은 괜찮은 보호시설도 많잖아. 악몽에 나올 법한 옛 아일랜드의 무시무시한 감옥 같은 곳들은 아닐 거야."

하도 얘기를 많이 들어서 리암을 만나는 순간을 기대했었지만 오코너 가족 중 따뜻하고 유머 감각이 있는 사람은 대니가 유일해 보였다. 리암의 성격도 그의 부모와 별반 다르지 않았다. 형을 두 팔로 끌어안으며 반가움을 표시했지만 나를 보고 별로 알은체는 하지 않았다. 대니가 형수 될 사람이라며 굳이 인사를 시키자 그는 뚱하게 '안녕하세요'라고 웅얼거릴 뿐이었다. 하지만 가족 중에 리암만은 아버지를 좋아하는 듯 지나가는 도널의 머리를 쓰다듬곤 했다. 도널은 "무슨 짓이야!"라고 호통치면서도 슬쩍 미소를 지었다.

"맞아, 둘은 항상 잘 지냈어." 그날 밤 뻣뻣한 면 이불과 거칠거칠한 담요 속에서 대니에게 몸을 바짝 붙인 채 그 사실을 언급하자 대니는 이렇게 말했다. "아버지는 지랄맞은 성격이지만 리암만큼은 늘 애지중지했어. 아버지의 유일한 장점이지."

나는 더 이상 묻지 않았다. 내가 보기에 도널은 폭력으로 집안을 다스리는 우악스러운 사람이고 브리짓은 불행하고 무정한 사람이었다. 하지만 과거를 들추는 것을 대니가 원하지 않았기에 나도 그냥 그러려니 하기로 했다. 모른 척하는 편이 나을 때도 있는

법이고, 설사 대니가 행복하지 못한 어린 시절을 보냈다 쳐도 그
것은 오래전 일일 뿐 지금은 충분히 행복해 보였다. 우리가 그 집
에 자주 찾아갈 것 같지는 않았고 지금은 우리의 미래, 나와 그
의 미래가 중요했다. 중요한 건 그게 다였다.

그럼에도 몇 주 후 싸늘한 2월의 이른 아침에 도널이 심각한 뇌
졸중으로 사망했다는 소식을 듣고 대니는 큰 충격을 받은 듯했
다. 그 후 우리 결혼식을 준비하는 몇 주 내내 그는 침통해 보였
다. 그가 우는 모습을 보지는 못 했다. 그것은 대니의 방식이 아
니었다. 하지만 그는 말수가 줄고, 의기소침하고, 혼자만의 시간을
원했고, 우리가 함께 있을 때도 종종 굳은 표정으로 주먹을 움켜
쥔 채 생각에 빠졌다. 그나마 긴장을 풀 때는 내가 끌어안고 위로
의 말을 속삭일 때뿐이었다. 그래서 그가 장례식에 참석하러 아
일랜드로 돌아가지는 않겠다고 선언했을 때 나는 무척이나 놀랐
다.

"갈 필요 없어. 지난달에 갔을 때 이미 작별 인사를 했거든. 아
버지의 시신이 땅에 묻히는 걸 보려고 돌아갈 필요는 없다고 생
각해. 어머니는 괜찮을 거야. 리암도 있고 다른 친척도 많아. 우리
사이가 어떤지 당신도 잘 알겠지만 어머니도 내가 오지 않는 걸
차라리 좋아할 거야. 아버지 장례식에 가서 울면 나는 위선자야,
젬마. 아버지가 돌아가셨다고 그렇게 아쉬운 것도 아니야."

그래서 우리는 아일랜드에 가지 않았다. 하지만 대니는 말만 냉
정했지 아버지의 죽음에 크게 상심했다. 1년이 넘도록 그의 얼굴
에는 문득문득 비통한 표정이 스쳐 지나갔다. 가족 관계란 얼마
나 복잡다단한지. 사랑과 증오, 증오와 사랑이 구분하기 어려울
만큼 단단히 얽혀 있다.

이런 생각들은 대니의 행방을 추리하는 데 전혀 도움이 되지 않았다. 나는 돌연 새로운 결심을 하고 욕실을 나와 수건으로 몸을 닦았다. 머리카락을 드라이어로 말리고 화장까지 한 다음 깨끗한 옷으로 갈아입었다. 에바가 곧 도착할 것이다. 우리는 둘 다 취재 기자였다. 비록 한 명은 그 분야에서 멀어지고 있지만 하나의 문제를 놓고 두 사람이 머리를 맞댈 수 있다. 대니가 흔적 없이 사라진 것이 아니라면 우리는 답을 찾을 수 있다. 답을 반드시 찾아야 한다. 어떻게든, 어떻게든 우리는 진실을 밝힐 것이다.

10

"20분 정도면 도착할 거예요. 물론 차가 너무 막히지 않으면요. 2번 교차로에 가까워질수록 더 막히겠죠."

차를 몰던 프랭키 스티븐스 경장은 데번을 흘끔 돌아보고 다시 고속도로에 눈을 고정했다.

"그렇겠지." 데번이 대꾸했다. M4 고속도로가 유난히 한산했기에 9시 직전에야 브리스톨을 나섰는데도 프랭키의 예상대로 11시 15분 전에 치스윅에 있는 오코너의 예전 집에 도착할 수 있을 듯했다. 짜증스러운 아침에 유일하게 맘에 드는 수월한 여정이었다. 경찰서를 떠나기 직전에 젬마와 대니의 브리스톨 집 주변 방범 카메라 영상을 확인한 결과가 나왔다.

"아무것도 없었습니다. 그의 실종 전후 48시간 분량을 전부 살펴봤지만, 자전거를 탔든 걸었든 대니를 닮은 사람은 한 명도 보이지 않았어요. 물론 큰 의미가 없는 걸 수도 있어요. 카메라가 전혀 없는 다른 길을 이용했을 가능성도 얼마든지 있으니까요."

그렇다 쳐도 충격적인 결과였다. 대니의 옆집 사람들이 그를 본 적이 없다는 사실도 답답했지만 요즘 세상에 그리 놀라운 일은 아닐지도 모른다. 데번은 자신의 옆집 사람이 다가와서 주먹질을 해도 누구인지 못 알아볼 것 같았다. 결국 대니 오코너 사건에 기이한 점 한 가지가 더 추가되었을 따름이었다. 이번에도 단서를 얻을 거라 기대했다가 허탕을 쳤을 뿐이다. CCTV에서 뭐라도 건지기를 간절히 바랐던 데번은 오히려 막다른 골목으로 끌려간 기분이었다.

'이 빌어먹을 사건에서 조그만 행운 하나 바라는 것이 그토록 큰 욕심일까?' 프랭키와 함께 수사본부를 나서 공용자동차를 보관하는 주차장으로 향하며 그는 생각했다. 아무래도 지나치게 무리한 욕심인 모양이었다. M4 고속도로의 배스 교차로에 가까웠을 때 데번의 휴대폰이 진동했다. EHU 데이트 앱에서 검색 데이터에 접근하는 작업을 맡은 마이크 슬레이터 경장이었다.

"최근에 시스템이 마비됐다는 얘기 들으셨죠? 문제를 해결하고 다시 운영한답니다. 그런데 검색 데이터는 몽땅 잃었대요. 되살릴 수 없답니다. 그쪽에서 사과했지만 복구할 방법은 없는 모양입니다. 그걸로 끝이죠. 머빈, 라이언, 대니처럼 생긴 남성을 검색한 사람이 누군지 추적할 방법이 없다는 뜻입니다. 정말 죄송합니다."

"망할!" 데번이 내뱉었다. "미안해, 마이크. 자네 잘못도 아닌데. 어쨌든 애써줘서 고마워. 지금 당장은 막막하지만 다른 접근 방법을 찾아봐야지."

"알겠습니다. 아, 그리고 엔지니어들에게 듣기로 피해자들 휴대폰에서 EHU 데이트 관련 이메일을 전혀 찾을 수 없답니다. 삭제된 게 틀림없어요. 일이 성가시게 됐지만 오래된 이메일은 누구나 삭제하잖아요. 저도 그러는걸요. 대니가 프로필에 쓴 이메일 주소도 확인했습니다. 존재하지 않는 주소더군요. 애당초 가짜였거나 나중에 폐쇄된 계정이겠죠. 그렇다면 그의 프로필이 누군가의 장난으로 사이트에 올라왔다는 쪽에 무게가 실릴까요?"

"그럴지도. 다른 건?"

"아, 맞다…. 타라가 은행 계좌를 조사했어요. 영국 은행에서는 대니 명의로 된 다른 계좌를 찾을 수 없더랍니다. 대니얼 오코너라는 이름은 흔하지만 대니얼 이냐시오 오코너는 꽤 특이하죠. 내셔널웨스트민스터 계좌에 최근 몇 달 사이 특이한 거래가 있었는지도 확인했지만 눈에 띄는 사항은 없었습니다. 큰돈을 출금하거나 입금한 적도 없고요. 역시 교착상태에 빠졌네요. 죄송합니다."

데번은 실망하며 전화를 끊었다. 머빈 엘리엇과 라이언 존스 살인 사건 수사는 이제 완전히 정체됐고 새 증인이나 증거는 전무했다. 대니 오코너는 아직 실종 상태라 이제 수사팀 전체가 무력감을 느끼기 시작했다. 데번은 한숨을 토했다.

"이제 시작이네." 프랭키의 목소리에 데번은 정신을 차리고 도로 상황을 주목했다. 앞 차량에서 갑자기 빨간 후미등이 켜지고 이동 속도가 느려졌다.

"막히기 시작했네요." 프랭키가 브레이크를 밟았다.

"그러게." 데번이 동의했다.

그는 다시 좌석에 기대고 앉아 사건에 정신을 집중했다. 어차피 연쇄 살인범을 잡지 못하면 관계에 대해 고민할 여력도 없었다. EHU 앱에서 세 남성의 프로필이 발견된 이후로 수사팀은 연쇄 살인의 가능성을 받아들이는 분위기였다. 최근 수사팀에서는 과거 영국 이외의 국가에서 발생한 사건에 대해서도 많은 논의가 있었다. 전형적인 연쇄 살인범은 남성으로, 노인, 성 노동자, 히치하이커, 젊은 여성 등 약자들을 표적으로 삼았다. 동성애 성향이 있지만 다른 남성들을 표적으로 삼는 남성 연쇄 살인범 집단도 있었다. 70년대 후반과 80년대 초에 영국에서 최소 12명의 남성을 살해한 데니스 닐슨, 소년을 비롯해 17명의 남자를 살해한 미국인 제프리 다머가 가장 잘 알려진 예다. 지금까지 발견된 시체는 둘이지만 브리스톨에 연쇄 살인범이 활보하고 있을지도 모른다는 추정이 수사본부에 공포의 파문을 일으키자, 헬레나는 즉시 반박했다.

"정신들 차려요. 지금으로서는 머빈과 라이언의 죽음이 연관됐다는 증거가 전혀 없고 아직 세 번째 시체도 없잖아요. 아, 물론 세 사람 사이에 데이트 앱이라는 연결고리는 있지만 밝혀진 건 딱 거기까지고 어디까지나 우연일 가능성도 배제할 수 없어요. 그놈의 앱을 쓰는 사람이 수만 명은 되는 모양인데. 그러니까 연쇄 살인범이라는 추정은 자제합시다. 우리는 사실을 취급해야 돼요. 사실만을."

하지만 그녀의 말에는 전혀 설득력이 없었다. 헬레나를 잘 아는 데번은 그녀도 나머지 동료들과 똑같은 생각을 하고 있다고 느꼈다. 수사팀은 토론을 마쳤지만 불안감은 가시지 않았다. 최근 연구에 따르면 대부분의 연쇄 살인범에게는 선호하는 타깃 유형이 있으며 주로 성별이나 외모 같은 특성이 기준이었다. 미국의 이른바 '그린 강 살인범'은 '실종되어도 경찰이 일반 여성만큼 열심히 찾지 않을 것'이라는 이유로 매춘부를 표적으로 삼았다. 2011년 노르웨이 여름 캠프에서 77명을 살해한 안데르스 브레이비크는 본인의 표현에 따르면 '좌파처럼' 보이는 사람을 희생자로 골랐다. 그렇다면 브리스톨에 사는 누군가가 알 수 없는 별난 이유로 30대에 검은 머리, 검은 눈을 지닌 남자들을 쫓아다니다 살해했다는 추측도 어느 정도 가능하지 않을까? 조건에 맞는 희생자 둘과 실종자 한 명이 이미 생긴 거라면?

몇몇은 대니 오코너가 정말로 세 번째 희생자가 아닐까 하는 우려를 표했다. 그의 실종에는 분명 수상한 점이 많다고 데번은 생각했다. 그는 창밖으로 고속도로를 달리는 화물 트럭을 바라봤다. 차체를 덮은 회색 먼지 위에 '차 좀 씻어'라고 적혀 있었다. 확실히 대니의 실종에는 앞의 두 사건과는 다른 특징이 있었지만 아직 아무도 그 조각들을 하나로 맞추지 못했다. 사라지기 전 몇 주 사이 그는 틀림없이 모종의 일을 꾸몄다. 과연 그 목적이 뭘까? 왜 아내에게 새 직장에서 일한다고 거짓말을 했을까? 하루 종일 뭘 하고 다녔을까? 옆집 사람들이 대니를 본 적 없고 젬마 혼자 이사 온 줄 알았을 정도라면 집에 있을 때도 아주 조용히 근신하며 지냈을 거다. 누군가를 피해 숨어 있었던 걸까? 아내를 비롯한 누구에게도 밝힐 수 없는 문제가 있었던 걸까? 최근 몇 주 사이 은행 계좌를 이용하지 않은 이유는 뭘까? 어찌 보면 가장 큰 의문은 얼마 전에 결혼해 행복하게 사는 남자가 왜 데이트 사이트에 기웃거렸나 하는 거다. 마이크는 어제 저녁 젬마 오코너가 실종 신고서에 적은 번호로 전화를 돌려 대니의 친구 몇 명과 통화를 했다. 대니가 '한눈을 팔았느냐'는 마이크의 완곡한 질문에, 다들 처음에는 흥미를 보이다가 결국 당혹스러워했다.

"당부하신 대로 EHU 앱은 언급하지 않았습니다." 마이크가 데번에게 보고했다. "그냥 대니가 젬마를 두고 외도를 한 적이 있는지, 원래 바람기가 있는지 물었어요. 하나같이 절대 아니라더군요. 여느 남자들처럼 과거에는 여자들을 만나 하룻밤씩 즐기기도 했지만 젬마를 알게 되면서부터 다 정리하고 정착했답니다. 재미있는 건 그들 중에도 최근 몇 주 사이에 대니와 연락한 사람이 하나도 없다는 거예요. 직장을 옮기고 이사를 하느라 바쁜 줄 알았다면서요. 대니는 친구들마저 피했던 모양입니다."

이 가운데 그 어떤 정황도 납득되지 않았지만 수년간의 경험을

근거로 데번은 수수께끼의 대부분은 결국 풀린다는 사실을 알았다. 그것은 순전히 끈기와 쉽게 만나기 힘든 행운의 문제였다. 그런 생각을 하는 사이 차들이 다시 움직이기 시작했다. 10분 후 프랭키는 치스윅 대로에서 약간 떨어진 홈필드 가 10번지의 주차 공간에 차를 댔다.

"이 집이에요. 집주인이 곧 열쇠를 가지고 이쪽으로 올 겁니다."

10번지는 깔끔한 빅토리아풍 주택이 늘어선 거리의 중간쯤이었다. 길 한쪽에는 고전적인 저택이 즐비했지만 반대편에는 낡은 집과 초현대적 주택이 혼재했다. 대니와 젬마 오코너가 살던 집은 금속 창틀이 돋보이는 2층짜리 흰색 공동주택으로 벽에 반짝이는 스테인리스스틸 재질의 커다란 숫자 '10'이 붙어 있었다. 건물과 거리 사이의 울타리는 빨간색이었고, 건물 입구로 이어지는 짧은 길을 따라 노란 크로커스가 가득 심긴 알루미늄 화분이 놓여 있었다.

"좋은 데 살았네." 데번이 중얼거렸다.

"오셨어요? 안녕하십니까!"

조수석 쪽 창문을 두드리는 소리에 그는 화들짝 놀랐다. 돌아보니 검정 가죽 재킷을 입은 땅딸막한 남자가 서 있었다. 남자의 불룩한 배 위로 지퍼가 팽팽하게 당겼다. 그는 커다란 열쇠 꾸러미를 데번에게 흔들어 보였다.

"에드거 에반스라고 합니다. 집주인이죠." 그가 우렁차게 자신을 소개했다.

차에서 내린 데번과 프랭키는 에드거 에반스가 상기된 얼굴로 숨을 헐떡이며 늘어놓는 심한 웨일스 사투리를 30초 동안 들어야 했다.

"그 부부가 나갈 무렵에 제가 몇 주간 휴가를 다녀오느라 자리를 비웠죠. 그래도 걱정 안 했어요. 오코너 부부가 워낙 모범 세입자라서요. 불쑥 찾아가도 집이 항상 깨끗했거든요. 물론 그리자주 쳐들어간 건 아닙니다. 저는 그런 개념 없는 집주인이 아니에요. 보일러가 말썽을 부린다거나 뭔가 문제가 생겼을 때 들렀다는 뜻이죠. 네, 오코너 부부는 참 괜찮은 세입자였어요. 떠날 때도 틀림없이 아주 깔끔하게 치워놨을 겁니다. 이제 제가 돌아왔으니 다시 페인트칠을 하고 카펫을 세탁해서 새 세입자를 들일 준비를 해야겠죠. 여기 2층과 1층에 큰 집이 하나씩 비었어요. 마침 아래층 사람들도 오코너 부부가 나가기 직전에 이사를 나가서 한꺼번에 두 집을 새로 단장할 수 있으니 잘되었죠. 그나저나 오코너 씨가 실종됐다니 참 유감입니다. 걱정이네요. 제가 도울 일이 있으면…, 그럼 같이 들어가 보실까요?"

"네, 실례하겠습니다." 데번이 안도하며 대답하자 프랭키가 옆에서 히죽히죽 웃었다. 잠시 후 에반스는 열쇠를 현관문에 꽂고 문을 열더니 현관 매트 위에 쌓인 봉투 더미를 발로 밀쳤다.

"지긋지긋한 광고지들." 그가 내뱉었다. 그는 꾸러미에서 열쇠하나를 뽑아 두 형사에게 내밀었다.

"먼저 올라가보세요. 2층으로 가시면 됩니다. 저는 이것들 좀 치워놓고 따라갈게요."

데번은 그에게 감사를 표시한 다음 열쇠를 쥐고 카펫이 깔린 널찍한 계단을 올라갔다. 잠시 후 두 형사는 집 안으로 들어갔다. 프랭키는 복도를 따라 이동하며 방을 하나하나 들여다봤다.

"일단 대충 둘러본 다음에 방마다 제대로 살펴보자고." 데번의 제안에 프랭키는 고개를 끄덕였다.

풀 옵션으로 임대되는 집은 아니었다. 탁 트인 너른 거실과 붉은 벽돌이 노출된 식사 공간에는 아무것도 걸려 있지 않았고 천장부터 바닥에 이르는 창문에는 커튼도 없었지만 반질거리는 참나무 바닥 한가운데에는 커다란 청색 스웨이드 소파와 낮은 흰색 커피 테이블이 남아 있고, 세련된 청회색 주방의 간이 식탁 앞에는 빨간 가죽 시트의 키 큰 의자 세 개가 놓여 있었다.

욕실은 두 개의 샤워 부스를 갖췄고 반짝이는 크롬 부자재로 마무리되어 있었다. 홈 오피스로 사용되었을 방에는 커다란 빈 책장 맞은편 벽에 책상이 놓여 있었다.

"그렇다면 이 끝 방이 부부 침실이겠군요." 프랭키가 마지막 방의 문을 열면서 소곤거렸다.

"맙소사!"

"이게 무슨…?"

두 남자는 동시에 헉 소리를 냈다. 희미한 쇠 비린내가 콧구멍을 자극하자 프랭키는 반사적으로 데번의 팔뚝을 움켜쥐었다. 그들은 눈앞에 펼쳐진 광경에 경악했다.

"이, 이게…, 제가 생각하는 그건가요? 앗, 죄송합니다." 프랭키가 말을 더듬거리며 천천히 데번의 팔을 놓았다.

데번은 여전히 눈을 떼지 못했다. 갑자기 누가 피부를 얼음장 같은 손으로 더듬는 듯 오싹하고 서늘해졌다. 넓고 환한 침실의 여닫이창으로 빛이 쏟아져 들어왔다. 창밖에 유리벽으로 둘러싸인 발코니가 내다보였다. 그는 잠시 햇살을 응시하다가 서서히, 억지로 시선을…, 어디로 돌려야 한단 말인가? 역시… 그가 생각하는 그것이 맞을까? 설마? 침실은 영락없이 공포 영화의 한 장면이었다. 흰 벽에 온통 검붉은 얼룩이었다. 카펫 위로 들쭉날쭉한 갈색의 강이 지나가고 매트리스 위에는 짙은 웅덩이가 말라붙어 있었다. 뱃속이 요동쳤다. 그는 자신이 무엇을 보고 있는지 납득하기 위해 방 곳곳을 둘러봤다. 역시 그것이었다. 다른 것일리 없었다. 그는 얼굴이 하얗게 질린 채 꼼짝 않고 서 있는 프랭키를 돌아봤다.

"피야." 그가 속삭였다. "피라고. 엄청나게 많은 피. 이쪽에도 저쪽에도. 이 방에서 대체 무슨 일이 있었던 걸까?"

11

"시리얼 먹을래? 아…, 잠깐만. 우유가 없네. 미안해, 에바…."

식탁에 털썩 주저앉은 에바가 관두라는 듯 손을 흔들었다.

"지금은 블랙커피 한 잔이면 돼. 좀 있다 같이 나가서 장 좀 봐오자. 앨버트 산책도 시키고. 오늘 아침에 내 방에 들이닥쳐서 나를 싹싹 핥을 때 보니까 힘이 남아돌더라. 산책으로 힘을 좀 빼줘야 해. 그리고 분명히 말해두는데 나는 아침을 잘 안 먹어."

그녀는 나를 보고 씩 웃으며 기다란 빨간 머리를 어깨 뒤로 넘기고 녹갈색 눈 한쪽을 찡긋했다.

"맞다, 그랬었지, 미안." 나도 그녀에게 웃어 보이고 주전자를 불에 올린 다음 깨끗한 머그잔을 찾았다. 지난 며칠 동안 머리를 곤죽으로 만든 사건은 잠시 잊었다. 내가 아는 에바는 오전에 블랙커피와 담배만 입에 대는 사람이었다. 담배는 최근에 끊었지만 커피 마시는 습관은 여전했다.

결국 그녀는 어제 자정이 다 돼서야 도착했다. 두 대가 취소된 후에 도착한 기차도 한참 지연되어 런던에서 오는 여정은 무척이나 길어졌다. 불안한 마음에 가만히 앉아서 일을 하거나 TV도 볼 수 없었던 나는 돌이켜 보면 조금 후회되는 행동을 하면서 기다리는 시간을 때웠다. 이웃집을 찾아간 것이다. 옆집 사람들이 내가 이 집에 혼자 이사 온 줄 알더라는 형사들의 말이 자꾸 머릿속을 맴돌았다. 시계를 보니 9시 직전으로, 낯선 집 문을 두드리기에 지나치게 늦은 시간은 아니었다. 겉옷을 걸치고 밖으로 나가

오른쪽 집을 먼저 찾아갔다. 그 집에 사는 중년 여자와 오며 가며 우연히 만나면 손을 흔들며 인사를 했었다. 그녀는 천천히 문을 열더니 눈살을 찌푸리며 주위를 둘러봤다. 그녀는 이내 나를 알아보고 얼굴을 풀었다.

"안녕하세요, 젬마라고 해요. 옆집에 사는."

그녀는 고개를 끄덕이며 이마에 흘러내린 머리카락을 쓸어 넘겼다. 기다란 회색 머리를 낮게 묶은 그녀는 60대 정도로 보였다.

"네, 안녕하세요. 미안해요, 나는 조라고 해요. 무슨 일이죠?"

나는 어떻게 설명할지 몰라 머뭇거렸다. '그냥 얘기하면 되잖아.'

"그냥…, 음, 경찰이 다녀갔다고 들었는데요? 제 남편 대니가 실종됐거든요. 지난 목요일 이후로 본 적이 없어요. 경찰이 최근에 그이를 본 적이 있냐고 물었을 때…, 한 번도 본 적 없다고 말씀하셨다죠. 저 혼자 이사 온 줄 아셨다면서요. 정말 그러셨어요?"

조는 눈을 살짝 가늘게 뜨며 고개를 끄덕였다.

"음…, 맞아요. 당신이 왔다 갔다 하는 건 몇 번 봤지만 누구랑 같이 있는 건 못 봤어요. 그래서 그렇게 짐작한 거죠. 그러니까…, 미안해요. 내가 그렇게 말한 거 맞아요."

그녀의 말에서 짙은 브리스톨 억양이 묻어났다. 나는 잠시 생각했다. 대니가 자전거 때문에 주로 뒷문을 통해 집을 드나든 건 사실이었다. 내가 그와 함께 있는 모습이 조의 눈에 띈 적이 없었을 수도 있다.

"그 사람이 주로 뒷문을 이용했거든요." 내가 설명했다. "자전거를 주로 안뜰에 세웠거든요, 보관대가 거기 있어서요. 그이를 집 밖이나 골목에서 본 적 없으신가요? 키가 크고 검은 곱슬머리인데요."

그녀는 고개를 저었다. "나는 그 골목으로 잘 안 다녀요. 특히 이맘때는 좀 무서워서요. 컴컴하잖아요? 쓸데없는 걱정인 건 알아요. 여긴 안전한 동네고 거기서 누가 무슨 일을 당한 것도 아니니까요. 하지만 내가 좀 그래요. 항상 정문을 이용한답니다. 미안하지만 당신 남편은 본 적 없어요. 실종됐다니 유감이네요. 내가도울 일이라도 있나요?" 그녀는 어깨를 으쓱했다.

"아, 말씀만으로도 감사해요. 늦은 시간에 찾아와서 죄송합니다. 이제 그만 물러갈게요. 혹시 저쪽 집에 사는 분들 이름은 아세요? 부부 같던데요?"

내가 우리 집 왼쪽 집을 가리키자 조는 어둠 속을 들여다보더니 고개를 끄덕였다.

"네, 제니랑 클라이브네 집이네요. 한참 집을 비웠는데 지금은 돌아왔을지도 몰라요."

나는 그녀에게 감사를 표시하고 인도를 걸어 제니와 클라이브의 삐걱대는 금속 대문으로 들어갔다. 이사 온 이후로 조에 비해 마주친 횟수가 훨씬 적었다. 서너 번쯤 손을 흔들거나 아침 인사를 한 게 전부였다. 다 쓸데없는 짓이라 생각하면서도 나는 초인종을 누르고 기다렸다. 30초 후에 현관에 불이 들어오더니 체크셔츠를 입은 키 작고 머리가 훌렁 벗겨진 남자가 문을 열었다.

"무슨 일이요?" 그가 무뚝뚝하게 물었다.

"아, 안녕하세요. 저는 젬마 오코너예요. 몇 주 전에 옆집으로 이사 왔고요. 그냥…."

"아, 그래요. 미안해요. 못 알아봐서." 그가 곧바로 말을 쏟아냈다. "경찰이 찾아와서 이것저것 물어보던데. 이름이 뭐더라, 대니얼인가…, 하는 사람 아느냐고."

"대니요. 제 남편 대니가 실종됐어요."

그는 나를 한참 응시했다. 그러는 사이에 나는 다른 곳에는 털이 없는 사람치고는 유난히 긴 그의 속눈썹을 눈여겨보았다.

"아, 소식 들었어요." 이제 그의 말투가 조금 누그러졌다. "힘드시겠네. 안타깝지만 우리는 별로 도울 게 없소. 지난 몇 주 사이 댁은 몇 번 봤지만 남편분은 본 적 없어서. 솔직히 우리가 집에 잘 붙어 있지 않거든. 나는 출장을 자주 다니고 아내 제니는 집에 혼자 있는 걸 안 좋아해서 내가 없으면 윈체스터에 있는 언니 집에 가 있어요. 그래선지 댁의 남편을 본 기억이 전혀 없네요. 별로 도움이 못 돼서 미안해요."

"괜찮아요. 집에 잘 안 계시고…, 저희가 이사 온 지 몇 주밖에 안 됐잖아요. 어쨌든 이제야 제대로 인사드리게 됐네요. 불쑥 찾아와서 죄송합니다."

그는 비뚤어진 앞니를 드러내며 씩 웃었다. "별말씀을. 조만간 남편이 돌아오기를 바라요. 언제 술 한잔하는 거 어때요?"

뱃속이 뒤틀렸지만 나는 미소를 지었다.

'대니, 대체 어디 있는 거야….'

"그거 좋네요. 고맙습니다."

두근거리는 가슴을 안고 집으로 돌아온 나는 곧장 주방에 들어가 뒷문을 열고 깜깜한 안뜰로 나갔다. 대니가 몇 번이나 정문으로 드나들었나? 자전거를 타고 출근하는 평일은 절대 정문을 이용하지 않았고… 아니었다. 어딜 가든 정문으로 나간 적은 없었다. 그리고 2월에는 아침 7시 전에 집을 나섰으니 여전히 어두울 때였고, 집에 도착한 저녁 6시 이후에도 깜깜했다. 그가 출발하거나 도착하는 정확한 순간에 누가 집 뒤편의 창문으로 우리 집 안뜰을 들여다보지 않는 한…, 아니 그렇다 쳐도 이웃들이 그를 어둠 속에서 똑똑히 볼 수 있었을까? 야외 조명이 있기는 했다. 여름에 정원에서 저녁 시간을 보낼 때 근사한 분위기를 연출해 주겠지만 제대로 작동하는지 확인하느라 딱 한 번 켜봤을 뿐 이사한 이후로 쓴 적이 없었다. 조의 말대로 집 뒤편 골목에도 가로등이 없었고, 주방 조명을 켜도 뒷마당에 희미한 불빛을 드리울 뿐이었다. 결국 가까운 이웃 중 누구도 대니가 오가는 모습을 보지 못했다 해도 놀랄 일이 아니었다.

주말은 어땠더라? 누가 그를 봤을 가능성이 있지 않을까? 집 안으로 들어가 문을 잠갔다. '생각해 보면 대니가 이 집에 산 건 3주에 불과하잖아?' 더구나 우리는 집 안에서 상자를 비우고, 가구를 정리하고, 벽에 페인트칠을 하며 대부분의 시간을 보냈다. 토요일 아침마다 슈퍼마켓에 다녀온 사람도 나였다. 이사한 이후로는 외식도 좀처럼 하지 않고 멕시코, 인도, 태국 음식을 배달시켰다.

"집이 정리되면 시간이 좀 나겠지. 브리스톨에서 가장 근사한 레스토랑에서 배 터지게 먹고 마시는 거야." 대니는 이렇게 말했었다.

휴대폰에서 도착 시간을 알리는 에바의 메시지를 확인하며 생각했다. 대니가 한 번도 이웃 사람들의 눈에 띄지 않은 건 별로 이상한 일이 아닐 수도 있다. 눈에 띄었다 한들 뭐가 달라졌을까? 그는 실종되었는데. 자취를 감췄는데.

마침내 에바가 나타났다. 우리 집 앞에 멈춘 택시에서 굴러떨어지다시피 내리더니 한 손으로 가방을 끄집어내고 다른 한 손으로 나를 끌어안았다. 그녀는 녹초가 되어 있었다. 마감일에 맞춰 중요한 기사를 마무리하느라 받은 스트레스와 런던에서 시작된 길고 짜증스러운 여정 탓이었다. 에바를 손님방 침대로 데려가 일단 푹 쉬고 내일 아침에 자초지종을 설명하겠다고 했더니 그녀는 마지못해 동의했다.

"우리가 이 일의 진상을 철저히 밝혀야 해, 젬마. 꼭 그래야 해. 알겠지?" 그녀가 내 손을 쥐고 이마에 입을 맞추며 말했다.

여덟 시간 푹 자고 일어난 그녀는 기운을 좀 차린 듯했다. 샤워를 마치고 나온 에바의 머리카락은 축축하고 뺨은 발그레했다. 검정 벨벳 가운 위로 몸의 곡선이 도드라졌다. 그녀에게 김이 모락모락 나는 커피잔을 건네고 맞은편에 앉은 다음 컵 받침 위에 내 페퍼민트 차를 내려놨다. 최근에 카페인을 지나치게 섭취한 탓인지 초조해지기 시작했다.

"만나서 진짜 반갑다, 에바 호튼. 보고 싶었어."

"나도 보고 싶었어. 네가 남서부 시골로 내려갈 줄은 몰랐네. 주말에 놀러 오기 좋은 곳이긴 해. 물론 기차가 말썽을 안 부릴 때 얘기지만." 그녀가 식탁 위로 손을 뻗어 내 손을 토닥였다.

"어떻게 지냈어? 여기 막 이사해서 아는 사람도 없을 텐데 하필 이런 일이 생기다니. 타이밍 진짜 최악이다. 정말 괜찮은 거야?"

"난 괜찮아. 음, 겨우겨우 버텼는데 네 얼굴 보니까 훨씬 낫네. 그리고 벌써 친구도 몇 명 사귀었어. 클레어랑 타이라고. 괜찮은 사람들이라 너도 마음에 들 거야."

"잘됐다! 어떻게 만난 친구들이야?"

나는 앨버트와 밖에 나갔다가 클레어와 푸들 위니를 만난 얘기, 클레어의 제안으로 요가 수업에 다니게 된 얘기를 했다. 클레어가 몇 년간 알고 지낸 친구 타이가 첫 수업 때 내가 간다는 말을 듣고 스튜디오 뒤편에 자리를 맡아두었다. 흥미로운 첫 만남이었다. 수업이 진행된 지 10분 만에 다들 바닥을 내려다보며 개 자세를 하고 있을 때 우리 앞에서 요란한 '뿌식' 소리가 들렸다.

"세상에, 누가 방귀를 뀌었어!" 내 왼쪽에서 클레어가 소곤거렸다.

내 오른쪽의 타이가 코를 힝힝거렸다.

"쉿!" 하지만 클레어는 웃음을 참지 못했다. 고개를 돌려 타이를 보니 입을 꽉 다문 채 어깨를 들썩이고 있었다. 나는 웃음을 참느라 심호흡을 했다. 강의실의 다른 사람들은 우리를 낄낄거리게 만든 소리를 듣지 못했거나 애써 무시하고 있었다. 타이는 또 콧소리를 냈고, 내 옆의 클레어는 새어 나오는 웃음을 힘겹게 억누르고 있었다. 나 역시 참지 못하고 키득거리다가 갑자기 셋이서 짓궂은 여학생들처럼 깔깔 웃기 시작했다.

"거기 뒤에 좀 조용히 해 주실래요?"

부스스한 적갈색 머리에 키가 크고 체격이 탄탄한 요가 강사의 쩌렁쩌렁한 목소리에 우리는 겨우 정신을 차렸지만 수업이 끝나자마자 다시 킥킥대기 시작했다.

"그때부터 그 둘과 친해질 줄 알았어." 이렇게 말했더니 에바는 눈을 굴렸다.

"하여튼 아직 사춘기 소녀라니까. 그래서 내가 널 좋아하는 거지만. 네가 좋은 사람들을 만났다니 기뻐. 지금 네게 꼭 필요한 친구들 같아. 어쨌든…, 이제 대니 얘기 좀 해보자. 전부 다 얘기해 줘."

그래서 전부 얘기했다. 출장 중이던 목요일 밤에 그에게서 마지막 이메일을 받았다는 얘기, 금요일 저녁에 돌아왔더니 집이 텅 비어있더라는 얘기를 했다. 대니의 친구와 옛 동료들에게 전화를 걸어 그의 소식을 물은 얘기, 그를 찾으러 집 밖을 돌아다니고, 병원에 전화하고, 몇 번이나 이메일을 보내고, 결국 경찰서에 찾아간 얘기를 했다. 새로 알게 된 충격적인 사실도 털어놨다. 대니가 ACR 시큐리티에서 일한 적이 없으며 처음에 일자리를 수락했다가 마음을 바꿔놓고도 매일 아침 집을 나가 저녁에 돌아오면서 나를 철저히 속였다는 얘기, 몇 주씩이나 은행 계좌에서 돈을 인출하지 않았지만 필요할 때마다 주머니에 돈이 들어 있었다는 얘기, 이웃 사람들이 이 집에 나 혼자 사는 줄 알더라는 얘기, 데이트 앱에서 대니의 프로필이 발견됐는데 그가 직접 등록했는지 누가 장난으로 올렸는지 도무지 모르겠다는 얘기. 마지막으로 나는 눈물을 글썽이며 같은 데이트 앱에 프로필을 등록한, 대니와 비슷하게 생긴 두 남자가 살해당했다는 얘기를 했다.

열심히 듣고 있던 에바는 그 말에 아연실색했다.

"맙소사, 젬마. 나도 그 살인 사건에 대해 들어 봤지만 그런 관계가 있을 줄은…."

에바는 눈을 비비며 잠시 양손으로 머리를 받쳤다. 그러더니 상체를 일으켜 내 팔을 토닥였다.

"진짜 충격이 크겠다. 네가 왜 그렇게 괴로워하는지, 속상해하는지 이해하겠어. 너무 어이없다."

그녀는 심호흡했다.

"자, 일단 짚고 넘어갈 부분이 굉장히 많으니까, 가급적 객관적으로 접근해 볼게. 대니나 너를 모르는 사람으로 가정하고 보도 기사를 쓸 때처럼 사실만 따져볼 생각이야. 지금은 그 살인 사건들이 단순한 우연이고 대니는 아직 살아 있다고 가정할게. 괜찮겠지?"

나는 고개를 끄덕이고 손등으로 눈물을 훔친 다음 머그잔을 들고 차를 꿀꺽꿀꺽 마셨다. 차가 다 식어서 얼굴이 찌푸려졌다.

"물론이야. 도움이 될 만한 단서를 찾을까 하고 경찰이 이미 이 집을 샅샅이 뒤졌는데 허탕이었어. 오늘은 치스윅에 가서 옛날 우리 집을 살펴보겠대. 거기서 무슨 쓸 만한 단서를 찾겠나 싶지만. 그러니까 너도 혹시 떠오르는 게 있으면, 뭐라도 좋으니까…, 솔직히, 나는 뭘 어떻게 해야 할지 전혀 모르겠거든. 어찌 된 영문인지 도무지 모르겠어."

"그래, 노력해볼게."

에바는 아까 앉을 때 테이블 위에 꺼내놓은 수첩과 펜으로 손을 뻗었다.

"좋아. 같이 생각을 해보자. 일단 직장부터. 그런 문제에 대해 아내에게 거짓말을 한 이유가 뭘까? 뭐 짚이는 거 없어?"

"몇 가지 있긴 한데 너무 터무니없는 생각이라…."

"말해 봐."

"그래. 음…."

에바에게 나의 말도 안 되는 추리를 털어놨다. 대니가 내게 절대 발설할 수 없는 극비 임무를 맡게 됐다, 남들이 모르는 병에 걸려 브리스톨 어딘가에 날마다 치료를 받으러 다닌다, 근처에 다른 아내와 가족이 있어서 낮에는 그들과 시간을 보내고 밤에 내게 돌아온다. 에바는 내 말을 전부 받아 적었지만 얼굴에는 회의적인 표정이 점점 짙어졌다.

"흠." 그녀가 입을 열었다. "극비 임무는 아닌 것 같아. 그 사람의 직업을 고려하면 아예 가능성이 없는 건 아니지만. 병은? 네 남편이 아파 보였니?"

나는 고개를 저었다. "아니. 사실 최근에는 아주 좋아 보였어. 엄청 건강해 보였지. 사실 그가 아프다고는 생각지 않아. 그냥 머리를 쥐어짜다 보니 떠오른 이유일 뿐이지."

"좋아. 다른 아내가 있다? 아이까지? 진짜 그렇게 생각해?"

못 믿겠다는 듯 눈을 휘둥그레 뜬 그녀의 표정을 보고 나는 웃음을 터뜨릴 뻔했다.

"아니, 실은 그것도 아니라고 생각해. 하지만 다른 이유가 뭐 있겠어, 에바? 매일 어디로 가는지에 대해 거짓말을 할 이유를 도저히 모르겠어."

에바는 수첩을 보며 천천히 고개를 끄덕였다. 잠시 그것을 응시하다가 다시 나를 보았다.

"한 가지 가능성이 더 있어. 그게 무엇일지 생각해봐. 새 직장에 아예 다닌 적도 없지만 매일 아침 사라졌다가 저녁에 집으로 돌아오는 남자. 은행 계좌에서 돈을 인출하지 않는 남자. 새 이웃들의 눈에 띈 적이 없는 남자. 그리고 이제는 하룻밤 사이에 흔적도 없이 증발한 남자. 내가 보기엔 조용히 살아야 하는 남자 같아. 곤경에 처한 남자. 극도로 몸을 사리는 남자. 누군가 또는 무언가를 두려워하는 남자. 비밀을 가진 남자. 추적을 피하려고 직장을 속이고, 매일 어딘가로 가서 몸을 숨기고, 돈을 보관하는 장소까지 숨기는 남자. 이사를 했지만 새 이웃에게도 자신이 이 집에 산다는 걸 숨겼잖아."

나는 그녀를 빤히 보았다. 황당한 소리긴 해도 어느 정도 수긍이 갔다.

"맞아, 하지만…, 하지만 누구란 말이야, 에바? 대니가 누구를 두려워하고 누구를 피해 다녔다는 거야? 그이가 어떤 곤란에 처했다는 느낌은 전혀 받은 적이 없는걸. 집에서는 아무 문제가 없어 보였어. 그런 상황이라면 그렇게 속 편해 보일 수 있겠어? 어쨌든 괜찮은 추리 같긴 해. 내가 생각해낸 것들보다는 분명히 나아."

나는 말을 멈추고 생각했다. 지난 1년간 대니가 긴장과 압박에 시달리는 듯이 보이거나, 잠시 혼자 있고 싶어 하거나, 몇 시간 사라졌다가 조금 밝아진 얼굴로 나타났던 순간들을 떠올렸다. 아버지가 돌아가신 후에 그런 일은 좀 더 자주 일어났지만, 나는 그것을 슬픔 탓이라고, 아버지의 죽음에 대처하는 과정이라고 여겼다. 그는 아버지의 죽음에 예상보다 큰 충격을 받았음을 인정하기 싫어했지만 말이다. 하지만 전부 내 착각이었는지도 모른다. 지난 며칠간 나는 그가 바람을 피웠는지도 모른다고 생각했다. 하지만 전혀 아닐 수도 있다. 다른 걱정에 빠져 있었는지도, 어쩌면 어떤 곤경에 처했는지도 모른다. 에바의 말이 옳은 걸까?

"에바. EHU 앱 있잖아. 그건 어떻게 봐야 할까?"

에바는 의자에 다시 앉아 매끈한 눈썹을 우그렸다.

"음, 좋은 지적이야. 그건 나머지 상황들과 별로 어울리지 않는 것 같아. 남의 눈에 띄지 않으려고 안간힘을 쓰는 남자가 데이트 앱에 자기 프로필을 올릴 가능성은 낮지." 그녀는 한숨을 쉬었다. "제길. 잠시 답을 찾은 줄 알았네. 좋아, 일단 따로따로 생각해 보자고. 아까 네가 말했듯이, 대체 누가 그런 걸 재미있다고 생각하는지 몰라도 다른 사람이 장난으로 프로필을 올렸을 수 있어. 특히 몇 잔 마시고 나면 남자들이 얼마나 유치해지는지 너도 잘 알잖아. 그리고 맞아, 같은 앱을 사용했던 다른 두 남자가 살해당했다는 건 여간 해괴한 일이 아니지. 하지만 기막힌 우연일 가능성도 없지 않아. 그런 앱을 쓰는 사람이 수십억은 될 테니까. 그러니 잠시 그 문제는 접어두고…." 그녀는 말을 멈추고 나와 눈을 맞췄다. "음, 이런 질문을 또 하긴 싫은데…. 처음에 대니가 사라졌을 때 너는 그 사람이 다른 여자를 만날 가능성은 전혀 없다고 했었잖아. 그런데 이제 상황이 좀 바뀌었으니 다시 물어볼게. 그 사람한테 다른 여자가 있는 건 아닐까, 젬마? 그러니까 너희 둘 사이가 어땠냐는 뜻이야. 성생활은 괜찮았어?"

나는 조금 당혹스런 마음으로 그녀를 마주 봤다. 우리의 성생활은 어땠나? 처음에는 괜찮았다. 썩 좋았다. 그리고 최근에는…, 음, 아무래도 처음보다는 빈도가 줄었던 것 같다. 하지만 그게 정상 아닌가?

"우리 성생활은…, 나쁘지 않았어. 이제 만난 지도 꽤 되었고 하니 10분마다 상대의 옷을 찢어발기는 건 아냐. 그래도 괜찮은 편이지. 어쨌든 하고 있으니까. 이따금씩. 최근에는 이사하고 집 정리하느라 그리 자주는 아니었지만…, 아, 이제 정말 모르겠다, 에바. 경찰도 그런 질문을 했어. 진짜 머리가 깨질 것 같아. 조금이라도 의심스러운 정황들을 전부 따져보느라. 그이가 가끔 자전거를 타고 어디론가 가서 혼자 시간을 보내고 싶어 하긴 했는데…, 그러니까 실제로 누군가를 만났을 수도 있어. 그랬다는 증거는 전혀 없지만…."

내 목소리가 점점 가늘어졌다. 완전히 확신할 수 없어서일까? 한 번, 딱 한 번 의심스러운 사건이 있었다. 지난 여름, 우리가 결혼한 지 불과 몇 달 뒤, 〈카미유〉 패션 에디터의 마흔 살 생일 파티에 초대받은 나는 대니와 함께 그곳에 참석했다. 그해 7, 8월에는 런던의 기온이 30도 중반까지 치솟는 등 폭염이 몇 주간 계속됐다. 파티가 저녁 7시에 시작됐는데도 햇볕은 쨍쨍했고 잔에서 짤랑대던 얼음은 순식간에 녹았다. 우리 눈썹에는 땀이 맺혔다. 천장이 유리로 된 주방에 있던 손님들은 노팅힐의 세련된 연립주택 뒤편, 그늘진 정원으로 서서히 이동하며 더위 속에서 나른하게 웃고 떠들었다. 물론 나는 평소처럼 인맥을 쌓기 바빴다. 대형 잡지사 소속 편집자가 이렇게 많다니! 파티에서 대니 걱정을 한적은 없었다. 그는 나 없이도 이 무리 저 무리로 옮겨 다니며 술을 홀짝이고 다양한 대화에 쉽게 섞여들면서 내가 용무를 마치고 옆으로 돌아올 때까지 기다렸다. 하지만 그날 밤 대니가 어쩌고 있나 보려고 두리번거리던 나는 찰랑이는 금발을 허리까지 기른 파란 눈의 예쁜 여자와 대화에 몰두하고 있는 그를 발견했다. 다른 행사에서 본 적이 있는 여자였다. 실비라는 이름의 패션 스타일리스트. 20분 후에 다시 대니 쪽을 돌아봐도 그는 같은 자리에 있었다. 그 여자 쪽으로 몸을 기울이고 그녀의 팔에 손을 얹은 채로. 무더운 공기 중에 떠다니는 그의 웃음소리에 나는 불안해졌다. 둘이서 무슨 얘기를 나눴으며, 그 여자 옆에 그리 오래 있었던 이유는 뭘까? 얼마 후 다시 돌아보니 둘이 서 있던 호리호리한 은빛 자작나무 옆에는 아무도 없었다. 아트 디렉터들과 대화를 나누던 나는 양해를 구하고 하늘하늘한 밝은색 드레스를 입은 여자들과, 셔츠 소매를 팔꿈치까지 걷어 올리고 타이를 풀어헤친 남자들 사이를 비집으며 정원을 헤맸다. 해가 지면서 음악이 흘러나왔다. 짙은 향수 냄새가 감도는 묵직한 공기 속에서 스치고 지나가는 살결들은 뜨겁고 끈적했다. 대니를 어디에서도 찾을 수 없어 다시 주방에 가보았다. 케이터링 담당자들이 커다란 접시에 카나페를 놓고 있을 뿐 그의 모습은 보이지 않았다. 아래층 복도로 내려갔다. 화장실 앞에 짧은 줄이 늘어서 있었다. 몸에 착 붙는 점프슈트를 똑같이 입은 두 여자가 살짝 비틀대며 서로에게 기댄 채 차례를 기다렸다. 집 안만 살피기가 불안해져서 다시 정원으로 나갔다. 밖으로 나가자마자 웨이터가 든 쟁반에서 샴페인 한 잔을 집으며 나는 불안에 휩싸였다. 그 순간 대니가 불쑥 나타나 뒤에서 내 허리를 껴안고 목에 가볍게 입을 맞췄다.

"대니! 어디 갔었어? 걱정했잖아!"

"일 때문에. 전화 받으러 나갔다 왔어. 음악이랑 말소리가 너무 시끄러워서 생각을 할 수가 있어야지. 그래도 전화로 해결됐으니 걱정 안 해도 돼. 맞다. 맥주 어딨지?" 그가 싱긋 웃었다.

갑자기 안도감이 밀려와 나는 더 이상 캐묻지 않았다. 그가 다른 여자들과 말도 섞지 말아야 할 이유는 없지 않나. 그날 밤 나 역시 숱한 남자들과 대화를 나눴는데. 그리고 나는 그를 믿었다. 무조건 믿었다. 그 이후로 실비는 다시 눈에 띄지 않았고 나는 그 일을 전부 잊었다. 하지만 에바에게 그 이야기를 하다 보니 의문이 생겼다. 내가 그를 너무 믿었나? 대니는 내가 생각한 그런 사람이 맞을까, 아니면 줄곧 나를 속였을까? 친구의 짓궂은 장난이 아니라면 언제부터 데이트 앱을 얼쩡댔을까?

"글쎄, 내가 그 파티에 있었던 게 아니라 잘 모르겠어, 젬마." 에바가 말했다. "그렇지만…." 그녀는 망설이다가 고개를 저었다. "아무것도 아냐. 그냥 좀…."

"아니야. 무슨 말 하려던 거야?"

그녀는 다시 고개를 저었다. "아무것도 아니야. 지금 단계에서는 아무것도 모르잖아, 젬마. 그가 다른 여자랑 눈이 맞았을 수도 있지만 실종된 거랑은 전혀 별개의 문제지. 진실을 알기 전까지는 섣불리 단정할 필요가 없잖아?"

나는 한숨을 쉬었다. "알아. 나도 그러려고 노력하고 있어. 하지만 정말이지 이해가 안 돼. 오글거리는 소리지만 우리는 완벽한 부부인 줄 알았어. 그런데 이제 보니 전혀 아니었잖아. 나한테 몇 주씩이나 거짓말을 했고 지금은 자취를 감췄어. 죽었을지도 몰라, 에바. 다른 두 남자처럼 죽었을지도 모르지. 아니면 그냥 나를 떠났거나. 아니면 빌어먹을 외계인에 납치됐거나. 그이한테 무슨 일이 생겼는지 도저히 모르겠어."

에바는 수첩을 덮어 한쪽으로 밀치고 펜을 내려놨다.

"외계인은 아닐 거야. 하지만 나도 이해가 안 되는 건 마찬가지야. 생각할 시간이 더 필요해. 더 열심히 생각해봐야겠어. 지금은 같이 나가서 바람 좀 쐬고 앨버트 산책도 시키고 슈퍼마켓도 다녀오자. 생필품 좀 비축해둬야지. 그러고 나서 머리를 맞대고 골똘히 생각해 보는 거야, 알겠지? 우리 둘이서. 지금 살아있든 죽었든 그가 뭔가 숨기고 있었던 건 분명하잖아, 네 남편 대니가. 그것만은 분명해. 그게 무엇인지만 알아내면 돼."

12

데번 클라크 경사는 접시에 담긴 반질반질한 도넛을 노려보고 있었다. 평소 같았으면 순식간에 해치웠겠지만 오늘은 이상하게 전혀 끌리지 않았다. 그 방을 본 이후로 식욕이 싹 달아났다. 24시간 전쯤에 치스윅의 악몽 같은 피바다에 들어갔다 온 이후로 그는 먹지도 자지도 못했고 어느 때보다 재스민이 그리워졌다. 그녀의 품에 안겨 위로받고 싶었다. 과거에도 그런 범죄 현장을 본 적은 있었다. 당연히 수없이 보았다. 난도질당한 시체가 그대로 남아 있는 무시무시한 현장도 있었다. 그런데도 이 일이 머릿속을 떠나지 않고, 꿈에 나타나고, 도넛에 대한 욕망마저 빼앗아간 이유는 무엇일까? 예상치 못한 충격이었기 때문일까? 대니 오코너가 살았던 집에서 별다른 것을 찾을 거라고는 기대하지 않다가 방문을 열었는데…, 그것을 보고 말았다.

진저리를 치며 컴퓨터 화면 구석의 시간을 확인했다. 2시가 조금 넘었다. 법의학 보고서가 나올 때가 됐다.

"아직 보고서가 안 나왔나?"

갑자기 뒤에서 헬레나가 나타나 어깨 너머로 물었다.

"제 머릿속을 들여다보기라도 하시나요? 안 그래도 그 생각을 하고 있었는데요. 아직 안 나왔습니다. 그쪽에서도 서두르고 있으니 조만간 나오겠죠. 도넛 드실래요?"

그가 접시를 가리키자 헬레나는 코를 찡긋했다. "고맙지만 사양할게. 샬럿이 날 가만두지 않을 거야. 아기를 가지려면 몸 관리를 해야 한다며…"

그녀가 말을 하다 말자 데번은 의아하다는 듯 눈썹을 추켜세웠다. "확실히 결정하신 건가요? 전에도 아이를 갖겠다고 하신 적 있었지만 워낙 오래전 일이고 그 이후로는 말씀이 없으셔서요."

헬레나가 어깨를 들썩했다. 그녀는 옆 책상 앞의 빈 의자로 손을 뻗어 데번의 옆으로 끌어당긴 다음 그 위에 앉았다.

"아니, 확실한 건 아냐." 그녀는 목소리를 낮추며 수사본부를 둘러봤다. 경찰 수십 명이 서성대며 잡담을 나누거나, 전화 통화를 하거나, 사건 현황판 주위에 모여 서서 새로 추가된 사진들을 가리키며 활발하게 토론을 벌이고 있었다.

"하지만 샬럿이 워낙 간절해서 더 미룰 수가 없어. 이 사건만 매듭짓고 나서 같이 결정을 내리기로 했어. 오해하지 마, 나도 간절해. 다만…, 내가 좋은 부모가 될 수 있을까, 데번? 이런 일을 하면서? 아이한테 얼굴도 자주 못 보여줄 텐데. 부모 노릇을 제대로 못할까 봐 겁이 나서…"

갑자기 그녀가 너무 연약하고 불안해 보여 데번은 마음이 쓰렸다. 그는 손을 뻗어 헬레나의 손을 토닥였다.

"훌륭한 부모가 되실 거예요. 나쁜 놈을 싹 다 때려잡는 멋진 엄마가요! 아이들은 그런 거 좋아하잖아요. 다른 경찰들도 아이를 다 갖는데 팀장님이 못하실 거 없죠."

그가 말을 멈추고 헬레나와 눈을 맞추자 그녀는 살짝 미소를 지었다.

"샬럿이 임신을 하고 싶어 해. 나야 잘됐지. 내가 임신이랑 어디 어울리겠어?"

"그거 다행이네요. 팀장님은 정말이지 안 어울려요. 입덧하는 모습이 도저히 상상 안 돼요." 데번의 말에 헬레나는 웃으며 그의 팔을 가볍게 때렸다.

"그래, 다시 일 얘기나 해보자. 어떻게 생각해, 데번?"

그는 컴퓨터 화면을 확인했다. 아직 실험실에서 보고서가 들어오지 않았다. 데번은 그녀를 돌아보며 말했다.

"지난 몇 시간 사이 상황이 급반전했다는 생각이 드네요. 지난주에 사라진 대니 오코너가 어떤 이유에선지 전에 살던 런던 아파트로 돌아갔나 봅니다. 지금은 아마 죽었을 테고요. 사실상 죽은 게 확실하다고 봐야죠. 그 많은 피를 잃고도 살아서 걸어 나갔다고는 상상하기 어려우니까요. 그 사람 피인지 아직 확실치는 않지만 그곳이 대니가 예전에 살던 집이고 그는 실종됐으니…, 젠장, 팀장님, 대니의 피가 맞다면, 부인에게 어떻게 알려야 할지 걱정이네요."

그가 손으로 얼굴을 문질렀다. 아까 욕실 거울을 봤더니 눈은 충혈되었고 짙은 색 피부는 납빛이었다. 망할 치스윅 침실의 이미지가 다시 머릿속으로 훅 돌아오자 뱃속이 울렁거렸다. 진짜 토할 것만 같았다. 심호흡을 한 번, 또 한 번 하고 정신을 집중했다.

데번이 힘들어하는 모습을 보며 헬레나는 잠시 침묵을 지켰다. 그러다 그의 무릎에 손을 얹고 이렇게 위로했다. "알아. 힘들겠지. 그런 끔찍한 걸 봤다니. 그런 상황에 맞닥뜨릴 때마다 기분 참 더럽지. 음, 특히 전혀 예상하지 못했을 때는. 괜찮아?"

메스꺼움이 조금 가라앉은 듯해 그는 고개를 끄덕였다.

"사실 더 흉한 것도 많이 봤죠. 그런데 이 일이 왜 이렇게 괴로운지 모르겠어요. 밤새 온갖 상상을 다 해봤어요. 이사를 나갈 때 아파트 열쇠를 집주인한테 반납한 줄 알았는데 대니가 여분의 열쇠를 복사해 둔 걸까요? 거기로 돌아간 이유는 뭘까요? 그 집이 아직 비어있다는 건 어떻게 알았을까요?"

헬레나는 어깨를 으쓱했다. "모르지. 아직은 모르는 것투성이야. 자네 말대로 그곳에 뿌려진 피가 대니 것인지 다른 사람 것인지도 아직 모르잖아. 일단 그 사람 피라고 가정하면 뭐부터 따져봐야 할까? 그곳에 다시 찾아간 이유는 뭘까? 타라의 추리에 따라 아내의 출장을 틈타 온라인에서 만난 여자와 데이트를 했다고 가정해볼까? 그런데…, 데이트가 엉망이 되면서 여자가 그를 난도질했다고?"

헬레나는 미심쩍은 표정이었다.

"하나의 가설이죠. 그나저나 데이트 한 번 하러 가기에는 먼 거리네요."

"그렇지. 처음 두 건의 살인 현장과도 아주 멀고. 브리스톨에서 시체 두 구가 발견됐으니 우리는 살인범이 이 지역 사람이라고 가정했지. 하지만 꼭 그렇지 않을 수도 있잖아. 런던 사람일지도 몰라. 기타 지역 사람이 동에 번쩍 서에 번쩍하는지도 모르고. 그것 역시 이 세 사건 사이에 연관성이 있는 경우에만 생각할 가치가 있겠지. 그마저 아직 확실치 않으니까."

데번은 펜을 집어 들고 도넛을 찔러 반짝이는 설탕 코팅을 깨뜨렸다. 헬레나는 잠시 그를 바라보다가 눈을 감고 의자를 좌우로 천천히 흔들기 시작했다.

"진짜 미치겠네. 아직 증거는 없지만 서로 연관된 사건이라는 감이 오지 않아? 그 셋이 그렇게 닮지 않았고 전부 EHU에 가입한 게 아니라면 몰라도."

"그러게요. 그래도 대니 오코너가 실제로 살해당했다면 이번은 범행 수법이 전혀 달라 보이는데요. 다른 두 현장은 아주 깨끗했잖아요. 이번은 무시무시한 피바다였고요. 시체는 어디 있을까요?"

헬레나는 움직임을 멈추고 눈을 번쩍 떴다. "모르겠어." 그녀가 퉁명스레 대꾸했다.

잠시 말이 없다가 그녀는 다시 입을 열었다. "언론은 아직 대니에 대해 잘 모르지만 알아내는 건 시간문제야. 뉴스가 대니 지인들의 귀에 들어가면 그와 두 살인 피해자 사이의 닮은 점을 금방 눈치채겠지. 그렇게 되면 우리가 아무리 말려도 신문사로 달려가게 돼 있어. 지난 며칠간 라이언 존스와 머빈 엘리엇의 친구, 가족을 찾아다니면서 희생자들이 대니와 아는 사이였는지 확인하느라 그의 사진을 보여줬잖아. 우리는 아무 소득이 없었지만 그들 중 한 명이 기자한테 또 다른 피해자가 있을지 모른다고 흘릴 수 있단 말이야. 죽은 남자가 셋이 되면 연쇄 살인범에 대한 공포는 걷잡을 수 없이 커지겠지."

데번은 도넛을 다시 찔러 설탕 코팅을 갈랐다. 작은 설탕 조각들이 접시에 우수수 떨어지는 모습을 보며 그는 이상한 쾌감을 느꼈다.

"그런 일은 없어야 할 텐데요."

핑.

"뭐야. 들어왔네요."

이메일 수신음에 데번은 펜을 떨어뜨리고 몸을 꼿꼿이 세웠다. 마우스를 쥐고 받은편지함에 방금 들어온 메시지를 클릭했다.

"법의학 보고서야!" 헬레나의 상기된 목소리에 형사들 모두 입을 닫고 데번의 책상으로 고개를 돌렸다.

그는 커서를 눌러 문서 아래쪽으로 이동했다. 헬레나는 더 바짝 다가갔다. 그녀의 숨이 가빠졌지만 데번의 숨은 더 거칠었고 손까지 살짝 파들거리고 있었다.

"자, 자…, 어디 있는 거야?"

그는 화면을 훑어보며 가장 결정적인 정보를 찾았다.

"뭐야. 그래서…, 뭐라고? 진짜?"

헬레나도 동시에 같은 부분을 읽었다. 그녀는 얼굴을 찌푸리며 그 문장을 자세히 읽고는 데번을 돌아봤다.

"그게 어떻게 가능하지?" 그녀가 낮은 소리로 물었다.

그는 고개를 저었다.

"모르죠. 하지만…, 음, 상황이 너무 명백하네요. 법의학 결과가 틀린 경우는 거의 없잖아요, 팀장님."

그녀는 컴퓨터 화면을 다시 한번 확인하고 천천히 일어서서 수사본부 내부를 둘러봤다.

"다들 주목해주세요. 수사에 진전이 생겼습니다. 먼저, 예상대로 치스윅의 침실 전체에 흩뿌려진 피는 대니 오코너의 것이라는 결과가 나왔습니다. 현 거주지에서 가져온 칫솔과 빗에서 발견된 DNA와 비교했어요. 이제 그 방에서 끔찍한 일이 있었다는 사실은 확실해졌습니다. 그 결과 대니는 심하게 다쳤거나 죽었을 겁니다."

수사본부 내부에 낮게 웅성대는 소리가 떠돌고 형사들이 서로 시선을 교환했다. 헬레나가 손을 쳐들었다.

"그런데 다른 문제가 있어요. 이 부분은 정말 이해가 안 되는데, 대니 오코너가 실종된 지 일주일밖에 안 됐기 때문이에요. 법의학 팀은 핏자국이 생긴 지, 잠깐만요, 약 5주는 지났다고 봅니다. 5주라면, 대니 오코너가 1월 말경에 그 방에서 변을 당했다는 뜻이죠."

수사본부는 몇 초간 쥐 죽은 듯 고요했다. 한쪽 구석에 놓인 책상에서 프랭키 스티븐스 경장이 침묵을 깼다. "팀장님…, 그건 불가능합니다. 대니는 지난 금요일에 실종됐잖아요. 2월 8일부터 이곳 브리스톨에 멀쩡히 살고 있었는데요. 적어도 그의 아내 얘기로는…." 그가 말끝을 흐렸다.

"바로 그거야, 프랭키. 그건 그 사람 아내의 주장이지."

헬레나의 말투가 딱딱해지고 짙푸른 눈빛은 서늘해졌다.

"자, 젬마 오코너 부인과 대화를 나눠봐야 할 것 같은데?"

13

조사실은 좁고 너무 더웠다. 의자 4개가 딸린 낡은 탁자 하나. 한쪽 벽에 붙어 있는 작은 협탁에는 물이 가득 담긴 유리병과 탑처럼 쌓인 갈색 종이컵이 놓여 있었다. 족히 30분은 혼자 기다리게 하고서야 형사들은 이곳에 들어와 내 맞은편에 앉았다. 그때부터 머리가 지끈거리고 관자놀이가 팔딱거리기 시작했다. 왜 이리 더울까? 라디에이터도 보이지 않는데 혹시 바닥 난방인가? 내 앞에 물 한 컵이 놓여 있었지만 조심스레 한 모금 마셨더니 미지근하고 퀴퀴한 냄새가 났다. 손바닥에 다시 땀이 배어 나와서 컵을 내려놨다. 너무 피곤해서 머릿속이 몽롱했다. 에바에게는 말하지 않았지만 어젯밤에 또 악몽을 꾸었다. 해가 뜨면서 꿈도 녹아내려 구체적인 내용은 기억나지 않았지만 달아나던 기억은 생생했다. 어둠 속에서 힘껏 달리다가 넘어지고, 몸을 일으켜 세워 다시 달리던 기억. 끔찍한 두려움에 사로잡혀 심장이 펄떡거리고, 목구멍이 막혔다. 뒤쪽 어딘가에서 누군가 지독한 고통에 빠진 듯 으스스하게 울부짖는 소리가 들렸다. 나는 겁에 질려 그곳을 빠져나가기 위해 죽기 살기로 달렸다. 잠을 깨 보니 몸이 땀에 흠뻑 젖어 있고, 이불이 다리에 감겨 있었다. 남은 밤이 지나도록 자다 깨다 하느라 편히 쉴 수 없었다. 이런 상태로 경찰서에 앉아 있는 건 정말이지 싫은데. 특히 무슨 일로 왔는지도 전혀 모를 때는. 나랑 그렇게 급히 해야 한다는 얘기가 뭘까? 그 말을 듣고 더 불안해졌다. 나를 대하는 그들의 태도가 싹 달라진 이유는 뭘까?

지금까지는 만날 때마다 나를 동정하고 걱정하다가 퉁명스럽고 사무적인 태도로 돌변한 이유는 뭘까?

아까 클라크 경사가 안면이 없는 다른 형사와 함께 집에 찾아왔을 때 슈퍼마켓에 다녀온 에바와 나는 소파에 웅크리고 앉아 치즈를 얹은 크래커를 집어 먹고 있었다. 대니의 실종과 그의 거짓말에 얽힌 새로운 이유를 궁리했지만 별 성과가 없던 차였다. 형사들은 남편의 실종과 관련한 새로운 사실이 밝혀졌다는 말만 하면서 나더러 당장 경찰서에 가서 설명해야 할 것이 있다고 했다. 그들의 말투는 무뚝뚝했다. 클라크 경사는 내게 에바는 동행할 수 없다고 잘라 말했다. 다른 형사는 내게 외투를 입고 구두를 신으라면서 변호인을 대동하겠냐고 물었다.

"변호인…, 이라고요? 변호인이 왜 필요하죠? 무슨 일인데요? 아니, 변호인은 없어요. 그게 문제가 되나요?" 불안감에 뱃속이 요동치기 시작했다.

형사는 내가 원하면 국선변호인을 구해주겠다고 했지만 나는 고개를 저으며 필요 없다고 사양했다. 대니가 실종됐다. 에바와 내가 추측하기로 곤란한 일을 당했거나, 사고를 쳤거나, 누군가에게 피해를 주고 숨어 있거나, 생각조차 하지 싫은 가능성이지만 다른 여자와 눈이 맞아 도망친 사람은 내 남편이다. 그렇다면 이유가 무엇이든 그에게 버림받은 아내인 내게 변호인이 필요한 이유가 있을까? 그가 무슨 짓을 하고 다녔는지 밝혀졌고 우리가 그 일에 공모했다고 생각하는 건가? 그렇다면 그건 무슨 일일까? 내 남편에 대해 나는 무슨 사실을 알게 될까?

오래 기다리지 않아도 답을 알 수 있을 것 같았다. 그들이 마침내 내 앞에 앉았기 때문이었다. 클라크 경사와 헬레나 디킨스 경감이 형식상의 절차를 마치고 면담을 시작하려는 참이었다. 그 내용이 녹음, 녹화된다는 말에 더욱 불안해졌다. 청바지와 운동화, 후줄근한 운동복 상의 차림에 머리를 아무렇게나 질끈 묶은 내 모습이 초라하게 느껴졌다. 오늘 조사를 받을 거라는 사실을 알았다면 절대 이런 꼴로 나오지는 않았을 텐데.

그들이 지금까지와는 다른 생각을 하고 있다는 건 분명해 보였다. 클라크 경사는 내게 새로운 관심을 드러내고 있었다. 지금까지 온화했던 눈빛은 이제 박물관의 흥미로운 전시물을 볼 때처럼 날카롭게 번뜩였다. 디킨스 경감은 내게 눈길도 주지 않고 자기 앞에 놓인 수첩만 뚫어지게 들여다봤다. 갑자기 그녀가 헛기침을 했다. 조용한 공간에 울리는 거슬리는 소리에 나는 깜짝 놀랐다. 그녀는 짙푸른 눈을 들어 나를 보았다.

"젬마, 아시다시피 어제 아침에 여기 있는 클라크 경사와 전에도 만나셨던 스티븐스 경장이 부인의 예전 주소지인 치스윅 홈필드 가 10번지를 찾아갔어요."

그녀가 말을 멈추자 나는 고개를 끄덕였다. "네, 알아요. 다녀오신 이후로는 아무 얘기도 못 들었는데…, 도움 될 만한 단서는 찾으셨나요?"

디킨스 경감은 다시 수첩을 내려다보고는 내게 서늘한 시선을 던졌다.

"굉장히 흥미롭더군요, 젬마. 사진 몇 장을 보여드리죠."

"어…, 네, 그러시죠."

경감은 수첩 왼쪽에 놓여 있던 큰 봉투에 손을 뻗어 두 장의 인쇄물을 꺼냈다. 천천히, 매끄러운 목재 상판 위로 첫 장을 민 다음 다른 한 장을 밀었다.

"어제 그 아파트 안방에서 찍은 사진이에요. 한번 보고 어떤 상황인지 설명해주겠어요?"

나는 어리둥절하여 두 장의 사진을 잠시 내려다봤다. 내가 무엇을 보고 있나 싶었다. 그 순간 뱃속이 요동을 쳤다.

'이게 무슨…?'

확실히 우리의 옛 침실로 보였다. 우리 관계가 처음 시작된 후 황홀한 시절을 보낸 곳이었다. 서로를 끌어안고 함께 인생의 계획을 세우던 곳. 하지만 한편으로는 전혀 같은 방이 아니었다. 우리의 아늑한 침실은 사진 속에서 악몽처럼 일그러져 있었다. 벽, 카펫, 침대까지 음침하고 사악한 무언가로 얼룩지고 더럽혀져 있었다. 시야가 흐려져 탁자 가장자리를 붙잡고 몸을 지탱했다.

속이 마구 울렁거렸다. 토할 것 같았지만 일단 질문부터 했다. 알아야 하니까….

"이거 혹시…, 피예요?"

목구멍이 막혔다. 잠시 침묵이 흐르고 내 앞으로 미지근한 물컵이 다가왔다.

"물 한 잔 마셔요, 젬마." 클라크 경사의 목소리였다.

내 앞에 놓인 끔찍한 이미지에서 눈을 떼지 않은 채, 오른손으로 붙잡고 있던 탁자 가장자리를 놓고 천천히 컵으로 손을 뻗었다. 흔들리지 않게 입술로 가져가 한 모금 마시고 떨리는 손으로 다시 내려놓다가 사방에 물을 쏟고 말았다.

"계속해도 괜찮겠어요?" 역시 클라크였다.

나는 고개를 끄덕였다. 바짝 마른 목으로 물이 흘러내리면서 욕지기가 조금 가라앉았다.

"괜찮아요. 그런데…, 이 사진들. 그러니까…, 그 방에서 무슨 일이 있었던 거죠? 대니한테 무슨 일이 일어났나요?"

잠시 침묵이 흘렀다. 디킨스 경감이 조용하고 차분한 목소리로 입을 열었다.

"우리가 알고 싶은 게 그거예요, 젬마. 네, 그건 피가 맞아요. 엄청나게 많은 피. 대니의 피로 밝혀졌고요. 그래서 그 방에서 무슨 일이 일어났는지 아시냐고 물어보는 겁니다."

'대니의 피라고?' 나는 사진에서 눈을 뗐다. '대니의 피라니 무슨 뜻이지?'

"네? 제가 어떻게 알겠어요? 몇 주 전에 그곳을 나온 이후로 가본 적이 없는데…. 세상에, 무슨 일이 있었던 거죠? 제발…."

가슴이 답답해지고, 등을 따라 땀방울이 흘러내리고, 속이 다시 울렁거렸다. 내게 무슨 말을 하려는 걸까? 머릿속이 흐려졌다. 대니의 피라고? 그게 무슨 뜻인지…?

경감이 말을 이었다.

"네, 몇 주 전에 이사한 거 알아요, 젬마. 2월 1일 금요일이라고 했죠? 당신 남편은 런던에 한 주 더 머무르다가 이쪽으로 내려왔다고 했고요. 우리 경찰서의 법의학 전문가들은 실력이 아주 뛰어나답니다, 젬마. 그들에 따르면 저 피, 대니의 피는 약 5주 전에 당신의 옛 침실에 뿌려졌다는군요."

내가 빤히 쳐다보자 그녀는 말을 멈췄다. '5주 전이라니…, 무슨 소리지?'

"5주 전이라고요, 젬마. 내 계산에 따르면 대니는 2월 1일 즈음에 그 방에서 엄청난 피를 흘렸어요. 당신이 짐을 싸서 브리스톨로 이사할 무렵에요."

나는 고개를 저었다. 이제 두개골 안쪽에서 낮게 웅웅대는 소리가 울렸다. 구토 대신 졸도를 하려고 이러나? 너무 더웠다. 참을 수 없이 덥고, 머리가 제대로 돌아가지 않고, 디킨스 경감의 말이 이해되지 않았다.

"아니에요. 아니, 그럴 리 없어요." 입이 뜻대로 움직여지지 않았다. 외부의 어떤 힘이 내 입술, 내 혀의 움직임을 늦추는 듯이. "착오가 틀림없어요. 여기로 이사 올 때 대니는 멀쩡했어요. 다친 데가 전혀 없었는데…. 도저히 이해가 안 돼요. 이게 무슨 상황이죠?"

이마에 맺힌 땀이 눈으로 흘러 들어갔다. 소매로 땀을 닦아내면서 이렇게 비좁고 갑갑한 방에서 나 혼자 더위를 느끼는 이유가 궁금했다. 두 형사는 땀을 흘리지 않았다. '저들은 왜 땀을 흘리지 않지? 나한테 문제가 있나?'

"우리도 혼란스러워요, 젬마." 이번에는 클라크 경사였다.

나는 그를 보며 힘겹게 초점을 잡았다.

"침실에서 피를 발견하고서 집주인과 얘기해 봤어요. 에반스 씨 맞죠? 친절하게도 그곳에 와서 직접 안내를 해줬어요. 그분은 당신 부부가 같은 날 아파트에서 나갔다고 알고 있더군요. 당신의 주장과 달리 오코너 씨 혼자 남아 있지 않았답니다. 원래 그럴 계획인 줄 알았지만 열쇠가 그의 사무실에 놓여 있었다는군요. 편지함에 들어있어서 당신들 둘 중 누가 남겼는지 모른대요. 결국 2월 1일 금요일에 둘 다 이사를 나가게 됐다는 쪽지도 붙어 있었답니다. 안타깝게도 그쪽지를 보관하지 않았고 그 건물 내부에 CCTV도 없어서 둘 중 누가 언제 열쇠를 갖다 뒀는지 확인할 수는 없었죠. 하지만 우리는 그게 당신이라고 봐요, 젬마. 그날 전후로 그 아파트에서 끔찍한 일이 생긴 게 분명하니까요. 그리고 대니의 피였으니까요. 결국 대니한테 끔찍한 일이 생겼다는 뜻이죠."

그는 말을 멈추고 의자에 살짝 기댔지만 시선은 내게서 떼지 않았다. 머릿속이 더 심하게 울렸다. 나는 잠시 그를 노려보다가 디킨스 경감을 보았다. 그녀도 나를 보고 있었다. 그제야 둘 다 나의 해명을 기다리고 있음을 깨달았다.

"저-저는." 축축한 이마를 다시 훔쳤다. 길고 가파른 계단을 오르는 듯 심장이 쿵쾅거렸다. 그들이 방금 한 말이 전부 틀렸고 황당하기 그지없는데 무슨 말을 해야 할까? 대니는 당연히 런던에 있었다. 그때는 당연히 멀쩡했다. 이들에게 어떻게 이해시켜야 하나? 나는 심호흡을 했다.

'그냥 얘기해. 침착하고 분명하게 설명하면 되잖아.'

"이것 보세요, 미안하지만 사리에 맞지 않는 말씀을 하시네요." 나는 마침내 입을 열고 단어 하나하나를 또박또박 발음하려 안간힘을 썼다. "말씀드렸다시피 대니는 제가 떠난 후 런던 아파트에 한 주 더 머물렀어요. 브리스톨에도 무사히 도착했고요. 다치거나 베인 곳은 없었어요. 그랬다면 제가 몰랐을 리 없잖아요. 한 침대를 쓰는 사람인데. 달리 무슨 답변을 드려야 할지 모르겠네요. 말도 안 되는 소리만 하시니까요. 전부 사실이 아니에요. 누군가 큰 착각을 했거나 형사님께 거짓말을 한 거예요. 그렇게밖에 설명이 안 되네요."

디킨스 경감은 말없이 나를 노려보다가 한숨을 쉬었다.

"그래요. 그럼 다른 사실들을 한번 따져볼까요?"

그녀는 수첩을 손가락으로 두드렸다.

"클리프턴의 당신 이웃 중에 대니를 본 사람이 아무도 없죠. 다들 당신 혼자 이사한 줄 알아요. 대니는 브리스톨에서 새 직장을 구했지만 이상하게도 그 일자리를 포기했고요. 그가 주로 쓰는 이메일 계정도 확인해봤어요. 당신이 처음에 실종 신고를 하면서 적은 계정 말이에요. 그는 1월 31일에 ACR 시큐리티에 이메일을 보내 계획이 바뀌었다고 통보했어요. 그 날짜 이후로는 해당 계정을 사용한 흔적이 없고요. 1월 말 이후로 은행 잔고에도 손대지 않았죠."

그녀는 페이지를 넘겼다.

"당신의 이메일도 확인했어요, 젬마. 출장 중이던 2월 28일 목요일 밤에 이메일로 대니의 소식을 마지막으로 들었다고 했죠. 그런 이메일은 흔적도 없더군요. 방금 말했듯이 1월 말 이후로 당신은 대니와 이메일을 주고받은 적이 없습니다. 휴대폰에 문제가 생겨서 일부 사진과 이메일이 지워졌다고 제 동료들한테 말씀하셨다죠. 하지만…, 웬걸, 최근 이메일뿐만 아니라 이사 온 이후의 남편 사진도 전혀 없더군요. 런던에서 찍은 것들만 남아 있고요. 그리고 지금까지 우리가 만나본 대니의 친구, 옛 동료 중에 1월 말 이후로 그와 연락했다는 사람은 아무도 없었습니다. 오늘은 대니의 가족을 만나볼 계획이지만 아무래도 같은 얘기를 듣게 될 것 같군요."

그녀는 말을 멈추고 나를 싸늘하게 쏘아봤다.

"이제 뭔가 그림이 그려지나요, 젬마?"

나는 침을 삼켰다. "네, 하지만 전부 설명할 수 있어요. 직장 문제는 저도 아직 잘 이해가 안 돼요. 은행 계좌도요. 하지만 사람들과 연락이 잘 안 되는 건 지금 그이한테 휴대폰이 없기 때문이에요. 제 휴대폰에 말썽이 생겨서 자료가 저장되지 않는 거고요. 사진과 이메일들은 제가 다시 찾아볼게요."

디킨스 경감은 날렵한 손을 쳐들었다. 결혼반지로 짐작되는 얇은 금반지가 처음으로 눈에 들어왔다.

"대니는 사라졌지만 물건은 아무것도 가져가지 않았죠. 여권, 옷, 전부 제자리에 있었죠?"

나는 고개를 끄덕였다. "네. 그래서 너무 걱정되고 무서운데…."

"음, 우리도 걱정이에요, 젬마. 심히 걱정스러워요."

탁자 너머에서 디킨스 경감이 내 쪽으로 몸을 기울이자 은은한 꽃향기가 났다.

"여간 우려스럽지 않네요. 모든 정황을 종합해보면 마치 대니가 몇 주간 존재하지 않았던 것 같거든요. 1월 말부터요. 당신이 짐을 싸서 브리스톨로 이사하기 직전부터요, 젬마. 혹시 당신도 데이트 앱에서 그의 프로필을 발견했나요? 남편이 섹스 상대로 다른 여자를 물색 중이라는 사실을 알고 나면 기분이 좋을 리 없겠죠. 굉장히 불쾌하겠지, 데번?"

그녀는 다시 의자에 기대 동료를 바라봤다. 그가 천천히 고개를 끄덕였다.

"아주 불쾌할 겁니다, 팀장님. 그런 사실을 알게 되어 이성을 잃었다 해도 아무도 당신을 비난할 수 없을 거예요, 젬마. 그렇게 된 건가요? 대니와 다투다가 몸싸움이 극단으로 치달은 건가요?"

내 머릿속 웅웅 소리가 낮은 울림으로 바뀌었다가 사라졌다. 밀려오는 공포와 더불어 나는 퍼뜩 상황을 파악했다. 완벽하게 이해했다. 이들은…, 이 형사들은 대니의 실종이 내 책임이라고 생각하는 거다. 내 책임이라고. 이들은 내가…, 뭐? 런던 아파트에서 그에게 상해를 입히고 살해한 다음 혼자서 조용히 브리스톨로 이사했다고? 그다음엔? 몇 주를 기다렸다가 그의 실종신고를 했다는 거다. 그에게 무슨 일이 일어났는지 줄곧 정확히 알고 있었으면서. 그 일을 저지른 사람이 바로 나니까. 그렇게 생각한다는 뜻인데? 그건…, 말도 안 된다.

"아니에요." 내가 대답했다. "아니라고요."

두 사람은 말없이 나를 지켜보며 기다리고 있었다. 무엇을 기다리나? 내가 자백하기를? 갑자기 부아가 치밀었다. 어떻게 내가 그런 짓을 할 수 있다고 생각할 수 있나?

"아니라니까요!" 이번에는 두 주먹으로 탁자를 내리치며 소리를 빽 질렀다. "사실이 아니에요. 전부 사실이 아니에요. 대니는 여기 브리스톨에서 몇 주 동안 나와 함께 살았어요. 아무 문제도 없었고요. 저는 그런 줄 알았어요. 지난주에 집에 돌아왔다가 그 사람이 없어진 걸 발견하기 전까지요. 상황이 제게 불리하다는 건 알지만 형사님 말씀은 앞뒤가 맞지 않아요. 저는 도저히 이해가 안 돼요. 진실만 말하고 있는데…."

나는 말을 멈췄다. 갑자기 목소리에 울음기가 섞이고, 가슴이 갑갑해지고, 숨이 답답해졌다.

다시 말을 이었다. "제 말을 믿어주세요. 5주 전에 그 방에서 대니에게 무슨 일이 일어났을 리는 없어요. 그 사람은 저와 함께 여기 있었으니까요. 저랑 같이 있었는데…."

더 이상 목소리가 나오지 않았다. 말을 멈추고 뺨 위로 눈물을 줄줄 흘리며 온몸을 부들부들 떨기 시작했다. 이것이 현실일 리가 없었다. 형사들은 정말 내가 대니를 해치고 죽였다고 생각한단 말인가? 무서운 악몽 같았다. 디킨스 경감이 다시 탁자 위로 몸을 기울여 단호하게 말했다.

"그 사람이 당신 옆에 있었다고요? 2월 초부터 쭉 같이 있었단 말이죠? 좋아요. 증명해 봐요, 젬마."

14

금요일 조간신문에 헬레나가 두려워하던 헤드라인이 실렸다.

브리스톨 연쇄 살인 사건 ― 그는 세 번째 희생자인가?
세 번째 남자의 실종, 브리스톨에 엄습하는 두려움

"망할." 그녀가 내뱉었다. "대니 오코너 사진은 대체 어디서 구한 거야? 우리도 본 적 없는 사진 아냐?"

사건 현황판에 설명을 추가하고 있던 데번은 보드 마커를 내려놓고 그녀를 돌아봤다.

"네. 파티나 술자리에서 찍은 사진 같네요. 우리가 우려하던 대로 대니의 친구 중 한 명이 실종에 대해 언론에 흘리고, 기자나부랭이들이 이것저것 억측해서 써낸 기사 같은데…. 연쇄 살인이라는 자기네들 추측에 힘을 실으려는 의도겠죠."

"그렇겠지. 짜증나 죽겠네. 사건들 간에 연관관계가 있는지 없는지도 잘 모르는 마당에 기름부터 끼얹고 있잖아. 대니가 죽었는지도 확실치 않은데. 사실 이제 죽었을 가능성이 크기는 하지. 시신이라도 찾았으면 좋겠네. 대체 어디 있을까?"

그녀는 끙끙대며 손으로 머리를 쓸었다. 곱슬머리가 점점 자라 귀를 덮기 시작했다. 미용실 예약을 잡아야 했지만 언제 그럴 시간이 날까. 수사가 이렇게 지지부진하다면 라푼젤 꼴이 될지도 모른다. 등도 못 견디게 쑤셨다. 역시 진료 예약이 시급한데. 그녀는 수사본부 내부를 둘러봤다. 오전 8시라 아직 전원이 출근하지는 않았지만 더 이상 기다릴 수 없다고 판단했다. 수사 속도를 높여야 했다.

"다들 좀 모여 줄래요? 여러분?"

형사들이 전부 앞쪽으로 느릿느릿 이동했다. 몇몇은 아직 외투도 벗지 않았고 몇몇은 커피잔을 쥐고 있었지만 하나같이 긴장하고 피곤한 표정이었다. 헬레나가 말을 꺼냈다.

"자, 다들 알겠지만 어젯밤에 젬마 오코너를 돌려보냈어요. 네, 정황 증거는 차고 넘치고 치스윅의 침실에 있던 피의 양을 보면 보통 심각한 상황이 아니죠. 하지만 지금 당장은 시신도 없고 젬마가 남편에게 가해를 가했다는 증거도 없습니다. 그래도 그 여자가 하는 이야기에 앞뒤가 안 맞는 부분이 많으니 계속 면밀히 주시하다가, 조금이라도 수상한 구석이 발견되면 당장 다시 끌고 와야 합니다."

그녀는 심호흡했다.

"이제 대니 오코너를 실종자로 보고 싶지 않네요. 또 한 건의 살인 사건으로 바뀔 가능성이 훨씬 커졌으니 다른 두 사건과 병행 수사해야겠어요. 다 마무리될 때쯤 런던경찰청이 숟가락을 얹으려 들겠지만 런던 사건도 우리 사건과 관계가 있는 듯하니 당분간은 우리가 수사를 주도해야겠습니다."

그녀는 사건 현황판을 가리켰다. 대니 옆에 섬뜩한 치스윅 침실의 사진이 붙어 있었다.

"우리가 가진 증거들은 하나같이 대니가 5주 전쯤에 이 방에서 심한 상해를 입었거나 사망했음을 가리킵니다. 시간차는 좀 있지만 다른 두 사건과 얽혀 있을 가능성도 아직 배제할 수 없죠. 이 피바다를 보면 살인 수법은 전혀 달라 보이지만 일단 가능성을 열어놔야 합니다. 그리고 물론, 대니가 한 주 전까지 자기 옆에서 멀쩡히 살아 있었다고 주장하는 아내도 문제죠. 그 사실을 우리한테 증명할 겁니다. 몇 주 동안 그를 봤다는 사람이 아무도 없는데도 말이죠."

그녀는 현황판에 적힌 최근에 밝혀낸 사실들의 목록을 가리켰다.

"그 여자가 무슨 증거를 내놓나 주목해 봐야죠." 헬레나가 말을 이었다. "하지만 대니 오코너는 아직 실종 상태입니다. 실종이 그의 아내와 관련이 있는지, 다른 두 건의 살인과 관련이 있는지는 아직 몰라요. 다만 그의 아내가 하는 말에 미심쩍은 점이 있다는 건 확실합니다."

헬레나의 오른쪽 벽에 기대서 있던 데번이 의아한 표정으로 앞으로 나섰다. 헬레나가 고개를 까닥했다.

"말씀하세요, 데번."

"우리가 젬마 오코너를 조사하면서 알게 된 사실을 몇 가지 지적하고 싶습니다. 그 자리에 없었던 분들을 위해서요."

"네, 좋아요."

그녀는 옆으로 물러나 데번이 서 있던 벽에 붙어 섰고 그는 잠시 현황판을 살폈다. 젬마의 사진이 남편과 나란히 붙어 있었다. 그는 목청을 골랐다.

"네, 이제 젬마 오코너는 용의자가 되었습니다. 하지만 몇 가지 사실이 석연치 않습니다. 첫째, 피바다가 된 방의 사진을 보여줬더니 젬마는 소스라치게 놀라더군요. 곧 기절이라도 할 듯이요. 그랬죠, 팀장님?"

그가 헬레나를 돌아보자 그녀는 어깨를 으쓱하며 고개를 끄덕였다.

"그때 그 방에서 젬마가 정말로 대니를 공격했는지가 현재 우리의 주된 관심사 중 하나입니다. 정말 그랬다면 젬마는 웬만한 배우 뺨칠 연기력을 지닌 겁니다. 며칠 전에 우리한테서 그 아파트를 수색할 예정이라는 말을 듣고도 별 반응이 없었죠. 우리가 거기서 무엇을 발견할지 미리 알았다면 어느 정도 내색은 했을 겁니다. 우리가 못 가게 막고 흔적을 없애려 했다든지요."

"그때도 뛰어난 연기력을 발휘했다고 볼 수도 있지 않을까요. 남편을 살해했다면 외상 후 충격으로 일종의 부정 상태였을 수도 있고요. 어젯밤에는 분명히 땀을 뻘뻘 흘리면서 울고불고 상태가 영 좋지 않았잖아요?" 헬레나가 말했다.

"그랬죠. 외상 후 스트레스 장애일 수도 있습니다. 그래서 그녀의 병력을 조사할 생각입니다. 정신질환, 폭력 전력이 있는지 확인하려고요. 전과는 없지만 더 조사해 보면 흥미로운 사실이 나올지도 모르니까요."

"좋아요." 헬레나가 엄지를 들어 올렸다. "계속하세요."

"다들 아시겠지만, 그리고 어젯밤에 젬마에게도 지적했지만 그녀의 주장과는 달리 1월 말 이후로 부부 사이에 이메일을 주고받은 증거가 없습니다. 하지만 젬마가 대니의 실종을 주장한 날 이후로도 젬마의 계정에서 대니에게 보낸 이메일은 여러 건이 발견되었어요. 스카이프 통화도 여러 번 시도했지만 모두 응답이 없었고요. 그가 실종되자 절박한 마음에 여러 차례 연락을 시도했다 합니다. 남편이 5주 전에 죽었다는 사실을 알고서도 그렇게 이메일을 보내고 스카이프에 접속했을까요?"

"수사에 혼선을 주려고 그랬을 가능성도 있어요. 그가 아직 살아 있다고 생각하는 것처럼 보이고 싶었던 거죠. 남편의 동료나 병원 등에 전화한 것도 마찬가지고요. 전부 같은 맥락의 행동이에요."

사무실 한가운데의 책상에 걸터앉은 타라 레밍 경장의 말이었다. 데번은 인정한다는 듯 고개를 끄덕였다.

"맞습니다. 그러면 잠시 타임라인을 보면서 젬마가 남편을 공격했거나 살해했다고 가정해봅시다. 그랬다면 이렇게 진행됐겠죠."

그는 현황판을 돌아보며 위에 다양한 날짜와 설명이 적힌 긴 빨간 선 왼쪽 끝에 손가락을 갖다 댔다.

"1월 31일 목요일, 대니 오코너의 계정에서 브리스톨의 ACR 시큐리티로 일자리를 포기하겠다고 통보하는 이메일이 발송되었습니다. 대니 본인이 아니라 젬마가 보낸 메시지일까요? 남편을 죽일 계획이거나 이미 죽였는데, 그가 새 직장에 나타나지 않으면 사람들이 이상하게 생각할 테니까?"

그는 선을 따라 손가락을 더 움직였다.

"2월 1일 금요일, 누군가 치스윅 집주인의 사무실에 계획이 바뀌어 아파트를 당장 비우겠다는 쪽지와 열쇠를 남겼습니다. 집주인은 이미 오코너 부부에게 앞으로 몇 주간 휴가를 떠날 예정이라고 알렸고요. 돌아오기 전에는 그 집을 확인할 수 없는 상태였죠. 결국 이번 주에 우리가 찾아갈 때까지 집 안을 들여다보지 않았습니다. 젬마가 그 아파트에서 대니를 진짜 죽였다면 그 시기는 1월 30일 또는 31일 가능성이 큽니다. 집주인이 부재중이라는 사실을 알았으니 범행에 방해를 받을까 걱정할 필요는 없었겠죠. 하지만 제가 납득하기 어려운 점은, 그녀가 어떤 식으로든 그 아파트에서 시체를 꺼내 모처에 숨겨야 했다는 겁니다. 아직 발견되지는 않았지만요. 그런 다음 뒤처리는 팽개치고 태연히 브리스톨로 이사해야 했죠. 말이 됩니까? 사이코패스라는 사실을 아주 철저히 숨긴 게 아닌 이상 말이에요. 물론 그럴 가능성이 아예 없지는 않습니다만."

"시체 운반을 도와준 공범이 있었을 수도 있잖아요? 아무튼 그 말이 맞긴 해요. 방을 그 상태로 두고 떠난 건 솔직히 이상하죠."

헬레나는 데번이 말하는 사이 그의 옆으로 돌아왔다.

"어쨌든 그런 방향으로 추리를 하자면, 젬마는 이사를 하면서 대니의 물건도 전부 챙겨왔습니다. 남편도 곧 자신이 있는 곳으로 올 것처럼 보이게 하려고요. 그리고 그가 일주일 후에 새 집으로 와서 지난주에 실종되기 전까지 자신과 함께 살았다고 주장하고 있습니다." 헬레나가 말을 이었다. "나도 이해가 잘 안 되네요. 그렇게 오래 기다릴 이유가 뭐 있나? 대니가 브리스톨로 내려오기로 한 날에 나타나지 않았다고 신고했어도 됐을 텐데? 나도 대니의 실종을 그녀의 소행으로 돌리고 싶어요. 그러면 문제가 꽤 단순해지죠. 하지만 앞뒤가 맞지 않는 점은 분명히 있네요."

수사본부 안에 침묵이 내려앉았다. 데번이 다시 입을 열었다.

"어제 젬마의 DNA를 채취해 치스윅 아파트에서 발견된 것과 비교했습니다. 침실에서 나온 DNA는 예상대로 그 여자와 대니 것밖에 없었다고 합니다. 그렇다고 매우 조심스러운 누군가가 그 방에 있었을 가능성은 배제되지 않습니다."

"맞는 말이에요. 그렇게 무자비하게 공격을 했다면 피를 뒤집어쓰지 않고 달아났을 리는 없을 거예요. 자신의 흔적은 용케 남기지 않았다고 해도요. 그래서 오늘 법의학 팀을 대동해 젬마의 브리스톨 집을 찾아갈 예정입니다. 이미 수색은 했지만 이제 치스윅에서 발견된 증거 때문이라도 그곳을 샅샅이 뒤져야겠죠. 젬마가 범인이라면 그 사이에 세탁을 했더라도 옷에 핏자국이 남아 있을지 모르니까요."

"저라면 옷을 진작 내다 버렸을 거예요." 뒤편에서 마이크 슬레이터 경장이 한마디 했다.

"나 같아도 그랬을 거예요, 마이크." 헬레나가 대꾸했다. "하지만 대니가 몇 주 내내 그곳에 살았다는 젬마의 주장을 확인하려면 법의학이 필요해요. 그가 그 집에 살았는지 안 살았는지 밝혀야죠."

"좋은 지적입니다." 데번이었다. "그런 의미에서 어젯밤 우리가 젬마를 심문하는 사이에 프랭키가 프리처드 부동산 중개회사와 통화했습니다. 프랭키, 수고했어요."

타라 옆에 앉아 있던 스티븐스 경장이 고개를 끄덕였다. "유용한 정보는 별로 얻지 못했습니다. 처음 집을 보러 온 날에는 대니가 분명히 젬마와 함께 브리스톨에 왔답니다. 1월 중순에 보증금을 지불하고, 임대 계약서에 서명하고, 열쇠를 수령하러 왔을 때도 두 사람이 같이 왔고요. 그때 승합차에 가구 몇 점을 싣고 와서 그 집에서 하룻밤 묵고 다음 날 런던으로 돌아갔다는군요. 하지만 젬마가 입주한 2월 1일 이후로는 그 집에 가본 적이 없어 대니가 다시 내려왔는지 알 수 없답니다."

"그렇군요." 데번은 한숨을 쉬었다.

"음, 그 의문은 해결이 안 됐네요." 헬레나가 말했다. "하지만 아직 해결되지 않은 두 건의 살인 사건도 잊지 말자고요. 흥미롭게도…." 그녀는 현황판에 바짝 다가가 데번이 빨간색으로 표시한 타임라인을 살펴본 다음 머빈 엘리엇과 라이언 존스의 사진을 올려다봤다. "흥미롭게도 둘 다 젬마 오코너가 브리스톨로 이사 온 후에 발생했습니다. 그 점에 대해서는 다들 어떻게 생각해요?"

웅성대는 소리가 울렸다. 헬레나는 사건 현황판에서 돌아서서 어깨를 으쓱했다. "아, 가능성이 극히 낮다는 거 압니다. 아직 제3의 시체도 나타나지 않았고요. 그리고 처음 두 건의 살인은 수법이 매우 유사했습니다. 둔기를 이용해 한 방에 살해했을 거예요. 앞서 말했듯이 치스윅의 범죄 현장은 전혀 딴판이었습니다. 훨씬 광기 어린, 분노가 실린 공격이었죠. 하지만…, 그건 잘 모르는 사람과 남편을 죽일 때의 차이로 볼 수도 있지 않을까요? 그냥 그 정도로 해두죠. 어떤 가능성도 배제할 수 없으니까요."

데번이 그녀를 빤히 보았다.

"정말 젬마 오코너가 남자 셋을 죽였다고 생각하세요, 팀장님?"

그녀는 다시 어깨를 들썩였다.

"모르지. 솔직히 생각나는 대로 말했을 뿐이야. 확실한 단서가 없다 보니 지푸라기라도 잡는 심정으로. 그 여자가 이 도시에 사는 남자 둘을 죽일 만한 동기는 뭘까?"

그녀는 말을 멈추고 숨을 푹 내쉬더니 젬마 오코너의 사진을 보며 생각에 잠겼다. 그리고 다시 데번을 돌아봤다.

"황당하지? 알아. 가정과 억측이 지나치다는 거. 그래도 부탁 하나만 들어줄래, 데번? 젬마를 다시 만나서 머빈과 라이언이 살해된 날 밤에 어디 있었는지 물어봐 줘. 그리고 지난 1년 사이 런던에서 유사한 미제 살인 사건이 있었는지도 확인해줘."

데번은 천천히 고개를 끄덕였다.

"알겠습니다. 말씀대로 할게요."

15

맑고 온화한 금요일이 밝았다. 침실 창밖에서 새들은 즐겁게 지저귀고 연청색 하늘에 흰 구름이 점점이 박혀 있었다. 밤사이 봄이 가장 아름다운 모습으로 성큼 찾아온 것 같았다. 길고 추운 겨울이 지나가면 나는 기쁨에 들뜨곤 했다. 하지만 지금은 아무 감각이 없었다. 기분이 침울하고 머리와 팔다리가 쑤셨다. 평소 아래층에서 잠을 자던 앨버트가 웬일로 간밤에 내 침대에 기어 들어왔다. 녀석은 따뜻한 몸을 내 두 발 위에 뻗고 촉촉한 검정 코로 쌔근쌔근 코를 골았다. 녀석을 깨우고 싶지 않아 생각을 정리하며 한참이나 누워있었다. 몇 시간이나마 악몽에 시달리지 않고 푹 잘 수 있어서 다행이었다. 결국 오른발이 저려서 개를 살짝 밀어냈다. 앨버트는 하품을 하며 몸을 쭉 늘리고는 내 얼굴을 핥았다. 그리고 침대에서 뛰쳐나가 반쯤 열린 문을 통해 아래층으로 내려갔다. 애초에 올라오지 말아야 한다는 생각이 이제야 떠오른 모양이었다.

어제 경찰서에 갔다가 밤늦게 집에 도착했더니 에바가 거실에서 초조하게 기다리고 있었지만 죽을 만큼 피곤했기에 아침에 다 말해주겠다며 질문을 퍼붓는 그녀의 입을 막았다. 마침내 침대에서 기어 나와 잠옷 차림에 머리가 부스스한 채로 주방에 들어갔더니 그녀가 내게 차 한 잔과 신문을 건넸다.

"네가 자는 동안 잠시 나갔다 왔어. 대니가 1면에 났더라, 젬마. 누군가 떠벌린 게 틀림없어. 직장이나 은행 계좌 같은 수상한 내용은 없고, 그가 실종되었고 다른 살인 피해자 둘과 닮았다는 얘기만 나와 있어. 어쨌든 세상에 알려진 거야. 참 성가시게 됐다."

세 번째 남자의 실종, 브리스톨에 엄습하는 두려움

이 헤드라인을 읽자 잠을 깬 순간 뱃속에 맺히기 시작한 응어리가 다시 단단히 뭉치는 기분이었다. 약 8개월 전 친구의 결혼식에서 찍은 대니의 사진도 대문짝만 하게 실려 있었다. 이런 사진을 어디서 손에 넣었을까? '브리스톨에 엄습하는 두려움'? 두려움이라고? 지금 내가 느끼는 감정은 공포에 가까웠다. 두려움이라는 단어로는 턱없이 부족했다. 온 마음을 집어삼키는 고통, 혼란, 주변 모든 것이 점점 빠르게 돌아가 도저히 손을 쓸 수 없을 것 같은 무력함을 표현하기에는 충분치 않았다. 지금 벌어지는 상황을 더는 숨길 수 없고 언론은 그것을 파헤칠 수밖에 없다는 사실을 깨닫고, 결국 어젯밤 집으로 돌아오는 길에 부모님에게 대니가 실종됐다는 소식을 전했다. 그가 곧 집에 올 거라고 안심시키며 뜬소문이나 신문에 나온 내용은 아무것도 믿지 말라고 당부했다. 물론 두 분은 속상해서 어쩔 줄 몰랐고 아버지는 아침 첫 기차로 우리 집에 오겠다고 나섰지만, 나는 그냥 기다리라고 설득하는 수밖에 없었다.

"전 괜찮아요." 나는 거짓말을 했다. "친구 에바가 여기 와 있어요. 며칠 안에 잠잠해질 테니 걱정 마세요. 그이는 꼭 나타날 거예요. 계속 연락드릴게요. 두 분 다 사랑해요. 잘 해결될 거예요."

부모님은 내 고향 콘월에 쭉 사셨고 둘 다 건강이 시원찮았다. 1년 전에 전립선암 진단을 받은 아버지는 치료가 잘 되어 병을 이겨냈지만 최근 몇 달 새 눈에 띄게 늙었다. 크리스마스 직전에 마지막으로 봤을 때 나는 아버지의 쇠약한 모습에 큰 충격을 받았다. 어머니는 항상 지나치게 예민했기에("너무 신경에 거슬려"라는 말을 입에 달고 살았다), 나는 살면서 처음으로 이런 짐을 나눌 형제자매가 있으면 얼마나 좋을까 하는 생각을 했다. 적어도 대니에게는 리암이 있었다. 고민을 나눌 수 있는 상대는 못 되더라도, 지금 같은 상황에서 어머니의 관심을 돌리는 역할은 해 준다. 나는 브리짓에게 전화를 걸 마음이 들지 않았고 그녀의 연락을 받지도 못했다. 경찰도 지금쯤이면 그쪽에 연락했을 텐데. 대니가 실종됐다 해도 신경이나 쓸까? 아들을 별로 좋아하는 것 같지도 않던데. 대니의 실종을 그녀에게 전해야겠다고 생각하다가도…, 도저히 용기가 나지 않았다. 에바가 건네준 신문 기사도 차마 읽을 수 없었다. 대신에 신문을 치우고 에바에게 설명하기 시작했다. 경찰이 한 말을 전부 전했다. 피 칠갑이 된 방 이야기도 했다. 우리의 옛 침실에 뿌려진 대니의 피.

"5주 전에 뿌려진 피라고? 5주? 그건 말이 안 되잖아."

내가 그 이야기를 하자 에바는 눈을 휘둥그레 뜨고 입을 떡 벌렸다.

"그렇게 피를 철철 흘렸다면 네가 눈치 못 챘을 리 없잖아? 안 그래?"

"물론이지. 브리스톨에 도착했을 때 대니는 아주 멀쩡했다고. 젠장, 에바, 이게 대체 무슨 상황일까? 모든 게 거꾸로 뒤집힌 끔찍한 꿈속에 갇힌 기분이야. 그런데 그게 다가 아냐. 집주인은 분명히 우리 둘 다 2월 1일에 이사를 나갔대. 그날 자기 사무실에 메모와 함께 열쇠가 놓여 있었다면서. 나는 그날 이쪽으로 이사

퍼펙트 커플 **155**

한 게 맞지만 대니는 핸필드 솔루션에서 마지막 프로젝트를 마무리하느라 런던에 일주일 더 머물렀거든. 적어도 그 사람은 그렇게 말했어. 지금 보니 그 아파트에서 지내지 않은 게 확실해. 그렇다면 어디로 갔던 걸까?"

에바는 눈을 더 동그랗게 뜨며 고개를 절레절레 흔들었다.

"무슨 소리야?"

"상황이 더 나빠지고 있어. 나를 의심하고 있다고, 에바. 형사들은 내가 대니를 해치거나 죽였을지 모른다고 생각해. 1월 말에 우리 침실에서. 내가 그런 짓을 해놓고 그 사람이 여기로 내려온 것처럼 거짓말을 하고 있다고 생각하는 거야. 대니가 이 집에 살았다는 걸 아예 믿으려 하지 않아. 이웃들도 그를 본 적 없다고 하고, 대니가 은행 예금도 건드리지 않고 새 직장에도 나가지 않았다면서. 하지만 그 사람은 여기 있었어, 에바. 지난주까지 틀림없이 이 집에 있었는데…."

공포가 밀려오고 심장이 벌렁거려 나는 벌떡 일어섰다. 에바도 일어서서 내게 손을 내밀었다.

"젬마…, 젬마, 진정해, 제발. 우리가 한번 정리해보자. 그건 말이 안 되잖아. 형사들이 어떻게 그런 생각을 할 수 있어? 증명할 방법은 많아. 틀림없이 있을 거야. 대니가 이 집에 산 게 3주 정도지? 그를 목격한 사람이 없지 않을 거야. 그가 멀쩡했다는 사실을 목격자들이 증언해주겠지. 앉아, 어서."

나를 달래는 그녀의 목소리에 정신을 차리려고 심호흡을 했다. 다시 의자에 천천히 앉으며 나는 고개를 끄덕였다.

"그래. 하지만 상황 판단을 할 수 있게 좀 도와줘, 에바. 머릿속이 온통…, 뒤죽박죽이라서. 스트레스 때문에…, 제대로 생각을 할 수가 없어. 경찰이 내게 불리한 증거를 손에 쥔 건 아냐, 아직은. 있었다면 진작 나를 체포했겠지. 지금은 경찰도 나를 어쩌지 못하니까 풀어준 거야. 하지만 좀 있다 법의학 증거 수집인지 뭔지를 하러 또 찾아온대. 나 너무 무서워, 에바. 대니는 대체 무슨 장난을 치는 걸까? 어디에 있을까? 그리고 그 많은 피? 그게 다 뭐지? 난 도저히…."

내 싸늘한 뺨 위로 뜨거운 눈물이 흐르자, 에바는 내 손을 잡고 힘껏 토닥거렸다.

"그러게. 나도 너만큼이나 영문을 모르겠어. 특히나 피 얘기는 너무 이상해. 하지만 대니가 멀쩡한 상태로 브리스톨로 왔다는 건 네가 잘 알고 있으니 일단은 생각하지 말자. 가서 네 다이어리 좀 가져와. 하루하루 낱낱이 따져보는 거야. 대니가 여기 이사 온 날부터 사라진 날까지. 투명 망토를 쓰고 다녔을 리는 없으니까, 젬마. 이건 해리포터 같은 판타지 소설이 아니라 현실 세계니까. 대니는 날마다 집을 나가 일하러 가는 척했고, 너희 둘은 지난 몇 주 사이 집으로 물건을 배달시키고 같이 많은 활동을 했잖아? 그를 보고 기억하는 사람이 틀림없이 있을 거야. 대니가 지난주까지 네 옆에서 멀쩡히 살아 있었다는 걸 경찰에 증언해줄 누군가가 반드시 있을 거라고. 자, 이제 정신 똑바로 차려야 해."

나는 희미한 미소를 지었다. '정신 똑바로 차리자.' 신문 기자 생활 초기에 수면 부족과 마감 압박으로 쓰러지기 직전인데 또 다른 과제가 떨어질 때마다 우리가 서로에게 자주 던지던 말이었다.

"정신 똑바로 차리자. 우린 할 수 있어."

그래서 나는 정신을 가다듬었다. 옷을 갈아입고, 머리를 빗고, 피부에 로션을 바르고, 시리얼 한 그릇을 먹고, 앨버트에게 밥을 주면서 나중에 멀리까지 즐거운 산책을 다녀오자고 약속까지 했다. 그리고 다이어리를 식탁으로 가져와 살피기 시작했다. 아침 햇살이 쏟아져 들어오자 우리 주변을 떠다니는 먼지가 선명히 드러났다.

한 시간 후, 나는 절망에 가까운 감정을 느끼며 다이어리를 옆으로 치웠다.

"아무것도 없어. 아무것도."

에바는 손가락을 한곳에 모은 채 다이어리를 뚫어지게 들여다보고 있었다.

"그래. 지금 내 생각에는, 침실에 뿌려진 의문의 피는 너무 황당하니까 일단 젖혀두면…, 여기서 가능한 시나리오는 딱 두 가지야. 하나는, 네가 생각도 하기 싫다는 건 아는데, 꼭 짚고 넘어가야 해. 그가 누군가랑 눈이 맞아서 달아났을 가능성. 그 앱에서 만난 여자랑. 네가 여기로 먼저 이사 온 후 일주일 동안 그 여자랑 함께 지냈을 수도 있어. 이걸로 대니의 이상한 행동을 전부 설명할 수는 없지만. 다른 하나는…, 이제 우리가 전에 떠올린 어렴풋한 가설이 옳을 가능성이 훨씬 높아졌다고 생각해. 대니가 여기 브리스톨에서 남의 눈에 띄지 않으려고 지극히 몸을 사린 걸 감안하면 더 그럴듯하게 느껴져. 어찌나 영리하게 행동했는지 너도 전혀 눈치를 못 챘지. 아직 이유는 모르지만 이제 그가 숨어 있었다는 생각이 들기 시작했어, 젬마. 대니는 여기 숨어 있었는데 넌 알아차리지 못한 거야." 그녀가 천천히 설명했다.

에바는 펜으로 자신의 수첩을 톡톡 두드렸다. "그 점을 염두에 두고 다시 따져보자. 우선, 너희가 런던에 살 때는 대니가 항상 주말에 슈퍼마켓에 다녀왔다고 했지. 아니면 둘이 같이 가거나?"

나는 고개를 끄덕였다.

"하지만 이쪽으로 이사한 이후로 그는 토요일 아침에 집에 머무르면서 청소를 하고 네가 장을 보러 갔지."

"음, 맞아. 하지만 그건 왜 항상 나 혼자 청소를 다 해야 하냐고 내가 불평했기 때문이야. 그이는 나를 배려해서…." 내가 말끝을 흐렸다.

"이사한 이후로 개 산책도 전부 네 몫이었지. 한 번의 예외도 없이 너 혼자 했어."

"어, 그렇긴 한데 그건 그 사람 근무 시간 때문이었어…. 음, 나는 그 사람이 일하는 줄 알았으니까. 런던에서도 앨버트 산책은 대부분 내가 시켰어. 항상은 아니었지만. 주말에는 대니도 우리랑 같이 나가기도 했고. 조만간 여기서도 다시 그렇게 될 줄 알았어."

"음식 배달을 시켰을 때도 현관문 앞으로 가지러 간 사람은 대니가 아니라 너였겠네." 에바가 지적했다.

"그 사람은 접시를 꺼내고 포도주를 따르겠다고 해서…."

"바로 그거잖아. 배달원한테 모습을 노출하지 않으려고 그랬겠지. 한 번이라도 그 사람이 배달 음식이든 뭐든 받으러 문 앞으로 나간 적 있니?"

생각을 해봤다. 기억은 안 나지만 틀림없이 그런 적이 있지 않을까?

"모르겠어." 나는 맥없이 대답했다.

"네가 새 친구들을 만나러 나갈 때도 함께 가겠다고 나선 적 없을걸. 너도 만난 지 몇 주밖에 안 된 사람들이니 충분히 그럴 수 있겠지. 하지만 네가…, 타이라고 했었나…? 요가 끝나고 술 한잔하러 타이네 집에 갔을 때 클레어의 남편도 함께 왔댔잖아.

네가 대니한테 전화해서 사람들을 만나보러 오겠냐고 물었을 때도 그는 거절했지. 결국 그 친구들도 대니를 만난 적 없다는 뜻이 잖아."

그날 밤에 대해서는 에바에게 진즉에 얘기했다. 세 번째 요가 수업을 마치고 나오면서 타이는 자기 남편 피터와 클레어의 남편 알렉스를 대니에게 소개시키자고 제안했다.

"냉장고에 아주 괜찮은 소비뇽 블랑을 식혀놨어요. 주중에 가벼운 술 모임 어때요?" 그녀가 활달하게 웃으며 물었다. "다들 시간 되나요? 몇 잔씩만 같이 마셔요."

대니에게 전화를 걸었더니 아침까지 마무리해야 할 일거리를 싸들고 집에 왔다며 거절했다.

"다른 날 만나야겠는데… 사람들한테 사과하고 대신에 조만간 우리 집으로 초대하겠다고 전해줘, 알겠지?" 대니는 이렇게 말했다. 그래서 나는 사람들에게 그렇게 전하고 캐시드럴 쿼터에 위치한 타이의 아름다운 펜트하우스로 갔다. 벽면 전체를 차지한 창을 통해 도시의 야경을 360도로 감상할 수 있는 곳이었다. 대니가 그곳에서 나와 함께 와인을 즐기며 사람들과 어울린다면 얼마나 좋을까 싶었다.

에바가 말을 이었다. "그리고 주말에도 둘이서 집에 머물렀잖아. 대니가 이 집에서 지낸 건 3주에 불과하지만. 나가려고 하지 않는 게 이상하다는 생각 안 해봤어? 단 한 번도? 새 도시 구경은 안 하고 싶었을까?"

다이어리를 들여다보니 내가 어지간히 멍청했다는 생각이 들기 시작했다. 에바가 하는 말이 점점 그럴듯하게 느껴졌다. 그 순간에는 어떻게 전혀 깨닫지 못했을까?

"그냥…, 나는 생각도 못 했어. 그 사람은 장시간 일을 하는 데…, 아니, 주중에 오랜 시간 일하는 줄 알았으니 내가 짐을 덜어 줘야 한다고 생각했지. 그래서 주말에는 집이나 정리하고 벽에 페인트칠을 하고 선반과 가구를 조립하고 싶었어. 조만간 외출도 할 수 있을 줄 알았어. 가고 싶은 레스토랑과 술집 목록도 정해졌는데 아직 짬을 못 냈을 뿐…."

나는 말을 뚝 그쳤다. 이런. 에바는 '내 말 무슨 뜻인지 알겠지?' 하는 식으로 손을 흔들었다.

"그리고 대니는 연락도 모조리 끊었지? 일부러 휴대폰도 없앴어. 경찰이 한 말이 사실이라면 여기 이사 온 이후로 친구나 가족 누구와도 전화나 이메일로 연락하지 않았어. 그가 두려워하던 사람이 휴대폰으로 자신을 추적할지도 모른다고 생각했을 거야. 직장 때문에 발각될 수도 있으니까 애초에 다닐 생각을 안 한 거고. 증거가 다 그렇게 말해주잖아, 젬마. 그 사람은 숨어 있었던 거야. 분명해. 숨어 있었다고. 너를 제외한 모든 이로부터."

"그래, 그 말이 맞아."

나는 눈을 비볐다. 머리가 핑핑 돌기 시작했다. 이제 납득이 갔다, 드디어. 이 터무니없는 상황이 이해가 되었다.

"하지만 피는…, 그 피는 대체 뭘까, 에바?"

그녀는 어깨를 으쓱했다. "모르지. 그건 설명을 못 하겠어. 솔직히 지금 그 사람이 죽었는지 살았는지는 아무도 몰라. 우리가 확실히 아는 건 네가 대니를 죽이지 않았다는 사실뿐이야. 경찰이 어떻게 생각하든 5주 전에 런던에서 대니가 변을 당하지 않았다는 것도 알지. 그 사람은 지난 몇 주간 네 옆에 온전히 살아 있었으니까. 우리는 그걸 증명해야 돼. 일단 피바다는 법의학상의 착오 같은 거라고 가정하면 나머지 추리는 이해되지? 대니가 어떤 곤경에 처해서 숨어 살았다는 거?"

나는 천천히 고개를 끄덕였다. "그럴지도 모르겠다. 지금까지는 생각도 못했는데 이제 보니…, 다만 월요일부터 금요일까지 오랜 시간 밖에 나가 있었잖아. 깜깜할 때 집을 나서고 깜깜할 때 돌아왔지만 그 사이 훤할 때도 몇 시간 있었으니까… 그 시간에 어디에 있었든 간에 그를 본 사람들이 있었겠지. 그러니까 대니는 정말로 누군가를 피해 다닌 거야. 다만 이렇게 붐비는 도시에서 남의 눈에 아예 안 띌 수는 없지. 그러면 그가 날마다 어디로 가서 무엇을 했는지 어떻게 알아낼 수 있을까? 그게 이 모든 의문을 푸는 열쇠잖아. 도대체 어떻게 알 수 있을까?"

에바는 얼굴을 찌푸렸다. "음, 그거야말로 진짜 어려운 문제지."

그녀는 말을 멈추고 갑자기 뭔가 불편해진 듯 몸을 꿈틀거렸다. "그렇다고 다른 가설을 완전히 무시할 수는 없어. 어쨌든 데이트 사이트에 대니 프로필이 있었잖아. 두 가설이 전부 맞을 수도 있어. 그가 곤란한 상황에 빠졌는데 거기서 벗어나려고 다른 여자와 도망을 쳤다든지. 그런데 있잖아…."

그녀는 한층 더 난처한 표정으로 심호흡을 했다. 나는 가슴이 답답해져 그녀를 빤히 바라봤다.

"뭐? 뭔데? 에바, 아는 게 있으면 말해줘!"

"그래, 그래. 이 말은 하고 싶지 않았는데, 진짜 하기 싫었는데…. 네가 너무 행복해 보여서 말할 이유가 없다고 생각했어. 정말 아무 일도 아닌데…."

"뭐야, 에바, 말해봐!"

"알았어. 얘기할게. 그게…, 음…." 그녀는 말을 멈추고 숨을 훅 내뿜었다. 그리고 양손으로 얼굴을 가렸다. "대니가 나한테 집적 댄 적이 있어." 손가락 사이로 그녀가 웅얼거렸다.

"대니가…, 뭘 어쨌다고?"

갑자기 머리가 멍해졌다. 뭐? 진짜. 뭐라고? 대니가, 내 남편 대니가 내 친구한테 치근거렸다는 말을 하는 건가? 에바는 괴로운 표정으로 다시 얼굴에서 손을 뗐다.

"미안해. 너무 너무 미안해. 진즉에 말했어야 하는데 별로 중요한 일이 아닌 거 같아서. 그러니까, 아무 일도 없었다는 뜻이야. 내가 대니를 좋아했더라도 절대 그런 짓은 안 했을 거야. 물론 난 그 사람 별로지만. 내 말은, 대니한테 문제가 있다는 게 아니라, 대단한 매력남은 맞지만 내 타입이 아니라서…"

그녀가 얼굴을 붉히며 흐지부지 말을 끊었다. 나는 그녀를 응시했다.

"계속 말해봐. 언제, 어떻게? 무슨 일이 있었던 거야?"

그녀는 손으로 눈을 문지르고는 몸을 앞으로 기울였다. "알았어. 소호에서 스페이스 레스토랑 개업 행사 했던 거 기억나? 지난 9월이었어. 로봇이 식전 간식을 날라다 줬잖아?"

기억났다. 스페이스 소호 개업식 티켓 4장이 갑작스레 내 손에 들어왔는데 시간을 낼 수 있는 사람이 에바와 대니밖에 없었다. 내 기억으로는 화요일 밤이었다. 야광 메뉴판, 천천히 회전하는 식사 공간, 안주 쟁반을 쳐들고 테이블 사이를 획획 오가는 작은 흰색 로봇 등을 갖춘 이 레스토랑은 〈카미유〉 잡지사 동료의 동생이 연 가게였다. 지독히 조잡하고 허접한 인테리어였지만 그날 밤은 꽤 즐거웠다. 생각해 보니 우리 셋은 저녁 내내 같이 있었던 거 같은데? 대니가 대체 언제…?

"행사가 끝나갈 무렵 네가 주방장 초대로 주방에 갔을 때 기억나?" 에바가 내 질문을 예상한 듯 물었다.

나는 고개를 끄덕였다. 그래, 기억났다. 하지만 기껏해야 10분, 15분밖에 안 되는 시간이었는데…. "무슨 일이 있었던 거야?" 내가 물었다.

그녀는 한숨을 쉬었다.

"다들 어지간히 취했었잖아? 처음에는 갖가지 칵테일, 다음에는 샴페인, 에스프레소 마티니 등등이 쉴 새 없이 나왔으니까. 어쨌든, 네가 자리를 비웠을 때 둘이서 잠시 잡담을 주고받다가 내가 시간이 늦어서 이제 집에 가봐야겠다는 식으로 얘기했기든. 다음 날 아침 일찍부터 할 일이 있다고. 그랬더니 대니가…, 대니가 '내가 집에 데려다주고 싶네요' 비슷한 말을 했어."

에바는 잠시 말을 멈추고 조심스런 표정으로 나를 바라봤다. 나는 그녀에게 고개를 까딱했다. 속이 울렁거리기 시작했다.

"계속해. 괜찮아."

"알았어. 음, 처음에는 그냥 웃어넘겼지. 고맙지만 난 괜찮다, 나가서 택시를 타면 된다고 했어. 그런데 그 사람이…, 음, 테이블 밑으로 손을 밀어 넣더니 내 무릎을 더듬기 시작했어, 젬마. 그러면서 자기는 그런 뜻이 아니었다는 거야. 나더러 예쁘다면서…. 사실은 나를 집에 데려가서…, 침대에 데려가고 싶다는 뜻이었대."

그녀는 다시 말을 멈췄고 얼굴은 더 붉게 달아올랐다. 나는 침을 꼴깍 삼켰다.

"그래서…, 넌 뭐라고 대답했어? 그다음엔 어떻게 됐어?"

"음, 당연히 집어치우라고 했지. 소란을 피우고 싶진 않았어. 특히 네가 언제 돌아올지 알 수 없었으니까. 당장 내 다리에서 손을 떼라고, 딱 한 번만 못 들은 걸로 해 주겠다고 했어. 넌 내 친구고 그 사람은 널 사랑하는데 그건 심하게 취해서 하는 소리였을 테니까. 잠시 뒤에 네가 돌아왔을 때는 상황은 이미 종료되고, 대니는 다시 정상으로 돌아와 아무 일 없었던 듯이 웃고 떠들었지. 다음 날 기분이 참 더럽더라. 숙취 때문만은 아니었어. 뭘 어떻게 해야 할지, 너한테 말해야 할지 말아야 할지도 모르겠더라. 하지만 다음에 만났을 때, 몇 주 후에 우리가 같이 술집에 갔던 날, 그 사람이 기회를 엿보더니 나를 구석으로 불러내 사과했어. 무슨 일이 있었는지 잘 기억나지 않지만 자기 행동은 확실히 부적절했대. 그 말은 진심으로 느껴졌어, 젬마. 진짜 미안하고 부끄러운 것 같았어. 그래서 좀 더 고민하다가 그냥 잊기로 했어. 누구나 잔뜩 취하면 어리석은 말과 행동을 하잖아? 결국 아무 일도 없었고. 말해봤자 너만 속상할 테고 너희 부부가 크게 다툴지도 모르는데 굳이 말할 필요 있겠어? 두 번 다시는 그런 일이 없었고. 음…, 그게 다야. 상황이 이렇게 되다 보니까 그때 일이 생각났어…."

나는 고개를 끄덕였다. 불쾌하기 짝이 없었지만 에바의 잘못은 아니었다. 입장을 바꿔 나 같으면 그녀한테 그런 얘기를 했을까? 딱 한 번으로 끝났다면 말하지 않았을 거다. 술김에 한 실수를 두고 부부의 관계를 망칠 수도 있는 말을 함부로 꺼낼 이유가 있을까? 아니, 나 같아도 에바 입장이라면 똑같이 했을 거다. 그래도 기분이 비참한 건 어쩔 수 없었다. 진짜 엿 같았다.

'어떻게 그런 짓을 할 수 있어, 대니? 내 친구 에바한테.'

"정말 괜찮아. 그리고 말해줘서 고마워. 하지만 어떻게 생각해야 할지 모르겠다, 에바. 어떻게 받아들여야 할지 모르겠고, 이제는 생각도 제대로 못 하겠어. 자꾸만 속이 메슥거리고 뇌가 뭉개지는 기분-"

딩동.

초인종 소리에 우리 둘은 소스라치게 놀랐다. 법의학 분석을 하
겠다고 찾아온 경찰이었다. 네 사람이 차례로 내 앞을 지나갔다.
프랭키 스티븐스 경장 뒤로 장비 상자를 든 세 명이 따라 들어왔
다. 에바는 주방 출입구에서 그들을 조용히 지켜봤다.

"저희가 작업하는 동안 옆에 계셔도 되지만 몇 시간은 걸릴 거
예요. 나가서 커피 한잔 하시는 게 낫겠네요. 바깥 날씨가 워낙
좋으니까요." 스티븐스 경장이 말했다. 예상외로 친절한 그의 목
소리에 눈물이 핑 돌았다. 전날 디킨스 경감과 클라크 경사가 나
를 보던 눈빛은 너무 냉랭했는데…. 다들 내가 남편을 죽여 놓고
거짓말을 하는 마녀라고 생각했을까? 우리는 그의 권유대로 밖으
로 나갔다. 앨버트를 데리고 걷던 에바와 나는 클리프턴 빌리지
쪽으로 가다가 쨍한 하늘을 보고 선글라스를 가져오지 않은 것
을 후회했다. 자갈 깔린 골목에서 아몬드 크루아상과 초콜릿 빵
을 파는 작은 커피숍을 발견한 우리는 그곳 야외 테이블에 앉아
식사했다. 앨버트는 우리 발치에 엎드려 있고, 햇볕은 우리 얼굴
을 따사롭게 비췄다. 에바의 폭로로 우리 사이에 맴돌던 어색함
도 어느새 차분히 가라앉았다.

"우리 다른 얘기 하자. 아무 얘기나. 잠시라도 대니 얘기는 접어
두고." 나의 제안에 우리는 이런저런 대화를 시작했다. 에바가 들
려주는 기자 생활의 애환에 나는 미소를 지었다. 한 번은 큰소리
로 웃기도 했지만 지난 며칠 사이 내 가슴 속에 쌓인 공허감이
어느 순간 다시 떠올라 나를 집어삼키고 질식시키려 했다.

'대니, 어딨어? 나한테 왜 이러는 거야? 돌아와, 대니. 제발, 제발

집으로 돌아와.'

커피를 마신 후, 우리는 가정용품을 파는 신기한 구멍가게를 들여다보고, 세련된 옷가게의 진열대도 구경하며 한참 시간을 보냈다. 하지만 마음은 딴 곳에 있었기에 초저녁에는 다시 집으로 향했다. 먼빌 로드에 접어들 무렵 나는 갑자기 멈춰 섰다.

"저게 뭐야? 설마, 에바, 저 사람들 나 때문에 온 거야?"

거리 중간쯤에 사람들이 무리 지어 있고, 몇 미터 떨어진 곳에는 지붕에 위성 접시가 설치된 커다란 흰색 밴이 주차되어 있었다.

"기자들이야." 에바가 소곤거렸다. "짜증 나. 자, 고개를 숙이고 재빨리 지나가는 거야. 열쇠는 미리 꺼내둬."

에바 말대로 했지만 집 쪽으로 다가가자 누가 외치는 소리가 들렸다.

"젬마! 젬마 오코너? 대니한테 소식 없나요?"

"대니가 세 번째 실종자가 된 데 대해 어떻게 생각하세요, 젬마?"

집에 가까워지자 나는 고개를 푹 숙인 채 모인 사람들의 틈새를 뚫었고 에바는 내 뒤에 딱 붙었다. 사람들은 옆으로 비키며 길을 터주었지만 질문은 자꾸만 날아오고 플래시가 연이어 터졌다. 그들은 사진을 찍고 있었다. 대문에 이르렀을 때 옆집을 흘끔 보니 누군가가 창가의 커튼을 열어젖히고 밖을 내다보고 있었다. 클라이브인가? 아, 맙소사. 이웃들이 이 상황을 보고 무슨 생각을 할까?

"젬마, 남편도 사망했다고 생각하세요?"

그 말에 경악하여 질문을 던진 기자를 돌아보니 턱밑 수염을 깔끔하게 기른 마르고 핼쑥한 남자가 내게 휴대폰을 들이밀었다.

"그건 아닐…." 이렇게 대답하려는 나를 에바가 현관문 쪽으로 밀며 꽉 쥔 내 손가락에서 열쇠를 잡아챘다. 잠시 후 우리는 집 안으로 들어가 등 뒤로 문을 쾅 닫았다.

"젠장." 에바가 내뱉었다. "입장이 바뀌니까 영 별로다, 그치? 앞으로는 남의 집에 쳐들어갈 때도 좀 점잖게 굴어야겠어."

나는 고개를 끄덕이며 숨을 몰아쉬었다. 우리 둘 다 그간 저 기자들처럼 수많은 집 밖에서 대기하며 많은 시간을 보냈다. 당하는 처지가 되니 참으로 끔찍했다. 극성스런 기자로 살아온 세월에 대한 벌이었을까? 일종의 천벌을 받은 건가? 정말 그런 건가?

"오코너 부인."

스티븐스 경장이 복도 저편에서 다가오고 있었다.

"이제 거의 끝났습니다. 바깥일은 죄송하게 됐네요. 남편분 친구 중에 누군가가 실종 사실을 언론에 흘린 게 틀림없어요. 분명히 저희 쪽에서 새 나간 말은 아니거든요."

나는 마음을 가라앉히려고 심호흡을 한 번, 또 한 번 했다.

"괜찮아요. 기자들이 하는 일이 원래 그런 걸 어쩌겠어요. 절대 유쾌한 경험은 아니지만요."

"알 만합니다. 송구스럽지만…." 그는 말을 멈추고 나와 에바를 번갈아 보더니 다시 말을 이었다. "그 일을 한 번 더 겪으셔야 한다는 말씀을 드려야겠네요. 클라크 경사님이 경찰서로 다시 모시고 오랍니다. 여쭤볼 게 더 있다는군요."

16

"젠장."

헬레나 디킨스 경감은 〈브리스톨 포스트〉 토요일판을 집어 들고 노려보다가 책상 옆 휴지통에 던졌다.

실종자의 아내, 브리스톨 연쇄 살인 사건으로 조사받아

이 헤드라인에는 프랭키 스티븐스 경장에 이끌려 침통한 표정으로 기자 무리를 뚫고 지나가는 젬마 오코너의 사진이 함께 실렸다. 추가 심문을 위해 경찰서로 데려오는 길에 그녀의 집 앞에서 찍힌 사진이었다. 기자들의 촬영을 막기 위해 프랭키가 할 수 있는 건 아무것도 없다는 사실을 헬레나도 잘 알았지만, 신문의 1면을 마주하는 순간 심란해서 견딜 수가 없었다.

"이 염병할 '연쇄 살인' 때문에 열 받아 죽겠어. 이제는 중앙 신문사들도 가담했잖아. 〈메일〉 1면 봤어?" 그녀는 방금 들어와서 옆 책상에 걸터앉은 데번에게 말했다. 그는 남은 소시지 롤빵을 몽땅 입에 쑤셔 넣었다.

데번은 고개를 끄덕이며 빵을 삼켰다.

"네, 성가신 인간들이죠. 같은 사람이 둘을 죽였다는 증거가 전혀 없다고 몇 번이나 설명해도 소용없네요. 아예 들으려고 하지 않아요. 연쇄 살인범이라고 해야 신문이 잘 팔릴 테니까요."

그는 아침 식사를 담아온 갈색 종이봉투를 조그맣게 뭉쳐 휴지통을 조준했다. 종이공이 퍽 소리를 내며 신문 위에 떨어졌다.

"야호!" 그가 의기양양하게 외치며 헬레나를 돌아봤다.

"이제 언론은 대니 오코너가 세 번째 희생자라고 단정하는 모양이에요. 아직 시체가 발견되지 않았다고 우리 공보실에서 분명히 정정했는데도요. 다행히 치스윅의 피바다는 아직 외부로 유출되지 않은 모양이에요. 실종되기 전에 대니가 보인 수상쩍은 행적도요."

"뭐, 그나마 다행이네." 헬레나가 시큰둥하게 말했다. 그녀는 한숨을 푹 쉬었다. 선잠을 자다가 새벽에 깨어 샬럿 걱정, 부모가 되는 걱정을 했다. 다섯 시에, 다시 잠드는 걸 포기하고 달리러 나갔지만 머리가 맑아지기는커녕 빌어먹을 요통만 심해졌다. 이 사건만 끝나면 아기와 미래에 대해 진지하게 생각해 볼 수 있겠지만 지금 당장은…, 그녀는 다시 데번에게 주의를 돌렸다.

"오코너 부부네 집 법의학 분석 결과는 나왔나?"

그는 고개를 저었다. "10시까지 보낸다고 약속했습니다. 아직 시간이 안 됐어요. 어제 젬마를 다시 만나보니 어떠셨나요?"

헬레나는 의자를 천천히 좌우로 돌리며 잠시 생각했다.

"잘 모르겠어. 그 여자에 대해서도 아직은 구체적인 혐의점이 없지. 전부 정황 증거일 뿐 뭐 하나 앞뒤가 맞지 않아. 그래도 나는 그 여자가 우리한테 거짓말을 하고 있다고 확신해. 본인이 하는 말보다 훨씬 많은 걸 알고 있을걸. 지난 몇 주 동안 브리스톨에서 대니랑 같이 살았다고 우기고 있잖아? 우리가 자꾸 몰아붙이면 더 경계할 거야."

프랭키가 젬마를 데려오자 두 사람은 다시 그녀를 신문했다. 헬레나는 날로 초췌해지는 그녀의 외모를 눈여겨봤다. 남편이 실종되었다며 신고하러 온 지난주에는 경황이 없었을 텐데도 한껏 꾸민 세련된 차림이었다. 치스윅의 사진을 보여주려 부른 목요일에는 마치 딴 사람 같았다. 질끈 묶은 기름진 머리에 아이라이너는 번지고 옷은 구깃구깃했다. 가장 최근에 만났을 때는 그 며칠 전의 창백하고 탈진한 젬마 오코너보다 몰골이 더 형편없었다. 실종된 남편에 대한 슬픔 때문일까, 아니면 그에게 무슨 일이 일어났는지 정확히 알기에 느끼는 죄책감 때문일까? 헬레나는 판단하기 어려웠지만 뭔가 있는 게 분명했다.

"동의합니다. 젬마가 하는 말에 이상한 점이 한두 가지가 아니에요." 데번이 맞장구를 쳤다. "하지만 반응은 진짜 같던데요. 우리가 다른 살인 사건 얘기를 꺼냈을 때…, 어안이 벙벙한 표정이었죠."

"음."

"생각이 좀 다르신가 봐요, 팀장님." 데번은 재미있다는 표정이었다. "차 한잔 하실래요?"

"좋지, 부탁해."

그는 엄지를 쳐들어 보이고 문밖으로 나갔다. 헬레나는 의자를 멈추고 머리를 뒤로 젖혀 회색 천장 타일을 올려다보며 생각했다. 지난번 수사팀 회의를 마치고 데번에게 최근 런던에서 유사한 미해결 살인 사건이 있었는지 확인해달라고 요청했지만 그가 정말로 쓸 만한 결과를 가져오리라 기대하지는 않았다. 딱 30분 만에 자신의 책상으로 달려와 흥분한 표정으로 서류를 흔들어대는 데번을 보고 헬레나는 거기에 무엇이 적혀 있는지 확인하기도 전에 척추를 타고 흐르는 전율을 느꼈다.

"대박! 이것 좀 보세요!" 그가 외쳤다. "이 사진들 좀 보세요!"

그녀는 사진을 한 번 보고 또 한 번 들여다봤다. 남자 두 명의 사진이었다. 풍성한 검은 머리에 검은 눈을 지닌 두 남자. 한 사람은 말끔히 면도하고 한 사람은 턱수염을 조금 길렀다. 둘 다 30대로 보였다. 역시 머빈 엘리엇, 라이언 존스, 대니 오코너와 흡사한 두 남자.

"설마? 런던에서?"

"런던에서요. 이 사람은…." 그는 왼쪽 사진을 두드렸다. "정확히 1년 전인 3월 초에 리치먼드 공원에서 발견됐습니다. 둔기에 머리를 맞아 사망했고 살인범은 잡히지 않았죠. 데이트 앱을 썼지만 그게 EHU였는지는 알 수 없습니다. 어쨌든 브리스톨의 희생자들처럼 죽을 때 갖고 있던 휴대폰에 앱이 깔려 있지 않았어요. 그 회사 데이터도 전부 지워진 상태다 보니 안타깝지만 그가 실제로 그 앱을 사용했는지는 알 수 없습니다. 이 사람은…." 그는 두 번째 사진을 가리켰다. "그 몇 주 뒤에 하운슬로 웨스트 지하철역 주차장에서 살해당했습니다. 작년 4월이죠. 비슷한 방식으로요. 하지만 데이트 앱 사용자는 아니었고 오래 만난 애인이 있었습니다. 역시 범인은 찾지 못했고요. 주차장에 방범 카메라가 여러 대 있었지만 시체가 발견된 위치가 불행히도 사각지대였습니다. 런던경찰청은 당시에 두 사건의 관계를 따지지 않았어요. 그럴 이유가 없었다고 하지만 우리 사건 두 건과 외모, 사망 원인의 유사점을 고려해 다시 검토하겠다고 했습니다. 새로 밝혀진 게 있으면 우리 쪽으로 알려줄 겁니다."

헬레나는 길고 낮은 휘파람 소리를 냈다.

"와. 데번, 나는 EHU 앱이 우리를 잘못된 길로 데려간다는 생각이 들기 시작했어. 사용자가 수만 명이라면 앱 따위는 큰 의미가 없을지도 모르지. 범인은 닮은 희생자를 찾아내는 데 다른 방법을 쓸지도 몰라. 이 두 남자 좀 봐! 우리 쪽 희생자 셋과 모종의 관계가 있을 거야. 틀림없이. 리치먼드랑 하운슬로라고? 둘 다 서부 런던이잖아. 치스윅에서도 별로 멀지 않아. 젬마 오코너가 살던 집에서 멀지 않다고. 흠, 흠, 흠."

"참 묘하네요. 그래도 설마 진짜 젬마가 범인이라고 생각하세요? 그 여자가 넷이 됐든 다섯이 됐든…, 젊고 건장한 남자를 죽일 수 있을까요? 체격도 별로 크지 않던데요. 더구나 그럴 동기가 있을까요?"

헬레나는 어깨를 으쓱했다. "모르지. 하지만 그렇다면 이건 실로 엄청난 사건일 가능성이 있어, 데번. 우리가 찾는 범인이 연쇄 살인범이고 여자라면…."

그들은 서로를 응시했다. 데번은 천천히 고개를 저었다. 여성 연쇄 살인범도 들어 본 적은 있지만 남성보다는 훨씬 드물었다. 연쇄 살인범 100명을 한 방에 모으면 그중 17명 정도가 여자라고 헬레나에게 들은 적이 있다. 그녀가 오래전에 읽은 어떤 연구 자료에 나오는 내용이었다. 여자들은 소위 '조용한' 살인자가 되는 경향이 있어, 피해자의 신체를 훼손하거나 납치, 고문할 가능성은 낮았다. 그런 경향을 최근의 살인들에도 적용할 수 있을까? 그럴 수 있다고 헬레나는 생각했다. 여성 연쇄 살인범이 남성을 희생양으로 택하는 사례도 얼마든지 있었다. 미국의 에일린 워노스는 7명에게 총을 쐈지만 그들의 머리를 후려치거나 칼로 베지는 않았다. 그렇다 해도….

젬마 오코너가 경찰서에 도착할 때가 되자 헬레나와 데번은 초조해졌다. 조사실에 자리 잡은 후, 젬마는 국선변호인을 붙여주겠다는 제안을 또 한 번 거절했다. 헬레나는 불과 한 시간 전에 밝혀진 사실부터 꺼내놨다.

"당신이 떠난 후에도 대니는 치스윅의 아파트에 한 주 더 남아 전에 다니던 회사인 핸필드 솔루션의 일을 마무리하겠다고 했고, 당신은 그 말을 믿었다고 했죠?"

젬마가 고개를 끄덕였다. "네, 맞아요. 그이가 그렇게 말했으니까요."

"음, 이제 다들 알다시피 그는 2월 1일 금요일 이후로 아파트에 살지 않았어요. 집주인에게 열쇠를 돌려줬으니까요. 오늘 우리가 전화로 핸필드 솔루션에 이 상황을 어떻게 설명하겠냐고 물어봤어요. 그쪽 얘기로는 딱히 마무리할 일이 없었다는군요. 대니가 마지막으로 출근한 날은 1월 31일 목요일이었다네요. 그달 말일이라니 충분히 그럴듯하죠? 다들 대니에게 작별 인사를 하면서 브리스톨에서의 새 출발을 응원했다더군요. 그 후로는 그를 다시 보거나 소식을 들은 적이 없다고 하고요. 거기에 대해 할 말 있나요?"

젬마는 이마를 잔뜩 찌푸리며 경청하고 있었다.

"하지만…, 저는 일을 마무리하는 데 일주일이 더 필요하다고 들었어요. 그래서 혼자 먼저 이사했고요. 그이는 일을 다 끝냈다며 그다음 주에 제 곁으로 왔는데…"

그녀는 고개를 저으며 데번과 헬레나를 번갈아 보았다.

"역시 그런 사정은 전혀 몰랐어요. 미안하지만, 설명을 못 하겠어요. 결국 그이가 다른 여자를 만난 게 아닌지, 그 앱에서 만난 사람이랑…, 같이 있었던 게 아닐까요? 저는 그렇게밖에 생각할 수 없네요."

헬레나는 뒷말을 기다렸지만 젬마는 입을 닫고 두 사람을 번갈아 흘끔거렸다. 헬레나는 잠시 기다렸다가 다시 말을 이었다.

"좋아요. 이제 몇 가지 구체적인 날짜를 물어볼게요. 우선, 작년 3월 3일 저녁에 어디 있었는지 기억나요?"

헬레나는 서류를 내려다보며 리치먼드 파크 살인 사건의 날짜를 다시 확인했다. 정확했다. 젬마를 보니 다시 얼굴을 찌푸리고 있었다.

"3월…, 3일에요?"

"네. 토요일 저녁에요."

"그게…." 젬마는 말을 잇지 못하고 미간을 찡그렸다. "아니요, 당연히 기억이 안 나죠. 1년도 넘었고 그 날짜를 들어도 전혀 떠오르는 게 없는걸요. 왜 그런 질문을 하시죠?"

살짝 언짢은 목소리였다.

"그냥 묻는 말에만 대답하세요, 젬마. 생각 좀 해보라고요."

"음…." 젬마는 옅은 한숨을 쉬었다. "알았어요. 우리는 성 패트릭의 날인 17일에 결혼했어요. 그러니까 그날은 결혼 2주 전이겠네요."

헬레나는 아까 인쇄해둔 달력 페이지를 펼쳐 날짜를 확인한 다음 고개를 끄덕였다.

"네, 맞아요."

"네, 그렇다면 대니의 총각파티 날이었겠네요. 그이 아버지가 그 몇 주 전에 돌아가셔서 실의에 빠져 있던 시기라 광란의 밤은 아니었을 거예요. 직장 동료, 친척들과 술 몇 잔 마시는 정도였겠죠. 대니는 자정쯤에 집에 돌아왔고 저도 월요일까지 끝내야 할 일이 좀 있어서 그날 혼자 집에 있었어요. 그 사람이 돌아왔을 때 깨어 있었기 때문에 기억하는 거예요. 저한테는 꽤 드문 일이 거든요. 보통 10시면 곯아떨어지니까."

헬레나는 메모를 하고 있었다.

"그날이 확실해요?" 헬레나가 확인했다.

"확실해요. 대니의 총각파티가 결혼식 2주 전이었다는 거. 제 파티는 결혼식 한 주 전이었으니까 그다음 주말이었고요."

"그래요. 그렇다면 당신이 3일 저녁에 집에 혼자 있었다는 사실을 확인해줄 사람이 있나요? 집 앞으로 음식 배달 온 사람이라든지요?"

젬마가 또 미간을 찌푸렸다. "아뇨, 생각 안 나요. 1년도 넘은 일인데 제가 뭘 먹었는지 기억날 리 없잖아요. 아마 직접 만들어 먹었을 거예요. 혼자 있을 때는 배달을 잘 시키지 않으니까요. 그나저나 하필 그날 일을 물어보시는 이유가 뭐죠? 대니의 실종과 무슨 상관이 있어서요?"

역시 골난 목소리였다. 헬레나는 그 질문을 못 들은 척하고 하운슬로 웨스트 지하철역 주차장에서 일어난 살인 사건의 날짜를 확인하러 수첩을 넘겼다.

"괜찮으면 몇 가지만 더 물어볼게요. 다른 날짜에 대한 질문이에요. 작년 4월 4일 수요일 저녁에는 뭘 했는지 기억나요? 결혼한 지 몇 주 지났을 무렵인데요."

젬마는 그녀를 빤히 보다가 얼굴을 양손으로 감싸며 신음을 내뱉었다. 그녀가 손가락으로 두피를 긁어 대는 사이 헬레나와 데번은 서로에게 눈짓했다. 젬마는 다시 몸을 곧게 폈다.

"이게 무슨 상황이죠? 그런 질문을 왜 하시냐고요. 도저히 이해가 안 돼요." 젬마가 입을 열었다. "제 남편을 찾아주셔야죠. 제가 그이의 실종에 연루됐다고 확신하시나 본데, 그렇지 않아요. 그 사람을 찾는 게 급선무 아닌가요? 당장 찾으러 나가셔야죠. 저더러 1년 전에 뭘 했냐고 묻는 게 무슨 도움이 되나요? 너무 황당하잖아요."

젬마의 언성이 점점 높아지고 얼굴은 점점 붉어졌다.

"작년 4월 어느 수요일에 뭘 했는지 어떻게 알아요? 형사님은 본인이 그날 뭘 했는지 기억나세요? 이런 질문이 다 무슨 소용인가요. 이러는 사이에 어디 있을지 모를 대니가 죽거나 다칠 수도 있잖아요. 이런…, 이런 개 같은 질문으로 시간만 낭비할 거예요?"

그녀는 눈물을 글썽이며 탁자를 주먹으로 내리쳤다. 데번은 테이블 한쪽에 놓여 있던 티슈 상자를 그녀 쪽으로 밀었다.

"너무 속상해 마세요, 젬마. 이것도 전부 수사 과정이니까요. 질문에 답해주세요. 빨리 대답할수록 여기서 빨리 나갈 수 있어요."

잠시 말이 없던 젬마가 한숨을 쉬었다.

"죄송해요." 그녀는 티슈를 뽑아 눈가를 닦고 데번과 헬레나를 번갈아 보았다.

"죄송해요. 그냥 너무…, 너무 답답해서요. 이해가 안 돼요. 그냥 다 끔찍한 악몽 같고, 너무 무서워요. 대니가…, 어디에 있는지, 그이한테 무슨 일이 일어났는지…. 마땅히 해야 할 일을 하시는 거니까 형사님께 화낼 일은 아닌데…, 그냥 너무, 너무 힘들어요."

"그럴 겁니다." 데번은 헬레나를 돌아봤다. "아까 4월 4일이라고 하셨죠?"

헬레나는 고개를 끄덕였다.

"그래요, 젬마. 쉽지 않겠지만 한번 잘 생각해보세요. 결혼한 지 2주 반 후에 무슨 일이 있었는지. 뭐 생각나는 거 없나요?"

젬마는 들숨을 쉬고 잠시 멈췄다가 날숨을 쉬었다. 뺨의 홍조는 가라앉았지만 눈가는 아직 축축했다. 그녀는 티슈로 눈물을 닦았다.

"알았어요. 생각해볼게요. 그 달력 좀 볼 수 있을까요?"

헬레나가 그것을 탁자 위로 밀자, 젬마는 손가락으로 날짜를 짚으며 골똘히 생각했다.

"맞아요, 말씀드린 대로 우리는 3월 17일에 결혼했어요. 19일 월요일까지 런던에 있다가 신혼여행으로 일주일간 파리에 다녀왔어요. 그러니까 다음 월요일인 26일에 돌아왔죠. 대니는 그 주 내내 휴가를 냈고 저도 일이 별로 없어서 며칠 빈둥거렸어요. 신혼여행의 연장이라 할 수 있지만 집에서 보낸 거죠. 그러다가 우리둘 다 다음 월요일인 4월 2일에 일터로 돌아갔어요. 그러니까 형사님이 말씀하신 그 주는 평범한 한 주였을 거예요. 휴가를 갔다온 사이 밀린 일을 한다며 대니가 며칠 야근을 했고, 저도 다시 바빠져서 책상 앞에만 앉아 있었어요. 제가 기억하기론 그 주에 외출은 하지 않았어요. 결혼식이며 파리 여행 등등에 거금을 쓴 터라 당분간 그래야겠다 싶었죠. 그러니까 형사님 질문에 대답하자면, 4일 수요일에는 밤새 집에 있었을 거예요."

다시 메모를 하던 헬레나가 펜을 내려놓았다. "혼자서요?"

"음, 대니가 퇴근하기 전까지는요. 그 이후에는 둘이 같이 있었겠죠."

"알겠습니다." 헬레나가 잠시 머뭇거렸다. "다른 두 날짜도 확인해야겠어요. 이번에는 최근입니다. 올해 2월 12일 화요일, 2월 27일 수요일 밤에 당신이 어디 있었는지 말해주세요. 머빈 엘리엇과 라이언 존스가 살해된 날 밤이에요. 두 사람 얘기는 지난번에 여기 데번한테 들었죠?"

"뭐요?" 젬마는 잠시 경악한 표정으로 얼어붙었다가 벌떡 일어섰다. 홱 밀쳐진 의자가 바닥에 나동그라졌다.

"뭐라고요?" 그녀는 성난 목소리로 다시 물었다. "그게 무슨 소리예요? 대니 일도 내 책임이라더니 이제 그런 살인 사건에도 내가 연루됐다고 생각하는 거예요? 이봐요. 대체 왜 이래요?"

그녀는 양손으로 탁자를 짚고 두 사람 쪽으로 몸을 기울였다.

"나는 기자예요. 집에서 빌어먹을 털모자, 필라테스, 립글로스에 대한 기사를 쓴다고요. 지금껏 내 인생에서 경찰과 엮인 적은 한 번도 없었어요. 그랬던 내가 서른네 살이나 먹고 느닷없이 살인을 취미로 삼으려고 작정했다는 건가요? 내가 브리스톨에서 하루걸러 하루씩 집 밖으로 뛰쳐나가 아무 남자나 죽였다고요? 왜요? 내가 왜 그런 짓을 해요?"

젬마는 다시 몸을 똑바로 일으켜 탁자에서 물러났다. 그리고 몸서리치며 한숨을 쉬었다.

"그 이틀 모두 집에 있었어요. 여기 이사 온 이후로 대니와 저는 같이 외출한 적이 없어요. 집을 정리하느라 경황이 없었거든요. 저는 요가 수업에 몇 번 나갔고 딱 한 번 저녁에 새로 사귄친구들과 술을 마신 게 전부지만 말씀하신 날은 아니었어요. 그외에는 우리 둘 다 집에만 있었다니까요. 형사님이 뭐라고 생각하시든 대니는 여기 브리스톨에서 저랑 같이 잘 살고 있었어요. 정확히 일주일 전에 실종되기 전까지는요. 아시겠어요?"

젬마의 숨이 다시 거칠어지고 얼굴은 시뻘게졌다. 헬레나는 가만히 앉아서 보고만 있었지만 데번은 그녀를 달래려는 듯 손을 내밀며 일어섰다.

"알겠습니다. 잠시 진정하세요. 젬마, 힘드시다는 건 알지만 흥분하는 건 도움이 안 됩니다. 앉으세요."

그는 탁자 반대편으로 가서 쓰러진 의자를 세운 다음 젬마에게 앉으라고 손짓했다. 그녀는 아직 씩씩대며 주먹을 꽉 쥔 채 의자에 앉았다.

"계속해도 되겠어요?" 헬레나가 물었다.

젬마는 탁자를 노려보며 고개를 끄덕였다. "죄송해요." 그녀가 웅얼거렸다.

"괜찮아요. 요즘 마음고생이 얼마나 심하실지 이해합니다." 헬레나가 말했다. "하지만 우리가 대니의 안위를 무척이나 염려하고 있다는 점도 알아주셨으면 해요. 방금 언급한 날짜에 대니와 매우 닮은 남성들이 살해당했어요. 그 사건들은 아직 미해결로 남아 있고요. 그렇다 보니…."

젬마가 고개를 홱 쳐들고 헬레나와 눈을 맞췄다.

"전부요? 앞서 말씀하신 이틀도 런던에서 남자들이 살해당한 날이란 뜻인가요? 그렇다면…, 네 명이라고요?"

헬레나는 잠시 망설이다가 고개를 끄덕였다.

"맞아요, 네 사람이에요. 그들 사이에 어떤 관계가 있는지는 아직 몰라요. 하지만 확실한 유사점들이 있고 이제 대니가 실종됐으니…."

젬마는 못 믿겠다는 표정으로 고개를 설레설레 흔들었다.

"맙소사. 정말 제가 이 모든 사건에 연루됐다고 생각하시는군요? 알겠어요, 대니가 사라진 지 일주일밖에 안 됐다는 제 말을 도저히 못 믿으시겠다면, 제가 정확히 무슨 짓을 했다고 생각하시는 건가요? 제가 대니를, 그 넷 중에 누구라도 해코지했다는 증거를 보여주세요. 제가 우람하고 건장한 남편을 어떻게 제압하고 칼로 베어 죽였는지 말해 보시라고요. 그다음엔…, 어떻게 했을까요? 혼자서 시체를 아파트에서 운반해 어딘가에 숨겼을까요? 묻었을까요? 아무한테도 들키지 않고요? 그렇다면 그게 어디일까요? 저를 좀 보시죠. 제 키가 163센티미터고 대니는 183이에요. 그 사람 피가 온 방에 뿌려져 있던 이유는 설명할 수 없어요. 하지만 나는 그이를 해치지 않았어요. 마지막으로 봤을 때 그는 완벽하게 멀쩡했다고요. 나는 누구에게도 아무 짓도 하지 않았어요. 말도 안 되는 소리 그만해요. 당신들은 미쳤어요."

그녀는 아직 앉아 있었지만 언제라도 벌떡 일어날 것만 같았다. 손이 파들거리고 얼굴에서는 핏기가 싹 가셔 잿빛이 되었다. 잠시 방 안에 침묵이 흐르다가 헬레나가 목청을 골랐다.

"좋아요. 그 얘기는 일단 접어두죠. 한 가지만 더 물을게요. 당신의 진료 기록을 살펴봤더니 몇 년 전에 불안과 우울장애 치료를 받았던데요. 자세히 좀 설명해주시겠어요?"

젬마는 힘없이 한숨을 쉬었다. 기진맥진한 표정이라고 헬레나는 생각했다. 얼굴이 창백해지자 눈 밑의 그림자가 더 두드러졌다.

"일 때문이었어요. 신문 기자로 일하던 시절인데 업무 스트레스가 이만저만이 아니었어요. 그 압박감을 도저히 감당할 수 없어서 일을 그만두고 치료를 받은 거예요. 이제는 괜찮아요. 프리랜서로 사는 편이 훨씬 낫거든요. 업무량을 조절할 수 있으니까. 일이 너무 많이 들어오면 거절할 수도 있고요. 그나저나 그게 대니의 실종과 무슨 관계가 있죠? 그 사람을 만나기도 전의 일인데요."

따지는 말이었지만 이제는 목소리가 착 가라앉아 슬프게까지 들렸다. 헬레나가 데번을 돌아보자 그는 고개를 까딱했다. 마무리할 시간이었다.

그들은 젬마 오코너를 집에 돌려보냈다. 진전된 것은 아무것도 없었다.

"차 한잔 하세요."

데번이 김이 모락모락 오르는 머그잔 두 개를 들고 돌아왔다. 헬레나는 반갑게 찻잔을 받았다. 차가 빌려줄 카페인의 힘이 절실했다. 몇 모금 홀짝인 다음 머그잔을 내려놓았다.

"맞다. 오코너네 집 법의학 검사 결과 나올 때가 됐네. 결과를 보면 다음에 뭘 해야 할지 알 수 있겠지, 데번. 당신이니까 하는 말인데, 나는 도통 모르겠어."

그는 한숨을 쉬었다. "알아요, 팀장님. 젬마 오코너에 대해 어떻게 생각하시는지 잘 알겠어요. 정황상 그 여자가 범인일 가능성이 크지만 아귀가 딱 들어맞지는 않죠. 그나저나 그 여자가 남편 얘기를 할 때 아직 현재 시제를 쓴다는 거 눈치채셨어요? 차를 마시면서 그 점에 대해 생각해봤어요. '제 키가 163센티미터고 대니는 183이에요'라고 했던 거 기억나세요? 사소한 점이지만 심리학자 같으면 남편이 아직 살아 있다고 믿는다는 뜻이라 하겠죠. 그게 아니라면 '183이었어요'라고 했을 테니까."

헬레나는 다시 머그잔을 집었다. "알아. 나도 느꼈어. 그리고 만약에 대니가 그 아파트에서 죽었다면 젬마의 주장에 일리가 있어. 그 여자는 그렇게 덩치가 크거나 힘이 세 보이진 않잖아. 남의 도움 없이 어떻게 그를 제압했겠어? 잠든 틈을 타서? 시체 처리도 문제고. 모르지. 어쨌든 영리한 여자야, 데번. 기자들은 원래 교활하지. 그 여자한테 속고 있을 수는 없어."

그녀는 차 한 모금을 마시고 머그잔을 내려놨다.

"그리고 몇 년 전에 정신질환도 앓았다잖아? 지금은 괜찮다고 본인은 주장하지만 이번에는 더 안 좋은 쪽으로 재발해서 무의식중에 이상한 행동을 하는 건 아닌지 어떻게 알겠어? 저 여자의 어떤 주장도 당연하게 받아들일 수 없어. 그러기엔 위험이 너무 커. 우리는 지금 네 건의 살인 사건을 마주하고 있는지도 몰라. 네 건, 어쩌면 다섯 건. 대니 오코너의 시신을 찾아야 해, 데번. 죽은 게 틀림없어. 나는 아직도 그의 영리한 아내가 많은 걸 숨기고 있다고 생각해."

17

"네, 고맙습니다. 뭐가 고마운 건진 모르겠지만."

나는 전화를 끊고 휴대폰을 소파에 던진 다음 털썩 주저앉았다. 조금 전까지 느끼던 분노 대신 수치심이 파도처럼 밀려왔다. 망할. 나한테 무슨 문제가 있나? 전날 밤 조사실에서 얼토당토않은 질문을 받았을 때처럼 또 형사들에게 분통을 터뜨리고 말았다. 이성을 잃어선 안 되는데.

"누구랑 통화했어? 아직 밖에 기자들이 죽치고 있는데. 사실 어젯밤보다 더 많아진 것 같아."

거실 입구에 나타난 에바는 긴 머리를 땋아 등 뒤로 늘어뜨리고 한 손에 반쯤 베어 먹은 사과를 쥐고 있었다. 그녀의 뒤에서 앨버트가 폴짝폴짝 뛰어오더니 내 발치에 앉아 무릎에 머리를 얹었다.

"잘 잤니?" 나는 녀석의 보드라운 콧등을 쓰다듬고 에바를 돌아봤다.

"경찰서에 전화했어. 기자들한테 포위돼서 플래시 세례 없이는 현관문도 못 열 지경이라고 했는데도 내근 경사인지 뭔지가 무단침입이나 기물파손이 없는 한 경찰은 전혀 손을 쓸 수 없다는 거야. 그 말에 열 받아서 전화를 확 끊어버렸어. 지금은 엄청 후회하는 중이야."

에바는 거실로 들어와 커피 테이블에 놓인 접시에 남은 사과를 떨어뜨리고 내 옆에 앉았다.

"괜찮아, 경찰도 이해할 거야. 특히 어젯밤부터 네가 어지간히 스트레스를 받았어야지. 너도 과거에는 반대편 입장이었으니까 그 경찰 말이 옳다는 건 잘 알잖아. 기자들은 몇 가지 기본 규칙만 준수하면 공공 도로에 서 있을 권리가 얼마든지 있어. 안타깝지만 우리가 할 수 있는 건 없다고."

그녀가 내 팔을 꼭 붙잡자 한숨이 나왔다.

"알아. 그래도 참을 수가 없어, 에바. 모든 상황이…, 점점 기괴해지고 있잖아. 경찰은 살아 있는 대니를 찾으려는 생각조차 안 하는 것 같아. 그이가 죽었다고 확신하고 내가 그 일을 꾸몄다고 굳게 믿고 있어. 심지어 다른 살인 사건에도 내가 연루됐다고 생각하는 모양이야. 그게 말이 돼? 런던에서 일어난 살인 두 건이랑 브리스톨에서 일어난 두 건까지. 내가 불안 장애를 겪었다고 정신 병자 취급을 하고 있어. 나를 말이야, 에바. 나한테는 끔찍한 악몽이지만 남들이 보면 참 흥미진진할 상황이지."

"그러게. 정말 말도 안 되는 상황이야. 그래도 네가 여기서 새 친구를 사귀어서 정말 기뻐. 널 두고 런던으로 돌아가더라도 훨씬 마음이 놓일 것 같아. 나도 그 친구들 마음에 들더라."

"그래, 좋은 사람들이야."

아까 타이와 클레어가 집에 찾아와서 같이 커피를 마셨다. 뉴스를 듣고, 신문 1면에서 내 사진을 본 게 틀림없었다. 타이가 먼저 전화를 걸어 내게 안부를 묻고 클레어와 같이 가도 되냐고 물었다.

"케이크 좀 가져갈게요. 필요할 것 같아서요." 타이가 말했다.

한 시간 후 길을 막고 있는 기자들 틈을 비집고 문 앞에 나타난 그들은 불안하고 당황한 표정이었다.

"맙소사! 이게 무슨 일이에요! 정말 끔찍하네요. 대체 무슨 영문인지." 숨을 몰아쉬는 클레어의 등 뒤로 나는 현관문을 닫았다.

"어서 들어와요." 내가 맥없이 말했다. "맞아요, 참 짜증나죠. 에바를 소개할게요. 두 사람을 얼마나 만나고 싶어 했는지 몰라요."

약속대로 타이는 케이크를 가져왔다. 하나가 아니라 클리프턴 빌리지의 제과점에서 각양각색의 컵케이크를 싹 쓸어왔다.

"레몬, 바나나 초콜릿, 당근, 견과 초콜릿이랑, 음, 솔티드 캐러멜 맛이에요." 그녀는 예쁘게 장식된 미니 케이크들을 흰 상자에서 조심스레 꺼내 접시에 단정히 놓았다. 앨버트는 부스러기가 떨어지기를 기대하면서 그녀의 손에 눈을 고정한 채 주위를 맴돌았다. 클레어가 위니 없이 나타나자 앨버트는 실망한 기색이 역력했다. 푸들은 보이지 않고 두 인간만 현관에 들어선 채 문이 닫히는 순간 신나게 움직이던 꼬리가 축 늘어졌다.

나는 에바를 보고 씩 웃었다. "좋은 친구들이라고 했잖아."

내 말에 그녀는 미소를 지었고 타이와 클레어도 깔깔 웃었다. 케이크 덕분에 분위기가 조금 밝아지자 우리는 잠시나마 말없이 앉아 먹는 데 집중했다.

클레어가 입을 열었다. "젬마, 이런 얘기 별로 하고 싶지 않겠지만, 대니가 아직 실종된 상태라 많이 힘들죠? 신문에서 당신이 조사받았다는 소식을 봤어요. 경찰이 대니의 실종 사건을 다운스에서 일어난 두 건의 살인 사건과 엮고 있다는 기사를 보고 얼마나 놀랐는지 몰라요."

나는 그녀에게 어느 선까지 털어놔야 할지 잠시 고민하다가 단순하게 생각하기로 했다. 당장은 신문에 실린 내용만 이야기하면 충분할 것이다.

"나는 괜찮아요. 음, 이런 상황에 꽤 잘 버티고 있는 편이죠. 경찰은 대니의 배후 사정을 더 들으려고 저를 불렀던 거예요. 밖에 있는 기자들은 다른 속사정을 캐려고 노리고 있는 거고요. 대니가 정말 죽었다면…."

울음을 참으려고 침을 꿀꺽 삼키자 내 왼편에 앉아 있던 타이가 얼른 내 어깨에 팔을 둘렀다. 늘 그렇듯 그녀에게서 일 년에 두 번씩 파리의 작은 향수 공방에서 들여온다는 감귤 향이 났다. 여러 해 전 주말에 프랑스의 수도로 여행 갔다가 발견한 이후로 다른 향수는 쓴 적이 없다고 들었다.

"아 젬마, 당신이 어떤 고통을 겪고 있을지 상상도 못 하겠어요. 너무 안타까워요."

"그이가 실종되기 전에 소개하고 싶었는데." 나는 차분히 말했다. "당신도 그이가 마음에 들었을 거예요. 바라건대 언젠가는…."

"그럼요, 언젠가는 만날 수 있겠죠." 내 오른쪽에 앉아 있던 클레어가 말했다. "긍정적으로 생각해요, 알겠죠?"

다들 잠시 입을 다문 틈을 타 에바가 말을 꺼냈다. "대니를 만난 적 없다니 안타깝네요. 젬마와 함께 이쪽으로 이사한 이후로 대니를 목격한 사람을 찾고 있거든요. 그가 실종되기 전에 어떤 행동을 했는지 젬마가 미처 알아채지 못한 사실을 감지한 사람이 있다면 도움이 많이 될 텐데요."

클레어가 고개를 끄덕였다. "음, 만나려고 시도는 했었죠!" 그녀가 슬며시 웃었다. "술자리에 초대했는데 결국 오지 못했어요. 그랬죠, 젬마? 그래서 대니는 수수께끼의 인물로 남게 됐어요."

"그랬군요." 에바가 말했다. 그 순간 나를 흘깃 보는 그녀의 얼굴에 묘한 표정이 스쳤다고 느꼈다. 내 몸에 전율이 흘렀다. 설마 에바마저 나를 의심하기 시작한 건가? 경찰들처럼 에바도 대니가 나와 함께 브리스톨에 있었다는 것이 거짓말이라고 생각하는 걸까?

잠시 후 타이와 클레어는 현관에서 나를 꼭 안아주고, 얼굴을 찌푸린 채 카메라 플래시를 마주할 준비를 하며 집을 나섰다. 나와 에바만 남자 그녀를 향해 단도직입적으로 물었다.

"에바, 내 말 믿는 거 맞지, 대니가 여기 있었다는 거? 클레어가 그 사람을 한 번도 만난 적 없다고 했을 때 뭐랄까…, 네 표정이 좀 이상했어."

대답하기 전에 그녀가 잠시 망설이는 듯했다. 아니면 그냥 나의 망상이었을까?

"젬마, 당연히 널 믿지! 바보 같은 소리 하지 마. 네가 너무 예민해진 거야. 난 네 편이야, 알지? 지금까지도, 앞으로도."

그녀는 팔로 나를 보듬어 안았다. 나는 그녀의 어깨에 얼굴을 묻으며 심호흡했다. 당연히 에바가 나를 의심할 리 없다. 당연히 나를 믿었을 거다. 에바의 말이 맞다. 나는 확실히 예민해지고 있다. 새 친구들이 내 남편을 만나기만 했더라도 몇 주 전에 브리스톨에서 그를 봤다고 경찰에 증언해줄 사람이 넷이나 됐을 텐데. 그땐 대니가 멀쩡했으니 1월 말에 치스윅에서 심하게 다쳤을 가능성은 없다고 확인해줄 텐데. 경찰은 어떻게 내가 그를 해쳤다고 생각할 수 있을까, 어떻게? 말도 안 된다, 전혀.

우리는 경찰이 내게 언급한 날짜를 이용해 앞서 런던에서 발생한 살인 사건들을 구글에서 검색했다. 다양한 뉴스 기사가 나왔지만 처음에는 두 사망자의 연관성을 의심하는 내용이 없었다.

경찰이 왜 한참 지나고 나서 그들을 엮으려 했는지, 왜 브리스톨의 피해자들과도 관계가 있다고 보는지는 충분히 짐작할 수 있었다. 뉴스 기사에 첨부된 사진을 보자 소름이 끼쳤다. 검은 머리, 검은 눈을 지닌 남자들. 서로를 꼭 빼닮은 남자들. 대니처럼 생긴 남자들.

에바가 내게 살짝 웃어 보였다. "연쇄 살인범이 내 친구라니. 그것 참 구미 당기는 기삿거리네."

나도 슬며시 웃음이 났다. "아, 됐어. 진지하게 물어볼게. 이제 어떻게 해야 할까, 에바? 꼭 악몽을 꾸는 기분이야. 넌 오늘 꼭 가야 해? 혼자 있으면 너무 비참할 거 같은데."

"알아. 정말 미안해. 이렇게 널 두고 가기 싫지만 넌 혼자가 아냐. 이미 너무 오래 머무르기도 했고. 며칠이라도 편집실에 돌아가 있어야 해. 금요일 밤에 다시 올게, 알겠지? 주말 내내 있다 갈 거야. 지금 당장 출발 준비를 해야 돼. 1시 기차거든."

"그래, 얼른 가봐. 난 괜찮을 거야."

그녀는 허리를 숙여 내 뺨에 입을 맞춘 다음 소파에서 일어나 거실을 나갔다. 나는 쿠션에 기대어 앉아 대문 몇 미터 떨어진 곳에서 웅성대는 소리를 일부러 무시했다. 우리는 기자들이 창문을 통해 사진을 찍을까 봐 거실 커튼을 닫았고, 안뜰로 몰래 들어올까 봐 뒷문이 잠겨 있는지도 확인했다. 그런데도 그들이 떠날 생각을 하지 않자 극도로 불안해졌다. 아무래도 내 업보라는 생각이 들었다. 나 역시 정치인이나 소아성애자의 집 앞에 눌러앉아 사진을 찍거나 인터뷰를 하려고 호시탐탐 기회를 노리던 기자가 아니었던가. 집 안에 갇힌 사람들이 얼마나 넌더리를 낼지 생각해 본 적은 거의 없다. 그걸 이제야 깨닫다니.

주방에서 아침 식사를 할 때는 라디오부터 켜고 BBC 브리스톨의 토요일 아침 뉴스에 귀를 기울였다. 당연히 내 이야기가 나왔다. 나는 지방지뿐만 아니라 모든 신문의 1면에 실렸다. 내 소식은 중앙지에까지 등장했다.

브리스톨 연쇄 살인 미스터리…, 실종자 아내 조사받아

세 번째 남자의 실종 – 실종자의 아내 경찰 수사에 '협조'

런던에서 발생한 살인에 대한 언급은 아직 없었지만 시간 문제일 뿐이란 생각이 들었다. 내내 무시하고 있었지만 메시지가 들어오느라 요 며칠 쉴 새 없이 윙윙대던 휴대폰이 오늘 오전 8시부터 다시 끝없이 울어대기 시작했다. 대니와 나의 친구나 옛 동료들이었다. 마지막으로 대니의 어머니와 우리 부모님의 메시지도 들어왔다. 이번에는 입막음을 할 요량으로 전화를 다 받고 메시지에 일일이 답장을 했다. 언론이 얼마 안 되는 정보를 갖고 소설을 썼지만 나는 그들이 대니를 추적하는 데 도움이 될까 싶어 배경정보를 더 많이 내주고 있다고 설명했다. 나중에 타이와 클레어에게도 그렇게 말했다. 여러 기자 친구들은 내가 신문에 났다는 데안타까워하며 필요하면 도움을 주겠다고 제안했다. 하지만 가족은 문제가 달랐다. 브리짓은 이상하게도 변함없이 싸늘했다. 흔적 없이 사라진 맏아들이 궁금해서가 아니라 극장 공연 시간 같은 일상적인 질문을 하러 전화한 사람 같았다.
"경찰은 그 애가 어떻게 됐다고 보더냐?"
브리짓에게 연락한 경찰은 자세한 사정을 밝히지 않은 모양이었다.

"아직 알 수 없대요. 그이가 돌아오기만 하면 다 해결될 텐데요. 너무 견디기 힘드네요."

전화 저편에서 잠시 말이 없다가 무뚝뚝한 대답이 돌아왔다. "그래. 알았다. 그럼 이만 끊으마."

그렇게 전화가 끊기고 나는 얼떨떨한 기분으로 전화기만 바라봤다. 자기 아들이 실종됐고 죽었을지도 모르는데 어쩜 저런 반응을 할 수 있을까? 아무리 아들과 애틋하고 살가운 사이가 아니었다 해도 어쨌거나 대니의 어머니인데. 이 여자는 대체 뭐가 문제일까? 눈물을 흘리며 다급히 이쪽으로 와서 나를 도와 아들을 찾겠다고 해야 정상 아닌가? 혼란스러워 고개를 젓던 내게 한 가지 생각이 번뜩 떠올랐다. 혹시⋯, 실제로 걱정을 전혀 하지 않기 때문에 그렇게 무심해 보이는 것 아닐까? 대니가 어디 있는지 알기 때문에? 그가 아일랜드의 집으로 돌아갔을 가능성은 전혀 없을까? 갔을 수도 있지 않나? 그의 여권은 아직 이층 침실에 있다. 여권 없이 아일랜드에 갈 수 있는 방법이 있을까? 100퍼센트 장담할 수는 없지만 그런 방법은 없을 것 같았다. 어쨌든 상황이 아무리 나빠도, 대니가 어떤 곤경에 처했어도 그의 어머니는 그가 절대 의지할 만한 사람이 못 되었다. 그래서 그런 추측은 이내 묵살했다. 한참이나 브리짓 생각에 골몰하다 보니 전화와 메시지가 주체할 수 없이 쏟아져 들어와 있었다. 내 부모님이 더 걱정이었다. 브리짓과 통화하기 전에 두 분의 전화를 받았는데 어머니는 조용히 흐느끼고 아버지는 감정에 겨워 떨리는 목소리를 냈다.

"얘야, 네 엄마랑 나는 이해할 수가 없구나. 너를 버리고 떠난 사람은 대니인데 왜 네가 그렇게 고통 받아야 하는지, 경찰서까지 끌려가야 하는지 모르겠다. 지난번에 통화할 때는 왜 얘기하지 않았니? 넌 잘못한 게 없잖아, 안 그래? 젬마, 제발 그렇다고 말해 주렴. 그리고 그 살인 사건들은 다 뭐냐? 대니를 닮은 남자들이라니? 네 엄마가 얼마나 괴로워하는지 모른다. 이웃 사람들이 함부로 찾아오고 친구들 때문에 전화통에 불이 나는데 엄마는 어떻게 설명해야 할지 모르겠단다. 나도 마찬가지고…."

"아빠…, 아빠, 별일 아니에요. 정말이에요."

나는 체포되지 않았고 경찰이 의례적인 질문을 하려고 부른 거라 설명했지만, 전화를 끊을 때까지도 아버지는 전혀 납득하지 못하고 괴로워했다. 화가 치밀었다. 공격은 내게만 향하지 않았다. 부모님도 그 대상이었다.

"이럴 수는 없어. 이럴 수는 없다고!" 내가 악을 쓰자 에바가 깜짝 놀라 갓 내린 커피를 식탁에 흘렸다.

그녀가 짐을 싸는 동안 소파에 웅크린 채 눈을 감았더니 피로가 몰려왔다. 경찰이 보여준 치스윅의 피범벅 된 침실이 다시 머릿속을 맴돌았다. 그것이 정말로 대니의 피라면, 그들의 주장대로 여러 주 전에 뿌려진 피라면 뭔가 설명이 필요했다. 도대체 그런 일이 어떻게 있을 수 있나, 어떻게? '어서, 젬마, 생각해. 생각을 하라고.'

마음이 초조해져 일어서서 방 안을 서성대기 시작했다.

'그래, 일단 다른 살인, 다른 피해자들은 접어두자. 대니한테만 집중하고 그가 어떤 곤란, 큰 곤경에 처했다고 가정하는 거야. 내가 아파트를 나온 날 대니한테 원한을 품은 사람이 그를 찾아갔다면? 둘 사이에 분위기가 험악해져서… 심하게 험악해져서 칼부림이 났다면? 대니는 일주일 후에야 나한테 왔으니 그 사이 다친 상처를 치료하지 않았을까? 하지만 피를 그토록 철철 쏟았는데. 그렇게 심한 상처가 단 한 주 만에 나을 수는 없을 텐데….'

갑자기 현기증이 나서 발걸음을 멈추고 벽난로에 손을 짚어 몸을 지탱했다.

'생각해봐, 젬마, 잘 생각해봐.'

대니가 브리스톨에 내려온 이후로 내가 그의 알몸을 본 적이 있었던가? 그가 이 집에 살던 3주간 우리 사이에는 섹스가 없었다. 그래서 불만이었던 건 아니다. 둘 다 피곤하고 바빴으니까. 삶이 고단할 때마다 우리의 성생활은 정체기를 맞곤 했다. 그래도 옷을 벗은 그의 모습은 본 적 있지 않나? 몸에 생긴 상처를 그가 꼭꼭 감추어서 내 눈에 띄지 않은 건가?

다시 서성대기 시작했다. 관자놀이가 욱신거렸다. 처음 열흘은 이 집의 중앙난방이 제대로 작동하지 않아 우리는 점퍼로 몸을 꽁꽁 싸매고 살았고 잘 때도 운동복 바지와 티셔츠를 벗지 않았다. 부동산 중개회사에서 결국 보일러 수리공을 불렀는데도 침실은 썰렁해서 옷을 홀러덩 벗고 잘 수는 없었다. 대니가 상의를 벗은 모습은 확실히 기억나는데… 나는 멈춰 서서 벽난로 뒤편의 거울 속 내 모습을 응시했다. 한 군데 또는 여러 군데의 상처가 허리 아래에 있었다면 숨길 수 있었을 것이다. 다리나 아랫배 쪽이었다면… 그랬을 수 있다. 뱃속이 요동쳤다. 완전히 헛발질을 하고 있는 건 아닐까? 사진 속 피의 양은 너무 많았고, 대니는 별로 아파 보이지 않았고, 내가 건드려도 눈에 띄게 움찔하지 않았으며, 멀쩡하게 걷고 자전거를 탔다. 하지만 신체의 일부 부위는 심하게 다치지 않아도 다량의 피를 쏟지 않나? 머리 상처가 그렇다고 어디선가 들은 기억이 났지만, 그게 신체 다른 부위의 상처에도 똑같이 적용될까?

어지럼증이 심해져서 비틀대며 소파로 돌아갔다. 그래, 계속 생각해 보자. 시간 순서대로 따져볼까? 나는 2월 1일 금요일 아침 일찍 치스윅을 떠났는데, 그날 늦은 시간에 집주인의 사무실에 누군가가 열쇠를 반납했다. 그러니까 누군지 몰라도 대니에게 상해를 입힌 이 사람은 내가 떠나고 얼마 후 대니를 찾아왔을 거다. 무슨 수가 틀렸는지 그는 대니를 공격했다. 대니는 그를 물리치고 간신히 살아남았지만 두려워졌다. 그자가 언제든 돌아와서 끝장내겠다고 협박하지 않았을까? 그래서 계획대로 일주일간 아파트에 머무르는 대신 다른 지인을 찾아갔다. 병원에 입원했거나, 호텔 또는 민박집에 머물렀을지도 모른다. 그리고 일주일 후 내가 있는 이곳으로 이사를 왔지만 그 일에 대해서는 줄곧 함구했다. 자신의 곤경을 내게 알리기 싫어 입을 꾹 닫고 있었다.

나는 심호흡했다. 이런 추리가 말이 되나? 그럴듯했다. 모든 걸 다 설명하지는 못하지만. 이를테면 대니가 1월 31일에 새 직장을 포기한 이유라든지. 그날은 이 모든 일이 생기기 하루 전이니까. 그렇다 해도…, 내 멋대로 한 추측이지만 어느 정도 일리가 있어 보였다. 대니는 살벌한 경험을 했고 앞으로 훨씬 더 나쁜 일이 일어날까 두려워 어디론가 숨어야 했다. 공포에 질려 자신이 무엇을 하는지 내가 눈치채지 못하도록 숨어버린 것이 분명하다. 런던에서 그를 그토록 잔혹하게 공격한 사람이 브리스톨로 찾아올지도 모른다는 생각에 겁이 난 거다. 그러다 도저히 감당 못할 지경이 되자 도망을 쳤다. 아니면…. 욕지기가 다시 일어나고 몸이 축축해지고, 얼굴에 식은땀이 흘러내렸다. 그는 달아났을까? 혹시 잡혔을까? 그렇게 두려워하던 사람에게 발각됐을까?

나는 마른침을 삼켰다. 이런 추리가 옳은지는 몰라도 웬만큼 도움은 되었다. 묘하게 꼬인 상황이 어느 정도 납득되었다. 하지만 경찰에 찾아가서 설명해도 될까? 내가 생각하는 시나리오를 형사들이 조사하게 하려면 어떻게 해야 할까? 대니가 몇 주 전에 치스윅의 침실에서 죽었다고 믿는 사람들에게? 그가 애당초 브리스톨로 이사한 적이 없다고 믿는 사람들에게? 그가 여기 살았다는 사실을 어떻게 증명해야 하나? 나만 의심하는 그들이 진짜 범인을 찾아 나서게 하려면 어떻게 해야 할까?

에바가 계단으로 가방을 덜컹덜컹 끌고 내려왔다. 이 문제를 그녀와 상의하고 싶었다. 내가 조금 전에 추가한 세부 내용까지 전부 다시 말해줘야 한다. 그리고 경찰에 들이밀 수 있는 증거를 찾아야 한다. 대니가 지난주까지 이 집에서 나와 함께 살았다는 사실을 그들에게 어떻게든 증명해야 한다. 그가 하루를 어디서 보냈는지, 무엇을 했는지, 어디에 숨어 있었는지 밝혀야 한다. 경찰은 방향을 아예 잘못 잡았으니 내가 직접 알아내야 한다. 그들을 납득시키지 못하면…, 아니 분명히 할 수 있을 거다. 나는 수년간 유능한 탐사 보도 기자였으니까. 그리고 대니는 내 남편이니까. 대니에 대해선 누구보다도 내가 잘 알지 않나? 일어서서 천천히 문을 나가 복도에 들어섰다. 또다시 현기증이 느껴져 문틀을 붙잡았다. 내가 무슨 생각을 한 건가? 내가 남편을 잘 안다고 할 수 있을까? 사실은 전혀 모르지 않았나? 몇 달 동안, 어쩌면 더 긴 시간 동안 그가 무슨 짓을 하고 다니는지 까맣게 몰랐다. 나를 만나는 내내 대니는 거짓말을 했는지도 모른다. 스스로를 곤경에 빠뜨렸고, 나와 결혼해놓고도 데이트 앱에서 다른 여자들을 만났고, 내 친구에게 수작을 걸었다. 그가 자취를 감추자 도리어 내가 곤경

에 빠졌다. 인생을 망가뜨릴지도 모를 큰 곤란에 처했다. 서 있으
니 온몸이 떨리기 시작했다. 복도 저편에서 걸어오던 에바의 얼굴
에서 점점 미소가 사라졌다.

"맙소사, 젬마, 너 몰골이 왜 이래! 무슨 일 있었어?"

나는 고개를 저었다. 말라서 갈라진 입술을 혀로 적셨다.

"젬마? 걱정되잖아. 왜 이래?"

그녀가 손을 뻗어 내 손을 따뜻하게 잡아주었다.

"대니와 함께 했던 내 삶이 전부 가짜였나 봐." 내가 속삭였다.

18

일요일, 신문 1면은 여전히 연쇄 살인범 기사 일색이었다. 언론은 마침내 런던과의 연관성을 파헤치기 시작했다. 꼭 빼닮은 네 남자의 사진이 첫 페이지를 장식했다.

잉글랜드 남서부 살인 사건, 희생자 더 있나?

런던 살인 사건 – 브리스톨 연쇄 살인범의 소행일까?

헬레나는 〈메일 온 선데이〉와 〈선데이 미러〉를 책상에서 밀어내며 탄식했다. 신문은 털썩 소리를 내며 낡은 카펫 위에 떨어졌다. 현황판에 새로운 정보를 기록하고 있던 데번이 얼른 달려와 신문을 집었다.

"환장하겠네. 네 건의 살인을 다 엮었네요. 어떻게 알아냈을까요?"

"난들 알겠어. 어디선가 정보가 새고 있겠지. 공식적인 경로로 나갔을 리는 없잖아."

헬레나는 실눈을 뜨며 두 손으로 짧은 금발을 쓸어 넘겼다. "차라리 런던 쪽에서 샌 거였으면 좋겠어. 우리 팀에서 이런 얘기를 언론에 나불거리는 인간이 있으면…."

"우리 팀은 아닐 겁니다. 절대 아니에요. 그럴 사람들이 아니잖아요."

그녀는 한숨을 토했다. "그렇길 간절히 바랄 뿐이야. 그나저나 뭘 적고 있어? 새로운 소식이라도 있어?"

그는 고개를 저으며 쥐고 있던 보드 마커를 한 손에서 다른 손으로 던지고 받기 시작했다.

"아니요. 오늘 아침에 런던경찰청에서 알려준 정보를 적어두려고요. 별 영양가 없는 내용이죠."

헬레나가 또 한숨을 쉬었다. 런던경찰청의 고참 형사가 한 시간 전에 연락을 해왔다. 런던에서 발생한 두 건의 살인을 새로 검토했는데, 두 피해자의 외모가 빼닮았다는 사실을 제외하고는 연결점을 찾을 수 없었다고 했다.

"둘은 서로 모르는 사이고, 런던에서 사는 지역도 다르고, 친구나 취미 등 다른 공통점도 전혀 없다더군요." 런던경찰청의 전화를 받았던 마이크가 끼어들었다.

"리치먼드 파크에서 살해된 데이비드 레이놀즈는 전과 기록이 없어요. 하지만 하운슬로 지하철역 주차장에서 발견된 앤서니 다니엘스는 절도 몇 건과 소량의 마약 거래 전력이 있더군요. 작년에 두 사건을 연결 지을 생각조차 못한 이유가 그 때문이었답니다. 다니엘스의 죽음은 마약과 관련이 있다고 추측한 거죠. 둘 다 둔기로 머리를 맞아 사망했지만 범행 도구는 발견되지 않았답니다. 우리 쪽 사건 두 건과 매우 유사한 수법이죠. 그리고 외모도 확실히 비슷합니다. 하지만 저랑 통화한 형사는 별로 확신이 없는 듯했고 법의학 쪽으로 우리한테 도움을 줄 수도 없을 것 같습니다. 하지만 사건 간에 어떤 관계가 나타날 가능성을 항상 염두에 두겠다고 합니다. 앞으로도 연락을 주고받기로 했고요."

이제 언론이 사건들의 연관성을 단정하고 근거 없는 추측으로 제1면을 도배했으니 헬레나는 앞으로 결과를 내놓으라는 압박을 더 심하게 받을 터였다. 그날 아침에 이미 상관인 애나 밀러 총경과 불편한 통화를 해야 했다.

"밀러 총경님이 전화했었어." 그녀는 펜으로 능란하게 곡예를 하고 있는 데번에게 침울하게 말했다. "화가 머리끝까지 났더라. 당장 체포하래. 젬마 오코너를 왜 아직도 구속하지 않았는지 모르겠대. 증거가 충분치 않다고 둘러대는 수밖에 없었어. 사실…, 증거랄 게 거의 없지. 확실한 증거는 하나도 없잖아."

"그러게요. 구속할 만한 증거는 전혀 없죠." 데번이 동의했다. "그 여자의 집에서 나온 법의학 증거도 결정적이지 않아서 아쉽네요. 대니가 브리스톨로 내려왔다는 주장이 거짓말이라는 추정을 뒷받침할 증거를 찾았다면 참 유용했을 텐데요."

헬레나는 고개를 끄덕였다. 젬마 오코너를 기소하려면 검찰은 지금 확보한 것보다 훨씬 많은 증거를 원할 것이다. 법의학 보고서 역시 실망스러웠다. 젬마의 것보다 훨씬 적은 양이기는 해도 대니 오코너의 DNA와 지문이 집 안 곳곳에서 발견되었다. 대니가 1월 중순에 젬마와 함께 그곳에서 하룻밤 묵었다는 이야기는 부동산 중개 회사에서 이미 들었기 때문에 예상치 못한 결과는 아니었다. 하지만 법의학 실험실 측은 대니가 그 집에 얼마나 머물렀는지에 대해 확답을 주지 못했다.

"단정할 수 없어요. 집 청소를 얼마나 자주 하는지, 어떤 청소용품을 사용하는지에 따라 다르거든요. 확실한 건 그가 그 집에 있었다는 것뿐이에요. 안타깝지만 언제, 얼마나 머물렀는지는 알 수 없어요."

그런 결과를 두고 젬마와 이야기를 해보기 위해 막 연락하려는 순간, 그녀가 할 말이 있다면서 예기치 않게 수사본부로 전화를 걸어왔다. 지금쯤 그녀가 도착할 때가 됐다는 생각이 헬레나의 머릿속을 스치는 순간 책상 위의 전화기가 울렸다.

"도착했대." 수화기를 내려놓으며 헬레나가 데번에게 전했다. "같이 갈 거지?"

"물론이죠."

조사실에 자리 잡은 헬레나는 젬마의 말부터 들어 보기로 했다. 지난번 만났을 때보다는 안색이 나아 보였다. 기운을 좀 차리고 머리도 새로 감은 모양이었다. 무엇보다 표정에 의지가 엿보였다.

"지난 몇 주 사이에 대니가 어떤 행동을 했는지 곱씹어봤는데요." 젬마가 운을 뗐다. "제 친구 에바랑도 얘기해 봤고요. 에바 호튼은 〈인디펜던트〉탐사 보도 기자여서 이런 사건 분석에 능하거든요. 그 친구가 큰 도움이 됐어요."

"그랬나요?" 헬레나가 대꾸했다. "그렇다면 호튼 양은 이 상황을 어떻게 보던가요?"

헬레나는 목소리에 의심을 드러내지 않으려 애썼다. 빌어먹을 기자 나부랭이들. 최근의 신문 헤드라인들을 떠올리며 그녀는 생각했다.

"음, 그 친구 생각으로는, 이제는 저도 같은 생각인데, 생각할수록 그럴듯한 것 같아서요. 에바와 저는 둘 다 대니가 꽤 오래전부터 어떤 곤란에 처했다고 생각해요. 그이가…, 그이가 사라지기 훨씬 전부터요."

"어떤 곤란 말씀이죠?" 헬레나는 데번을 흘끔 쳐다보며 눈썹을 추커세웠다.

"글쎄…, 아직은 잘 모르겠어요. 하지만 우리의 추리에 따르면 누군지 몰라도 대니를 곤경에 빠뜨린 사람이 제가 이사를 나간 날 아침에 치스윅 집으로 찾아갔을 거예요. 그리고 대니를 공격했겠죠. 대니는 겨우 목숨은 건졌지만 크게 다쳤을 테고요. 어떻게 그렇게 많은 피가 뿌려져 있었는지는 아직 이해가 안 되지만 생각해 보니 대니가 브리스톨에 온 이후로 제게 나체를 한 번도 보여준 적이 없었던 것 같아요. 관계가 아예 없었으니까…."

"아하, 그러시구나." 헬레나는 참지 못하고 비아냥거렸다. 의심이 뭉게뭉게 피어올랐다.

젬마는 그런 반응을 무시하고 말을 이었다. "그 사람이 내려온 이후로 관계가 통 없었는데 하체에 상처를 숨기고 있었던 건 아닐까 하는 생각이 들었어요. 아프거나 고통스러워 보이진 않았지만 그 피에 대해서는 그렇게밖에 설명할 수가 없어요."

"그럴 리가 있겠습니까만, 일단 말씀해보세요." 헬레나가 눈을 희번덕거리고 싶은 유혹을 저항하며 말했다. 그녀는 이 '추리'를 단 한 순간도 믿지 않았다.

젬마가 얼굴을 붉혔다. "별로 설득력 없는 얘기지만 부디 참고 들어주세요. 이 일이 다른 살인 사건들과 어떤 관계가 있는지, 피해자들이 어쩌면 대니와 그렇게 닮았는지는 설명할 수 없어요. 하지만 그것들만 접어두면 솔직히 어느 정도 말이 되잖아요. 대니는 그렇게 다치고 나서 계획대로 제 옆으로 오기 전에 다친 데를 치료하러 갔을 거예요. 그곳이 어디인지는 모르죠. 호텔 같은 곳인지도. 혹시 그이가 다른 사람을 만나고 있었다면, 정말 생각하기 싫지만 다른 여자가 있었다면…."

그녀는 잠시 응어리를 삼키고 심호흡했다.

"그리고 이곳으로 이사한 다음에는 다시 붙잡혀 해코지를 당할까 봐 두려웠을 거예요. 그래서 숨어 살았던 거죠. 배달부가 와도 문을 열어주러 가지 않고, 이웃들의 눈을 피해 다니고, 새 휴대폰도 장만하지 않았어요. 새 직장을 포기한 이유와 출근한다고 해놓고 하루 종일 어디서 시간을 때웠는지는 도저히 모르겠어요. 하지만…, 제법 그럴듯하지 않나요? 대니는 겁을 먹었어요. 두려웠던 거예요. 어쩌면 너무 두려워서 도망쳤을지도 몰라요. 지금도 도망 다니고 있는지 모르죠. 그게 아니면…." 그녀는 다시 말을 멈췄다. "그게 아니면 지금쯤 붙잡혀서 죽었거나." 그녀가 차분히 말을 마쳤다.

침묵이 내려앉았다.

잠시 후 데번이 입을 열었다. "그게 실제 상황이라고 잠시 가정해보죠. 스스로 인정하셨듯이 그 추리에는 허점이 많습니다. 그래도 일단 가정을 해보면…, 대니가 그런 일을 정말로 겪었다고 생각하는 건가요? 목숨을 잃을까 전전긍긍하는데도 당신은 전혀 몰랐다고요? 당신은 그의 행동에서 어떤 변화도 눈치채지 못했잖아요? 아무것도?"

젬마는 잠시 그를 응시하다가 탁자로 시선을 떨어뜨렸다. 그리고 다시 고개를 들었다.

"그러게요. 몰랐어요. 전 아무것도 눈치채지 못했어요. 그이 행동에는 전혀 수상쩍은 구석이 없었고요…. 그래서 저도 괴로워요. 제 말이 얼마나 믿기 힘든지 알아요. 하지만 형사님이 어떻게 생각하시든 저는 절대 남편을 해치지 않았어요. 남편은 브리스톨로 내려왔고 여기서 저랑 3주간 살다가 지금은 사라졌어요. 왜 그랬는지 이유가 있어야겠지만 지금까지 알게 된 모든 사실을 감안할 때 그나마 그럴듯한 설명은 이것뿐이에요. 제 말에…, 제 말에 조금도 동의하실 수 없는 건가요?"

이제 젬마는 눈물을 그렁거렸다. 헬레나가 처음에 그녀의 표정에서 본 투지는 깊은 고뇌로 바뀌었다.

"이봐요, 젬마…." 무슨 말을 해야 하나 싶어 헬레나는 잠시 머뭇거렸다. "당신 얘기는 개연성이 매우 떨어져요. 구체적이긴 해도 뒷받침할 증거는 전혀 없죠. 당신의 추리뿐만 아니라 이 사건과 관련된 어떤 추리라도 증명하거나 반증할 유일한 방법은, 대니를 찾는 거예요. 살았든 죽었든."

젬마는 고개를 끄덕였다. 뺨에 굵은 눈물방울이 또르르 흘렀다.

"아직 살아 있다고 믿고 싶어요. 희망을 포기하지 않으려고 무진 애를 썼어요. 그가 죽었다면 제 마음속 깊은 곳에 어떻게든 느낌이 왔을 거라 생각했어요. 하지만 솔직히 지금은 그가 죽었을지도 모른다고 생각해요." 그녀는 간신히 목소리를 짜냈다. "얼마 전에요. 그이가 아직 살아 있다면 이렇게 오랫동안 감감무소식일 리가 없어요. 지금까지 제가 드린 말씀을 감안하면, 그이가 내게 거짓말을 했고 바람을 피웠을지도 모른다는 사실을 감안하면 아주 어리석은 소리로 들리겠지만…, 저는 그래도 대니가 저를 사랑했다고 생각해요. 그러니까 내가 얼마나 걱정할지도 알겠죠. 할수만 있다면 제게 연락할 방법을 찾았을 거예요."

잠시 침묵이 흘렀다. 헬레나가 헛기침을 했다.

"음, 얘기 잘 들었어요. 이제 지난 금요일에 당신 집에서 실시한 법의학 조사 결과를 알려드릴게요."

젬마는 손등으로 눈가를 문질렀다. "네, 말씀하세요."

"집 전체에서 당신 남편의 DNA와 지문이 발견됐어요. 당신은 그가 3주간 그 집에 살았다고 한결같이 주장했지만 아시다시피 우리는 그 주장이 사실이라고 확신할 수 없네요. 그래도 당신이 이사하기 전인 1월에 그 집에서 대니와 하룻밤 묵었다는 사실은 알고 있어요. 그것만으로도 그의 DNA와 지문이 존재하는 이유를 설명할 수 있다는 뜻이죠. 하지만 보고서에 따르면 당신의 DNA가 대니의 DNA보다 훨씬 더 많이 발견됐어요. 대니가 1월 이후로 브리스톨에서 지낸 적이 별로 없다는 우리의 추정에 무게가 실리는 셈이죠. 어떻게 생각하세요?"

젬마는 고개를 저으며 낮은 소리로 탄식했다. "그이는 여기서 3주를 살았어요." 맥 빠진 목소리였다. "하지만 하루 종일 밖에 나가 있었고 저는 집에서 일을 하니까 제 DNA가 훨씬 많은 게 당연하지 않나요? 어떤 식으로 분석을 하시는지 몰라도 그걸로 설명이 되잖아요. 더구나, 그이는 9일째 집에 돌아오지 않았어요. 그동안 제가 집 청소를 여러 번 했으니 그 사람 흔적이 지워졌겠죠. DNA에 대해 잘은 모르지만 청소하면 없어지는 거 아닌가요?"

젬마는 헬레나를 바라보았지만 아무 대답도 들을 수 없었다.

"그렇다면 잘 모르겠네요. 설명을 못 하겠어요." 젬마가 말했다.

그들은 곧 젬마를 돌려보냈다. 데번과 함께 위층 수사본부로 천천히 올라가며 헬레나는 한숨을 쉬었다.

"추리 한번 기똥찬데? 우리가 이미 밝힌 사실에 그럭저럭 들어맞는 시나리오를 쓰느라 머리 깨나 굴렸겠어. 자기 거짓말에 끼워 맞추려고 말이야. 그렇지?"

"그럴지도요." 데번의 목소리에 별로 확신이 없었다. "솔직히 어느 정도 일리가 있어요. 물론 허점도 많죠. 이를테면 공격을 당하기도 전에 브리스톨의 새 직장을 포기한 이유라든지. 그건 앞뒤가 맞지 않죠."

"그 여자가 자기 남편을 가해했기 때문이잖아. 더구나 사전에 계획했을 테니 새 직장을 포기하겠다고 이메일을 보낸 사람은 대니가 아니라 그 여자라고 봐야지." 헬레나가 단호하게 말했다. "그래, 아직 증거는 전혀 없어. 그 집에서도 강력한 DNA 증거가 나오지 않았고. 하지만 내가 찾아낼 거야, 데번. 조만간 그 여자가 뭐든 실수를 할 테니 잠자코 기다리면 돼. 그러길 기다리고 있다가 냉큼 체포하는 거야."

19

전기레인지 상단을 행주로 한 번 더 문지르고 흡족하게 뒤로 물러섰다. 집을 다시 청소하다 보니 잠시나마 대니가 아닌 다른 대상에 집중할 수 있었다. 끊임없이 머릿속을 휘젓는 골치 아픈 생각에서 한숨 돌리는 것만으로도 마음이 조금 고요하고 차분해졌다. 대문 밖에 다시 나타난 기자들을 보고 커튼을 계속 쳐두었지만, 낮게 웅성대는 소리와 이따금씩 소리치고 웃는 소리가 새어 들어왔다. 그들의 존재를 억지로 무시하면서 바쁘게 움직였더니 제법 도움이 되었다. 나는 당분간 일을 포기하기로 마음먹고 내 기사를 기다리는 여러 편집자들에게 연락했다. 최근에 대니의 뉴스가 신문에 실리자 다들 내게 안부 전화를 했었다. 나는 그들에게 아직 상황이 정리되지 않아 몇 주간 일을 받지 못하겠다고 알렸다. 그래도 지난 며칠 사이 이래저래 짬을 내어 〈피트니스 앤 스타일〉의 스파 체험기는 마무리했다. 썩 마음에 드는 결과물은 아니었지만 끝냈다는 데 의의를 두고 싶었다. 새 기사는 도저히 시작할 엄두가 안 났다. 모든 편집자가 양해해주어서 참 고마웠지만 그들에게 오래 쉬지는 않을 거라고 장담했다. 그래야 했다. 프리랜서 기자의 세계는 워낙 변화무쌍해서, 너무 오래 쉬면 일감이 떨어져 나갈 것이 자명했다. 항상 몇 호 분량의 기사를 미리 준비해두는 〈카미유〉 칼럼을 놓칠 수도 있다. 하지만 이 상황이 금방 끝나지는 않을 텐데? 얼마나 더 끌게 될까? 그리고 거리를 접수한 기자들 때문에 이웃들이 내게 항의하러 찾아오기까지는 얼마나 걸릴까?

아까 안뜰에서 비질을 할 때였다. 빗자루를 앞뒤로 움직이는 육체노동을 하자 이마에 땀방울이 맺혔다. 잠시 쉬면서 얼굴을 소매로 닦다가 옆집 이층 창가에 꼼짝 않고 서서 나를 내려다보는 클라이브를 발견했다. 어떻게 해야 할지 난감했다. 이런 상황에서 손을 흔들면 너무 쾌활하고 태평해 보일까? 그에게 목례를 하고 눈길을 돌려 다시 마당을 쓸기 시작했다. 30초 뒤에 다시 창문 쪽을 보니 그가 사라지고 없었다. 나는 클라이브나 그의 아내, 다른 옆집 사람 조와도 제대로 이야기를 나눈 적이 없었다. 그들에게 대니를 보았는지 물어보러 찾아갔던 그날 이후로. 기자들이 우리 집 현관 앞에 진을 치고 있다는 사실이 너무 부자연스럽고 비현실적으로 느껴졌다. 이웃들은 나를 어떻게 생각할까? '내가 이사 온 것 자체가 못마땅할 거야. 당연히 그럴 수밖에 없겠지.' 집 안에서 청소용품을 옮기는 데 사용하는 철사 바구니를 집어 들고 화장실로 향하면서 머릿속으로 전날 있었던 일과 형사들과의 최근 만남을 떠올렸다. 나를 다독이기는 했지만 그들은 대니의 실종에 대한 내 추리를 전혀 믿지 않았다. 기이한 사실들과 대니의 수상한 행적들을 짜깁기해 그나마 그럴듯한 설명을 만들어 내려고 최선을 다했다. 하지만 경찰서 조사실의 싸늘한 조명 아래서 소리 내어 말했더니 반미치광이가 범죄를 은폐하려고 늘어놓는 변명으로밖에 들리지 않았다. 사리에 맞지 않고 허점투성이였다. 세면대 주위에 세제를 뿌리고 다시 벅벅 닦으면서, 그래도 그것이 내가 떠올릴 수 있는 최선이라고 생각했다. 널찍한 두 칸의 샤워실과 창문 앞에 놓인 갈고리발 금속 욕조, 높은 선반에서 한쪽 벽을 타고 내려오는 덩굴식물, 점점이 놓인 향초가 있는 이 욕실을 나는 사랑했다. 하지만 대니가 사라진 이후로, 욕실이 주는 즐거움도 사라졌다. 지난 며칠은 대충 칫솔질을 하고 샤워를 하는 것조차 버거웠다. 나의 밑천은 경찰에게 들려준 허접한 추리가 전부였지만 지금은 거기에 매달릴 수밖에 없었다. 필요하다면 혼자서라도 공을 들여야 했다. 적어도 그들은 나를 잡아 가두지 않았다.

"법의학 덕분에." 나는 매끄러운 유리에서 치약 얼룩을 닦아내며 거울에 비친 내게 소리 내어 말했다. "형사들은 적어도 당신이 언제였든 이 집에 있었다는 사실은 알게 됐잖아, 대니. 적어도 내가 모든 걸 지어내지는 않았다는 사실은 알게 됐어."

하지만 그들의 조사 결과가 신경 쓰였다. 집에서 대니의 흔적이 별로 나오지 않았다니. 맞다, 형사들에게도 얘기했듯이 그는 한동안 집에 없었고 그가 사라진 이후로 나는 몇 번 집 청소를 했다. 하지만 DNA를 없애는 것이 그렇게 쉬울까? 잘은 모르지만 별로 쉽지 않을 것 같았다. DNA는 수년간 남기도 하는 끈질긴 물질인 줄 알았다. 표백제 병의 뚜껑을 열고 변기에 조금 붓다가 병을 쳐든 채 동작을 멈췄다. 표백제. 내가 빈집에 도착한 금요일 밤. 대니가 집 청소를 해놨었는데? 반짝이는 싱크대 상판, 깨끗한 이불. 사용한 침구와 욕실 수건은 축축이 젖은 채 세탁기에 들어 있었고, 공기 중에 희미한 표백제 냄새가 감돌았었다. 혹시…? 하지만 그가 대체 왜?

나는 표백제 병을 변기 위에 쿵 내려놓고 욕실을 나왔다. 주방에서 아이패드를 찾아 구글을 열고 'DNA 없애는 법'이라 입력했다. 결과가 나왔다.

…산소계 표백제는 모든 DNA 증거를 파괴한다….

…피 묻은 옷에 산소계 표백제를 뿌리고 2시간을 두었더니 DNA가 완전히 사라졌다….

산소계 표백제? 다시 검색해보았다. 시중에 수십 종이 팔리고 있었다. 그 상표를 훑어보니 대부분 슈퍼마켓 청소용품 코너에서 흔히 볼 수 있는 제품이었다. 우리가 쓰는 표백제도 그중 하나였다. 우리 집의 평범한 가정용 표백제는 DNA를 파괴할 수 있다. 그리고 대니는 떠나기 전에 집 안을 구석구석 청소했다. DNA에 대해 알고 있었을까? 그렇다, 그는 사라지기를 원했다. 이제 그것만큼은 너무나 분명했다. 하지만 왜 그렇게까지 사라지고 싶었을까? 말 그대로 자신의 집에서 존재했던 흔적마저 모조리 지울 정도로 말이다. 아니면 그저 나에 대한 마지막 호의를 발휘해 집을 깨끗이 치웠을까? 내 상상이 지나친 걸까? 나는 신음하며 닫힌 변기 뚜껑 위에 털썩 주저앉았다. 슬프고 지친다는 기분밖에 들지 않았다. 그런 다음 뜻밖에도 분노가 치밀었다. 그래, 대니는 지금쯤 죽었을 거다. 어떤 방식으로든 나에게 연락, 사과, 해명 없이 나 홀로 이런 고통을 겪도록 내버려 둘 리는 절대, 절대 없으니까. 하지만 만약…, 만약 그가 살아 있다면….

"이 나쁜 자식아!"

나는 거칠게 내뱉었다. 자신의 실종 때문에 내가 비난을 받고, 경찰의 의심을 사고, 이제 언제 잡혀갈지 모르는 처지가 됐다는 사실을 이 사람은 알고 있을까? 자기 일뿐만 아니라 네 건의 다른 살인 사건에 대해서도 추궁당했다는 건 알까? 내가 기자들에게 시달리고 사진을 찍히면서 굴욕을 당하고 있다는 건? 그가 살아 있다면 전부 다 알고 있을 것이다. 여러 날 신문에 대문짝만 하게 났는데 모를 리 없지 않나? 그런데도 모른 척하고 있다고?

"개자식. 썩을 놈!"

나는 일어서서 세면대 옆 휴지통을 힘껏 걷어찼다. 그것은 공중에 떠올랐다가 요란한 소음을 내며 타일 바닥에 떨어져 내용물을 뱉어냈다. 나는 바닥에 흩어진 비닐 포장지, 휴지 심, 마스카라 얼룩이 묻은 화장 솜을 응시하다가 돌아서서 욕실을 나왔다. 대니가 나를 사랑하는 줄 알았다. 목숨을 걸고 맹세할 수 있었다. 우리는 매일, 매주, 매월을 함께하며 미래를 설계했고 시로에게 완전히 열중했다. 대니가 그렇게 뛰어난 연기자였나? 그 사람에게 그토록 오래 속을 만큼 내가 어리석었나? 그 순간 분노가 싹 가라앉았다. 나에 대한 그의 감정이 어떠했든, 내게 얼마나 큰 거짓말을 했든, 내가 대니를 사랑한다는 것만큼은 분명한 진실이었다. 그리고 그가 내게 무슨 짓을 했든 나는 그가 걱정됐다. 죽도록 걱정됐다.

'당신이 어떤 곤경에 빠졌든, 어떤 사고를 쳤든 상관없어. 당신이 내게 무슨 짓을 했는지도 상관없어. 그저 당신이 어디 있는지 알고 싶을 뿐이야, 대니. 당신이 건강하게 살아 돌아오기만을 바랄 뿐이야.'

그래서 나는 식탁에 앉아 심호흡을 하며 머리를 식힌 다음 다시 생각하기 시작했다. 대니는 3주 동안 나와 함께 이 집에 살면서 매일 어딘가에 다녀왔다. 자신이 안전하다고 느끼는 곳이었으리라. 그게 어딜까? 그는 어디로 가곤 했을까? 남의 방해를 받지 않고 날마다 시간을 보낼 수 있는 곳이 어디일까? 혼자서 조용히 볼일을 볼 수 있는 곳이? 공원일까? 하지만 그때는 2월이라 몹시 추웠다. 아무래도 실내였을 것이다. 도서관일까? 그럴지도. 하루 종일 앉아서 일해도 아무도 이상하게 생각하지 않는 곳이 도서관 아닌가? 그런데 대니가 도서관에 다녔다고? 상상할 수 없었다. 그는 책을 별로 읽지 않았고 내가 아는 그는 도서관에 들어갈 생각조차 안 할 사람이었다. 그럼 또 어디가 있을까? 헬스장? 헬스장에서도 온종일 시간을 때울 수 있지 않나? 요즘 큰 헬스장들은 수영장, 사우나, 커피숍까지 갖추고 있으니까. 그가 숨겨진 상처를 치료하는 중이었다고 쳐도 가능성은 있는 것 아닐까? 대니는 항상 자기관리를 철저히 했다. 런던 치스윅에서는 동네 헬스장에 등록해 일주일에도 몇 번씩 출근길에 시간을 내어 아침 운동을 했다. 내 인생에서는 운동이 우선순위를 차지하지 못했지만 대니는 운동을 사랑했다.

다시 아이패드를 쥐고 브리스톨 지도를 찾은 다음 우리 동네를 확대했다. 화면에 우리 집의 반경 2.5제곱킬로미터 범위가 들어오도록 다시 천천히 축소했다. 만약 그가 사람들의 눈을 피해 다녔다면, 그러니까 말 그대로 빤히 보이는 곳에 숨어 있는 처지였다면 그리 멀리까지 이동하지는 않았을 거란 생각이 들었다. 집 근처에 헬스장이 있었나? 검색 창에 '인근 헬스장'과 함께 우리 집 번지수를 입력했다. 역시! 지도에 핀 두 개가 나타났는데, 하나는 불과 몇 블록 떨어진 곳이고, 하나는 남쪽으로 0.8킬로 거리였다. 첫 번째 헬스장을 선택해 그 웹 사이트를 열었다.

핏포유 헬스 ─ 브리스톨 클리프턴 소재. 가족적인 분위기의 소규모 헬스장.

사진을 훑어봤다. 좁은 공간이었지만 헬스장, 사우나, 스피닝룸, 작은 카페 등 갖출 건 다 갖추고 있었다. 대니가 편하게 느낄 만한 곳일까? 아니면 협소하다고 생각했을까? 확실히 알 수 없어서 두 번째 핀을 클릭했다.

짐시티. 합리적인 가격으로 이용하는 최신 설비의 체육관.

딱 봐도 규모가 상당했다. 수중테라피 수영장을 갖춘 스파, 개인 트레이너, 올림픽 규격의 웨이트 트레이닝 룸. 에잇. 대니가 둘 중 하나를 선택해야 한다면 어느 쪽으로 갈까? 잘 모르겠다. 두 군데를 다 가봐야겠다.

개는 헬스장 출입이 안 될 것 같아 앨버트를 두고 현관문을 나서면서 미안하다고 중얼거렸다. 일단 큰 곳부터 가볼 작정이었다. 집을 나서는 순간 기자들의 질문 세례를 예상하고 마음을 다잡았지만 의외로 아무도 보이지 않았다. 기자회견에 불려갔겠구나 짐작했지만 나로서는 상관없는 일이었다. 나만 귀찮게 하지 않는다면 어딜 가든 알 바 아니었다.

짐시티 접수처에는 삭발에 검은 턱수염을 풍성하게 기른 지친 표정의 남자가 앉아 있었다. 그는 내가 내민 대니 사진을 흘끔 보더니 어깨를 으쓱했다.

"잘 모르겠네요. 그렇다고 이분이 여기 오신 적 없다는 뜻은 아니에요. 손님이 매일 수백 명은 찾아오시는데 저는 파트타임 직원이거든요. 접수처에만 여덟 명이 교대로 근무하는 터라…, 잠시만요."

그는 데스크 위에서 울리는 전화기를 집어 들었다.

"짐시티입니다. 잠깐 기다려 주시겠어요?" 그가 나를 돌아봤다.

"저기, 제가 너무 바빠서요. 죄송합니다. 사진과 전화번호를 남기시면 쪽지와 함께 데스크에 붙여두고 다른 직원 중에 이분을 기억하는 사람이 있는지 물어볼게요. 연락드리겠습니다."

나는 그에게 감사를 표하고 그곳을 나왔다. 이제는 익숙해진 절망감이 나를 덮쳤다. 이건 시간 낭비였다. 묵직한 다리를 이끌고 핏포유로 느릿느릿 걸어가며 내가 대체 뭘 하고 있나 자괴감을 느꼈다.

그곳에 들어갔더니 접수처를 지키는 남자가 누군가와 이야기를 나누고 있었다. 나는 작은 로비를 서성이며 '고강도 유산소 운동', '바디펌프' 수업, 실내 사이클링, 신체 밸런스 수업을 홍보하는 포스터를 읽었다.

"안녕하세요. 어떤 일로 오셨죠?"

돌아보니 접수 담당자가 미소를 짓고 있었다.

"아, 죄송한데, 궁금한 게 있어서… 실은 제 남편이 실종됐는데, 지난 몇 주 사이 여기서 그 사람을 보신 적 있는지 여쭤보려고요. 그이가 최근에 뭘 하고 다녔는지 알아보고 있는데 쉽지 않네요. 혹시나 해서 사진을 가져왔어요. 워낙 바쁘셔서 그이를 못 보셨을 수도 있겠지만 이 사진을 한 번만 봐주시면…."

그의 시간을 뺏는 것이 벌써부터 부끄러워 괜스레 말이 빨라졌다. 검은 머리를 짧게 깎고 몸에 딱 붙는 흰 셔츠를 입은 청년은 의아한 듯이 나를 보았다.

"실종됐다고요? 유감이네요. 당연히 봐 드려야죠."

나는 데스크 위로 사진을 밀었다.

"이름은 대니예요. 대니 오코너. 서른세 살이고 키는 185예요. 혹시 알아보시겠어요?"

'게리'라 적힌 명찰을 단 남자는 실눈을 뜨고 사진을 들여다봤다.

"글쎄…, 잘 모르겠어요. 언뜻 보면 모르는 사람인데…." 그는 사진을 들고 불빛에 비춰보았다. "그런데…, 음, 여기 다니던 손님과 닮은 것 같기도 해요. 그분 성함은 대니가 아니었지만요. 잠깐만요. 폴? 폴!"

안내데스크 뒤편의 문이 반쯤 열리더니 머리가 불쑥 튀어나왔다.

"왜?"

"잠깐 이리 좀 와볼래? 이분 패트릭 닮지 않았어?"

"네가 홀딱 반했던 패트릭?"

폴은 히죽거리며 문 뒤에서 완전히 모습을 드러냈다. 키는 작았지만 이두박근이 불끈대는 근육질이었다.

"닥쳐!" 게리의 얼굴이 붉어졌다. "그냥 좀 봐봐. 그 사람이 맞을까?"

폴은 나를 흘끔대더니 사진을 들여다봤다. 그는 미간을 찌푸렸다.

"그럴 수도 있겠다." 확신 없는 말투였다. "확실히 비슷하긴 해. 하지만 패트릭은 턱수염을 길렀고 항상 안경이랑 비니를 쓰고 다녀서 머리는 본 적이 없어. 어쨌든 맞을 수도 있겠다. 근데 왜?"

"이분 남편이래." 그는 내 쪽으로 손짓했다.

"실종됐대. 그래서 최근에 여기 다녔는지 알고 싶대."

"남편이라고!" 폴은 웃음을 터뜨렸다가 미안한 듯 나를 보았다.

"아, 죄송합니다. 실종됐다는 말에 웃은 건 아니에요. 그래선 안 되죠. 여기 게리 때문에 웃었어요. 그분한테 관심이 아주 많았거든요."

"닥치라고!" 게리가 쉿소리를 냈다.

폴은 콧방귀를 뀌고 다시 뒷방으로 향했다.

"꼭 찾으시길 바라요." 그가 뒤돌아보며 소리쳤다.

게리는 눈을 굴렸다.

"죄송합니다." 그는 깔끔히 손질된 손가락으로 대니의 사진을 톡톡 두드렸다. "솔직히 그분께 끌린 건 사실이에요. 엄청 섹시하잖아요. 죄송합니다."

나는 미소를 지으며 됐다는 듯 손을 흔들었다. 다시 용건으로 돌아가야 했다.

"그러니까…, 이 사람을 본 적이 있다는 말씀인가요? 여기서? 좀 헷갈리네요."

게리는 사진을 내려다보며 천천히 고개를 끄덕이다가 다시 고개를 들었다.

"그런 것 같아요. 한 달 전쯤부터 여기 오시던 남자분이 있었어요. 연간 회원권을 끊지 않고 주간 이용권만 구입해서 계속 갱신하셨죠. 그분 이름은…, 음, 대니가 아니라 패트릭이라고 했어요. 패트릭 도넬리. 남편분이 아일랜드 출신인가요?"

나는 고개를 끄덕였다. "네, 대니는 아일랜드인이에요."

"본인을 얼마 전 브리스톨로 이사한 프리랜서 작가라고 소개하면서 사무실이 완성되기를 기다리고 있다고 했어요. 리모델링 중이라면서요. 오전에 운동을 하고 오후에는 카페에서 일을 해도

괜찮냐고 묻더군요. 무제한 이용권만 구입하면 얼마든지 머물러
도 된다고 했죠. 하루에 18시간을 영업하는 곳이니까요. 점잖은
분이어서 전혀 말썽을 일으키지 않았고 본인 용무에만 열중했어
요. 월요일부터 금요일까지 낮에 하루 종일 머물렀죠. 운동을 몇
시간 한 다음 점심 식사를 하고, 카페 한구석에서 온종일 노트북
을 앞에 두고 앉아 있었어요. 몇 주 동안 그렇게 하다가 언젠가부
터 오시지 않았어요. 새 사무실 공사가 끝났나보다 했죠. 참 유감
이네요."

그는 멋쩍게 웃었다. 듣다 보니 내 심장이 쿵쾅거렸다. 이 패트
릭이라는 사람이 대니였을까? 기간은 얼추 맞아떨어지는데. 월요
일부터 금요일까지였다면. 그럴듯했다.

"그이 상태는 괜찮아 보이던가요? 그러니까, 헬스장에 있을 때
어디 다쳤거나 한 사람 같지 않았나요?"

게리는 인상을 썼다. "그런 느낌은 못 받았는데요. 괜찮아 보였
어요."

"그런데…, 턱수염이 있다고 하셨나요? 대니는 수염을 기르지
않았는데요. 그리고 안경을 썼다고요?"

게리는 고개를 끄덕였다.

"네. 운동할 때도 검정 비니를 벗지 않았어요." 그가 머뭇거렸
다. "그분이 웨이트 트레이닝 하는 모습을 제가 훔쳐봤다는 뜻은
아니에요. 아시다시피 저희가 항상 헬스장 안팎을 바삐 뛰어다니
다 보니 눈치를 챈 거죠." 그는 얼굴을 붉히며 서둘러 덧붙였다.

나는 고개를 끄덕였다. 마음이 어수선하고 머릿속이 복잡했다.
대니가 남의 눈에 띄지 않기로 마음먹었다면 집 밖에서 약간의
변장을 할 이유는 충분해 보였다. 그가 모자와 안경을 쓰고 다녔

을 가능성을 아예 배제할 수는 없는 것 아닐까? 가짜 턱수염은 좀 생뚱맞지만, 그토록 필사적으로 정체를 감추려 했다면….

"아하, 보면 볼수록 그분이 맞는 것 같아요." 게리가 말을 이었다. "체형이며, 눈매며…, 안경을 써도 눈빛을 감출 수는 없잖아요. 저는 패트릭이 맞다고 확신합니다. 그렇다면 가짜 수염을 붙이고 다녔던 걸까요? 왜요?"

"잘 모르겠어요." 나는 솔직히 대답했다. "그 사람이 날마다 여기까지 어떻게 왔는지 아세요? 걸어왔나요, 차를 몰고 왔나요?"

"자전거로요." 게리가 곧바로 대답했다. "항상 자전거 헬멧을 들고 들어왔거든요."

내 심장이 다시 쿵쿵 뛰었다. 대니였다. 틀림없이. 하지만 그걸 어떻게 증명하지?

"그 사람이 주간 이용권을 끊었다고 하셨잖아요. 결제는 신용카드나 직불카드로 했나요? 이유는 말씀드리기 어렵지만 그 사람이 여기 왔었다는, 그러니까 몇 주 동안 여기 다녔다는 증거가 필요해요. 혹시 증명할 방법이 있을까요?"

게리는 얼굴을 찌푸리며 고개를 저었다.

"제 기억으로 항상 현금 결제를 하셨어요. 저는 항상 월요일 근무인데 이날 주간 이용권을 재발급하거든요. 그분이 매번 지폐 뭉치를 꺼내시던 기억이 나네요. 저렇게 지갑이 두둑한 걸 보면 부자가 틀림없겠다고 짐작했거든요. 그래서 더 섹시해 보였고요. 아 젠장, 죄송합니다."

자기 이마를 때리는 그를 보고 나는 웃음이 났다.

"괜찮아요. 그러니까, 신용카드 전표는 없다는 말씀인데…"

나는 주위를 두리번거리며 CCTV를 찾았다. 다행이다! 둘 중

하나는 헬스장 입구를, 하나는 우리가 서 있는 책상을 비추고 있었다.

"하지만 CCTV가 있잖아요?"

내가 가까이 있는 카메라를 가리켰더니 게리는 고개를 끄덕였다.

"프런트에만 있어요. 여긴 워낙 규모가 작으니까요. 운동하거나 옷을 갈아입는 모습을 지켜보는 건 아무도 안 좋아하기 때문에 헬스장이나 운동 공간에는 하나도 없죠."

"카페는요?" 내가 물었다.

게리는 고개를 저었다.

"필요 없죠. 직원이 많아서 무슨 문제가 생기거나 누가 기구를 쓰다가 다치거나 어디 넘어진다면 늘 가까이 있던 직원이 달려가서 도울 수 있거든요. 그래서 카메라는 여기밖에 없어요. 수납하는 곳이다 보니 혹시 모르잖아요."

"알겠어요. 대니…, 어, 그 패트릭이라는 사람이 날마다 여기 왔다면 이쪽 카메라에 잡혔겠네요?"

"그럴 겁니다. 다만 저희가 영상을 오래 보관하진 않아서요. 필요 없다 싶으면 2주 후에 삭제하죠. 확인해볼까요?"

"예! 부탁드려요." 나는 얼른 머리를 굴렸다. 오늘은 3월 11일 월요일. 2주 전이라면 2월 25일 월요일이다.

"지난달 25일에 시작되는 주를 확인해주시겠어요?"

"알겠습니다. 이 화면에 띄워볼게요. 잠깐 기다려 주세요."

나는 안내데스크 뒤로 가서 키보드를 두드리는 그를 들뜬 기분으로 지켜보았다.

"어, 보통 꽤 이른 시간에, 일곱 시쯤에 오셨으니까…." 게리가 중얼거렸다. "여기서부터 확인하면…." 그는 마우스를 몇 번 움직이고는 뒤로 물러섰다. "여기 있네요. 이분이 패트릭이에요. 영상을 확대해서 정지시켰어요."

나는 화면을 들여다봤다. 지금 내가 서 있는 안내데스크 앞에 한 남자가 서 있었다. 게리 말마따나 짙은 색상의 비니와 작고 둥근 안경을 쓰고 있었고 풍성한 수염 때문에 턱 윤곽은 확인할 수 없었다. 재킷은 특징 없는 짙은 색이었다. 대니한테도 이렇게 단순한 디자인의 검정 재킷이 있었는데. 대니의 어깨도 이 남자처럼 넓었다. 얼굴을 좀 더 선명하게 볼 수 있으면 좋으련만. 눈을 가늘게 뜨고 더 가까이서 들여다봤지만 이미지가 별로 선명하지 않았다. 대니가 맞나? 알 수 없었다. 알아볼 수가 없었다.

"제 남편이 맞는지 모르겠어요. 영상 좀 재생해주시겠어요? 좀 더 확인해보면…."

게리는 이미 '재생'을 눌렀다. 화면 속 남자는 호주머니에서 뭔가를 꺼내고 있었다. 현금인가? 그가 다시 팔을 든 순간 그의 손목에서 뭔가가 번쩍거렸다.

시계였다.

그것을 보자 숨이 턱 막혔다.

"확대 좀 해 주실래요? 이 사람 손목 쪽을요?"

내가 화면을 가리키자 게리는 순순히 따랐다. 정지된 영상을 들여다봤다. 빨강 초침이 붙은 사각형 스틸케이스 시계의 이미지가 놀랍도록 선명했다. 세련되고 우아하며 독특한 시계. 내가 결혼 선물로 대니에게 사준 시계. 한 달 치 월급에 맞먹는 가격이었지만 상자를 열고 손목에 차면서 그의 얼굴에 번지는 기쁨을 본 순간 나는 돈을 쓴 보람이 충분하다고 느꼈다. 대니의 시계가 틀림없었다. 이 남자는 대니였다.

20

"난 월요일이 싫어. 월요일은. 항상. 싫었지만. 오늘은. 그야말로. 최악이야."

헬레나는 단어 하나하나를 내뱉을 때마다 벽에 작은 고무공을 쾅쾅 던졌다. 여섯 번째로 잡은 공을 책상 위에 던지자 연필꽂이로도 쓰는 손잡이 없는 컵으로 쏙 들어갔다.

"골인." 데번이 감탄하는 목소리를 냈다.

헬레나는 툴툴대며 의자에 짜증스럽게 몸을 던졌다.

"샬럿이 사다 준 스트레스 해소용 공이야. 그런데 환불받으라고 해야겠어. 제 기능을 못 하잖아."

데번이 껄껄 웃었다. "아내분이 가엾네요. 그래도 오늘이 월요일 중에서도 별로라는 데는 동의합니다."

그는 몇 걸음 다가가 그녀의 책상 모서리에 기댔다. "참 암울한 날이죠?"

그녀는 고개를 끄덕이며 잠시 눈을 감았다. 정말 그랬다. 비상 대기 중이던 홍보 책임자가 주말 내내 소위 '브리스톨 연쇄 살인범'에 대해 캐묻는 언론사의 전화 폭격에 시달린 이후, 애나 밀러 총경은 월요일 아침 7시에 헬레나에게 전화해 기자회견을 준비하라고 지시했다.

"아무도 체포할 수 없다면, 증거가 충분치 않다면, 이 말도 안 되는 연쇄 살인범 루머를 끝막음해야 할 거 아냐." 그녀가 심한 북동부 억양으로 요구했다. "런던은 물론 브리스톨에서 일어난 사건 사이에도 입증된 연관관계가 없다고 잘 이야기하라고. 대신에 다른 먹잇감을 던져주면 되잖아. 아무거나. 우리더러 손 놓고 아무것도 안 한다는 소리 좀 안 나오게, 디킨스. 나는 그건 용납 못 해. 어떻게 좀 해봐."

그래서 전혀 내키지 않는 마음으로 헬레나는 정오에 기자들을 소집했다. 그녀는 기자회견이라면 질색이었다. 수줍음을 타는 성격은 아니지만 눈부신 TV 조명, 카메라 플래시, 기자들이 퍼붓는 질문을 견뎌야 할 때면 항상 쥐구멍에라도 숨고 싶었다. 그래도 보도를 무조건 막을 수는 없었다. 특히 항간에 떠도는 연쇄 살인범에 대한 소문이라면 대중에게 정보를 제공할 필요가 얼마든지 있었다.

"기자들이 웬만큼…, 끈질겨야 말이지." 그녀는 눈을 뜨고 데번을 올려다봤다. "더구나 원하는 걸 얻지 못하면 지어내기까지 하잖아. 아니면 멋대로 추측하고 과장해서 사실처럼 꾸미거나. 그러니 미칠 지경이지."

"그러게나 말입니다." 그는 한숨을 쉬었다. "지금은 연쇄 살인 사건이라는 가설에 다들 너무 집착하는데요? 우리가 무슨 말로 반박해도 들은 척도 안 할 거예요. 젬마 오코너한테도 관심이 지나친 것 같고요. 그 여자가 사건에 어떻게 연루되었는지 얼마나 물어대나 몰라요."

헬레나가 눈을 부릅떴다. "글쎄, 그건 기자들을 나무랄 수가 없지. 지금껏 우리가 신문하러 불러들인 사람이 그 여자밖에 없다는 걸 아니까 그러잖아. 나는 지금도 그 여자가 범인이라고 생각해, 데번. 적어도 대니는 그 여자 손에 죽었을 거야. 물론 오늘 아침에 밀러 총경한테는 젬마에게 남편의 실종에 얽힌 배경 정보만 물어본 거라고 우겼지만 말이야. 지금 당장은 기자들이 너무 관심 갖지 않았으면 좋겠어. 그 여자 집 앞에 진을 치고 있다는 건 알지만 우리가 그것까지 막을 수는 없지. 그래도 지금은 기자들에게 그 여자에 대해 필요 이상으로 많은 정보를 내주고 싶지 않아. 그랬다간 젬마가 입을 꾹 다물어버릴걸. 그나마 지금은 우리랑 소통은 하고 있으니까. 헛소리지만 어쨌든 말은 하고 있지. 내 생각엔 조만간 그 여자가 이것저것 말하는 중에 실수로 뭔가 흘릴 거야."

데번은 어깨를 으쓱했다. "그럴지도 모르죠. 저는 아직 판단이 안 서지만요."

웅웅웅.

그의 셔츠 포켓에서 진동이 울렸다. 그는 휴대폰을 꺼내 화면을 보고는 피식 웃었다.

"호랑이도 제 말 하면…." 그가 전화를 받았다.

"오코너 부인이세요? 어쩐 일이신가요?"

헬레나는 갑자기 처진 기분이 조금 나아지는 것을 느끼며 똑바로 앉았다. 젬마 오코너가 데번에게 직접 전화를? 무슨 용건일까? 결국 자백하기로 결심했나? 데번 쪽으로 몸을 더 기울였지만 통화 내용은 들리지 않았다.

"정말입니까? 네. 알겠습니다. 음, 한번 확인해보는 게 좋겠네요. 그럼요. 물론입니다. 내일 아침에 그쪽으로 사람을 보내겠습니다. 한 10시쯤에요? 좋습니다. 따로 연락이 없으면 그쪽에서 누가 부인을 기다릴 겁니다. 네. 알겠습니다."

그는 전화를 끊고 헬레나의 책상에서 펜과 메모지를 집어 주소를 적었다.

"뭐야?" 그녀가 성마르게 물었다. "무슨 일이야?"

그는 펜을 내려놓고 메모지를 뜯어냈다.

"확실치는 않은데요. 젬마가 클리프턴에 있는 헬스장 CCTV 영상에서 대니 비슷한 사람을 찾았답니다. 그가 브리스톨에 내려와서 하루 종일 시간을 어디서 보냈는지 맘먹고 찾아다닌 모양인데…."

"풋!" 헬레나는 저도 모르게 조소를 터뜨렸다.

"네, 네, 지금까지 대니가 브리스톨에 내려왔다고 믿지 않으셨죠. 하지만 젬마는 아직도 그렇게 주장하고 있으니까…, 하여튼, 남편이 헬스장에서 시간을 때웠을 거라는 생각이 들었답니다. 항상 건강관리에 관심이 많았다나요. 그래서 인근 헬스장 몇 곳을 확인해 봤더니 한 곳의 직원이 몇 주 동안 주중에 날마다 찾아오던 남자가 있었다고 했답니다. 이름은 대니가 아니라 패트릭이었다지만 일단 CCTV를 확인했대요. 이 남자가 일종의 변장을 하고 있어서 확실히 알아볼 수는 없었지만 남편과 똑같은 시계를 차고 있는 건 분명하다는군요. 그래서 남편이 맞다고 확신-"

"변장이라고?" 헬레나는 코웃음을 쳤다. "그래서 그쪽으로 사람을 보내기로 했어? 제정신이야? 딱 들어봐도 허튼수작-"

"팀장님! 팀장님!"

타라 레밍 경장이 까만 머리칼을 휘날리며 저 멀리서 달려왔다. 그녀는 미끄러지며 정지했다. 숨을 색색거리면서도 눈을 반짝반짝 빛냈다.

"믿기지 않으시겠지만요." 그녀가 입을 열었다.

"무슨 일이야?" 헬레나가 물었다. "괜찮아?"

"전 괜찮아요. 방금 무슨 일이 있었는지 들으시면 팀장님도 기쁘실 거예요."

그녀는 데번 쪽으로 눈을 돌렸다가 다시 헬레나를 응시했다. 헬레나는 약간의 전율을 느꼈다.

"말해봐."

"팀장님, 웬 남자가 조금 전에 아래층 민원실을 찾아왔어요. 누군지 몰라도 연쇄 살인 사건 담당자한테 할 말이 있다면서요. 그 남자가 뭐랬는지 아세요? 자수하러 왔답니다. 본인이 그들을 죽였대요. 전부 다요. 런던 사람 둘이랑 머빈 엘리엇, 라이언 존스, 그리고 대니 오코너도요. 본인이 연쇄 살인범이랍니다."

21

화요일 오전에 절망감을 느끼며 헬스장에서 돌아왔다. 클라크 경사와 약속한 대로 10시에 그곳에서 프랭키 스티븐스 경장을 만났지만 게리가 CCTV 영상을 띄울 때까지 그는 시계만 들여다보며 딴생각을 하는 것 같았다. 게리는 그 형사가 마음에 들었는지 키보드를 두드리고 파일을 열면서 자꾸만 그를 흘끔거렸다. 두 번째로 보니 영상 속 남자는 더 확실히 대니로 보였다. 그의 이미지를 형사에게 보여줬더니 그는 잠시 찬찬히 살피나 싶다가 의심스럽다는 듯 지적했다. "화질이 별로 선명하지 않네요. 누군지 식별하기 어렵겠어요. 남편분이 맞겠죠, 젬마. 당신이 제일 잘 알 테니까요. 하지만 모자와 안경, 수염을 보면…."

"시계가 그 사람 거예요. 확실해요. 여기 보세요." 나는 화면을 손가락으로 찔렀다. "아주 특이한 시계거든요. 제가 결혼 선물로 준 노모스 테트라예요. 자세랑 걸음걸이도 그 사람이 틀림없어요. 이렇게, 데스크에서 고개를 돌릴 때요. 그 사람이 맞다니까요, 스티븐스 경장님. 출근한다면서 날마다 가던 곳이 바로 여기였어요. 이 영상이 그걸 증명하잖아요? 더 이상 여기 나오지 않고 자취를 감춘 12일 전까지 그 사람이 멀쩡히 살아 있었다는 증거라고요. 제가 진실을 말한다는 증거라니까요. 이제 저를 믿어주셔야죠. 저는 런던에서 대니를 죽이지 않았어요. 대니는 여기 이렇게 멀쩡히 살아 있으니까요!"

내 언성이 높아질수록 좌절감도 커졌다. '죽이다'라는 단어가 나오자 게리는 당황해서 뒤로 물러섰다. 조금 전까지 다정하던 얼굴에 충격이 번졌다.

"당신이…, 당신이 패트릭을 죽였나요?" 그가 떨리는 목소리로 물었다.

"뭐라고요? 아니…, 당연히 아니죠!" 그의 팔을 잡으려고 손을 뻗었지만 게리는 겁에 질린 표정으로 뒷걸음질 쳤다.

"말했다시피 그이는 실종됐어요. 패트릭이 아니라 대니가요." 게리는 더 멀리 피하며 나를 노려봤다. 나는 스티븐스 경장을 돌아봤다. 나도 겁이 나기 시작했다. 어떻게 해야 내 말을 믿어줄까?

"제발요, 스티븐스 경장님." 나는 애원했지만 그는 또 시계를 보았다.

"미안하지만 가봐야겠네요. 우리가 할 일이 좀…, 아무튼 이만 가봐야 해요. 그래도 음…, 게리라고 했나요? 게리, 그 영상을 CD 같은 데 복사해서 경찰서로 좀 보내줄래요? 파일이 필요하니까요. 내 연락처랑 주소는…."

그는 재킷 안주머니에서 명함을 꺼내 이제는 활짝 웃고 있는 게리에게 건넸다.

"얼마든지요, 프랭키." 그가 대답했다. "제가 직접 갖다 드릴게요."

"음…, 고맙네요. 너무 번거롭지 않으시다면요."

두 남자는 서로를 보며 미소를 지었다. 둘이 눈이라도 맞은 건가? '아, 어이가 없네!' 형사가 나를 돌아봤다.

"죄송합니다. 정말 가봐야 해요. 솔직히 이 영상이 그다지 도움이 될 것 같진 않아요. 그래도 윗분들한테 보여드리죠. 곧 연락이 갈 겁니다."

그는 그렇게 가버렸다. 내가 헬스장을 나설 무렵 비가 내리기 시작했다. 허연 배경에 생긴 자줏빛 반점들을 보니 꼭 하늘이 멍든 것 같았다. 지난 며칠 사이 날씨가 다시 추워져서 집으로 터덜터덜 걸어가며 몸을 오슬오슬 떨었다. 앨버트가 옆에서 목줄을 당겼다. 녀석을 혼자 두고 나올 수가 없었다. 갑자기 처절한 외로움이 밀려왔다. 사랑하는 개가 옆에 있고 타이나 클레어에게 전화를 걸 수도 있지만 아무래도…, 나는 혼자였다. 대니가 곁에 있을 때는 외로웠던 적이 없었는데. 친구도 없는 낯선 도시에 이사를 왔어도. 그런데 지금은….

전날 떠나간 기자들도 돌아오지 않아 아까 집에서 거실 커튼을 슬며시 열어보니 거리가 휑뎅그렁했다. 그 순간에는 안도감을 느꼈지만 지금은 묘하게도 버림받은 기분이었다. 어쩌다 이렇게 됐을까? 평온하고 평범한 삶이 어쩌면 이토록 순식간에 망가졌을까? 불과 2주 전만 해도 참 행복했는데. 새집, 사랑스러운 남편, 프리랜서로서의 꾸준한 수입. 그런데 지금은….

앞으로 과연 남자를 믿을 수 있을까? 누가 됐든 사람을 다시 믿을 수 있을까? 내가…, 아 맙소사! 앞으로 아이를 낳고 엄마가 될 수 있을까? 이 생각이 뇌리를 강타하자 갑자기 아찔하여 가까운 가로등 기둥을 붙잡았다. 숨을 헐떡이며 그것에 몸을 기댔다. 앨버트는 낑낑대며 불안한 눈으로 나를 올려다봤다. 길 건너편에서 개를 데리고 힘차게 걷고 있던 남자가 잠시 걸음을 늦추고 나를 보다가 다시 속도를 냈다. 보도의 얼룩을 보며 힘겹게 정신을 가다듬고 마음을 추슬렀다. 아이들. 대니가 사라진 이후로 처음으로 그 생각을 했다. 우리는 아이를 갖는 문제를 몇 번 상의했지만 내가 아직 서른네 살이라 너무 서두를 필요는 없다고 느꼈다.

"아직 시간이 있어." 대니는 그렇게 말했다. "자기는 아직 한창

때잖아. 몇 년 결혼생활을 즐기고 집도 사서 제대로 정착해야지. 아이는 그다음에!"

나도 기꺼이 동의했다. 30대 후반이나 40대 초반에 임신하는 여자도 많이 보았다. 그래도 괜찮을 것 같았다. 하지만 지금은…, 경찰은 내가 무슨 말을 하든, 어떤 증거를 내밀든 대니를 죽였다고 확신하는 듯했다. 아직 충분한 증거가 없어 체포하지 못할 뿐. 하지만 결국 어떻게든 증거를 만들어낸다면? 내가 감옥에 간다면? 몇 년을 썩어야 할지 모른다. 설사 그런 일어나지 않고 이 모든 상황을 극복한다 쳐도 다른 사람을 만날 수나 있을까? 대니가 단 한 번의 사랑, 행복, 가족이었다면? 도대체 니기 왜 그랬을까? 어쩌면 그토록 멍청하게 홀랑 속을 수 있었을까? 틀림없이 어떤 조짐이 있었을 텐데. 분명히 있었을 것이다. 어떻게 그것을 놓칠 수가 있었을까? 그리고, 처음 떠오른 생각에 나는 섬뜩해져 숨이 턱 막혔다. 혹시 성병에 걸린 건 아닐까? 대니가 이 여자 저 여자, 온갖 여자와 자고 다녔다면…, 나도 검사를 받아 봐야 하지 않을까? 병원을 찾아가서 상담을 받아봐야 한다. 남편의 외도가 강하게 의심된다고. 여러 여자들과 놀아난 것 같다고.

앨버트가 다시 끙끙대며 내 다리를 발로 툭툭 쳤지만 무시했다. 심장이 벌름거리면서 또 다른 두려움이 나를 강타했다. 대니가 정말 죽었다면, 다시는 돌아오지 않는다면, 돈 문제는 어떻게 될까? 나도 웬만큼 버니까 지금 사는 집의 월세는 감당할 수 있다. 하지만 저축하고 집을 사고 안정된 미래를 갖는 건…, 다 물 건너갔다. 이미 축축한 뺨 위로 눈물이 주르르 흘렀다. 거세진 빗줄기가 옷깃을 타고 내리고 속눈썹에 물방울이 맺혔다. 나는 눈을 깜빡이고 고개를 들었다. 머리에 쓴 선홍색 스카프 밑으로 백

발을 드리운 할머니가 다가오고 있었다. 눈곱 낀 눈으로 나를 미심쩍다는 듯 응시하고 있었다.

"앨버트. 어서 가자."

몸을 꼿꼿이 세우고 걷기 시작했다. 갑자기 비와 사람들을 피해 집으로 가고 싶다는 생각이 간절해졌다.

집 안에 들어서자마자 에바에게 전화를 걸었다.

"맙소사, 젬마. 영상 속에서 대니를 봤다고?"

"확실해. 형사는 영 관심이 없어 보였지만. 파일 복사본을 요구하긴 했는데 내가 볼 땐 그곳을 얼른 벗어나지 못해서 안달 난 사람 같았어. 이제 뭘 해야 할지 모르겠다, 에바. 머리가 돌아가지 않아. 미쳐가는 기분이야. 나 어떡해야 돼? 대체 뭘 어떻게 해야 하냐고?"

나는 갈라지는 목소리로 울먹였다.

"젬마, 힘을 내야 해. 금요일 저녁에 내가 다시 갈 테니까, 알겠지? 계속 생각해봐. 네가 놓친 게 있는지, 우리 둘 다 놓친 게 있는지. 틀림없이 있을 거야. 포기하지 말고. 네가 대니를 해치지 않았다는 걸 증명할 방법을 찾아야지, 젬마. 우리는 그것만 생각하면 돼. 나머지 문제, 다른 남자들은 누가 죽였는지, 대니 사건이 그것과 관계가 있는지 조사하는 건 경찰이 할 일이니까 다 잊어버리고. 한 가지에만 집중하자고, 알겠지? 우린 할 수 있어."

그녀의 말에 조금 안심이 되었지만 전화기를 내려놓고 한참을 가만히 앉아 있었다. 빗방울이 창문을 때리고 하늘이 껌껌해지고 주위 공기는 싸늘해졌다. 무엇일까? 우리가 놓친 것이? 시간이 얼마 남지 않았다는 생각에 비참한 기분이 들었지만 아무것도 떠오르지 않았다. 아무 생각도.

22

수사본부는 고요했지만 긴장이 감돌았다. 클리프턴의 헬스장에서 젬마 오코너를 만나고 돌아온 프랭키 스티븐스 경장은 헬레나에게 그곳 일을 보고했다. 하지만 프랭키조차도 그 일에 별로 열의가 없어 보여 헬레나는 듣고 있기조차 힘들었다. 그들 앞에는 더 중요한 일이 놓여 있었다. 조사실에는 그녀의 경찰 경력에서 최대의 수확이 될지도 모를 남자가 기다리고 있었다. 사람 다섯을 죽였다고 주장하며 전날 찾아온 조지 돌런은 경찰들에게 자신이 원래 브리스톨 출신이지만 여기저기 이사를 다녔고, 현재는 일정한 거주지 없이 친구 집을 전전하면서 술집이나 클럽의 경비원으로 가끔씩 일을 한다고 밝혔다. 혀 꼬인 소리를 지껄이며 비틀비틀 경찰서에 찾아온 그는 만취 상태가 분명해 보여 유치장에서 하룻밤을 재웠다. 그의 전과 기록을 확인하니, 10년 전에 나이트클럽 밖에서 싸움을 벌였다가 폭행죄로 6개월 징역을 사는 등 난폭한 행동으로 체포된 기록이 몇 건 있었다. 술이 깬 돌런이 아침 식사 후에도 본인이 살인자라는 주장을 거두지 않자, 그 소식은 경주장을 도는 그레이하운드처럼 온 경찰서에 퍼졌다. 그때부터 헬레나는 계속 속이 울렁거렸다.

"그래서 헬스장 직원한테 복사본을 요청했습니다. 꽤 귀여운 녀석이더군요. 솔직히 쓸모는 없을 거예요. 제가 보기엔 화질이 너무 흐릿했어요." 프랭키가 말했다.

"뭐…, 귀여워? 제발 일에나 좀 신경 써, 스티븐스 경장!" 이렇게 타박하면서도 헬레나는 실실 웃음이 났다. "어쨌든 다녀와 줘서 고마워. 일거리 하나 해치웠네. 그나저나 갑자기 젬마 오코너가 최우선 순위에서 밀려났군. 세상에, 프랭키, 나 긴장돼."

"팀장님이요? 정말요?"

진심으로 놀란 듯한 그의 표정에 헬레나는 눈썹을 추켜세웠다.

"그래, 긴장된다고! 나도 인간이야. 만약에 이 돌런이라는 남자가 진짜배기라면…"

"압니다. 크게 한 건 하시는 거죠." 그가 대꾸했다. "행운을 빌어요, 팀장님. 잘 해내실 거예요: 클라크 경사님이 같이 들어가시죠?"

헬레나는 고개를 끄덕였다. "그래. 싸구려 홍차를 오늘만 열여섯 잔째 마시고 있을걸. 나는 샬럿이 심신 안정에 도움이 된다며 어제 사다 준 허브차를 들이켜고 있거든. 그런데 냄새도 고약하고 맛도 구리고 효과도 전혀 없네. 데번 말이야, 카페인을 그렇게 왕창 섭취했으면 펄펄 날아다녀야 할 텐데 당신만큼이나 차분해 보여."

그녀가 손짓하자 프랭키는 데번을 돌아봤다. 그는 책상에 팔꿈치를 올리고 손가락 끝을 뾰족하게 모은 채 눈을 감고 앉아 있었다.

"명상이라도 하나 본데요. 그럼, 행운을 빕니다. 나중에 뵙죠. 다들 결과를 고대할 거예요. 참, 제가 방금 들어오면서 보니까 기자들이 쫙 깔렸던데요. 다들 우리가 붙잡아 둔 연쇄 살인 용의자에 대해 궁금한 게 어찌나 많던지. 그나저나 어떻게 알고 왔을까요?"

헬레나는 한숨을 쉬었다. "빌어먹을 기생충들. 그래도 이번에는 누굴 탓할 수 있겠어. 어젯밤에 돌런이 잔뜩 취해서 주절거릴 때 민원실 쪽에 비행 청소년이 여럿 있었잖아. 브리스톨 연쇄 살인범이라고 주장하는 소리를 그 애들이 전부 들었을 거 아냐. 돌런은 절대 입을 닫을 생각이 없어 보였으니까. 소셜미디어에 쫙 퍼지는 데 10분도 안 걸렸을걸. 이번에는 우리도 어쩔 수 없었다는 뜻이지, 프랭키."

"도움이 안 되는 놈이네요."

"맞아." 헬레나가 대꾸했다. 어쨌거나 돌런이 정말로 그들이 찾던 범인이 맞아야 취재할 가치가 있을 것이다. 이토록 대중의 관심을 끌고 언론에 대대적으로 보도된 사건은 미치광이, 관심종자, 가짜 범인들을 끌어들이곤 했다. 취해서 찾아온 사람들의 주장은 술기운이 싹 물러간 아침이 되면 극적으로 바뀌곤 했다. 돌런은 그렇지 않았다.

'제발, 그자가 범인이었으면. 살인자였으면.'

한 시간 후 헬레나는 그의 맞은편에, 데번은 헬레나의 오른쪽에 착석하고 다른 경찰 한 명은 문 안쪽에, 한 명은 복도 쪽에 섰다. 자신의 몸보다 두 사이즈는 커 보이는 빨간 재킷 차림의 젊은 여성 국선변호인은 등을 꼿꼿이 세운 채 용의자 옆에 앉아 펜으로 앞에 놓인 수첩을 톡톡 두드리고 있었다. 조지 돌런은 쉰세 살의 까까머리 남자로, 얼룩투성이 파란 셔츠 차림으로 조사실에 들어서는 순간 찌든 땀내와 음식 냄새를 마구 풍겼다. 한때는 보디빌더나 권투선수였을 법한 체형으로, 지방층 밑으로 여전히 근육의 흔적이 엿보였고, 두툼한 주먹의 손마디는 흉터투성이였다.

형식상의 절차가 끝나자 헬레나는 목청을 골랐다. 잠시 침묵이 흘렸다. 조지 돌런은 침착해 보였고 그의 검고 작은 두 눈에서는 아무것도 읽을 수 없었다.

"자, 돌런 씨. 어젯밤에 스스로 경찰서에 찾아와서 자수하셨죠. 만취 상태여서 여기서 묵고 아침에 다시 질문을 받았을 때도 같은 대답을 했고요. 녹음해야 하니 다시 한번 반복해 주시겠어요?"

돌런은 앉은 자리에서 꿈틀대다가 양손으로 테이블을 짚고 몸을 앞으로 숙였다.

"알았소." 담배 때문에 걸걸해진 목소리가 강한 남서부 억양을 뱉어냈다. "내가 다 죽였다니까."

그는 시선을 헬레나에서 데번으로, 옆에 앉은 변호인에게로 옮겼다. 모두들 자신을 쏘아보자 그는 입술을 씰룩거렸다.

'웃어?' 헬레나는 생각했다. '세상에, 이 상황을 즐기고 있어.'

"내가 전부 다 죽였어." 돌런이 반복했다.

"런던에서 청년 둘을, 다운에서 또 둘을 죽였지. 다른 한 사람도. 오코너는 최근에 죽였어. 당신들은 아직 찾지도 못했지. 내가 그랬어. 전부 내가 한 짓이오. 당신들이 찾는 사람은 바로 나야. 내가 그 연쇄 살인범이라고."

잠시 아무도 말하지도, 움직이지도, 숨 쉬지도 않았다. 돌런은 천천히 의자에 등을 기댔다. 나타날 틈을 노리던 웃음기가 그의 얼굴 전체에 번졌다.

"자, 자백을 받았으니 나를 체포하쇼. 어서 날 감방에 처넣어. 안 그러면 계속 죽일 거야."

헬레나가 침을 꿀꺽 삼키며 데번을 힐끗 보았다. 그는 눈썹을 추켜세웠다. 돌런을 돌아보니 부은 얼굴에 의아한 표정을 짓고 있었다.

"그래요, 돌런 씨. 감사합니다. 그런데 지금부터 몇 가지 질문을 해야겠네요. 첫 질문은…, 이유가 뭐죠? 남자 다섯 명을 왜 죽였죠? 하필이면 그 남자들을요? 살인의 동기…, 이유가 뭡니까?"

"동기?" 조지 돌런이 짧게 웃는 소리를 듣고 헬레나는 개 짖는 소리를 떠올렸다.

"내 동기가 뭔지 알고 싶다고?" 그가 다시 몸을 숙이며 머리를 테이블 위로 내밀자 매캐하고 시큼한 숨 냄새가 훅 날아왔다.

"내 동기가 뭐였는지 말해주지." 그가 낮고 위협적인 목소리를 냈다. 그러다 갑자기, 예상치 못한 순간에 그는 씩 웃으며 썩어가는 누런 이를 드러냈다.

"그냥 생긴 게 영 맘에 안 들더라고."

23

수요일 아침, 나는 반쯤 마신 커피와 손도 대지 않은 죽 한 그 릇을 앞에 두고 식탁에 앉아 최근에 무더기로 들어왔지만 무시하고 있던 음성 메시지를 확인했다. 경찰이 월요일에 열었던 TV 기자 회견에서 내 이름이 여러 차례 언급된 모양이었다. 그 자리에 모인 기자들은 배석한 형사들에게 브리스톨의 살인 사건들, 대니의 실종 사건과 더불어 런던의 살인 사건들에 대해서도 나를 취조했는지 집요하게 물었다고 한다. 나는 기자회견을 완전히 놓쳤다. 인터넷에 접속한 지도, 뉴스 게시판을 확인한 지도 오래되었다. 에바도 나와 통화할 때 그 얘기를 꺼내지 않았다. 내 고통을 들쑤시지 않으려는 배려라 추측하며 음성 메시지를 하나하나 재생했다. 여느 때처럼 다정한 안부 메시지도 몇 건 있었다. 이번에는 대니의 친구 부부도 내 안위를 걱정하면서 전부 무사히 해결될 거라고, 나를 아는 사람은 모두 내가 언론이 주장하는 그런 범죄를 저지를 사람이라고는 상상조차 못 할 테니 걱정하지 말라고 위로했다. 듣다 보니 눈물이 핑 돌았다. 요즘 들어 시시때때로 습관처럼 눈물을 흘렸지만 이번은 감사의 눈물이었다. 모두가 나를 의심하는 건 아니라는 뜻이다. 하지만 가족의 메시지는 달랐다. 아버지는 이번에도 안타까워했지만 목소리에 약간의 노기가 담겨 있었다.

"이 일이 나랑 네 엄마한테 어떤 고통을 주는지 넌 생각도 못 할 거다. 이건 큰 수치야. 네 잘못이 아니란 건 우리도 잘 안다만 네 이름이…, 우리 이름이…, 그런 진흙탕에 끌려 들어가는 걸 막으려는 노력은 좀 해야 하지 않겠니? 살인…, 연쇄 살인과 엮여서 어쩌겠다는 거냐. 아직 변호사 안 구했니? 제발 구해서 이 문제 좀 해결해라. 우리는 더 이상 못 견디겠다. 네 엄마는 요즘 밖에도 못 나가고 있어. 어제는 다들 자기를 경계한다며 카드놀이 모임도 빠졌고…. 얘, 이제 끊어야겠다. 잘 지내라."

'아빠는 창피한 거야. 내가 창피한 거야. 내 인생이 무너지고 있는데 내 부모는 카드 모임 친구들한테 어떻게 보일지만 걱정하고 있어. 고맙네요, 아빠. 참 고맙네요.'

그다음과 마지막은 시어머니가 보낸 메시지였다. 심심해서 안부 전화한 사람 마냥 나른한 목소리였다.

"경찰이 새로 밝혀낸 게 별로 없나 보구나. 있다면 네가 연락을 줬을 거 아니냐."

브리짓의 차분하고 무심한 목소리를 듣고 나는 이 모든 상황에 대한 그녀의 반응이 너무 상식 밖이라는 생각에 또 한 번 충격을 받았다. 대니를 털끝만큼도 걱정하지 않는 듯 목소리에 감정이 전혀 실려 있지 않았다. 대니가 어디 있는지 브리짓은 알지도 모른다는 의심이 다시 스쳤다. 아일랜드로 무사히 빠져나간 아들을 숨겨주고 돌보면서 경찰이 그의 행방을 눈치챘는지 확인하려고 내게 연락했을지도 모른다. 하지만 나는 그런 억측을 다시 머릿속에서 몰아냈다. 브리짓에게 의지하는 대니나, 그런 그를 기꺼이 돕는 그녀를 절대 상상할 수 없어서였다. 그래도 그의 실종에 대한 그녀의 반응은 역시나 이상했다. '이상해, 아무래도 이상해, 이상해.' 나는 전화기를 내려놓고 식은 커피잔을 치운 다음 천천히 새 커피를 만들었다. 기력도 의욕도 없었지만, 어떻게든 이런 상태에서 벗어나 남편에게 무슨 일이 일어났든 나와 아무 상관이 없다는 사실을 증명할 다른 방법을 찾아야만 했다. 아까 바깥을 내다보니 거리에 기자들은 싹 사라졌고 경찰은 헬스장 영상에 전혀 관심이 없었다는 사실이 걱정되기 시작했다. 다른 사건이 터졌는데 내가 모르는 걸까? 언론과 경찰의 관심이 지금 다른 데로 쏠리고 있나? 그 사건이 나나 대니와 관련이 있다면 분명히 누군가 내게 알려줬을 텐데. 하지만 나는 머그잔에 끓는 물을 붓고 저으면서 뉴스 사이트는 나중에 확인해야겠다고 생각했다. 그보다 먼저 할 일이 있었다.

다시 앉아서 휴대폰을 쥐고 연락처를 훑어보기 시작했다. 아까 갑자기 대니의 사촌 퀸이 떠올랐다. 남편에 대해 제대로 아는 게 없었다는 사실을 인정하면서, 오늘 아침 침대에 누워 생각해보았다. 내 남편을 제대로 아는 사람이 세상에 있을까? 대니의 최근 행적에 대해 실마리를 주고 그가 간직한 비밀의 이면에 숨은 진실을 알 만한 사람이? 그의 어머니? 아니, 절대 아닐 거다. 동생 리암? 대니가 어머니보다는 동생과 훨씬 가까웠을지 몰라도 리암에게서 믿을 만한 정보를 얻을 수는 없을 것이다. 대니의 큰아버지 마이클의 아들인 퀸은 대니 또래로, 그와 늘 연락하며 지냈다. 대니와 비슷한 시기에 아일랜드에서 런던으로 건너왔고, 둘의 직업과 생활방식은 판이하게 달랐지만(퀸은 건설 현장에서 일하면서 여가 시간 대부분을 런던 서부의 술집에서 보냈다) 서로 꽤 가깝게 지냈다. 퀸은 대니의 총각파티도 함께 했고 친척 중에는 유일하게 우리의 작은 결혼식에 참석했다. 대니를 잘 아는 사람이라면 그를 떠올릴 수밖에 없었다.

대니의 가족에게 결국 실종 소식이 전해진 후에도 퀸이 내게 전혀 연락하지 않았다는 점이 의아하다는 생각도 한두 번 했었다. 런던에 살고 있으니 틀림없이 신문 헤드라인을 접했을 텐데? 그러다 그가 대니의 옛 휴대폰 번호와 우리의 옛 아파트 전화번호는 알아도 내 번호는 모른다는 사실을 깨달았다. 브리짓을 통해 알아낼 수도 있겠지만 자초지종을 그녀에게 듣고 있어 내게 연락할 필요가 없는지도 모른다. 내가 먼저 전화할 수도 있었지만 퀸을 어떻게 생각해야 할지 확신이 없었다. 어릴 때 공공 기물 파손과 좀도둑질 같은 사소한 범죄로 종종 경찰과 충돌하다가 10대 후반에 벽돌공 기술을 배우면서 그런 과거를 청산했지만, 아일랜드에는 일거리가 별로 없어 영국으로 건너왔다는 얘기는 대니한테 들었다. 내가 알기로 그는 한동안 만나던 여자와 지난 여름에 헤어진 후 현재 솔로였다. 대니는 항상 그를 '재밌는 녀석', '알고 보면 꽤 괜찮은 친구'라고 표현했지만, 셋이서 몇 차례 같이 만났을 때 그는 꽤 즐거워 보이긴 해도 속내를 별로 드러내지 않았고 주로 대니와 잡담을 나눌 뿐 나와 길게 대화하는 것은 꺼리는 듯했다.

"약간 주눅이 들었겠지." 런던을 떠나기로 결심하기 몇 달 전 빅토리아역 근처의 술집에서 퀸과 함께 저녁 시간을 보낸 후 내 손을 잡고 지하철역으로 향하던 대니는 그렇게 말했다. "졸업장도 못 따고 학교를 관뒀고, 대학 입학시험은 전 과목 불합격했거든. 당신 같은 똑똑이랑은 별로 어울려 본 적이 없을 거야. 무슨 화제를 꺼내야 할지 난감했을걸."

나는 그의 손을 꼭 쥐며 웃음을 터뜨렸다.

"진짜 똑똑이는 당신이잖아. 당신한테는 잘도 떠들던데! 그건 어떻게 설명할 거야?"

"아, 그거야 어릴 때부터 알던 사이니까 얘기가 다르지. 우리는 사촌이잖아. 퀸은 내게 형제나 다름없어. 그래도 당신을 좋아하니까 걱정 마."

별로 걱정되지는 않았다. 살면서 모든 사람과 사이좋게 지낼 수는 없는 법이고 퀸은 내가 친하게 지내던 남자들과 전혀 다른 유형이었을 뿐이다. 전근대적이고 무뚝뚝한 마초 스타일. 차에 각설탕을 네 덩어리나 넣고, 우리 결혼식에 참석한 남자 하객들의 상의에 꽂아주려고 내가 준비한 분홍 장미를 보고 살짝 겁을 먹던 남자. 하지만 퀸은 대니를 과거와 이어주는 연결고리였고, 성실하고 근면한 데다 그의 곁을 충성스레 지켰기에 나로서는 불만이 없었다.

내 휴대폰에 그의 번호가 저장돼 있었다. 결혼식 직전, 막판에 행사에 변경이 있을 경우에 대비해 하객의 연락처를 전부 확보하는 차원에서 대니에게 요구했었다. 나는 잠시 망설이다가 ('퀸이 언론 기사를 전부 다 읽고 대니의 실종을 내가 꾸몄다고 생각하면 어쩌지? 내 전화인 줄 알고 바로 끊어버리면 어떡해?') 통화 버튼을 눌렀다.

"여보세요?"

"안녕하세요, 퀸. 젬마예요. 대니 아내 젬마요."

몇 초간…, 3, 4초…, 침묵이 흘렀다. 말을 이으려고 입을 여는 순간 그가 이렇게 말했다. "젬마. 잘 지내요?"

"음…, 솔직히 잘 지내진 못해요. 대니 소식 들었죠?"

또 몇 초 침묵이 이어졌다.

"네, 들었어요. 유감이에요…. 작은어머니한테 전해 들었어요. 소식을 계속 알려주셨거든요. 통화 한번 하고 싶었는데, 번호를 몰라서…. 많이 힘들겠어요."

"네, 그래요." 나는 잠시 뜸을 들였다. "내가 전화했을 때 어머니는 별로 괴로워하지 않는 것 같았어요. 별로 관심 없는 사람처럼 행동하셔서 이상했어요."

이번에는 더 긴 침묵이 흘렀다.

"퀸? 퀸, 듣고 있어요?"

"네. 네, 듣고 있어요. 브리짓이 어떤 분인지 잘 알잖아요. 너무 신경 쓰지 말아요." 갑자기 그는 날선 목소리로 퉁명스레 말했다.

"그런 건 아닌데…. 그냥 좀 이상하다는 생각이 들어서요." 우려했던 대로 퀸은 내가 대니의 실종과 관계가 있다고 생각해서 이렇게 못마땅한 걸까?

"퀸, 신문에서 뭐라고 떠들든 내가 이 일과 상관없는 거 알죠? 대니가 너무 보고 싶어서 가슴이 찢어질 거 같아요. 그이한테 무슨 일이 생겼는지 나는 전혀 몰라요."

"알아요. 마음이 참 불편하겠네요. 그런데 이제 끊어야겠어요, 일하는 중이라."

"그렇죠, 미안해요." 나는 재빨리 말을 이었다. "퀸, 한번 만나고 싶어요. 괜찮을까요? 내가 기차로 그쪽으로 갈게요. 대니가 사라진 이후로 내가 잘 몰랐던 이상한 사실들이 너무 많이 밝혀졌어요. 사라지기 몇 주 전부터 그이 행동이 수상하기도 했고요. 그이를 오래 알고 지낸 이들을 만나야겠는데 생각나는 사람이 당신밖에 없어요. 시간 많이 안 뺏을게요. 같이 점심을 해도 좋고 퇴근 후에 만나도 좋아요. 내일 괜찮아요?"

다시 침묵이 흐르다가 그가 대답했다. "그래요. 무슨 얘기를 해야 할지 모르겠지만, 젬마가 이쪽으로 온다면…, 저녁에는 좀 바쁘니까 1시에 만나서 한 시간쯤 점심이나 같이 해요. 현장에서 좀 내려가면 식당이 있는데, 거기로 가면 되겠네요."

그는 내게 주소를 알려주고 전화를 끊었다. '잘됐다.' 느닷없이 허기가 밀려왔다. 오늘 뭘 먹기는 했나? 어제 저녁은 먹었나? 기억이 나지 않았다. 지난주부터 와인도 끊었고 위장에서 받아들이는 건 커피밖에 없어서 체중이 꽤 줄었을 것이다. 아침에 입은 청바지 허리가 너무 느슨해서 벨트를 찾아야만 했다. 뭘 좀 먹어야 한다. 이제부터 내 몸도 좀 챙겨야 한다. 경찰이 아직도 대니에 대해 헛다리를 짚고 있으니 내가 직접 진상을 규명해야 한다. 최대한 빨리. 일단 먹고 나서 퀸에게 무슨 질문을 할지 전부 적어보는 거다. 어쩌면 런던에서 답을 찾아서 돌아올 수 있을지도 모른다.

24

"얼마나 더 잡아둬야 할까요?"

데번의 목소리에 헬레나는 뛸 듯이 놀랐다. 그가 1분은 족히 옆에 서 있었다는 사실을 모르지 않았는데도.

"모르겠어. 진짜 모르겠어. 맞는 것 같긴 한데…, 혹시 우리가 틀렸으면 어쩌지, 데번? 어떻게 해야 하지?"

그는 얼굴을 찌푸리며 고개를 저었다. "생각도 하기 싫어요."

둘은 수사본부 전체 길이와 맞먹는 창틀에 기대어 서 있었다. 밖에 보이는 하늘은 잿빛이었고, 3층 아래의 포장도로에 가는 비가 떨어지고 있었다. 통근 시간이라 차량은 느릿느릿 기어가고, 보행자들은 우산을 까닥이며 종종걸음을 쳤다. 이따금 터지는 분노의 경적소리가 페인트가 벗겨진 빅토리아풍 건물의 해묵은 판자를 뚫고 들어왔다. 헬레나는 자신이 안전하고 편한 가게나 사무실로 서둘러 일하러 가는 사람이면 얼마나 좋을까 생각했다. 점심때 치즈 샌드위치와 참치 샌드위치 중 무엇을 먹을지, 쇼윈도에 검정 원피스와 빨간 원피스 중 무엇을 진열할지가 그날의 가장 어려운 결정인 직장. 아니면 샬럿 같은 직업을 선택했다면 어땠을까? 교사가 쉬운 직업이 아니라는 건 알았다. 하지만 적어도 샬럿은 근무 시간에 죽고 사는 문제를 결정할 필요는 없다. 헬레나가 오늘 내려야 하는 결정은 잘못하면 더 많은 사람의 목숨을 뺏을 수도 있다.

헬레나는 창가에서 돌아서서 욱신대는 등을 굽힌 채 천천히 책상으로 돌아갔다. 데번은 아직도 거리를 내려다보고 있었다. 어제 몇 시간이나 조지 돌런을 신문했고, 중범죄 혐의가 있는 사람을 기소 전에 잡아둘 수 있는 최대 시간인 96시간을 신청했지만 내일 저녁에는 그를 풀어줘야 한다. 조사실에 있는 내내 돌런은 죽은 사람들을 조롱하고 능멸하면서도 '면상이 마음에 들지 않는다'거나 '계집애처럼 생겨서 재수 없다'는 것 외에 그들을 죽일 만한 이유를 대지 못했다. 자신이 죽였다는 희생자들을 향한 그의 모욕적인 말과 태도에 두 사람은 섬뜩함과 역겨움을 느꼈다. 한번은 진짜 욕지기가 나서 헬레나는 휴식을 제안하고 복도 끝에 있는 화장실로 달려가야 했다.

"뭐 저런 인간이 다 있어?" 헬레나는 그녀를 걱정하여 뒤따라 나온 데번에게 소리 낮춰 불평했다. "그 남자들이 죽었든 말든, 그 가족들이 고통 받든 말든 전혀 개의치 않아. 오히려 비웃고 있잖아. 대체 어떻게 된 인간이야? 염병할…."

데번도 표정이 굳고 입매가 딱딱해졌다. "그러게요. 그야말로 인간쓰레기네요."

아까 돌런이 화장실에 다녀오겠다며 자리를 비운 사이 프랭키가 조사실로 머리를 디밀었다. 그는 다른 동료들과 함께 옆방에서 이곳 상황을 지켜보고 있었다.

"진짜 불쾌한 인간이네요." 그가 말했다. "수고가 많으세요. 두 분 참 대단하십니다."

헬레나는 목구멍에 응어리가 생긴 듯 갑자기 말이 나오지 않아 고개만 까딱했다. 하지만 돌런이 처음 자수했을 때 느낀 흥분이 가시고 얼마 지나지 않아 의심이 고개를 들기 시작했다. 살인 사건을 한 건씩 파기 시작하면서부터 예감이 좋지 않았다. 앞서 런던에서 발생한 사건들은 내용을 상세히 알지 못해 접어두고 2월에 클리프턴 다운에서 시신으로 발견된 머빈 엘리엇부터 시작했다.

"느끼한 자식. 남자 옷인지 여자 옷인지 구분도 안 되는 옷이나 팔던 놈 아냐. 옷 입어보러 온 한심한 호모 새끼들을 더듬고 싶었던 거야." 돌런이 내뱉었다. "내가 다운까지 따라가서 호되게 한 방 갈겨줬지."

"호되게 한 방 갈겼다고요? 자세히 좀 설명해 봐요, 돌런 씨. 머빈 엘리엇을 정확히 어떻게 죽였다는 거죠?"

돌런은 그녀를 노려보며 허연 허로 입술을 핥았다. 헬레나는 속이 뒤틀렸지만 억지로 그와 눈을 맞췄다.

"두들겨 팼지. 발길질 몇 번에 주먹질 몇 번으로 뒈지더군. 오래 걸리지도 않았어." 돌런이 등을 기대자 의자가 기분 나쁘게 삐걱거렸다.

헬레나는 데번의 팔꿈치가 자신의 팔에 슬쩍 와 닿자 그를 쿡 찔렀다. 머빈 엘리엇은 머리에 맞은 타격 한 방으로 사망했고 몸에서 다른 부상은 발견되지 않았다. '두들겨 패? 발길질 몇 번에 주먹질 몇 번?' 그것은 사실과 달랐다. 헬레나의 가슴 속 어딘가에서 울화가 맺히기 시작했다.

"알았어요. 2월 28일 아침에 발견된 라이언 존스로 넘어갑니다. 그 사람도 돌런 씨가 죽였다고 했죠. 그때는 어떻게 죽였습니까?"

"똑같이 했지 뭐." 그가 잘한 짓이라는 듯 얼른 대답했다. "흠씬 두들겨 팼어. 궁둥이를 힘껏 걷어찼지. 조용한 골목이라 나를 방해할 사람도 없어서 여유를 좀 부렸어. 즐기면서 때렸다고." 그가 육중한 상체를 다시 뒤로 기대자 의자는 항의하듯 요란하게 삐걱

댔다. 조사는 그런 식으로 계속됐다. 대니 오코너에 대해 묻자 그는 역시 '실컷 두들겨 패서' 죽였다고 주장했고, 그의 시체는 어디 있냐는 질문에는 어깨만 으쓱할 뿐이었다.

"당신들이 찾아내야지 뭐." 그가 음흉하게 웃으며 말했다.

두 시간 후에 그들은 쉬는 시간을 가졌다. 헬레나와 데번은 조사실 앞 복도를 말없이 지나 복도 맨 끝에 있는 빈 회의실로 갔다. 두 사람은 차례로 그곳에 들어가 문을 닫았다.

"나랑 같은 생각 하는 거 맞지?" 헬레나가 말했다.

데번이 고개를 끄덕였다. "빌어먹을 허풍쟁이네요. 지난 몇 주 사이에 언론에서 공개된 것 외에는 더 아는 사실이 없고 자세히 캐물으면 엉뚱한 소리를 하죠. 돌런이 주장하는 살해 방법은 부검 기록과 전혀 달라요. 다운스의 살인 두 건은 신속하고 깔끔했는데 저 인간은 마구 두들겨 팼다고 우기고 있어요. 대니 오코너의 경우도 그 많은 피를 감안하면 저 자식의 주장과 전혀 일치하지 않죠. 멋대로 지어내고 있는 거예요, 팀장님. 확실합니다."

"알아. 젠장. 젠장!"

그녀는 투덜거리며 가까운 벽을 주먹으로 내리쳤다. 그리고 다시 데번을 돌아봤다.

"저 남자는 절대 아니라는 직감이 들어. 살해 동기도 말이 안 되잖아. 생긴 게 마음에 안 든다는 이유만으로 아무나 죽이는 인간이 어딨어? 더구나 어떻게 그토록 똑같이 생긴 사람들만 찾아냈겠냐고? 그냥 우연일까? 말이 안 되지. 하지만…, 우리 생각이 틀렸다면? 저 자식이 진짜 다 죽이고 멋대로 이야기를 꾸며내고 있는 거라면? 본인 말대로 힘껏 걷어차고 싶었는데 그러기도 전에 죽어버렸다면? 여기서 풀려나면 기다렸다는 듯이 사람을 또 죽이지는 않을까? 그런 다음에 잠적해버리면 우리는 저 자식을 영영 놓치게 될 텐데? 기자들이…."

"그만. 그만하세요."

그들은 돌런을 몇 시간 더 신문하고 유치장으로 돌려보냈지만 마음을 좀먹던 의심은 그 사이에 완전한 불신으로 성장했다. 헬레나는 이제 조지 돌런이 거짓말을 꾸며내고 있다고 확신했다. 이유가 뭘까. 도저히 알 수 없었다. 현재 실업자에 노숙자 신세인 돌런에게는 며칠 따뜻한 유치장에 지내면서 매끼를 꼬박꼬박 제공받는 것이 잘 곳과 일자리를 찾아 헤매는 것보다 나은 선택이라는 것 이외에는. 실제로 그런 사례들이 없지 않았다. 경찰 공무집행 방해로 잡혀 들어가 당분간 숙식을 보장받는 6개월 이하의 징역형을 노리는 그와 비슷한 처지의 사람들이 적지 않다.

책상 앞에 앉아 있던 헬레나는 돌연 결정을 내렸다. 직감은 그녀를 실망시킨 적이 거의 없었고, 지금 직감은 조지 돌런이 그녀가 찾던 살인자가 아니라고 말하고 있었다. 추가 조사는 다음으로 미루고 그를 보석으로 풀어줄 수 있었다. 여권이 있으면 압수하고 날마다 경찰서에 행적을 보고하게 하면서 그를 감시하면 된다. 위험은 따르지만 크지 않다. 그가 범인이 아니라는 것을 그녀는 거의 확신했다. 모든 게 앞뒤가 맞지 않았다. 돌런은 수사에 몰두할 시간을 왕창 잡아먹은 방해꾼에 불과했다. 이제 수사에 더욱 집중해야 했다. 확실한 증거는 없었지만 그녀는 이 사건들의 초점이 아직도 한 방향으로 움직이고 있다고 느꼈다. 젬마 오코너를 향해.

25

덥고 불안한 상태로 빅토리아 지하철역을 나왔다. 지하철이 만원이라 내내 서 있어야 했다. 머리 위 손잡이를 쥔 손이 축축했고, 지독한 담배 냄새를 풍기는 수염 기른 키 큰 남자와 향수를 뒤집어쓴 듯한 키 큰 여자 사이에 끼여 몸이 눌렸다. 두 가지 냄새의 조합에 속이 메슥거려 거리로 나오자마자 차량 배기가스로 오염된 공기를 한껏 들이마시며 안정을 되찾으려 애썼다. 이미 1시 10분 전이었지만, 퀸을 만나기로 한 식당은 모퉁이를 돌자마자 쉽게 찾을 수 있었다. 반쯤 비어있는 비좁은 공간에, 맥주 얼룩이 진 복잡한 무늬의 70년대풍 카펫 위로 짝이 맞지 않는 나무 테이블과 의자가 놓여 있고, 흡연 규제법이 시행되기 훨씬 전부터 새 단장을 한 적 없는 것이 분명한 천장과 벽은 니코틴으로 누렇게 찌들어 있었다. 휙 둘러보니 내가 첫 손님 같아서 다이어트 콜라를 주문하고 출입문이 보이는 코너 테이블을 찾았다. 왜 이렇게 긴장이 되는지 의아해하며 음료를 한 모금 마셨다. 퀸을 만나러 온 것뿐이고, 이 만남을 요구한 사람은 나라고 스스로를 다독였지만 불안감이 가시지 않았다.

런던으로 향하는 길에 기차 안에서 결국 뉴스를 확인했기 때문인지도 모른다. 스카이와 BBC 뉴스 사이트를 훑어보다가 지난 이틀 사이 제 발로 경찰서를 찾아가 자신이 연쇄 살인범이라고 주장하는 남자를 경찰이 심문하고 있다는 사실을 알게 됐다. 우리 집 앞에서 기자들이 싹 사라진 이유도 그걸로 설명되었다. 나는 가슴을 졸이며 기사를 빠르게 읽어나갔다. 하지만 가장 최근 뉴스를 열었다가 좌절감에 낮은 신음 소리를 냈다.

용의자는 정오에 무혐의로 풀려났으며 향후 추가 조사를 받기로 했다. 에이번 경찰서 대변인은 머빈 엘리엇과 라이언 존스 살인 사건과 2주 전 브리스톨 자택에서 자취를 감춘 대니 오코너의 실종 사건 수사에 역량을 집중하겠다고 밝혔다.

"젬마? 잘 지냈어요?"

웬 남자가 손에 맥주잔을 들고 맞은편 의자에 털썩 앉자 나는 화들짝 놀랐다.

"퀸! 미안해요. 딴생각을 좀 하느라. 어떻게 지냈어요? 이렇게 와 줘서 얼마나 고마운지 몰라요."

우리는 테이블 위로 몸을 기울여 서로의 뺨에 어색하게 입을 맞췄다.

"별말씀을. 하지만 시간이 별로 없어요. 오늘 중요한 일을 해야 하고 공사 감독이 여간 깐깐한 게 아니어서요."

나는 웃으며 오래 붙잡지 않겠다고 약속했다. 퀸은 피곤해 보였다. 그는 키 작은 근육질 남자였고 바짝 깎은 검은 머리는 관자놀이에서부터 숱이 줄고 있었다. 평소 말끔히 면도하던 턱에는 수염이 까끌하게 돋았고 빛바랜 데님 셔츠는 쭈글쭈글했다. 목 오른쪽의 커다란 해골과 엇갈린 뼈 문신이 꼬질꼬질한 칼라 위로 드러나 있었다.

"대니가 많이 걱정되죠?" 그는 이렇게 묻고 눈을 돌려 식당 내부를 둘러보더니 다시 나와 눈을 맞췄다.

"걱정돼 죽겠어요, 퀸. 그이는 일부러 행선지도 알리지 않고 떠나버릴 사람이 아니에요. 설사 큰 곤란에 처했다 해도요. 그럴 사람이 아니죠. 그래서 무서운 거예요. 경찰은 그이가 죽었다고 생각하고, 나도 그럴지 모른다는 생각이 들기 시작했어요. 그런데 형사들은 내가 그 일과 연루됐다고 의심해요. 내가 조사받은 건 당신도 알죠? 신문에서 봤을 거 아녜요? 이 사실은 아직 공개되지 않았지만… 퀸, 형사들은 대니가 변을 당한 게 여러 주 전이라고 생각해요. 우리의 런던 아파트에서 피가 발견됐거든요. 그 양이 엄청났는데 나는 거기서 무슨 일이 있었는지 전혀 모르겠어요. 그이는 멀쩡히 브리스톨로 내려왔는데 경찰은 그가 브리스톨에 아예 온 적이 없다고 보고 있어요. 내 말은 전부 거짓말이라고 생각하는 모양인데, 사실 그렇지 않아요. 경찰이 완전히 헛발질을 하고 있다고요. 이렇게 나만 쳐다보다가는 그 사람을 절대 못 찾을걸요. 나는 그이가 어디 있는지 모르니까요. 모든 상황이 너무 황당해요. 심지어 경찰은 내가 남편이랑 다른 사람들도 전부 죽였을지 모른다고 의심하고 있어요. 말도 안 되지만 그래서라도 꼭 대니를 찾아 그이에게 무슨 일이 생겼는지 밝혀야 해요. 그를 위해서, 그리고 나를 위해서도요."

나는 폭포수처럼 이야기를 쏟아내다가 묘한 표정으로 조용히 앉아 나를 응시하는 퀸을 의식하며 말을 뚝 그쳤다.

"당신은…, 당신은 설마 내가 이 일과 관계가 있다고 생각하는 거 아니죠?" 나는 절박하게 물었다. "내가 그 사람을 얼마나 사랑하는지 알잖아요?"

그는 아무 말 없이 이상한 얼굴로 나를 보다가 표정을 바꿨다.

"당연히 그렇게 생각 안 해요." 퀸은 맥주잔을 들고 천천히 마신 다음 잔을 내려놓고 손등으로 입을 닦았다.

"하지만 내가 뭘 어떻게 할 수 있겠어요? 대니가 없어진 데 대해서는 당신만큼 안타깝지만 나도 녀석의 행방은 몰라요, 젬마. 아무것도 몰라요."

나는 심호흡을 했다. "글쎄요. 당신이 도울 수 있을지 모르지만, 당신은 그이를 잘 알잖아요. 오래전부터 알았으니까…, 그이가 사라진 이후에 이상한 점이 한두 가지가 아니어서 당신 의견을 듣고 싶었어요. 설명을 듣고 싶었다고요. 도와줄 수 있어요? 사실 물어볼 게 너무 많아서 다 적어 왔어요."

나는 테이블 위에 놓아둔 가방을 뒤져여 수첩을 꺼낸 다음 페이지를 넘겨 질문 목록을 찾았다. 퀸은 희미하게 재밌다는 표정을 짓다가 고개를 끄덕였다.

"좋아요. 들어봅시다."

나는 그에게 이야기를 시작했다. 브리스틀로 이사한 후 대니가 이웃들과 마주치지 않으려고 극히 조심했다는 얘기, 누가 찾아와도 절대 현관으로 나가지 않았다는 얘기, 항상 해 뜨기 전에 집을 나가 해진 후에 돌아왔다는 얘기, 그가 심각한 곤란에 처해 몸을 사렸을지 모른다는 걸 내가 뒤늦게 깨달았다는 얘기. 새 직장을 다니기 시작했다고 내게 거짓말을 했지만, 날마다 동네 헬스장에 숨어있었을 거란 얘기. 그가 1월 말 이후로 은행 예금에 전혀 손대지 않아 그 무렵에 변을 당했다는 경찰의 추정에 더 힘이 실리게 됐다는 얘기, 대니의 친구나 가족 중에 1월 이후로 그의 소식을 들었다는 사람이 하나도 없다는 얘기.

"당신한테는 연락 왔던가요, 퀸? 그이가 마지막으로 연락한 게 언제였는지 기억나요?"

대답하기 전에 그는 식당 내부를 다시 둘러보았다. 그리고는 어깨를 으쓱했다.

"글쎄요. 꽤 된 것 같은데. 1월이었나 봐요."

그는 이 말을 하면서 술잔 가장자리를 손가락으로 문질렀다. 갑자기 꺼림칙한 기분이 들었다. '이 사람은 내게 진실을 말하고 있는 걸까?' 하지만 나는 그런 기분을 무시하고 말을 이었다. 브리스톨의 살인 피해자 두 명도 사용했다는 데이트 앱 EHU에 대니가 프로필을 올렸다는 얘기. 옛 아파트에서 피가 발견되었다는 정보와 마찬가지로 이 정보는 언론에 공개되지 않았기에 퀸의 표정이 일그러지고 눈이 휘둥그레져도 놀라지 않았다.

"혹시 당신은…, 그이가 다른 여자들을 만나고 다녔는지 아나요? 나도 괴롭지만 그걸 알면 이 상황이 설명될-"

"몰라요." 그가 불퉁스레 대꾸했다. "그랬다 쳐도 나에게 말을 안 했겠지. 난 그런 난잡한 짓은 질색이라. 남들이야 그러거나 말거나 대니는 가톨릭 신자로 자랐고 간통은 죄예요. 내가 그런 거 용납 못 한다는 건 대니도 알 테고."

그의 날선 대답에 나는 순간 당황했다.

"음, 그래요…. 나도 같은 생각이지만 요즘 사람들은 대체로 그렇지 않잖아요? 어쨌든, 음…, 그 사람은 분명히 EHU 데이트 앱을 썼어요. 실제로 누구를 만나고 다녔는지는 잘 모르지만."

왠지 기분이 조금 나아졌다. 대니가 다른 여자들을 만나고 다녔다면 막역한 친구인 퀸에게는 털어놓지 않았을까? 그래, 파티에서 그 여자와 시시덕거리고 에바에게 추근대긴 했어도 어쩌면 그게 전부일지도….

"녀석은 내 목숨을 구했어요." 그는 갑자기 얼굴을 붉히며 화난 사람처럼 사나운 말투로 뜻밖의 얘기를 꺼냈다. 가장 가까운 테이블에 앉아 있던 노인이 우리 쪽을 돌아보며 얼굴을 찌푸렸다. 그 옆에는 작은 개가 바닥에 몸을 쭉 뻗은 채 기다리고 있었다.

"그이가…, 뭘 했다고요?"

퀸은 테이블을 내려다보며 물어뜯은 손톱으로 오래된 나무 상판의 마른 페인트 자국을 긁었다. 그러다 다시 나를 올려다봤다.

"대니가 나를 구했다고요. 어릴 때 우리는 집 근처 호수에서 자주 놀았어요. 그때는 더운 여름이라 하루 종일 호수를 들락거렸죠. 내가 물속에서 숨을 참으며 잘난 체하다가 너무 깊은 곳까지 들어갔어요. 그런데 갑자기 뭔가에 발이 걸렸어요. 겁에 질려서 허우적거리고 있는데…." 그는 그 장소로 되돌아가 그 순간의 공포를 생생히 느끼는 듯 말을 멈추고 괴로운 표정을 지었다. "이제 다 틀렸구나 싶었어요. 다 글렀구나 싶었죠. 눈앞이 깜깜하고 폐가 터질 것 같아서 곧 끝장나겠구나 생각했어요. 그 순간 기적처럼 대니가 나타난 거죠. 물 아래로 내려와 내 발을 풀어주고 위로 끌어올려 줬어요. 덕분에 살았지. 음…, 그렇게 된 거예요. 그런 일이 있었어요. 녀석이 내 목숨을 구했어요. 대니가 아니었다면 나는 그날 죽었겠죠."

그의 목소리가 누그러졌다. 나는 그를 바라보며 이상하게 내 목구멍의 응어리가 내려갔다고 느꼈다.

"나는…, 몰랐어요. 그런 얘기는 들은 적이 없거든요."

그가 어깨를 으쓱했다. "그러니까 나는 녀석한테 빚이 있어요. 무덤에 갈 때까지 대니를 지켜줄 거예요. 그렇다 해도 녀석이 바람을 피우고 다녔다면, 젬마, 그건 못 봐줍니다. 실컷 패줄 거예요."

뭐라 대꾸해야 할지 알 수 없었다. 그가 참 이상한 사람이라는 생각이 들 뿐이었다.

"고마워요⋯, 고마워요, 퀸. 또 궁금한 게 있어요. 브리짓⋯, 혹시 어머니가 대니의 행방을 알 수도 있을까요? 어머니와 통화할 때마다⋯, 내가 당신한테 전화로 얘기했듯이, 별로 걱정하는 것 같지 않아서요. 대니가 실종되었다는데도요. 그이가 어딘가에 멀쩡히 살아 있다는 사실을 알기 때문에 그런 건 아닐까요?"

퀸의 얼굴에 다시 묘한 표정이 스치고 눈이 휘둥그레지더니 별안간 벌떡 일어섰다.

"아니, 나는 그렇게 생각 안 해요. 그럴 리 없어요. 이제 가봐야겠어요. 도움 못 줘서 미안해요. 난 대니가 어딨는지 몰라요. 혹시 연락 오면 알려줄게요."

그는 내게 고개를 까닥하고는 돌아서서 성큼성큼 걸어갔다.

"하지만 퀸⋯."

그는 이미 나갔고 출입문은 홱 닫혔다. '젠장. 젠장.' 정말 아무것도 모르는 건가? 브리짓 얘기를 꺼내자마자 내빼는 이유가 뭘까? 그리고 대니가 정말로 바람을 피우고 다녔다면 뭘 어쩐다고 했더라? 실컷 패주겠다? 누군가가 싸늘한 손으로 내 척추를 쓰다듬는 듯 등줄기가 서늘해졌다. 분명히 알게 된 사실도 있었다. 대니가 데이트 앱을 쓴다는 말을 꺼내자 퀸은 눈에 띄게 충격을 받았다. 하지만 그보다 먼저, 언론을 통해 세상에 알려지지 않은 다른 사실, 즉 치스윅 아파트의 피 얘기를 했을 때 그는 아무런 반응을 보이지 않았다. 반응도, 질문도 없었다. 마치 이미 알고 있었다는 듯이.

26

"이름은 퀸 오코너랍니다. 대니 오코너의 사촌이라는데 그의 실종에 대해 할 말이 있다며 이쪽으로 오겠대요. 지금 런던에서 기차를 탔고 정오쯤에 브리스톨에 도착한답니다."

"무슨 얘긴지 몰라도 전화로 하면 안 된대?" 이 소식을 전하러 책상 앞으로 다가온 마이크 슬레이터 경장을 올려다보며 헬레나가 물었다.

"네. 우리한테 보여줄 사진도 몇 장 있고 직접 이야기하고 싶다네요. 아주 불안한 목소리였습니다."

헬레나는 이마를 구겼다. "대니가 사라지고 지인과 가족한테 연락할 때 이미 통화했던 사람이지? 대니 소식은 못 들었대?"

"네. 연락이 없었답니다. 어쨌거나 오늘 우리한테 긴히 할 얘기가 있나 봅니다. 다른 말은 없었어요, 팀장님. 죄송합니다."

"알았어. 도착하면 알려줘. 데번이 오늘 비번이니까 당신이 나랑 같이 그 사람을 만나자고."

"알겠습니다."

마이크가 가고 나서 헬레나는 먹고 있던 초코바 한 조각을 부러뜨려 입에 넣었다.

"단서가 전부 고갈된 줄 알았는데 곧바로 새로운 게 나오는군." 그녀는 큰소리로 혼잣말을 했다.

12시 30분에 민원실에 도착한 퀸 오코너는 대기실로 안내받아

차 한 잔을 마시고 있었다. 잠시 후 헬레나와 마이크가 들어와 얼굴은 창백하고 몸집은 다부진 남자와 마주했다. 그는 꽉 끼는 검정 티셔츠 차림이었고 목에는 커다란 해골 문신이 보였다. 의자 옆 바닥에 둘둘 뭉쳐진 검정 재킷이 떨어져 있었다. 두 형사가 다가가서 손을 내밀자 그는 얼른 일어섰다.

"만나주셔서 고맙습니다." 그가 입을 열었다. 아일랜드 억양이 었지만 헬레나는 그 나라 방언에 익숙하지 않아서 그가 어느 지역 출신인지는 가늠할 수 없었다.

"형사님들을 빨리 만나 뵈어야 될 것 같아서 하루 휴가를 냈어요." 그가 말을 이었다. "제 사촌 대니에 대해…, 알려드리면 도움이 되실 거 같아서요."

"잘됐네요." 헬레나가 그의 맞은편 의자에 앉자 마이크가 그녀 옆에 자리 잡았다. "그래, 오코너 씨, 저희한테 무슨 말씀을 하시려고요?"

그가 목청을 가다듬었다. "어제 젬마가 저를 찾아왔어요."

"젬마 오코너가? 런던에 갔었다고요?" 헬레나는 즉시 관심을 보였다.

남자는 고개를 끄덕였다. "네. 대니에 대해 무척이나 걱정하고 있었어요. 그리고 경찰이…, 미안합니다, 여기 계신 형사님들이…" 그는 얼굴을 조금 붉히며 말을 이었다. "자기를 의심하는 것 같다 더군요. 자기는 절대 아무 짓도 안 했다며 형사님들을 설득할 수 있게 도와달라고 했어요."

그는 말을 멈추고 입술을 핥았다.

"계속하세요." 헬레나는 그의 불안을 감지하고 격려하듯 미소를 지었다.

"사실, 그 여자는 대니를 절대 해치지 않았다고 주장하고 어제도 제게 같은 말을 했지만 이미 전력이 있어요. 대니를 폭행한 적이 있다고요. 대니가 그 일로 경찰서를 찾아가진 않았어요. 여자한테 맞고 산다는 건 남자로서 창피한 일인데 누구라도 그러지 않겠어요? 그래도 제게는 털어놨어요. 형사님들은 그 사실을 모르시겠죠. 대니가 그 여자를 신고한 적도 없을 테고, 그래서 말씀드려야겠다 싶어서…, 여기 사진을 가져왔어요."

그는 몸을 숙여 바닥에서 재킷을 집더니 속주머니를 뒤적여 봉투를 꺼냈다.

"잠깐만요, 가정 폭력이라는 뜻인가요? 젬마 오코너가 남편을 구타했다고요?" 헬레나가 물었다. 잔뜩 흥분된 목소리였다.

"네. 한번 보세요."

퀸은 봉투를 열고 사진 두 장을 꺼내 탁자 위로 밀었다. 헬레나와 마이크는 동시에 그것들을 들여다봤다. 한눈에 보기에도 대니 오코너임이 분명한 남자가 셔츠를 벗고 흰 벽 앞에 서 있었다. 한 장은 카메라를, 다른 한 장은 반대쪽을 보는 사진이었다. 오른쪽 팔 바로 밑에서 갈비뼈 아래까지 시퍼런 멍이 퍼져 있었다.

"이런. 엄청 아팠겠는데요." 마이크가 말했다. "어떻게 된 거예요?"

"두 사람이 런던을 떠날 계획을 세우기 몇 달 전이었어요. 대니 말로는 어느 날 밤 침대에 누워있는데 젬마가 아무 이유 없이 옆구리를 발로 차기 시작했답니다. 음, 그 몇 시간 전에 사소한 말다툼은 있었지만 대수롭지 않게 생각했대요. 그 여자 생각은 달랐나 봅니다. 그리고 며칠 뒤 저랑 만났는데 필요할 경우를 대비해 증거를 남겨야겠다며 사진을 찍어달라더군요. 그러면서도 그 정도는 참을 수 있으니 경찰서에 가고 싶지는 않다고 해서…. 죄송합니다. 제 얘기가 당황스러우시죠."

"이런 일이 얼마나 자주 있었죠?" 헬레나가 사진에서 눈을 떼지 않은 채 물었다. "다른 사진도 있나요?"

퀸은 고개를 저었다. "가끔 있는 일이었대요. 하지만 제가 알기로 증명할 사진은 그것뿐입니다."

"알겠어요." 헬레나가 마이크를 돌아보자 그는 눈썹을 추켜세웠다.

"오코너 씨, 왜 진즉에 이런 이야기를 하지 않으셨어요?" 마이크가 물었다.

퀸은 주저했다. "어, 말씀드렸듯이 대니한테 망신스러운 일이니까요. 만약에 녀석이 여자와 재미 보려고 집을 나갔다면 조만간돌아올 테고 저는 이 일에 대해 입을 꾹 닫고 있겠다는 약속을어기고 싶지 않았거든요. 하지만 이제 시간이 꽤 흘렀고 대니는돌아오지 않을 수도 있으니 어제 문득 꼭 말씀드려야겠다는 생각이 들어서…."

헬레나는 고개를 끄덕였다.

"이해합니다만 전혀 창피한 일은 아니에요, 오코너 씨. 가정 폭력은 피해자가 누구든 가정 폭력이죠. 어쨌든 알려주셔서 감사합니다."

그녀는 잠시 멈칫했다.

"한 가지만 더 여쭤 봐도 될까요? 오코너 씨가 보시기에 젬마오코너가 남편에게 주먹질이나 발길질보다 더한 짓도 할 수 있는사람인가요? 대니에게 심한 가해를 할 수 있다고 보세요? 실제로치명적인 상해를 입힌다든지?"

퀸은 의자에 바로 앉아 그녀의 눈을 똑바로 응시했다. "죽일 수도 있냐는 뜻인가요?"

그녀는 고개를 끄덕였다.

"네, 그렇게 생각해요. 그 여자라면 그럴 수 있다고 생각해요."

27

금요일에는 집에서 청소를 했다. 에바가 묵을 침실을 정돈하고, 토요일 아침에 먹을 빵을 굽고, 발코니를 쓸었다. 잠깐만 가만히 있으면 논리적이거나 이성적이라고 할 수 없는 복잡한 생각이 밀려들었기에 계속 바쁘게 몸을 놀려야 했다. 영국에 사는 대니의 유일한 친척이자 가장 가까운 친구인 퀸을 생각했다. 어제 그를 만나면서 나는 그가 대니의 실종에 대해 더 많은 사실을 알고 있으면서도 밝히지 않는다는 인상을 받았다.

나는 우리의 대화를 머릿속에서 계속 곱씹었다.

형사들은 대니가 변을 당한 게 여러 주 전이라고 생각해요. … 우리의 런던 아파트에서 피가 발견됐거든요. 그 양이 엄청났는데….

치스윅 아파트에서 피가 발견됐다는 사실, 그것이 대니의 피로 확인되었다는 사실은 경찰이 언론에 한 번도 밝힌 적 없고 신문에 나온 적도 없었다. 브리짓도 그 사실을 알 리 없었다. 전화 통화 중에도 그녀는 내게 그것을 언급한 적이 없다. 그렇다면 내가 그 얘기를 했을 때 퀸이 어떤 식으로든 반응을 보이지 않은 이유는 무엇일까? 왜 내게 좀 더 자세히 설명해달라고 요구하지 않았을까? 대신에 그는 나를 지켜보며 의미를 알 수 없는 묘한 표정을 지었다. 그리고 대니가 나를 두고 바람을 피웠다고 생각하느냐는 나의 질문을 들었을 때는 표정에 당혹감과 불쾌감을 드러냈다. 그때 퀸이 뭐라고 했더라?

내가 실컷 패줄 거예요.

너무 심한 말 아닌가? 퀸이 본인 말대로 '간음'에 동의하지 않는다 쳐도 정말 그 때문에 대니를 두들겨 팰까? 퀸이 나를 특별히 아껴서 내 대신 모욕감을 느끼는 건 아닐 텐데. 혹시 우리가 전에 살던 아파트에서 대니를 공격한 사람이 퀸일 수도 있을까? 대니는 사촌이자 친구인 퀸에게 당했다는 사실과 그 이유를 내게 알리고 싶지 않아 다친 곳을 숨겼던 건 아닐까? 그리고…, 갑자기 드는 생각이 또 있었다. 내가 브리짓을 언급하자 퀸은 이해할 수 없는 행동을 하면서 곧장 자리를 떴다. 결국 시어머니가 이모든 일에 관여한 것일까? 내가 처음에 생각했던 방식은 아니라도? 처음에 나는 그녀가 대니를 보호하기 위해 아일랜드에 숨긴게 아닐까 의심했다. 하지만 그녀가 실제로 보호하려는 사람이 퀸이라면? 만약 퀸이 대니를 공격했다면 그녀는 그 사실을 알고 있을까? 전화 통화할 때 브리짓이 내게 경찰 수사에 대해 물은 이유는 퀸이 혐의를 받고 있는지 알고 싶어서였을까? 하지만 퀸이 자신의 아들을 다치게 했다면 왜 보호하려 할까? 대니가 그렇게 싫었을까? 아니면 전부 다 내 망상일까?

내 추리가 옳다 쳐도 대니가 지금 어디에 있는지, 왜 사라졌는지는 설명이 안 된다고 생각하면서 나는 반죽을 주무르고 기계적으로 치대다가 밀가루로 뒤덮인 조리대 위에서 뒤집었다. 경찰서를 찾아가 퀸에 대한 나의 의심을 알리면 적어도 나에게 쏠린 그들의 관심을 돌리고 진실에 다가가도록 도울 수 있겠다는 생각이 들었다.

일단 에바와 상의를 해봐야 할 것 같았다. 이번에는 경찰이 내말에 귀를 기울일까? 지난번에 한 얘기는 진지하게 받아들여지지 않았다. 아직도 내 말이 전부 유력 용의자에서 벗어나기 위한 거짓말이라 생각하는 모양이었다. 그래도 에바가 함께 찾아간다면…, 뛰어난 범죄 전문 기자인 그녀의 말에는 귀를 기울이지 않을까?

삐빅.

휴대폰 문자 수신음에 화들짝 놀랐다. 밀가루투성이 손을 겉옷에 문질러 닦고 조리대 위의 전화기를 집어 메시지를 열었다. 읽는 순간 간담이 서늘해졌다. 뭐야? 뭐라고?

발신자 표시 제한 번호로 들어온 메시지는 짧고 강렬했다.

네가 무슨 짓을 했는지 알고 있다. 자수할 때가 됐다. 안 하면 각오해라.

28

토요일 아침에 데번은 젬마 오코너의 번호로 전화를 걸 참이었다. 퀸 오코너가 다녀간 후 추가 조사가 필요해졌으니 경찰서에 다시 출석해달라고 요구하기 위해서였다. 그때 사무실 저편에서 누군가 자신의 이름을 불렀다. 젬마가 그에게 할 얘기가 있다며 방금 아래층 민원실에 나타났다는 것이었다.

그녀를 만나러 내려가면서 그는 참 이상하다고 생각했다. 왜 자꾸 나타나는 걸까? 남편이 어디 있는지, 시체를 어디 묻었는지 자백하러 온 건가?

그는 코웃음을 쳤다. 그렇게만 된다면 얼마나 좋을까. 그는 대니의 사촌이 제기한 가정 폭력 혐의에 대해 캐물어야 한다. 헬레나도 곧 조사에 참여하겠지만 그는 일단 젬마의 용건이 무엇인지 확인해야 했다. 정황 증거는 점점 늘었지만 아직도 그녀에 대해 마음을 정할 수 없었다. 헬레나는 그녀를 잡아들이려고 잔뜩 벼르고 있었다. 젬마가 적어도 대니의 실종에 책임이 있으며, 네 건의 살인에 모두 관여했을 거라고 갈수록 확신했다. 그는 아무 논리적 동기가 없는데도 헬레나가 그렇게 생각하는 이유를 충분히 이해했지만, 아직 다른 가능성을 완전히 포기하지 못하고 중간 입장을 고수했다. 그래도 젬마에게 불리한 증거가 점점 설득력을 얻고 있다는 점에는 의심의 여지가 없었다. 무엇보다 그녀가 정말로 가정 폭력 가해자라면….

젬마는 민원실에서 기다리고 있었다. 검정 모직 코트로 몸을 감싼 그녀의 얼굴은 파리하고 피곤해 보였다. 그녀는 혼자 온 것이 아니었다. 긴 빨강머리에 매력적인 녹색 눈을 지닌 여자를 대동했다. 젬마는 그녀를 이렇게 소개했다. "제 친구이자 옛 동료 에바 호튼이에요. 에바는 제가 지난번에 말씀드린 대로 〈인디펜던트〉의 탐사 전문 기자예요. 저랑 같이 들어가도 괜찮을까요?"

데번은 어깨를 으쓱하고 고개를 끄덕였다. 그 요구를 거부할 이유가 없었고, 솔직히 에바 호튼을 본 순간 몇 달 만에 처음으로 가슴이 두근거렸다. 그가 육체적으로 끌렸다는 명백한 신호였다. 그녀가 서늘한 눈빛으로 그를 돌아보며 보일 듯 말 듯 미소를 짓자 그의 뱃속은 요동쳤다.

정말 아름다운 여자라고, 두 사람을 조사실로 안내하면서 그는 생각했다. 좋은 징조일까? 마침내 그가 재스민에게서 벗어나기 시작했다는 뜻일까? 그녀와의 연애가 끝난 이후로 다른 여자들에게 조금도 관심을 가진 적이 없었기에 좋은 징조이기를 바랐다. 그래서 어떻게 하면 그녀가 싱글인지 아닌지 점잖게 알아낼 수 있을지 궁리하기 시작했다. 하지만 그는 곧 마음이 무거워졌다. 오랜 연애 비수기 끝에, 연쇄 살인범일지도 모를 여자의 친구에게 관심이 생기다니.

두 여자는 그의 맞은편에 나란히 앉았다. 젬마는 외투 주머니에서 휴대폰을 꺼냈다. 화면을 톡톡 두드리는 그녀의 손이 떨렸다.

"이거예요. 이걸 보여드리려고요. 어제 발신자 표시 제한 번호로 도착했어요."

데번은 그녀가 내미는 전화기를 받아들고 메시지를 읽었다.

네가 무슨 짓을 했는지 알고 있다. 자수할 때가 됐다. 안 하면 각오해라.

'재밌네.' 곧바로 드는 생각이었다.

"알겠습니다. 발신자 표시 제한 번호로 왔다고요? 부인 생각에는 누구 같나요?" 데번이 물었다.

"저도 그걸 도저히 알 수 없어서요. 협박이나 마찬가지잖아요. '안 하면 각오해라' 이 부분이요. 누가 저를 해치려는 거 아닐까요? 무서워요, 클라크 형사님. 갑자기 무서워 죽겠어요. 아무 잘못도 하지 않았는데 뉴스며 신문이며…. 세상 사람들은 제가…, 그래서 너무 무서워요. 우리 집 사진이 TV랑 신문에 노출됐으니 저를 찾는 건 어렵지 않잖아요. 게다가 저는 대부분 집에 혼자 있어요. 누구라도 무섭지 않을까요."

말이 길어질수록 젬마는 점점 흥분 상태가 되었다. 갑자기 목소리가 갈라지더니 울음을 터뜨리며 얼굴을 양손에 묻었다. 젬마의 친구는 그녀에게 팔을 두르고 데번을 보았다.

"이건 용납할 수 없는 일이에요." 그녀가 말했다. 데번은 다시 한번 그녀의 눈이 더없이 아름답다고 생각했다. "젬마가 얼마나 두려워하는지 뻔히 보이시잖아요. 젬마 말이 맞아요. 이 친구 전화번호가 어떤 미치광이 손에 들어갔다면 어떻게 되겠어요? 젬마는 보호가 필요해요. 경찰을 며칠 집 앞에 배치할 수는 없나요? 클라크 형사님, 이건 옳지 않아요. 정말 젬마가 범인이라고 생각한다면 증거를 제시하고 체포하면 되잖아요. 그게 아니라면…."

데번은 그녀의 비위를 맞추고 싶은 마음에 고개를 끄덕였다. "알겠습니다. 윗분들과 상의해볼게요. 그건 제게 맡겨주세요. 또 하실 말씀 있으세요?"

젬마는 아직도 조용히 흐느끼고 있었다.

"내가 말씀드릴까?" 에바가 차분히 물었다.

"응."

에바가 다시 데번을 돌아보자 그의 마음속에 작은 욕망의 불꽃이 일었다. 그는 그런 충동을 다잡아야 했다. 이 일이 전부 끝나면 여자 생각을 할 시간은 얼마든지 생긴다. '정신 차려, 데번.'

"젬마가 지난 수요일에 런던에 가서 대니의 사촌 퀸 오코너를 만났는데요." 그녀가 얘기를 시작했다.

"네, 압니다." 데번이 대꾸했다. "안 그래도 부인께 연락해 퀸 오코너 씨 얘기를 하려던 참에 먼저 이쪽으로 오신 겁니다. 덕분에 일거리를 덜었네요."

"아…, 아신다고요? 어떻게? 나한테 미행이라도 붙였어요?"

젬마는 꽤 놀란 듯 눈물로 얼룩진 얼굴을 들었다. 데번은 고개를 저었다.

"그건 아니지만…."

그 순간 그는 문 쪽으로 고개를 돌렸다. 갈색 봉투를 손에 든 헬레나가 들어오고 있었다. "준비됐어?" 그녀가 물었다.

"네." 데번이 대답했다. "오코너 부인, 남편의 실종과 관련해 몇 가지 질문을 더 해야겠습니다. 호튼 씨, 이제 나가주셔야겠어요. 오코너 부인, 아직도 법률대리인을 거부하십니까?"

두 여자는 어리둥절한 표정이었다.

"하지만…, 우리도 드릴 말씀이 있는데…." 젬마가 입을 열었다.

"아, 이봐요, 이번엔 또 뭐죠?" 에바가 격분한 목소리로 따졌다.

"법률대리인은 어떻게 하시겠습니까?" 데번이 반복하여 물었다.

"아니, 필요 없어요. 난 아무 짓도 안 했으니까…."

"젬마, 이번에는 필요하지 않을까? 이분들이 너를 또 조사한다면…."

에바가 걱정스레 제안했지만 젬마는 세차게 고개를 흔들었다.

"괜찮아, 에바. 이제 나가봐. 밖에서 만나자."

에바는 나가기가 꺼려지는 듯 얼굴을 찌푸렸지만 젬마가 손짓을 했다. "어서 가."

그녀가 나가고 상황이 정리되자 헬레나가 입을 열었다.

"오코너 부인, 당신한테 몇 가지 혐의가 있어요. 적어도 한 번, 우리가 듣기로는 여러 차례에 걸쳐 당신 남편 대니가 가정 폭력의 피해자였다는 사실이 밝혀졌어요. 폭행의 책임은 당신한테 있고요. 어떻게 해명하시겠습니까?"

젬마는 눈을 휘둥그레 뜨고 그녀를 노려봤다.

"가정…, 가정 뭐라고요? 무슨 소리예요?"

"가정 폭력이요. 무슨 뜻인지 다 아시잖아요. 말했듯이 당신이 최소 한 번 주먹질과 발길질로 남편의 몸에 심한 타박상을 입혔다는 증거가 있는데…."

"내가 뭘 했다고요? 얼토당토않은 소리예요. 나는 대니를 사랑해요. 나는 절대로…, 누가 그런 말을 해요? 그리고 무슨 증거가 있다는 거예요?"

젬마의 얼굴은 분노로 시뻘게졌고 단어 하나하나를 뱉을 때마다 언성이 높아졌다. 데번이 손을 들었다.

"오코너 부인, 진정하세요. 사진 몇 장을 보여드릴게요."

그녀가 마음을 추스르느라 몇 번 심호흡하는 사이 데번은 잠시 기다렸다가 헬레나가 가져온 봉투에서 퀸 오코너가 제출한 사진 두 장을 꺼냈다. 그는 그것들을 젬마 앞에 놓았다.

"이 사진들에 대해 어떻게 해명하시겠어요, 젬마?" 헬레나가 물었다. "남편이 당신에게 구타당해서 이렇게 된 거 아닌가요?"

"나는 절대…." 젬마는 몸을 숙여 사진을 들여다봤다. 그리고는 안도하는 표정으로 다시 똑바로 앉았다.

"이건 나 때문에 생긴 상처가 아니에요." 그녀가 단호하게 말했다. "대니가 언제 어쩌다 이렇게 다쳤는지 정확히 알고 있어요. 11월 초에 아주 쌀쌀하던 시기가 있었죠? 퇴근 후 자전거를 타고 집으로 돌아오는 길에 차 한 대가 샛길에서 튀어나왔대요. 대니는 브레이크를 밟았지만 자전거가 빙판 위로 미끄러졌죠. 그래서 핸들 위로 튕겨 나가 자동차의 보닛 위에 떨어졌대요. 그때 갈비뼈가 부러지고 몸 오른편에 심하게 멍이 들어 몇 주 동안 없어지지 않았어요. 도대체 누가 이걸 가정 폭력이래요?"

이제 그녀의 목소리는 조금 차분해졌고 뺨의 홍조도 줄었다.

헬레나는 탁자 위로 손을 뻗어 사진을 집으며 물었다. "사고 당시 경찰에는 신고했나요?"

"그게…." 젬마는 우물쭈물했다. "아니요, 안 했어요. 대니가 간신히 일어나보니 그 차는 이미 달아나버렸고, 너무 순식간에 일어난 일이라 번호판이나 제조사, 모델조차 확인할 새가 없었대요. 야근을 했으니 꽤 늦은 시간이라 어둡기도 했을 테고요. 주위에 목격자도 없었대요. 어쨌든 신고를 할까 고민하다가 결국 관두기로 했나 봐요. 굳이 그럴 이유가 없다면서요."

"그렇군요." 헬레나가 눈썹을 추켜세웠다.

"아니, 왜 이러시는 거죠? 대체 누가…, 아, 잠깐. 잠깐만요."

젬마는 못 믿겠다는 표정을 지으며 천천히 고개를 저었다. 그녀는 데번을 돌아봤다.

"제가 퀸을 만나러 런던에 다녀왔다고 했을 때 형사님은 이미 알고 있다고 하셨죠. 미행한 건 아니라니까 그 사실을 안다는 건 퀸한테서 들었다는 뜻이네요. 망할, 그 사람 맞죠? 제가 대니를 학대했다고 거짓말한 사람이! 대체 왜 그런 소리를?"

그녀는 다시 새빨개진 얼굴로 벌떡 일어섰다. 데번도 같이 일어서려 했지만 헬레나가 그의 팔에 손을 얹었다.

"잠깐만요." 젬마가 작은 소리로 말했다.

그녀는 혼자 중얼거리며 좁은 조사실을 왔다 갔다 하기 시작했다.

"왜 그래요, 젬마? 우리한테 할 얘기라도 있어요?" 헬레나가 물었다. 낮고 차분한 목소리였지만 데번은 그녀가 무슨 생각을 하는지 정확히 알 수 있었다.

'어서, 젬마. 지금이에요. 말해줘요. 이번에는 진실을 말해 달라고요.'

젬마는 걸음을 멈췄다. 그녀는 한참 헬레나를 바라보다가 데번에게로 시선을 옮겼다. 그리고 웃음을 터뜨렸다.

"내가 졌어요." 젬마가 선언했다. "아니, 할 말이 없어요. 내가 무슨 말을 하든 전혀 안 믿으시잖아요. 이게 대체 무슨 상황이죠? 혹시 다른 건 없나요? 내가 도와드릴 게 또 있나요? 증거도 없이 뒤집어씌울 터무니없는 혐의가 또 있나요? 그게 아니라면, 나를 체포하지 않을 거면 이제 집에 가고 싶어요."

그녀는 돌아갔다. 분노한 젬마를 친구 에바가 기다리는 안내실로 데려다주면서 데번은 억울하게도 자신을 노려보는 에바의 시선을 마주해야 했다. 그와 헬레나는 구내식당에서 차를 마시며 마음을 추슬렀다. 데번이 젬마가 받은 협박 문자메시지 얘기를 꺼내자 헬레나는 입을 삐죽거렸다.

"나랑 같은 생각을 하는 사람이 또 있나 보네. 그 여자가 범인이고 이제 자백할 때가 됐다는 생각. 아니면 자작극인지도 모르지. 우리 관심을 딴 데로 돌리려고 별짓을 다 할 여자야. 헬스장 CCTV 영상에서 아무 남자나 골라 자기 남편이 확실하다고 우기기도 했잖아? 그게 안 먹히니까 이제 누가 자기를 해치려 한다며 피해자 행세를 하는 거야. 자기가 하는 말을 우리가 한 마디도 안 믿는다는 말은 맞아. 대니가 자전거 사고를 당했다는 헛소리는 절대 못 믿지. 신고도 안 했다니 지어내는 건 일도 아니었겠지."

데번은 방금 입에 넣은 초콜릿 브라우니를 꿀꺽 삼켰다.

"가정 폭력도 신고되지 않은 건 마찬가지예요. 역시 우리가 증명할 방법은 없는 거죠. 아무것도 증명할 수 없어요, 팀장님."

헬레나는 팔을 머리 위로 뻗은 채 등을 구부리며 끙끙거렸다.

"또 등이 쑤셔 죽겠네. 병원 갈 시간을 낼 수가 있어야 말이지."

그녀는 손을 뻗어 데번의 브라우니에서 한 덩어리를 크게 떼어냈다.

"어라!" 그가 화난 시늉을 했다. "아무것도 먹기 싫다면서요! 그리고 원래 초콜릿 안 드시잖아요. 직접 갖다 드세요, 뮤리엘!"

그녀가 인상을 썼다. "내 소중한 미들 네임은 좀 잊어줄래."

그가 혀를 내밀자 헬레나는 싱긋 웃었다. "초콜릿은 원래 안 먹지만 오늘은 예외야. 자네랑 나랑 똑같이 나눠 먹는 거야. 그리고 증명할 방법이 없다는 건…"

그녀의 표정이 진지해졌다. "어쩌면 증명할 필요가 없을지도 모르지."

29

삑.

거슬리는 소리에 소스라치며 선잠을 깼다. 침대 옆 알람시계에 표시된 오전 4시 25분이라는 시간을 보고 짜증이 치솟았다. 새벽 두 시에 겨우 잠들었는데. 이 시간에 대체 누가 나를 찾나 싶어 폰을 집으려고 시계 뒤편을 더듬었다. 대니는 노란색 숫자가 커다 랗게 표시된 희고 두툼한 내 구식 알람시계를 볼 때마다 재밌어 했다.

"요즘 누가 알람시계를 쓴대, 이 할망구야! 남들처럼 휴대폰을 쓰면 되지!" 그가 이렇게 놀려도 나는 무시했다. 내 시계가 마음 에 들었다. 더듬대며 휴대폰을 찾지 않아도 눈만 뜨면 시간을 알 수 있어서 좋았다. 마침내 폰을 찾은 나는 실눈을 뜨고 화면을 들여다봤다. 갑자기 몸이 경직되고 아드레날린이 분출했다. 나는 침대에 똑바로 일어나 앉았다.

"싫어! 이제 그만해, 제발!"

화면을 노려봤다. 이번에도 발신자 번호가 표시되지 않은 문자 메시지였다.

네가 한 짓을 자백해라. 그러지 않으면 다음은 네 차례다.

방문이 벌컥 열리자 숨이 멎을 뻔했다.

"젬마? 왜 그래? 화장실에 가다가 네 비명소리를 들었어."

에바였다. 나는 심호흡을 했다. 안도감에 몸이 늘어졌다.

"미안. 문자메시지가 또 왔어. 이것 좀 봐."

그녀가 다가와 침대에 앉더니 내 휴대폰을 집었다.

"젠장, 젬마. 이건 정말 말도 안 돼. 다시 경찰서에 가서 이 상황을 좀 진지하게 받아들이도록 설득해야 해. 집 앞에 보호 인력을 배치할 생각도 안 하잖아? 너한테 무슨 일이 생기기라도 하면⋯."

내가 몸서리를 치자 그녀는 내 손을 잡았다.

"아, 골치야. 미안해, 내가 도움이 안 되지. 너를 더 불안하게 만들고. 하지만 걱정돼서 그래, 젬마. 가서 코코아라도 한 잔 마시자. 다시 잠자기는 글렀으니까. 네 가운 어딨어?"

"어⋯, 문 뒤에⋯, 있을 거야."

방이 따뜻한데도 몸이 덜덜 떨리고 어딘가로 피하고 싶다는 충동이 들었다. 침대 밑이나 옷장 안에 들어가 모든 상황이 끝날 때까지 숨어 있고 싶었다. 하지만 언제 끝난단 말인가? 이 악몽은 끝이 없었다. 내 인생에 짙은 얼룩이 번지며 좋고 옳고 행복한 것들을 잠식하고 있었다.

'난 모든 걸 잃은 게 아닐까?' 문득 그런 생각이 들었다. 안정감, 사랑받는 느낌, 친밀감. 내 자존심. 내 결혼. 내 인생. 전부 망가져버렸다. 그런 마당에 이제 무슨 일이 생기든 의미가 있을까? 나는 살아야 할 이유를 모조리 잃었다. 경찰에 체포되어 철창에 갇힐지도 모른다. 이제는 걱정조차 무의미하다. 내 인생은 끝장났다.

에바는 넋 나간 어깨에 가운을 둘러 나를 주방으로 데려갔다. 하지만 몸이 서서히 따뜻해지고, 분주하게 코코아를 머그잔에 떠넣고 우유를 데우는 친구를 보고 있자니, 머릿속 깊은 곳에서 쩅하고 작은 신호가 울렸다. 그리고 이름 하나가 자꾸만 머릿속을 떠돌기 시작했다. 퀸. 퀸.

경찰서에서 돌아온 에바와 나는 몇 시간이나 이야기를 나누며 상황을 정리하다가 같은 결론에 도달했다. 경찰에 대니 사진을 전한 사람이 퀸이 맞다면, (틀림없다. 달리 누가 있을까?) 그리고 내가 남편을 육체적으로 학대했다고 경찰에 거짓말한 사람이 퀸이 맞다면, 그가 그런 짓을 할 이유는 딱 한 가지다. 퀸은 내게 누명을 씌울 작정이었다. 내가 대니를 죽인 것처럼 보이게 하고 싶었던 거다. 거짓 흔적을 남기는 사람은 실제 범인일 가능성이 높다.

내가 실컷 패줄 거예요.

아무리 생각해도 치스윅의 침실에서 대니를 공격한 사람은 퀸일 수밖에 없었다. 그 이유는 아직 도저히 모르겠다. 대니가 바람을 피운다는 사실을 알게 됐다는 것만으로는 그런 무시무시한 폭력의 동기를 설명하기 어렵다. 하지만 내가 피 얘기를 꺼냈을 때 그가 이미 알고 있다는 듯 아무런 반응을 하지 않았다는 건…. 퀸과 대니 사이에 그보다 훨씬 큰 문제로 의견 충돌이 있었다는 뜻 아닐까? 대니는 오래전에 퀸의 목숨을 구했다. 아마도 그 때문에 그는 항상 내 남편에게 헌신적이었을 것이다. 하지만 그마저도 퇴색하게 만드는 일이 생겼을지 모른다. 곤경에 빠진 대니가 퀸까지 그 일에 끌어들이자 퀸이 복수심에서 그를 공격했을 수도 있다. 어쩌면(우리 둘이 한참이나 열심히 생각한 결과 역시 충분히 그럴 법하다고 확신하게 됐다) 브리스톨에서 대니가 피해 다닌 사람은 퀸이었는지도 모른다. 어쩌면 대니는 자신의 사촌에게 붙잡혀 그의 손에 목숨을 잃었는지도 모른다. 데이트 앱이며 다른 살인 사건은 전부 대단한 우연일 뿐 대니의 실종과 전혀 관계가 없을 수도 있다. 내가 만나러 찾아간 이후로 그는 내가 대니를 살해했다는 경찰의 의혹에 힘을 싣기로 결심한 것이다. 그는 경찰들이 내가 범인이라고 생각하기를 원한다.

"에바, 퀸은 자전거 사고에 대해 알고 있어. 전부 알고 있어. 사고가 나고 얼마 후에 같이 퀸을 만났을 때 대니가 셔츠를 걷어 올려 멍 자국을 보여줬던 기억이 나. 둘이서 그런 사진을 왜 찍었는지는 몰라도 퀸은 실제로 무슨 일이 있었는지 안다고. 형사들에게 내가 대니를 죽였다고 믿게 하려는 의도가 아니면 그렇게 딴소리를 할 이유가 어딨겠어?"

그녀는 천천히 고개를 끄덕이고는 접시 위의 피자 조각에서 할라페뇨를 집어 두 손가락으로 만지작거렸다. 그러면서 나도 이미 생각하고 있었지만 차마 입 밖으로 꺼내지 못한 말을 하기 시작했다.

"만약에 그 남자 짓이라면…, 문자를 보낸 것도 그 사람일 거야, 젬마. 그 사람은 네가 그것을 형사들한테 보여주기를 원했어. 그러면 네가 대니를 죽였다는 형사들의 추리에 힘이 더 실리니까. 네가 범인이고, 널 아는 누군가가 문자를 보내 자백을 종용하고 있다는 뜻이잖아."

나는 침을 꿀꺽 삼켰다.

"나도 같은 생각을 하고 있었어. 하지만 그건…, 너무 끔찍한 생각이야, 에바. 퀸이 정말로 대니를 해치거나 죽였을까? 둘은 형제나 다름없었는데…, 대체 왜 그이를 그렇게 공격했을까?"

우리 둘은 잠시 그렇게 앉아 서로를 마주 봤다. 그녀의 눈이 나의 절망을 비추었다. 에바가 입을 열었다.

"형사들한테 설명했어야 했어. 퀸이 대니를 공격한 사람이라는 추리 말이야. 널 믿어주지 않는다고 해도 일단 얘기는 했어야지.

그래야 수사 기록에 남을 테니까."

"알아. 네 말이 맞아. 갑자기 모든 게 너무 무의미해 보였어. 형사들도 나도 증명할 수 있는 건 아무것도 없잖아. 전부 추측일 뿐."

둘 다 말없이 앉아 있었다. 접시 위의 피자는 다 식어서 느끼했다. 에바가 또 입을 열었다.

"젬마. 겁을 주고 싶진 않지만, 네가 방금 형사들이 너한테 불리한 사실을 아무것도 증명하지 못했다고 했잖아. 하지만 이 모든 정황 증거가 쌓이면, 음…, 퍼즐이 맞춰질 수도 있어. 형사들이 충분한 조각을 모아 깔끔하게 끼워 맞추면 그걸로 끝일 수도 있다는 말이야."

"뭐? 그게 무슨 뜻이야?"

나는 접시를 옆으로 치웠다. 먹지도 않은 음식을 보기만 해도 속이 메스꺼웠다.

"음, 혹시…, 배리 조지라고 기억나? 질 단도에게 총을 쏜 혐의로 유죄 판결을 받은 남자?"

나는 고개를 끄덕였다. 1999년에 한 BBC TV 진행자가 런던 서부에 있는 자택 앞에서 살해당한 사건이었다. 2년 후 동네 사람 배리 조지가 그녀를 살해한 혐의로 유죄 판결을 받았다. 꽤나 잘 알려진 사건이었다.

"물론이야. 그래도 결국 빠져나왔지? 8년인가 복역하고?"

"맞아. 재심으로 풀려났지. 내가 하고 싶은 말은 그 사람이 기본적으로 정황 증거만으로 유죄 판결을 받았다는 거야. 호주머니에서 화약이 소량 발견됐다지만 나머지는 모두 정황 증거였어. 경찰이 찾은 증인들은 그가 유명인과 총에 집착한다고 증언했어.

그에게 원치 않는 접근을 당했다는 여자들도 찾아냈지. 그는 외톨이였고 여자들을 스토킹하며 몰래 촬영했고 BBC에 원한을 품었어. 그중 아무것도 그가 질을 죽였다는 사실을 증명하지 못했지만 검찰은 그런 정황을 바탕으로 사건을 그럴듯하게 구성했어, 젬마. 확실한 증거 하나 없이. 그래, 결국 무고함이 밝혀졌지만 그는 수년간 감옥에서 썩어야 했어. 널 잡아 가두려고 경찰이 자꾸 끌어다 모으는 퍼즐 조각 때문에 너무 불안해, 젬마. 조만간 저들이 증거를 충분히 모았다고 확신하지 않을까 싶어. 그것들을 전부 검찰에 넘기면 넌 살인 혐의로 기소될지도 몰라."

나는 경악하여 그녀를 응시했다. "하지만…, 아직 시체도 찾지 못했잖아." 나는 절박하게 항변했다. "대니가 죽었는지 살았는지도 확실히 모르는걸."

"필요 없을 거야. 시체를 찾지 못했는데도 유죄 판결이 난 사건은 얼마든지 있어."

"흠, 기가 막히네. 고맙다, 에바. 마음이 훨씬 가벼워지네."

나는 비참한 기분으로 의자에 털썩 쓰러졌다.

"아, 이런. 미안해, 젬마." 에바는 낮은 테이블 위로 몸을 숙여 내 무릎을 토닥였다. 그녀의 기다란 머리카락이 피자를 쓸고 지나갔다.

"정말 미안해. 하지만 현실적으로 생각해야 돼. 특히 오늘부터 네가 너무 걱정되기 시작했어. 쐐기가 박힌 거나 마찬가지잖아. 형사들이 너에 대해 어떤 자료를 확보했을지 한번 생각해봐. 지금까지…"

그녀는 다시 자리에 앉았다. 인상을 쓰며 머리카락에서 끈적끈적한 치즈 조각을 떼어내고는 청바지에 손가락을 문질렀다.

"형사들이 지금 대니와 관련해 너에 대해 어떤 생각을 하고 있는지를 이야기하는 거야. 다른 살인 사건들은 접어두고 말이야. 일단 너희 부부가 살던 아파트에서 엄청난 양의 피가 발견됐어. 대니의 피였지. 대니가 브리스톨로 이사했다고 주장하는 사람은 너 하나뿐이고 이곳에는 이웃을 비롯해 그를 봤다는 사람이 아무도 없어. 1월 말 이후로 대니는 어떤 지인에게도 연락하지 않았고 은행 계좌에서 돈을 인출하지 않았고 새 직장에 다니지도 않았지. 1월 말 이후로 너는 대니에게서 이메일을 받은 적이 없고 그의 사진을 찍은 적도 없어. 게다가 이제는 네가 대니를 폭행했다는 사진 증거와 증인까지 나타났잖아. 젠장, 젬마, 만약 내가 너를 모르는 사람이라면 그런 정황들을 접했을 때 너를 범인으로 지목할 수밖에 없을 거야."

그녀의 말을 듣는 동안 뱃속에 응어리가 생기는 기분이었다. 손톱이 손바닥을 파고들었다.

"하지만 넌 아닌 거지?" 목소리가 제대로 나오지 않았다. "너도 나를 의심하는 건 아니지? 제발 에바…, 이런 거 또 묻기 싫지만 넌 날 의심하지 않는 거지? 정말 날 믿지? 제발 그렇다고 말해줘. 아니라면 도저히 못 견딜 것 같아서…."

그녀는 자리에서 벌떡 일어나 내 발치에 무릎을 꿇고 두 팔로 내 무릎을 감쌌다.

"당연히 널 믿지, 바보야. 그런 건 그만 확인해도 돼. 하지만 심각한 상황이야, 젬마. 이런 상황에서 빠져나오려면 뭔가를 해야 해. 그게 뭔지 몰라서 미치겠어."

그러고 나서 얼마 후 우리는 잠자리에 들었다. 겨우 잠이 들어 꿈속에서 떠다니는 대니의 얼굴을 보고 있을 때 빌어먹을 휴대폰

신호음에 잠을 깼다. 우리는 말없이 주방에 앉아 코코아를 홀짝였다. 머릿속이 맑아지더니 갑자기 투지가 살아나고 충동이 찾아왔다. 나는 가운 호주머니에서 휴대폰을 꺼냈다.

"전화해야겠어." 내가 선언했다.

"뭐? 누구한테? 아직 새벽 5시도 안 됐어!" 그녀가 만류했다.

"퀸한테. 그 음흉한 살인자 퀸한테."

화가 치밀어서 나는 벌떡 일어섰다. 맨발로 주방의 타일 바닥을 쿵쿵 디디며 연락처를 뒤졌다.

"전화할 거야. 무슨 짓을 꾸미고 있냐고 그 자식한테 물어봐야겠어. 문자도 퀸이 보낸 게 확실해. 그 자식이 틀림없어. 그 빌어먹을 자식은 그렇게 나를 협박하고도 안 들킬 줄 알았나? 우리가 단단히 벼르고 있고 경찰서에 찾아가서 몽땅 까발리겠다고 말해주겠어. 그 자식이 어떻게 나오는지 두고 볼 거야."

"젬마, 그건 좀…."

나는 그녀를 무시하고 휴대폰에서 그의 번호를 찾았다. 통화 버튼을 누르고 식탁으로 돌아와 스피커 모드로 바꿨다.

신호음이 울리자, 나는 그가 전화 받기를 기다리며 마음을 다잡았다. 받지 않았다.

안녕하세요, 퀸입니다. 메시지를 남겨주세요.

"제길." 다시 통화 버튼을 눌렀다. 신호가 가다가 음성 메일로 연결됐다. 두 번 더 시도했지만 결과는 같았다.

"안 받을 거야, 젬마." 에바가 하나 마나 한 소리를 했다.

"비열한 자식." 나는 잠시 전화기를 노려보다가 전화를 끊었다. 홈 화면으로 돌아가 날짜와 시간이 표시되었다. 그 순간 갑자기 떠오르는 생각에 목에 걸린 응어리를 삼켰다.

"에바, 오늘은 3월 17일이야. 성 패트릭의 날. 나와 대니의 첫 결혼기념일이야."

그녀는 고개를 끄덕이고는 테이블 위로 팔을 뻗어 내 손을 잡았다.

"알아. 정말 안타깝다."

6시가 지났을 때 우리는 다시 침대로 기어들어 갔다. 연한 구릿빛 줄무늬가 하늘을 밝히기 시작하는 새벽 무렵이었다. 나는 지저귀는 새 소리를 들으며 잠이 들었다가 갑자기 치스윅 아파트의 옛 침실로 돌아갔다. 어둑한 방에 빛이라고는 집 밖 가로등의 주황색 불빛이 전부였고 공기 중에는 묘한 금속 냄새가 감돌았다. 작은 공간을 천천히 이동하던 나는 뱃속에서 역겹고 공허한 감각을 느꼈다. 손바닥은 축축하고 두 다리는 묵직했다. 침대 끝에 이르자 내 오른손에 딱딱하고 차가운 물체가 쥐여 있음을 깨닫고 우뚝 멈췄다. 그리고 끈끈한 검은 액체가 웅덩이를 이룬 매트리스 위에 미동도 하지 않고 누워있는 무언가를 응시했다.

"대니." 나는 가만히 그를 불렀다. "대니."

하지만 그는 대답도 움직임도 없었다. 그 순간 나는 아래를, 내 손을 내려다보다가 손바닥을 축축하게 적신 것이 땀이 아님을 깨달았다. 피였다. 내 손은 피범벅이었고 손에 쥔 것은 칼이었다.

30

공기를 가르며 날아온 달걀이 데번의 왼쪽 귀를 살짝 비껴 문에 부딪혔다. 건물 밖 인도에 모인 군중의 고함 소리가 들려오자 그는 다시 안으로 몸을 숨겼다.

"빌어먹을! 이 인근 통제하는 데 뭐가 이리 오래 걸려요?"

"지금 지원 인력이 이쪽으로 오는 중이야. 오래 걸리지 않을 거야. 그나저나 내가 나가지 말라고 분명히 말했을 텐데?"

헬레나는 민원실 카운터에 기대어 서 있었다. 부랴부랴 걸친 운동복 바지와 후드티 차림으로 도착한 이후로 줄곧 떠나지 않던 음침한 표정이 잠시 쓴웃음으로 바뀌었다.

"앞으론 팀장님 말씀을 귀담아들어야겠네요. 혼쭐날 뻔했어요. 일요일 아침에 할 일이 저렇게 없을까요?" 데번이 남색 재킷의 옷깃을 손으로 쓸어 달걀이 묻은 곳이 없는지 확인하며 말했다. 예상 밖의 호출을 받고 출근했어도 그의 사전에 트레이닝 바지는 없구나, 하고 헬레나는 생각했다. 평소와 똑같이 말쑥했다.

"그리고 웬 음식 낭비래요. 청사 앞면이 밀가루와 노른자 범벅이 되겠네. 팬케이크나 만들어 먹을까?"

그녀는 눈알을 굴렸다. "먹을 생각 안 하고는 단 1분도 못 넘어가지? 난 2층으로 올라간다. 여기 남아서 구경이나 할 작정이야?"

"네. 조금만 더요. 그래도 창문으로 구경할 거예요. 다시는 나가지 않으려고요."

"좋은 생각이야. 다 보고 나면 올라와, 알겠지? 이제 너무 과격해졌어. 우리도 작전이 필요해."

그녀는 계단을 올랐다. 지원 인력이 도착하면 한 시간 전에 경찰서 밖에 모이기 시작한 시위대 50여 명은 곧 해산될 터였다. 대부분 젊은 남자들로 구성된 시위대는 핏줄기처럼 흘러내린 붉은 잉크로 대문짝만하게 쓴 현수막을 흔들어댔다.

살인마가 활보해도 경찰은 나 몰라라
몇 명이 더 죽어야 하나?

그들은 언론사도 끌어들였다. 첫 번째 밀가루 폭탄이 출입문을 강타하고 얼마 후에 사진기자 몇 명과 스카이, ITV, BBC 뉴스 소속 위성 중계차 세 대가 도착했다. 실질적인 피해는 없었다. 양동이 몇 개와 수세미만 있으면 건물 외관을 평상시의 촌스럽지만 깨끗한 상태로 되돌릴 수 있을 터였다. 누구를 체포하고 자시고 할 상황도 아니었다. 하지만 헬레나는 이 소동이 애나 밀러 총경의 귀에 들어가자마자 그녀와의 전화 통화를 피할 수 없을 거라 예상하고 이미 마음의 준비를 하고 있었다. 도시는 너무 어수선했고 밀러는 욕먹는 것을 무엇보다 싫어했으며 그녀가 사랑하는 경찰은 수사를 제대로 못한다는 비난을 받았다. 애나는 해명을 요구하고 으름장을 놓을 것이다. 헬레나는 일요일 아침 식사인 아보카도 토스트를 샬럿 혼자 먹도록 내버려 두고 경찰서로 출발한 순간부터 어떤 대답을 할지 머리를 굴리기 시작했다.

"이제 더 이상 우물쭈물할 수 없어." 의자에 앉아 컴퓨터를 켜면서 그녀는 큰 소리로 말했다. 아무도 대꾸하지 않았다. 수사본부는 비어 있었고 팀원들은 그간 절실했던 단 하루의 휴식을 취하고 있었다. 데번에게도 쉬는 날이 필요하다는 건 헬레나도 알았다. 그녀 역시 휴식이 간절했다. 배우자와 함께 알찬 시간을 보내고 싶었다. 하지만 오늘 일은 오래 걸리지 않을 것이다. 기껏해야 2시간. 그 정도면 충분했다. 데번이 합류하자마자 두 사람은 최근에 확보한 증거, 곧 젬마 오코너가 대니에게 폭력을 가했다는 퀸 오코너의 진술부터 시작해 그 여자에 대한 모든 자료를 되짚어볼 작정이었다. 젬마를 다른 네 건의 살인 혐의로 기소하도록 검찰을 설득하기에는 자료가 부족했지만 남편을 살해했다는 증거는 이제 충분하다고 생각했다. 아직 시신은 찾지 못했다. 그렇다 해도 대니 오코너가 치명적인 상해를 입었을 거란 정황은 꽤 뚜렷했다. 이제 대중이 조치를 요구하고 상관들의 압박이 열 배쯤 커졌으니 헬레나도 조금 무모하고 과감해질 필요가 있었다. 그녀는 젬마 오코너가 무엇이 됐든 죄를 지었다고 확신했기에, 이제 믿음을 행동으로 옮길 작정이었다. 뭔가 조치를 취할 때가 되었다.

31

열 시가 다 되도록 자다가 혼미한 정신으로 잠을 깼다. 눈이 시큰거리고 머리가 지끈거렸다. 에바는 식탁에서 커피를 마시며 아이패드로 뭔가를 읽고 있었다. 라디오 클래식 음악 채널에서 잔잔한 배경 음악이 흘러나왔다.

"우아하기도 해라." 그녀의 맞은편 의자에 털썩 주저앉으며 말했다. 기운이 하나도 없었다.

그녀는 고개를 들고 미소 지었다. "있잖아, 오늘 아침에 경찰서 밖에서 소동이 좀 있었나 봐. 보아하니 경찰의 무능을 규탄하는 시위 같아. 연쇄 살인범이 아직 활보하고 다니는데 전혀 잡을 기미가 안 보이니까 지역 주민들이 폭발한 거지. 어쨌든 별로 큰일은 없었나 봐. 이제는 상황이 정리됐다니까. 몸은 좀 어때?"

"시위라고? 여기, 브리스톨에서? 맙소사."

내가 식탁 위로 허리를 굽히자 그녀가 태블릿의 방향을 돌려 화난 군중이 플래카드를 높이 쳐든 사진을 보여주었다. 나는 흥미를 잃고 눈을 비볐다. 누가 눈에 모래를 쏟아 부은 느낌이었다.

"피곤해 죽겠어. 잠자는 동안 코끼리 엉덩이에 머리를 깔린 기분이야. 뒤숭숭한 꿈을 꾸기도 했고."

나도 모르게 몸을 부르르 떨자 에바가 얼굴을 찌푸렸다. "꿈이라니? 무슨 꿈?"

나는 고개를 저으며 일어섰다. "그냥 꿈일 뿐인데 뭐 대수겠어. 당장 커피가 필요해. 너는?"

"고마워. 한 잔 더 마시고 싶긴 한데, 그만 가봐야 될 것 같아. 미안해. 널 두고 가기 싫은데. 특히 네 결혼기념일에 말이야. 하지만 내일 아침 일찍 편집실에 나가봐야 해. 집은 난장판에 한 주 내내 장도 안 보고 빨래도 안 했거든. 제때 도착해서 정리를 좀 하지 않으면 잠옷을 입고 출근할 판이야."

"걱정 마. 난 괜찮으니까. 네가 와 준 것만으로도 얼마나 고마운지 몰라. 내일은 어떤 기사를 쓸 거야?"

나는 조리대 앞으로 이동해 전기주전자 스위치를 누르고 찬장을 열어 머그를 찾았다.

"에바?"

대답이 없어서 돌아봤더니 그녀는 조심스런 표정으로 나를 응시하고 있었다.

"왜 그래?"

그녀는 양손을 깍지 끼더니 입술을 내밀고 숨을 내뿜었다.

"어, 음…, 금요일에 얘기하려고 했는데, 문자메시지다 뭐다 해서, 그 다음에는 퀸 때문에…, 시기가 좋지 않은 것 같아서…, 그러니까…."

나는 커피는 잊고 식탁으로 돌아갔다.

"뭐야? 무섭게 왜 그래, 에바? 무슨 일인데 그래?"

"음, 그냥…, 그러니까, 지난번에 여기 왔을 때 내가 '연쇄 살인범이 내 친구라니' 하고 우스갯소리를 했었잖아. 나더러 그 주제로 기사를 쓰래."

"뭐…, 뭐라고?"

나는 다시 의자에 주저앉아 그녀를 빤히 보았다. 그녀는 이제 눈을 내리깐 채 손가락으로 머리카락을 꼬고 있었다.

"너에 대한 기사를 쓰래. 대니의 실종이랑, 그와 다른 살인 피해자 네 명의 유사점에 대해. 경찰이 수차례 너를 소환해 어떤 질문을 했는지도. 연쇄 살인 사건에서 용의자가 된다는 게 어떤 것인지 가까운 사람의 입장에서 써보래. 내 입장에서."

나는 입을 떡 벌린 채 그녀를 보았다. 말문이 막혔다.

"누군가가 기소되면 상황이 완전히 바뀌니까 우리는 기사를 전혀 쓸 수 없잖아, 너도 알다시피." 그녀가 황급히 해명했다. "하지만 지금은…."

"설마 정말 쓰려는 건 아니지?" 갑자기 내 목소리가 커졌다. "에바, 제발! 쓰지 마!"

그녀가 한숨을 내뱉었다. "미뤄보려고 애를 썼는데, 자꾸만 쓰라고 난리인 걸 어떡해. 난 정말 하기 싫어, 젬마. 하지만 너도 잘 알잖아. 내가 안 써도 어쨌거나 기사는 나갈 거고 누가 됐든 나만큼 호의적으로 쓸 사람은 없어. 선택의 여지가 없다고 생각해. 정말 미안하다."

나는 끙끙대며 양손에 머리를 묻었다. 에바의 말이 옳았고 그녀가 어떤 입장인지 나도 잘 알았다. 기사를 쓰라는 압박을 얼마나 받고 있을지 상상할 수 있었고, 에바가 연쇄 살인범으로 추정되는 여자와 친한 친구라는 사실을 알고 그녀의 편집장이 얼마나 쾌재를 불렀을지 눈에 선했다. 에바야말로 흥미진진한 기사를 써내기에 완벽한 조건을 갖춘 인물이었지만, 그것이 내 입장에서는 단순한 기사일 수 없다는 점이 문제였다. 내 인생, 내가 허우적대는 생지옥이 나의 가장 친한 친구이자 동료에 의해 철저히 까발려지는 기사가 될 터였다.

나는 눈물을 글썽이며 다시 고개를 들었다. 목이 메었다.

"알아. 안 해도 되는 거면 안 하겠지." 나는 쉰 소리를 냈다. "하지만 제발…, 조금만 더 미뤄줄 수는 없어? 내가 감당을 못할 것 같아서 그래. 우리 가족도…."

"애써볼게." 그녀의 눈에도 눈물이 맺혔다. "그러겠다고 약속할게."

에바가 떠나고 나서 억지로 샤워를 하고 옷을 갈아입었다. 에바가 쓰던 침대 커버를 갈고 손님방의 먼지를 치우고, 진공청소기를 돌리고, 세탁기에 빨래 무더기를 던져 넣고, 앨버트를 잠시 산책시켰다. 점심때가 되자 더 이상 할 일이 없어서 TV를 켜고 코미디 채널을 찾았다. 《치어스》, 《사인필드》, 《더 오피스》 등의 재방송을 시청하면서 대니와 퀸, 경찰, 에바가 쓰겠다는 기사에 대한 생각은 힘껏 억눌렀다. 끔찍하고 두려운 생각이 스멀스멀 피어날 때마다 머릿속에서 몰아내려고 안간힘을 썼다. 이제 그냥 기다리고만 있었다. 다음에 일어날 일을 기다렸다. 문자메시지가 또 오기를 기다리고, 경찰이 와서 나를 체포하기를 기다리고, 내가 경찰서를 또 찾아갈 힘을 낼 수 있기를, 퀸이 대니를 공격했거나 죽였을지도 모른다는 내 추측을 밝힐 수 있기를 기다렸다. 그래봤자 소용이 있을까 싶지만. 아무래도 그들은 나를 믿지 않을 거다. 그래서 나는 기다리고, 기다리고, 또 기다렸다.

4시쯤에, 쫄쫄 굶고 있었다는 사실을 불현듯 깨달았다. 파스타를 삶아 찬장에서 찾은 즉석 아라비아타 소스 한 병을 부었다. 소파에 앉아서 먹고 있는데 휴대폰에서 신호음이 울렸다. 내 뱃속이 또 요동쳤다. 문자메시지였다. 나는 포크를 천천히 내려놓고 휴대폰을 집었다.

아직도 자백을 안 해? 마지막 경고다. 각오해라.

나는 문장을 읽다가 평소처럼 '발신자 표시 제한 번호'를 예상하며 발신자를 확인했다. 피식 웃음이 났다.

"잡았다, 요놈!" 나는 의기양양하게 소리를 지르며 옆에 놓인 쿠션을 쿵 때렸다. 내 발치에 누워있던 앨버트가 펄쩍 뛰더니 나를 나무라듯 짧게 한 번 짖었다.

"미안해, 앨버트. 하지만 내가 옳았어. 내 추측이 맞았다고!"

내가 옳았다. 이번에 그는 실수했다. 문자메시지의 발신자가 익명이 아니었다. 그는 자기 휴대폰을 썼다. 발신자는 퀸 오코너였다.

32

"모르시겠어요? 그 자식이 제게 누명을 씌우려고 하잖아요! 이 번뿐만 아니라 다른 문자도 그놈이 보낸 거예요. 일회용 폰인지, 임시 폰인지 몰라도 본인 명의는 아닐 거예요. 하지만 정신이 나 갔는지 하나를 더 보냈더군요. 그것도 자기 폰으로요! 딱 봐도 같 은 사람이 보낸 문자잖아요. 저는 그 자식이 대니를 해치고 죽였 을지도 모른다고 봐요. 이유는 묻지 마세요. 아직 이해가 안 되니 까요. 그건 제가 아니라 당신들이 밝혀야죠. 어쨌거나 그놈 짓이 에요. 절 감방에 처넣으려고 작정했다니까요! 협박까지 했어요. 형사님도 이제 아시겠죠, 형사님도…."

데번이 손을 들었다. "그래, 알았어요. 진정해요."

그의 앞에 선 젬마 오코너는 벌겋게 상기된 얼굴에 이글거리는 눈빛으로 실종된 남편의 사촌 퀸 오코너가 자신에게 살인 누명 을 씌우려 한다고 주장하며 방방 뛰었다. 아래층에서 그에게 꼭 할 말이 있다면서 그녀가 다시 찾아왔다는 연락을 받았을 때 데 번은 퍽 놀랐다. 전날 텅 빈 수사본부에서 헬레나와 장시간 토론 을 하면서 데번은 그녀가 젬마 오코너를 잡아들일 기회만 엿보 고 있다고 느꼈다. 조만간 경찰서에 들어와 이미 여기 와 있는 젬 마를 보면 헬레나도 자신만큼 놀랄 것이다. 그는 우선 그녀를 달 래기로 했다.

"부인 휴대폰에 찍힌 메시지 발신자 번호와 우리가 아는 퀸의 번호를 비교해보면 되잖아요? 잠시 앉아 계세요. 커피 좀 부탁하고 금방 돌아올게요."

그녀는 미심쩍다는 표정으로 그가 가리키는 의자를 흘끔 보고는 고개를 끄덕였다.

"알겠어요. 고마워요."

그는 젬마를 두고 수사본부로 돌아갔다. 헬레나가 이미 옷이 잔뜩 걸린 뒷벽 옷걸이에 외투를 걸고 있었다.

"안녕하세요. 오늘은 늦잠 주무셨나 봐요, 팀장님?"

그녀는 돌아서서 그를 흘겨봤다. "아, 됐어. 이제 겨우 8시 반인데 벌써부터 엄청 피곤한 하루가 될 것 같은 예감이 들어. 새로운 소식이라도 있어?"

"그런 셈이죠."

젬마 오코너가 또 찾아왔다는 말을 전하자 그녀의 눈이 휘둥그레졌다.

"여기 있다고?"

"네. 3번 조사실에서 커피를 마시고 있어요. 어떻게 하실 작정이세요?"

그녀는 눈을 비볐다. 데번이 보기에도 그녀는 어지간히 피곤해 보였다.

"글쎄, 그 메시지들을 어떻게 받아들이느냐에 따라 다르겠지? 퀸 오코너가 보낸 거라 쳐도 뭐 달라지는 거 있나? 난 너무 피곤해서 머리가 잘 안 돌아가네."

그는 어깨를 으쓱했다. "음, 그 사람이 보낸 게 맞다면, 어쨌든 그런 협박 메시지는 용납이 안 되는 거니까 우리가 따끔하게 한마디 해야죠. 그나저나 퀸의 전과기록을 확인해봤는데요, 어릴 때 아일랜드에서 경범죄를 몇 번 저지르기는 했지만 영국에 온 이후 론 전과가 전혀 없더군요. 그런데 메시지 내용이 흥미롭지 않나 요? 퀸이 여기 찾아와서 우리한테 했던 말을 뒷받침하잖아요. 그 는 대니의 실종이든 죽음이든 다 젬마의 짓이라고 믿고 그 여자 가 그렇게 자백하기를 원하죠. 반면에 젬마는 그가 대니를 죽여 놓고 자기한테 뒤집어씌우려 한다고 주장하고요. 하지만 젬마의 주장은 설득력이 없죠. 퀸이 살인자가 맞다면 과연 자기 발로 우 리를 찾아왔을까요?"

헬레나는 고개를 저었다. "그럴 가능성은 낮지. 내가 누군가를 죽였으면 경찰을 찾아가서 쓸데없이 관심을 끄는 짓은 절대 안 해. 그렇다면 빤하지 않나? 그 여자가 들통날까 봐 안절부절못하 다가 자기 살자고 퀸한테 덤터기 씌우려는 거 아니겠냐고."

데번은 잠시 생각하다가 한숨을 쉬었다. "그럴지도 모르죠. 잘 모르겠네요. 누누이 말씀드리지만 이번 사건은 도통 감이 안 와 요. 그렇다 해도 수많은 증거가 그 여자를 가리키고 있다는 점은 부인할 수 없네요."

"맙소사! 팀장님, 데번, 이리 와보세요, 얼른! 이것 좀 보세요!"

둘 다 깜짝 놀랐다. 수사본부 저편에서 프랭키 스티븐스 경장 이 야단스레 손을 흔들며 자신의 컴퓨터 화면을 가리켰다. 둘은 어리둥절한 표정을 교환하고는 그쪽으로 갔다.

"무슨 일이야, 프랭키?" 헬레나가 물었다. 그는 한 손으로 화면 을 향해 격렬하게 손짓하면서 다른 손으로 조그만 안경을 코 위 로 밀어 올렸다.

"이거요." 잔뜩 흥분한 목소리였다. "런던경찰청에서 보냈어요. 지난 수요일 저녁 런던에서 발생한 폭행 사건인데 그쪽에서는 살인 미수로 보고 있답니다. 복스홀 브리지 로드 인근 골목길에서 디클랜 베일리라는 남자가 공격을 당했는데 다행히 누군가가 따라와서 가해자를 저지했답니다. 가해자는 도망쳤고요. 너무 순식간에 일어난 일이라 목격자는 가해자를 확실히 보지 못했대요. 자기 앞에 쓰러져서 피를 흘리는 남자가 걱정돼서 신경 쓸 겨를이 없었다는군요. 그런데 두 가지 특이점이 있습니다. 우선, 그의 휴대폰에서 EHU 앱이 발견됐습니다. 중요한 사실일 수도 있고 아닐 수도 있지만 참고할 가치는 있겠죠. 그리고…, 가장 흥미로운 점은, 가해자가 자신이 사용한 흉기를 떨어뜨렸다고 합니다. 작고 무거운 망치라는데…."

"잠깐만. 지난 수요일이라고 했지. 그날이…?"

수사본부에 있던 10여 명의 형사들이 흥미진진한 대화를 들으러 가까이 모이고 있었다. 프랭키는 눈을 빛내며 고개를 끄덕였다.

"젬마 오코너가 런던 빅토리아역에 있는 식당에서 퀸 오코너를 만난 날입니다."

"복스홀 브리지 로드 인근 골목길이라고 했지?" 헬레나가 몸을 기울여 화면을 들여다봤다.

"그쪽은 제가 잘 압니다. 빅토리아역 코앞이에요." 데번이 끼어들었다. 그의 심장이 마구 쿵쾅거렸다. "이럴 수가, 팀장님. 젬마가 거기 있었어요."

그 자리에 모인 형사들이 일시에 헉 하고 숨을 들이켰다.

"와!" 누군가 탄성을 질렀다.

헬레나는 화면 속 메시지에 눈을 고정한 채 다시 천천히 몸을 일으켰다. "그걸 왜 이제야 알려준대? 월요일이 되도록 가만히 있다가."

"우리 쪽 사건과 런던 쪽 사건의 관계를 아는 담당자 몇 명이 지난 주말에 회의 때문에 자리를 비웠대요." 프랭키가 숨을 헐떡이며 말했다. "그들이 오늘 아침에 돌아와서 범죄 신고서를 확인할 때까지 아무도 몰랐던 겁니다. 아, 그리고 피해자 사진 좀 보세요. 저쪽에서 아직 보내주지 않았지만 역시나 비슷한 외모에…. 모든 조건이 다 들어맞네요, 팀장님. 전부 아귀가 맞습니다."

"이런." 헬레나는 데번을 돌아보며 씩 웃고는 다시 프랭키에게 물었다. "그래서…, 아직 살아있다고? 디클랜이라는 남자가? 더구나 가해자가 무기를 떨어뜨렸단 말이지? 저런, 저런."

프랭키는 코에 걸친 안경이 까딱거리도록 힘차게 고개를 끄덕였다. "머리를 심하게 다쳤지만 살아있습니다. 기억은 제대로 못 하는 것 같지만요. 흉기는 법의학 검사실로 급히 보냈답니다. 결과가 나오는 대로 알려드리겠습니다, 팀장님."

"이런. 여러분, 이제 그 여자를 잡아들일 수 있겠네요." 헬레나가 또박또박 발표했다.

잠시 침묵이 흐르다가 누군가 박수를 치자 하나둘 따라 치기 시작했다. 헬레나와 데번은 마주 보고 웃었다. 헬레나가 손을 들었다.

"좋아요. 수사가 잘 풀리고 있네요. 하지만 아직 갈 길이 멀어요. 그 망치에서 DNA만 얻을 수 있다면…."

"젬마 오코너요? 지금 1층에 있잖아요." 데번이 상기시켰다.

헬레나가 빙그레 웃었다. "그러면 가서 만나볼까? 당장 체포해야겠지. 살인 및 살인 미수 혐의로."

33

"여기가 맞는 것 같네요. 예, 16번지요. 16B호예요." 조금 전, 차를 엘름우드 로드 16번지 맞은편의 공간으로 솜씨 좋게 끼워 넣은 마이크 슬레이터 경장이 집을 가리켰다. 허름한 연립주택이었다. 조그만 앞마당에는 잡초가 무성했고, 이웃집과의 경계를 나누는 부실한 나무 울타리에는 앞바퀴가 달아난 자전거가 세워져 있었다.

"잠깐. 몇 모금 남은 것 마저 마시고 들어가 보자고."

데번이 테이크아웃 컵을 들어 보이자 마이크는 그에게 엄지손가락을 들어보였다. 그들은 런던 서부의 펠텀에 와 있었다. 런던 경찰청 담당자들과 다행히 실패로 돌아간 최근의 살인 시도 현장을 검증하고 세인트토머스 병원으로 이동해 피해자 디클랜 베일리를 만난 후였다. 아쉽게도 그는 약한 진정제를 맞고 잠든 상태였고 주치의는 그의 휴식을 방해해서는 안 된다고 고집했다.

"조만간 회복되겠지만 아직 상태가 많이 안 좋아요. 폭행에 대해서는 전혀 기억을 못 하고요." 멀리건 박사가 설명했다. 의사는 부스스한 머리를 금발로 염색한, 키가 크고 무섭게 생긴 여자였다.

"면담은 좀 더 회복할 때까지 기다리셔야 해요. 지금은 안 됩니다."

데번과 마이크는 주눅이 들어 의사의 지시에 따랐지만, 환자가 자는 모습은 볼 수는 있었다. 얼굴이 멍들고 부었고, 머리카락은 대부분 붕대에 가려져 있었지만 다른 네 희생자, 대니 오코너를 포함하면 다섯과 닮은 얼굴이 분명했다.

"머리색이며 짙은 눈썹이며, 외모가 전반적으로 비슷하네요." 멀리건 박사의 손에 떠밀리듯 병실을 나오면서 마이크가 속삭였다. "어떻게 된 걸까요? 이 모든 사건의 배후에 젬마 오코너가 있다면, 그 여자가 자기 남편처럼 생긴 남자들을 공격하는 이유가 뭘까요? 남편을 왜 그렇게 미워할까요? 남편이 무슨 잘못을 했길래 이런 짓을 하는 걸까요?"

디클랜을 가격한 흉기를 분석한 법의학 보고서는 아직 나오지 않았다. 법의학 연구실 측은 거듭 사과하면서도 예산 삭감과 인원 부족을 탓하며 업무 과부하로 24시간, 길게는 48시간은 더 기다려야 결과가 나온다고 전했다. 어제 오전부터 젬마 오코너를 잡아두고 취조했지만 그녀는 범행 일체를 부인하고 있었다. 이런 상황에서 데번과 마이크는 증거를 최대한 수집하기 위해 이쪽을 찾아온 셈이었다. 두 사람은 브리스톨로 돌아가는 길에 퀸 오코너를 만나러 펠텀에 들렀지만 그는 전화를 받지 않았다.

"협박 메시지를 보낸 데 대해 확실히 경고 좀 해줘." 헬레나는 화요일자 신문 제1면을 훑어보며 말했다. 신문들은 젬마가 체포됐다는 소식을 앞다투어 헤드라인으로 다루고 있었다.

여성 연쇄 살인범의 민낯?
체포된 아내, 과연 브리스톨 살인자일까?

"그리고 지난 수요일에 젬마를 만났을 때 상황이 어땠는지 진술을 받아야 해." 그녀가 신문 무더기를 옆으로 치우며 당부했다.

"정확한 시간, 정확한 위치 같은 정보가 필요해. 퀸이 여기 찾아왔을 때는 별 의미 없는 정보였기 때문에 자세히 물어볼 생각을 안 했지만 지금은 꼭 알아야 해. 디클랜 베일리가 공격당한 골목길에는 방범 카메라가 없었지만 주변 지역에는 많았대. 런던경찰청 담당자가 그날 오후 CCTV 영상에 그 여자가 나오는지 살펴보겠다고 했는데 분량이 너무 많아서 엄두가 안 나나 봐. 우리가 시간과 장소를 좀 더 상세히 알려주면 훨씬 도움이 될 거야."

면담 약속을 잡기 위해 퀸에게 여러 번 전화했지만 통화에 실패하자 데번과 마이크는 트위크넘의 바로 서쪽인 펠텀의 주소지로 그를 직접 찾아가기로 했다.

"어쨌든 돌아가는 길목에 있으니까요." 마이크는 저녁 시간대의 교통 체증과 싸우며 서쪽으로 이동했다.

마침내 그 집 앞에 도착하자 데번은 남은 차를 들이켰다.

"불이 켜져 있네. 운이 따라주는군." 데번이 차에서 내리며 말했다. 두 사람은 길을 건너 녹슨 금속 문을 밀었다. 삐걱대는 소리가 요란하게 울렸다. 현관문 앞에서 데번은 이름 표시가 없는 두 개의 초인종을 보고 잠시 고민하다가 위쪽 버튼을 눌렀다. 반응이 없었다. 족히 1분을 기다렸다. 집 바로 앞에 서 있으니 기름진 음식 냄새와 찌든 담배 냄새가 희미하게 풍겼다. 데번이 다시 초인종을 눌렀다. 이번에는 집 안 어디선가 쾅 소리가 들리고 연이어 계단을 내려오는 발소리가 들렸다.

"진짜, 퀸. 열쇠를 또 잃어버렸냐?" 남자 목소리였다. 아일랜드 억양에 짜증 난 말투.

잠시 후 문이 열렸다.

"실례합니다, 혹시-"

데번은 입구에 서 있는 남자를 찬찬히 바라보다가 입을 떡 벌렸다.

"이게 무슨…?"

그의 옆에서 마이크가 헉 소리를 냈다.

"아, 젠장할." 남자가 내뱉었다.

데번은 그를 응시하다가 흙빛이 된 마이크를 흘끔 돌아보고는 다시 남자에게 시선을 돌렸다. 그가 누구인지는 한눈에 알 수 있었다. 다들 죽은 줄 알았던 남자가 보란 듯이 살아 있었다. 문을 연 사람은 의심할 여지없이 대니 오코너였다.

34

얇은 비닐 매트리스에 걸터앉아 몸을 오들오들 떨었다. 온기를 유지하려고 지난 한 시간 내내 비좁은 공간을 왔다 갔다 했지만 속이 울렁거리고 힘이 쭉 빠지고 심장 쿵쾅대는 소리가 귓가에까지 울렸다. 유치장을 지키는 경찰이 건네준 낡아빠진 담요로 어깨를 단단히 감싸면서 결국 올 것이 오고야 말았고 빠져나갈 방법은 없다는 생각에 겁에 질렸다. 나는 체포되어 유치장에 갇혔다. 한때 잘 나가던 기자, 잡지 칼럼니스트였고 주차 위반 딱지 한 번 떼여 본 적 없는 나, 젬마 오코너가 살인과 살인 미수 혐의로 체포되었다. 이토록 겁을 먹지 않았다면 배꼽 빠지게 웃겼을 상황인지도 모른다. 얼마나 많은 질문을 받았는지, 작고 갑갑한 조사실을 몇 번이나 드나들었는지 셀 수도 없었다. 내가 대기하던 방에 경찰들이 나타나 나의 권리를 읊던 초현실적인 순간부터 시작된 악몽이었다. 나는 무슨 영문인지 이해를 못 하고 충격에 입을 떡 벌린 채 그 자리에 얼어붙었다. 그들이 내 호주머니를 뒤지고, 가방과 구두를 빼앗고, 여러 각도에서 사진을 찍고, 지문을 채취하는 사이 한마디도 할 수 없었다. 법적 절차에 따르는 것이라고 그들은 설명했다. 요 며칠 체포될지도 모른다는 생각이 어렴풋이 들긴 했지만, 그런 일이 실제로 닥치자 너무 공포스럽고 비현실적으로 느껴졌다. 충격으로 말문이 막힌 나는 시키는 대로 고분고분 따를 뿐이었다. 그러다 한 시간, 아니 두 시간이나 열 시간일지도 모를 시간 동안 좁은 감방에 멍하니 앉아 몸서리를 치고 있으니 마침내 형사들은 나를 조사실로 데려가 취조를 시작했다.

또다시 똑같은 질문의 반복이었다. 피바다가 된 침실, 1월 말 이후로 나 말고 대니를 본 사람이 아무도 없다는 사실 등에 대해 끝없이 추궁했다. 혼신을 다해 목소리를 짜내 그들을 설득했다. 헬스장 CCTV를 다시 언급하며 영상 속 남자는 대니가 틀림없다고 주장했고 그가 약 2주 전까지 브리스톨에서 나와 함께 무탈하게 살고 있었다고 몇 번이나 설명했다. 그들은 귀를 기울이는 시늉을 하다가 싸늘한 눈빛으로 내 모든 주장을 일거에 묵살했다.

헬스장에 나가고 날마다 브리스톨을 돌아다녔다면 왜 통장의 돈을 건들지 않았을까요?

왜 본인 어머니를 포함한 누구에게도 연락하지 않았을까요? 1월 30일 이후로 당신이 남편의 사진을 찍은 적도, 남편에게서 이메일도 받은 적도 없는 이유가 뭐죠? 왜 우리한테 거짓말을 해요, 젬마? 대니한테 무슨 짓을 했어요?

그들은 다시 런던에서 살해된 두 사람, 브리스톨에서 살해된 두 사람에 대해서도 질문했다. 그리고 또 한 사람, 듣도 보도 못한 디클랜이라는 남자에 대해서도. 내가 퀸을 만나러 간 날 오후에 런던에서 습격을 당했다고 한다. 나는 도저히 믿기지 않아 그들을 쏘아봤다. 가슴이 쿵쾅거렸다.

"글쎄…, 어쩌면 그 사람 짓일지도 모르죠. 퀸 말이에요. 대니의 실종에 그 사람이 연루된 것 같다고 이미 말씀드렸잖아요. 어쩌면 대니만 해친 게 아니라 그 남자들을 다 죽였는지도 모르죠. 나야 빌어먹을 형사가 아니니 알 수가 없지만요. 우리가 만난 곳 근처라면 그 남자를 폭행한 사람은 아무래도 퀸이겠네요. 나는 아니니까요. 나는 누구를 해칠 수도 없고 해칠 생각도 없어요. 참

어이가 없네요. 당신들, 완전히 잘못 알고 있어요."

나는 결국 주저앉아 엉엉 울기 시작했다. 그들은 잠시 쉬었다 하자고 제안했다. 그 시점까지도 나는 변호사 선임을 거부하고 있었다. 결백한 내게 법률대리인이 왜 필요하단 말인가? 하지만 다시 감방으로 돌아온 순간 깨달았다. 이제 너무 멀리까지 와버렸다. 이제 현실을 받아들여야 했다. 나는 체포됐고 경찰은 내가 하는 말을 전부 거짓이라고 생각한다. 엄청난 곤경에 빠졌지만 어떻게 대처해야 할지 도무지 알 수 없었다. 그래서 형사들에게 마음이 바뀌었다면서 아버지와 통화하게 해달라고 부탁했다. 전화로 자초지종을 설명하자 아버지는 충격과 분노로 경악했지만, 괜찮은 변호인이 필요하다는 말을 간신히 꺼내자 꼭 구해주겠다고 약속했다. 작별 인사를 하는 아버지의 목소리가 감정에 북받쳐 갈라졌다.

싸늘한 감방에서 기다렸다. 하루 낮과 밤이 지나가도록 몸을 떨며 가만히 앉아 있었다. 사방의 지저분한 벽과 한쪽 구석의 변기 외에는 아무것도 없고 공기 중에 표백제와 지린내가 감도는 곳에서. 식사가 들어오기도 했다. 밍밍한 차가 담긴 폴리스티렌 컵과 전자레인지에 데운 듯한 죽이 담긴 종이 그릇. 보기만 해도 속이 뒤집혀 옆으로 밀쳐놓고 식으면서 서서히 굳어가는 고기 기름을 노려봤다. 거칠거칠한 담요로 몸을 감싼 채 덜덜 떨고 있으려니 뇌마저 냉기에 식어버린 듯 아무 생각도 할 수 없었다. 이 지옥에서 1분만 더 견디자, 또 1분, 또 1분만 더. 이 생각뿐이었다.

그런데 아주 이상하고도 놀라운 일이 일어났다. 그 순간 나는 꼼짝하지 않고 앉아 감방문을 연 남자를 응시했다. 그 구치소 경사는 얼굴에 웃음을 띠고 있었다.

"젬마, 이제 가셔도 됩니다. 남편을 찾았답니다. 살아있대요."

35

데번은 조금 전 탁자에 놓인 따뜻한 찻잔을 양손으로 감싼 채 대니 오코너를 응시했다. 수사본부 현황판에 붙어 있는 이 남자의 사진을 몇 주씩이나 들여다보다가 이 작은 아파트의 지저분한 주방에서 부산스럽게 차를 만들고 반쯤 빈 과자 통에서 생강 쿠키를 꺼내주는 남자의 실물을 보는 기분은 아주 묘했다. 시체가 아닌 살아 있는 대니를 보다니.

'믿을 수가 없어.' 데번은 생각했다. '헬레나가 펄펄 뛰겠지. 이 남자를 찾느라, 남편을 죽였다는 이유로 아내를 취조하느라, 우리가 얼마나 많은 시간을 낭비했는지…'

마침내 대니도 자리에 앉았다. 2인용 식탁이라 셋이 딱 붙어 앉아야 했다. 테라스나 발코니에서 흔히 볼 수 있는 식당용 테이블에 똑같은 의자 둘과 부실해 보이는 스툴이 놓여 있었다. 마이크가 스툴에 불편하게 걸터앉아 있었다. 그는 데번만큼이나 당황한 표정으로, 도저히 못 믿겠다는 듯 이따금씩 고개를 절레절레 흔들었다.

"저를 어떻게 찾았는지는 묻지 않겠습니다." 대니가 말했다. "너무 빤하니까요. 퀸 녀석 때문이죠? 그 멍청한 놈한테서 젬마를 만난 다음에 경찰서에 찾아갔다는 말을 들었을 때부터 이런 사태를 예상했어야 하는데. 제 타박상 사진을 내놓으면서 쓸데없이 주의를 끌었겠죠. 하지만 형사들이 내가 죽었다고 확신한다길래, 살아있는 나를 찾을 리는 없을 것 같아 여기 며칠 더 있어도 안전할 줄 알았는데…."

대니가 한숨을 푹 쉬었다. 그의 말씨는 부드러운 아일랜드 억양이었고, 굵고 검은 머리는 데번이 사진에서 본 모습보다 더 길고 곱슬거리고 부스스했다.

"안전하다니? 누가 위협이라도 합니까?" 데번이 물었다.

대니는 자세를 고쳐 앉았다. 데번에서 마이크로 눈길을 옮겼다가 코앞의 식탁 위로 시선을 떨궜다.

"말하고 싶지…, 않아요. 말하기…, 힘듭니다. 설명이 쉽지 않아요."

"오코너 씨, 어떤 설명이든 꼭 해 주셔야 합니다. 천천히 말씀해보실래요? 방금 멍든 사진 얘기를 하셨잖아요. 당신 사촌 퀸은 부인이 당신을 때렸다던데요? 부인은 자전거 사고 때문이라고 주장하고요. 어느 쪽이 맞는 겁니까, 대니?" 데번이 물었다.

"자전거 사고였어요." 대니가 대답했다. "죄송합니다. 그때 사고를 경찰에 신고하려고 사진을 찍어놨다가 그냥 잊고 있었어요. 퀸이 그 사진으로 그런 장난을 치고 젬마를 엮어서 이야기를 꾸밀 줄은 몰랐습니다. 런던으로 돌아와서야 그 얘길 하길래… 정말 다 말씀드려야 하나요? 범죄를 저지른 사람은 아무도 없잖아요. 저는 멀쩡히 살아 있고 젬마도 아무 잘못이 없고요. 그러니까 그냥 이대로 덮어두시면 안 됩니까?" 그는 회유하듯 양손을 벌리며 겸연쩍게 웃었다.

데번은 눈살을 찌푸렸다. '이 인간 제정신인가?'

"아니, 그럴 수 없습니다. 오코너 씨, 당신이 얼마나 큰 말썽을 일으켰는지 아십니까? 우리가 당신을 연쇄 살인 피해자로 보았다는 건 아시죠? 물론 다 큰 성인이 아무 말 없이 사라진 것이 범죄는 아닙니다. 당신은 하고 싶은 대로 하고 가고 싶은 데로 갈 수 있으니까요. 그래도 신문을 보고 뉴스를 들었을 거 아닙니까? 우리가 당신을 살인 피해자로 생각한다는 사실을 몰랐을 리 없었을 텐데요? 친구와 가족에게 전화나 문자로라도 무사히 살아있다고 알리지 않은 이유가 뭡니까? 다들 지옥을 겪고 있었다고요, 대니. 더구나 우리는 젬마를 의심했어요. 당신 아내 젬마가 당신을 죽였다고 의심했다니까요. 그건 몰랐습니까? 우리는 그녀가 하는 말을 단 한마디도 믿지 않았어요. 지금 보니 줄곧 진실만 말한 것 같네요."

대니는 고개를 떨구고 한숨을 쉬다가 다시 데번과 눈을 맞췄다.

"네, 뉴스를 봤어요. 저도 알고 있었습니다. 정말 죄송하게 됐네요. 방법이 이것뿐인 것 같아서…."

"무슨 방법 말입니까? 오코너 씨, 이제 문제가 복잡해졌어요, 당신은 기소당할 수도 있단 말입니다. 최소한 지난 몇 주간 무슨 일이 있었는지 우리가 납득할 수 있게 노력은 하셔야죠. 어서 말씀하세요."

대니는 몇 초간 말이 없다가 결심했다는 듯 천천히 고개를 끄덕였다.

"좋아요. 알겠습니다. 설명해드리죠. 이해하실지 모르겠지만 해보겠습니다. 기왕 이렇게 된 거 처음부터 다 말씀드릴게요."

'이제야 진실이 드러나는군.' 데번은 생각했다.

대니는 자세를 고쳐 앉더니 뜸을 들이며 심호흡했다.

"사실 일이 좀 꼬였습니다. 꽤 난처하게 됐죠. 저는 IT 보안 전문가입니다. 이미 알고 계시겠지만요. 몇 달 전에 개인적인 일을 맡아달라며 접근한 사람이 있었습니다. 저는 외부 업무를 맡으면 안 되는 처지였는데요. 당시에 핸필드 솔루션이라는 회사에 다녔는데 그 회사 방침이 여간 엄격하지 않았어요. 하지만 저를 찾아온 그 친구가 워낙…, 집요했달까요. 어마어마한 보수를 제안했습니다. 터무니없이 많은 돈을요. 인생 역전을 할 만한 액수였죠. 유일한 문제는, 그 돈을 손에 넣으려면 뭔가…, 불법적인 일을 해야 한다는 거였어요. 꽤 더러운 일이었죠."

마이크와 데번은 시선을 주고받았다.

'젬마가 옳았군.' 데번은 생각했다. '내막은 몰라도 대니가 큰 곤경에 처했다고 주장했었지. 왜 그 말에 귀를 기울이지 않았을까?'

"계속하세요."

대니는 두 사람을 번갈아 보다가 다시 천천히 들숨과 날숨을 쉬었다.

"어, 모든 걸 말씀드릴 순 없어요. 이름 따위를 밝히는 건 너무 위험합니다. 저는 온라인 해킹으로부터 기업을 보호하는 일만 해왔는데 이 의뢰인은 정반대의 일을 요구했어요. 대기업의 시스템을 해킹해서…, 음, 한마디로 돈을 옮기는 일이었습니다. 결국 훔치는 것이었죠. 엄청난 돈을요. 저는 한참 고민했습니다. 심각하게 고민했어요. 워낙 규모가 큰 사기 행위다 보니 잡히면 오랫동안 대가를 치러야 할 테니까요. 상당한 위험이 따르긴 했지만 보수가 너무 후한 겁니다. 지나치게 후했어요. 그래서 하겠다고 했습니다. 딱 한 번만. 말씀드린 대로 그 돈을 손에 넣으면 팔자를 고칠 수 있으니까요. 제가 어리석었어요. 이제야 깨달았습니다. 하지만 인생을 완전히 바꿀 기회가 살면서 몇 번이나 찾아올까요? 복권 당첨이나 마찬가지인데요. 그래서 그 일에 뛰어들었습니다. 그러다 몇 주쯤 지난 어느 날 갑자기 제정신이 돌아왔어요. 아무래도 젬마가 우리 아이들, 우리 미래 얘기를 꺼내서 그랬나 봅니다. 저도 가족을 원했습니다. 결국 중요한 것은 돈이 아니라 아내와 함께하는 미래라는 사실을 문득 깨달았어요. 일이 잘못되거나 들통나면 모든 걸 잃게 될 테니까요. 완전히 망하는 거죠. 그래서 의뢰인을 찾아가 그 일에서 발을 빼겠다고 했습니다. 하지만 뜻대로 되지 않았죠."

그는 머그잔을 집어 차를 한 모금 마셨다. 그리고 짙은 갈색 눈가에 주름을 잡으며 미소를 지었다가 진지한 표정으로 돌아왔다.

"아무렴요. 그자가 어떻게 나오던가요?" 데번이 물었다.

"나를 죽이겠다고 했어요." 그는 간단히 대답했다.

대니는 다시 말을 멈추고 머그잔 입구를 손가락으로 훑었다.

"그 일을 하지 않으면 쫓아와서 죽이겠다고 으름장을 놓았어요. 제가 너무 많은 것을 알고 있어서였겠죠? 그들의 계획을 속속들이 알고 있었으니까요. 절대 누구한테도 발설하지 않겠다고 약속하고 맹세했지만 먹히지 않았습니다. 그 일을 안 하면 끝장날 줄 알라더군요. 1월 말이라는 마감 기한을 던지면서, 그때까지 일을 끝내지 않으면 각오하라고 했어요. 그 전에 경찰을 찾아가거나 하면 저만 죽이는 게 아니라 젬마와 어머니, 동생 리암도 무사하지 못할 거랬어요. 파리 한 마리 못 죽이는, 다섯 살 어린애처럼 순진한 동생까지요. 어떻게 알아냈는지 몰라도 그자들은 제 동생을, 가족을 전부 알고 있었습니다. 그러니까 선택의 여지가 없잖아요? 그 일을 하다가 발각되면 내 인생은 끝장나겠죠. 그 일을 하지 않더라도 내 인생은 망가지고 사랑하는 사람들까지 목숨을 잃을 판이었어요. 그래서 어쩔 수가 없었습니다. 도망치고 사라지는 수밖에요."

"휘이이이이익." 마이크가 길고 낮은 휘파람 소리를 냈다.

"압니다. 참 한심하죠?" 대니는 다시 머그잔을 들고 한 모금 마신 후 찻잔을 노려보았다.

"그래서 모두가 당신이 죽었다고 믿게 할 만한 계획을 세웠군요." 데번이 말했다.

대니는 고개를 끄덕였다. "얼마나 어리석었는지 잘 압니다. 이런 대형 사고를 쳤으니까요. 하지만 당시에는…, 음, 더 나은 방법이 생각나지 않았어요. 다들 제가 죽었다고 생각한다면 협박은 끝날 테니까요. 그렇게 모든 일이 시작된 겁니다. 지디러 어리석은 놈이라 욕하셔도 어쩔 수 없어요."

"절대 훌륭한 아이디어는 아니죠. 어쨌든 그 얘기는 접어두고 나머지 얘기나 다 들어봅시다." 데번이 재촉했다.

대니는 두 손을 뾰족하게 세우고 검지에 턱을 얹었다. 최근에 친 장난에 대해 변명하려는 어린 소년 같은 표정이라고 데번은 생각했다.

"네, 말씀드려야죠. 저는 순식간에 자취를 감춰야 했습니다. 해외로 나가서 새로운 신분으로 새 출발을 할 생각이었어요. 젬마나 다른 사람을 데려가는 건…, 너무 위험했습니다. 잡히면 둘 다 죽을 테니까요. 네, 제 행동이 특히 젬마한테 얼마나 잔인했는지는 말씀하지 않으셔도 잘 압니다. 가족이나 친구들한테도요. 하지만 실종된 게 아니라 죽었다고 생각하게 만드는 편이 훨씬 나은 거 아닌가요? 시간이 흐르면 아무도 나를 찾지 않을 테니까요. 네, 저는 외톨이가 되겠죠. 다시는 친구와 가족을 만날 수 없을 테고요. 젬마가 너무 그리웠을 겁니다. 하지만 적어도 자유를 되찾을 수는 있겠죠. 그리고…, 젬마는 제가 없으면 더 잘 살 거라고 생각했습니다. 노력은 했지만 저는 별로 좋은 남편이 아니었으니까요. 항상 아내에게 충실한 건 아니었어요. 이제 와서 그런 게 중요한 건 아니겠지만요."

데번과 마이크는 다시 서로를 마주 봤다.

"알았어요. 그 얘기는 나중에 하지요." 데번이 말했다. "당신이 세웠던 계획부터 설명해 보시죠."

"네, 그러죠." 그가 의자에서 몸을 꼿꼿이 세웠다. "우리 부부는 진작부터 런던에서 브리스톨로 이사하겠다는 계획을 세웠는데, 그게 신의 한 수였습니다. 새로운 곳, 아무도 나를 모르는 곳, 남의 눈에 띄지 않는 곳에 숨어 살 수 있게 됐으니까요. 영원히 사라지기 전에 사라지는 연습을 할 수 있었던 셈이었죠. 새로 신분을 위조하기 위해 서류를 꾸미려면 시간을 좀 벌어야 했고요. 괜찮은 신분을 손에 넣으려면 꽤 오래 걸리거든요. 그래서 이사하기 전에 런던에서 변을 당해 브리스톨에 아예 가지 않은 것처럼 보이게 하겠다는 아이디어를 떠올린 겁니다. 그래서…, 참 민망하긴 한데…, 가장 손쉬운 방법은…, 가장 간단한 방법은 젬마를 끌어들이는 거였습니다. 떠나기 전에 젬마가 제게 끔찍한 해코지를 한 것처럼 보이게 하는 거였죠. 때가 되어 젬마가 제 실종 신고를 하고 경찰이 수사에 착수하더라도 브리스톨에서 제 흔적을 찾지 못하게 하는 거요. 음…, 젬마나 다른 누군가가, 아무래도 젬마가 몇 주 전에 나를 죽인 것처럼 보이게 하는 거죠. 이런, 정말 역겨운 소리죠? 이렇게까지 일이 커질 줄은 몰랐습니다. 사실 그녀는 아무런 잘못이 없으니까요. 하지만 상황이 걷잡을 수 없이 꼬여 버렸어요. 그렇게 된 건 정말 죄송하게 생각합니다."

그는 의자에 등을 기대고 양손으로 얼굴을 문질렀다.

'진짜 비열한 자식이군.' 데번은 생각했다. 그리고 범죄자이기도 했다. '자기 아내, 자기를 사랑하는 여자한테 어떻게 그런 짓을 할 수 있을까?' 그는 하고 싶은 말을 억지로 참았다. 옆에 앉은 마이크도 말은 없었지만 숨소리가 거칠어졌다.

'마이크도 간신히 참고 있구나. 이 자식이 우리 모두를 갖고 놀았어.'

"아내한테 한 짓에 대해서는 뭐라 변명할 말이 없네요. 진심으로 미안해요. 젬마를 다시 볼 기회가 있으면 그 말을 꼭 전하겠어요. 하지만 그때는…." 그는 머그잔을 집어 한 모금을 더 마시며 얼굴을 찌푸렸다. "식었네요."

"마이크, 주전자에 물 좀 끓여서 잔에 채워 줄래?" 데번이 말했다. "계속해요, 대니."

"알겠습니다." 마이크는 무표정한 얼굴로 일어섰다.

대니는 그에게 미소를 지으며 뒤편 싱크대에 놓인 주전자를 가리키고는 다시 데번을 마주 봤다.

"네, 자세한 방법을 알고 싶으시죠? 일단 외국 은행 계좌를 몇 개 개설해 돈을 조금씩 옮기는 작업부터 시작했습니다. 우리 부부는 돈 관리를 공동으로 하지 않았기 때문에 그건 어렵지 않았어요. 전부 내 돈이었으니까요. 여기저기서 돈을 조금씩 뽑았고, 누가 수상하게 여길까 봐 목돈은 인출하지 않았습니다. 거액의 상여금도 몇 번 받았는데 젬마 몰래 전부 수표로 바꿔 숨겨뒀어요. 대부분은 젬마를 위해 모은 거예요. 내가 사라지고 나면 의지할 돈이 필요할 테니까요. 나중에 돈을 어디서 찾을 수 있는지 알려줄 요량이었죠. 물론 제가 쓸 돈도 따로 챙겼습니다. 새 출발에 필요한 자금을 얼마간 은행에 넣어두고 싶었지만 큰돈은 필요하지 않았어요. 어디로 가든 일자리를 구할 수 있으니까요. 제 직업의 장점이죠. 요즘은 어디에나 IT 전문가가 필요하잖아요. 이제부터 진짜 중요한 얘기를 해야겠네요. 저는 런던에서 마무리할 일이 있다는 핑계를 대고 젬마를 일주일 먼저 브리스톨로 보냈습니다. 무대를 연출할 시간이 필요했기 때문이죠."

"무대 연출이라니? 침실에 뿌린 피 말인가요?"

마이크는 싸늘한 목소리로 이렇게 질문하며 수도꼭지를 틀어 주전자에 물을 채웠다.

대니는 그의 감정을 눈치채지 못한 듯 고개를 끄덕였다.

'아주 신이 났구먼.' 데번은 생각했다.

"네. 그렇다면 피를 발견하셨다는 말씀이죠? 그건 확신이 없었지만 발견하시길 바랐습니다. 역시 듣기 짜증나시겠지만 다 말씀드릴게요. 하나도 빼놓지 않고 전부 다요. 인터넷에서 주사기 등을 구했습니다. 한 주에 몇 번씩 제 피를 뽑기 시작했어요. 한 번에 조금씩 뽑았지만 곧 상당한 양이 모이더군요. 압니다, 정신 나간 짓이라는 거. 그래도 계획대로 잘 진행됐어요. 퀸이 도와줬고요. 네, 그 친구는 제 계획을 알고 있었습니다. 유일하게 아는 사람이죠. 퀸은 세상에 둘도 없는 제 친구예요. 음, 저한테 진 빚도 있고요. 돈을 빌려갔다는 뜻은 아니고…. 옛날에, 우리가 어렸을 때 그런 일이 좀 있었죠. 뭐, 그건 중요하지 않고요. 어쨌든 저한테 빚이 있었기 때문에 무슨 일이든 기꺼이 돕기로 했던 겁니다."

'그러면 그 자식도 우리 시간을 허비하는 데 가담했군.' 데번이 냉랭하게 생각했다.

"어쨌든." 대니가 말을 이었다. "그 녀석이 피 모으는 걸 도왔어요. 인터넷을 찾아보니 냉장고에서 최대 40일까지 보관할 수 있다더군요. 전문 의료 기구가 필요했지만 인터넷에서 구하는 건 일도 아니었습니다. 퀸이 저 대신 저 냉장고에 피를 보관했어요."

우유를 찾느라 냉장고를 열던 마이크가 눈에 띄게 움찔했다.

"어쨌든 젬마가 브리스톨로 떠나자마자 퀸이 피를 신고 왔고 저는 그걸 온 침실에 뿌렸습니다. 인터넷에서 찾은 범죄 현장을 모방했어요. 꽤 잘 해냈다 싶었습니다. 그런 다음 집주인한테 열쇠를 돌려주고 사람들의 눈을 피해 이 집에서 한 주 동안 숨어 지냈어요. 브리스톨로 이사한 뒤에는 외출할 때 턱수염, 모자, 안경으로 변장하고 어두워진 후에 뒷문으로 들어갔습니다. 브리스톨의 새 고용주에게 마음이 바뀌어 이직을 포기하겠다고 미리 통보했기 때문에 날마다 시간을 때울 곳을 찾아야 했어요. 이웃들의 눈에 띌 가능성을 줄이려고 어두울 때 집을 드나들었고요. 결국 매일 변장을 하고 동네 헬스장에 다녔지만 땀은 흘리지 않았습니다. 패트릭이라는 가명을 썼고 결제는 전부 현금으로 했어요. 간단했죠."

'이번에도 젬마가 옳았어.' 데번은 죄책감을 느꼈다. '그토록 애타게 설명했는데도 우리는 귀담아듣지 않았어. 전부 거짓말로 치부했지.'

대니는 말을 이었다. "영국 계좌는 사용을 중단하고 거액이 필요할 때는 외국 은행 카드를 사용했습니다. 젬마가 모르게 써야 했으니까요. 아니면 지난 몇 주 동안 배낭에 충분히 챙겨둔 현금을 썼고요. 집으로 누가 찾아와도 절대 현관으로 나가지 않았습니다. 젬마가 눈치챌 줄 알았는데 끝까지 모르더군요. 이사한 지 얼마 안 된 시기라 집 안에서 할 일이 많았어요. 덕분에 외출하지 않고 가급적 집 안에 머무를 수 있었죠. 시간을 오래 끌수록 힘들어졌겠지만 몇 주만 참자는 생각이었습니다. 그 몇 주 사이에는 아무한테도 연락하지 않았어요. 휴대폰을 없애고 새 직장에서 업무용 휴대폰을 빨리 내주지 않는다는 거짓말을 지어냈습니다. 꼭 게임을 하는 것 같더군요. 일이 순조롭게 풀렸어요. 유일한 걱정거리는 집주인 에반스가 침실의 피를 너무 빨리 발견할 경우 제대로 준비되기 전에 서둘러 이사를 해야 한다는 것이었죠. 하지만 그가 멀리 휴가를 떠나는 바람에 제게 몇 주의 여유가 생겼습니다. 모든 상황이 완벽하게 굴러갔죠."

마이크가 식탁으로 돌아왔다. 어디선가 찻주전자를 찾아와 머그에 차를 따르면서도 눈을 가늘게 뜬 채 귀를 기울이고 있었다. 데번도 끔찍한 이야기에 푹 빠진 기분이었다.

'참 짜증나는 이야기네.'

"그럼 당신이 브리스톨에 있을 때 젬마에게 보냈다는 이메일은 어떻게 된 겁니까? 젬마가 찍었다는 당신 사진은요? 어떻게 다 지웠죠? 이제 그걸 지운 사람이 당신이라고밖에 볼 수 없겠는데요? 젬마는 자기 폰이 고장났다고 생각하던데요."

"제 직업을 잘 아시잖아요." 대니는 민망하다는 표정을 짓고 있었다. "완전히 삭제하는 것쯤은 식은 죽 먹기입니다. 그리고 젬마가 취재 여행을 떠난 사이에 표백제로 집을 구석구석 청소해 제 DNA와 지문을 최대한 없앴어요. 아예 그 집에 산 적이 없는 것처럼 보이게요. 다음 날 이른 아침에 퀸이 내려와서 저랑 자전거를 승합차에 싣고 런던으로 이동했어요. 그 이후로 쭉 이 집에 있었습니다."

"맙소사." 마이크가 한탄했다.

"압니다. 제가 죽일 놈이죠?" 대니는 다시 뉘우치는 듯한 표정을 지었다. "그래도 연쇄 살인범이 나타날 줄은 몰랐습니다. 충격이었어요. 피해자들이 저와 닮았다는 사실도 으스스했고요. 그래도 역시 저한테는 행운이었다고 할까요? 저를 쫓아다니던 놈들이 제가 연쇄 살인범의 손에 당했다고 생각해주면 참 고마울 테니까요. 하지만 젬마가 제 사건뿐만 아니라 다른 살인 사건에 대해서도 조사를 받고 있다는 뉴스를 봤을 때는, 음…, 마음이 아팠습니다. 미안해 죽겠더군요. 아내에게 어떻게 속죄해야 할지 모르겠네요."

"죽은 남자 최소 두 명과 같은 데이트 앱을 사용했던데, 알고 있었습니까? 엘리트 후크업 맞죠? EHU?" 데번이 물었다.

대니는 다시 죄지은 표정으로 고개를 끄덕였다. "네, 저도 가입했는데…, 그 남자들도요? 역시 묘한 우연이네요. 아니면 요즘 워낙 인기 있는 앱이다 보니 가입자가 많아서일 수도 있겠죠. 그래도 이상하긴 합니다. 젬마가 퀸한테 그 얘기를 하기 전까지는 저도 몰랐어요. 희한하네요. 제가 잘했다는 건 아닙니다. 유부남이 데이트 사이트에 기웃거리는 거요. 말씀드렸다시피 전 젬마한테 늘 좋은 남편은 아니었어요. 젬마뿐만 아니라 지금껏 만난 여자 누구에게도 별로 충실하지 못했어요. 최근에는 많이 나아졌지만요. 나름대로 노력했어요. 젬마를 사랑하니까요. 그 여자랑 아이를 낳고 미래를 함께하면서 남들처럼 평범하게 살고 싶었어요. 하지만 그건 일종의 중독 같아서…."

그는 손으로 머리를 쓸어 넘기며 눈을 감고 천천히 고개를 저었다. 데번은 할 말을 잃었다. 마이크도 비슷한 생각을 하는 것이 분명했다. 둘 다 입을 꾹 닫고 대니가 얘기를 계속하기를 기다렸다.

"저는 항상 여자들의 관심을 갈구했어요. 민망한 소리지만 사실입니다." 그가 말을 이었다. "그래서 가끔씩 온라인에서 여자를 만났어요. 아무 조건 없이 섹스만 했죠. 그런데 간혹 선을 넘을 때가 있었어요. 젬마와 함께 파티에 갔다가 여자를 꼬셔서…, 젬마가 다른 사람들과 대화하는 사이 10분간 침실에서 즐겼어요. 역겹죠? 젬마는 전혀 몰랐고 의심도 하지 않더군요. 그렇게 사람이 많은 곳에서 그런 짓을 하면 얼마나 짜릿한지 몰라요. 아내 친구 에바한테 추근거린 적도 있어요. 아, 그건 실수였죠. 다행히도 상대는 딱 잘라 거절했어요. 젬마 귀에 들어갔다면 돌이킬 방법이 없었겠죠."

에바의 이름이 나오자 데번은 눈을 번쩍 떴다가 약간의 쾌감을 느꼈다. '사랑스러운 에바가 집적대는 대니를 거부했단 말이지? 좋아.'

"잠시 EHU 앱 이야기로 돌아가죠." 마이크가 끼어들었다. "가짜 이메일 주소를 썼더군요. 추적을 피하려고 그랬나요? 이유가 뭐죠?"

"제 IP 주소를 숨기려고 소프트웨어를 좀 이용했습니다. 사생활 보호 차원에서요. 제 입장에서는…."

데번은 머리가 쑤시기 시작했다. "알았어요. 알았어. 골치 아픈 소리는 접어둬요."

대니가 살아있기 때문에, 그가 살해당했다고 가정하고 전개했던 추리를 이제는 전면 재검토해야 했지만 당장은 머리가 돌아가지 않았다.

"그러면 퀸은요?" 데번이 물었다. "젬마한테 그런 메시지를 보낸 이유가 뭡니까? 당신이 시켰어요?"

대니는 당황한 표정이었다. "메시지라고요? 형사님이 어떻게…?" 그가 머뭇거렸다. "음, 네, 그 녀석이 메시지를 몇 번 보냈다는 건 압니다. 다음 주에 이 나라를 뜰 계획이었거든요. 가짜 여권이랑 서류가 전부 준비됐으니까요. 말씀드렸듯이 제가 죽었다는 인상을 굳히고 싶었습니다. 그래야 비행기 안에서 누가 저를 알아보고 신고를 한다 쳐도 아무도 믿어주지 않겠죠. 아내가 저를 죽였다는 이유로 조사받았다는 사실이 기록에 남아 있을 테니까요. 그래서 퀸이 문자 몇 건을 보내 수사에 혼선을 주고, 젬마가 저를 죽였다는 사실을 아는 사람이 있는 것처럼 만들겠다고 했어요. 하지만 추적이 불가능한 선불 전화를 쓰기로 했는데…."

"바보짓을 했죠." 데번이 말했다. "마지막 메시지를 자기 휴대폰으로 보냈더군요."

"멍청한 자식 같으니라고." 대니가 내뱉었다. 잠시 씩씩대다가 그는 어깨를 으쓱했다.

"이제 와서 그게 뭐가 중요하겠어요? 게임이 끝났는데요. 저를 체포하실 건가요?"

데번이 고개를 끄덕였다. "아무래도 그래야겠네요. 아직 무슨 혐의를 적용할지 애매하지만요. 따져봐야 할 문제가 너무 많지만, 일단 공무집행 방해와 경찰 업무 방해, 신분증 위조, 또…."

대니가 양손을 쳐들었다.

"알겠습니다, 알겠어요! 같이 가기 전에 소변 좀 봐도 될까요? 차를 너무 많이 마셨나 봐요."

"그러시죠. 외투랑 구두도 챙겨요. 바깥 날씨가 추우니까."

"네. 고맙네요, 두 분 다. 제 말을 들어주셔서. 들어주는 사람이 있다는 건 고마운 일이죠. 제가 엄청난 짓을 저질렀다는 건 잘 압니다. 그런데 이제 제 뒤를 쫓는 미치광이들로부터 가족들을 어떻게 지켜내야 할지는 잘 모르겠네요. 하지만 그건 형사님들과는 상관없는 문제겠죠."

그는 일어서서 주방을 나갔다. 잠시 후 화장실 문이 잠기는 소리가 들렸다. 데번과 함께 식탁 앞에 말없이 앉아 있던 마이크가 사나운 말투로 소곤거렸다.

"저 자식 정말이지 제정신이 아니네요. 목숨을 건지려니 달아나긴 해야 했겠지만 다른 방법도 얼마든지 있었을 텐데요. 하필 그 가엾은 여자한테…."

"알아. 알아. 그래도 지금은 쉿."

둘은 각자 생각에 빠졌다. 조그만 아파트는 고요했고 낮게 윙윙대는 냉장고 소리와 주방 수도꼭지에서 똑똑 떨어지는 물방울 소리가 전부였다.

'뭐야.' 너무 조용하다는 생각이 번뜩 들었다.

"마이크, 어서!"

"네?" 깜짝 놀란 마이크가 벌떡 일어나 주방을 달려 나가는 데번을 뒤따랐다.

"대니!" 데번이 화장실 문을 마구 흔들었다. 아무 반응이 없었다.

"자, 물러서. 내가 먼저 들어갈게."

그는 좁은 복도에서 최대한 뒤로 물러섰다가 문을 향해 몸을 던졌다. 문이 벌컥 열리고, 엉성한 목재가 갈라지면서 벽에 충돌했다. 데번은 거친 숨을 몰아쉬며 화장실로 돌진했고 마이크도 뒤를 따랐다. 비좁은 화장실의 작은 샤워 부스는 비어있었다. 세면대 위로 창문이 활짝 열려 있고 서늘한 밤바람에 망사 커튼이 간들거렸다. 대니는 보이지 않았다.

36

소파에 두 발을 깔고 앉아 인조 모피 담요로 무릎을 덮고, 방금 커피 테이블에 내려놓은 접시에서 브리치즈 베이컨 샌드위치를 집어 한 입 크게 베어 물었다. 빵에서 새어 나온 치즈가 턱 밑으로 흐르자 그것을 손가락으로 닦아 핥아먹었다. 천상의 맛이었다. 내 발치에서 앨버트는 베이컨 부스러기가 접시에서 떨어지는 순간에 몸을 날릴 준비를 하고 있었다. 베이컨 한 조각을 찢어 앨버트에게 내밀었더니 녀석은 쩝쩝 먹어 치우고는 다시 간절한 눈빛을 쏘았다. 집에 돌아오자마자 앨버트부터 데려왔다. 내가 감방에 있는 동안 앨버트는 경찰의 손에 이끌려 동네 애견 호텔에 맡겨졌다. 돌아온 후 녀석은 줄곧 내 옆에 딱 붙어 있었다. 주방에서 식사에 열중할 때만 예외였다. 수북한 사료 한 그릇을 눈 깜짝할 사이에 해치우고도 더 달라고 애원했다. 어이가 없었다. 호텔에서 굶겼을 리는 없겠지만 한 그릇을 더 부어주었다. 나 역시 뭐든 두 배로 즐기고 싶었으니까.

어젯밤에 집에 도착해 가벼운 현기증을 느끼며 택시에서 내렸다. '이게 정말 현실일까? 대니는 살아 있고 나는 풀려난 것이?' 갑자기 허기가 몰려와, 꿈도 꾸지 않고 깊은 잠에 빠진 몇 시간을 제외하고는 끊임없이 먹어댔다.

"몇 주간 제대로 못 먹었으니 보충해야지." 아까 통화할 때 에바가 한 말이었다. "그동안 네가 음식을 너무 입에 대지 않아서 걱정이었거든."

"지금은 쉬지 않고 먹고 있어." 나는 초콜릿 바를 우걱우걱 씹으며 말했다. "집에 온 이후로 3킬로는 찐 것 같아."

내가 체포됐다가 풀려났다는 소식을 들은 클레어와 타이는 아침 일찍 이미 다녀갔다. 그들은 불룩한 쇼핑백 여러 개를 신고 와서, 질문을 하러 온 게 아니라 내가 괜찮은지 확인하러 왔다고 했다.

"먹을 게 없을 거 같아서 좀 사 왔어요." 타이가 식탁에 풀어놓은 꾸러미를 보자 마음이 벅차올랐다. 지난밤에 출소 기념 만찬으로 냉동실, 냉장고, 찬장에서 찾은 생선과 감자튀김을 전자레인지에 데워 먹고 나니 식품은 사실상 다 떨어졌다. 잘 알지도 못하는 이 여자들은 너무나 다정하고 사려 깊었다. 함께 어울린 지 얼마 안 되었지만 우리는 이미 참된 친구였다.

"뭘 좋아하는지 확실히는 몰라도 자기가 채식주의자가 아니라는 건 아니까 그냥 이것저것 집어왔어요." 클레어가 덧붙였다. "우유, 빵, 버터. 과일이랑 채소. 치즈, 살라미, 베이컨, 치킨, 훈제 연어. 당연히 와인도요. 초콜릿. 그리고 냉동식품 조금. 괜찮죠?"

"괜찮냐고요? 더할 나위 없어요. 두 사람 최고예요." 나는 둘을 꼭 끌어안았다. 그들은 곧 함께 저녁 식사하자는 약속을 내게 받아낸 다음 돌아갔고, 나는 새로 채운 찬장을 정리하기 시작했다.

몇 주 동안 내 주위를 맴돌던 온갖 비난과 의혹은 사라졌지만 우리 집 소파에 편안히 앉아 있다는 사실이 아직도 초현실적으로 느껴졌다. 나를 풀어줄 때 경찰은 자세한 설명 없이 대니가 살아 있고 본인의 실종 경위를 직접 설명했다는 얘기만 전했다. 좀 더 자세히 물어보려 했더니, 담당 경찰은 대니가 어디에 있는지, 실종의 책임은 누구에게 있는지 알려주지 않고 대답을 얼버무렸다.

"오코너 부인, 더 이상 부인에게 어떤 혐의도 씌우지 않을 테니 안심하세요."

여전히 묻고 싶은 게 많았다. 대니가 애초에 사라지기로 작정한 이유는 무엇이며, 침실의 피는 어디서 왔는지, 떠나기 직전까지 왜 그리 이상한 행동을 했는지, 앞으로는 어쩔 작정인지. 물론 데이트 앱이라는 사소한 문제도. 하지만 질문에 대한 답을 들으려면 좀 더 기다려야 할 것 같았다. 에바도 궁금해 죽겠다고 안달을 냈다.

"무슨 일이 있었는지 밝혀야 해. 이게 뭐냐고!" 에바가 열을 냈다. "이제 대니도 자기가 살아 있다는 걸 네가 안다는 걸 알게 됐으니 너한테 연락해서 해명이라도 해야 되는 거 아냐? 경찰 입장에서는 대니의 사생활을 지켜줘야 하겠지만 대니가 너한테 그동안 어디 있었는지 언질만 줬어도 우리 손으로 찾아낼 수 있었잖아. 우린 그 사람이 영국에 있는지 없는지도 몰랐으니까. 혹시 지금 감방에 갇혀 있나? 틀림없이 뭔가 혐의가 있을 텐데."

"모르지." 나는 초콜릿 바를 또 한 입 베어 물었다. "나도 정확히 무슨 일이 있었는지, 지금 대니가 어쩔 작정인지 궁금해서 미치겠어. 그 사람 계획에 내가 포함되지 않는다는 건 확실히 알겠어. 그래서 가슴이 정말 아파. 하지만 어쨌든 지금은 기분이 좀 나아졌어. 살짝 행복하기까지 해. 좀 이상하지. 남편이 나를 떠나 다른 여자를 만났을 가능성이 크고 우리가 함께했던 모든 게 거짓이었고 인생이 전부 엉망이 됐으니 서럽게 울고 있어야 마땅한데 말이야. 그런데…, 이제 안도감이 찾아온 거겠지. 그 사람이 죽었는지 살았는지도 모르고, 내가 모든 일을 다 꾸몄고 다른 살인까지 저질렀다고 형사들에게 의심을 받는 게 얼마나 비참했는지 몰라. 이제 내가 대니를 죽이지 않은 게 확실해졌으니 다른 사람들을 죽였을 가능성도 더는 고려하지 않겠대. 그 문제는 다시 원점으로 돌아간 셈이지. 대니가 살인 피해자들과 닮은 건 역시 이상한 우연이었나 봐. 근데 솔직히, 에바, 난 상관없어. 더 이상 관심 없어. 그 사람이 살아 있다니 지금으로서는 그걸로 충분해. 다른 문제는 전부 시간이 해결해 줄 거야."

에바가 쓰기로 했던 나에 대한 기사 '내 친구 연쇄 살인 용의자'는 폐기되었다. 아침에 거실 커튼 틈으로 밖을 엿보며, 나는 바라던 대로 기자들이 내게 흥미를 잃었음을 확인했다. 커튼을 획 젖히고 창문으로 쏟아져 들어오는 한낮의 햇살을 받으며 샌드위치를 먹었다. 구름은 희고 폭신한 솜사탕 같았고 하늘은 눈부시도록 푸르렀다.

오전 내내 전화를 받고 걸면서 지난 며칠간 겪은 조금은 특별한 사건에 대해 친구와 가족들에게 알렸다. 아버지는 안도하며 울음을 터뜨렸고 뒤에서 어머니의 흐느끼는 소리도 들렸다. 나를 비롯한 모든 이가 그렇듯 부모님도 궁금한 점이 많았지만 답을 얻을 수는 없었다. 그래도 두 분은 당분간 수수께끼를 수수께끼로 남겨두기로 한 모양이었다.

"네가 괜찮다면 다른 건 하나도 중요하지 않아, 우리 딸." 아버지가 말했다.

브리짓에게는 연락하지 않기로 했다. 대니가 발견됐다는 소식을 경찰이 가족에게 전하겠다고 했으니 그걸로 충분하다는 생각이 들었다. 나랑 얘기하고 싶다면 브리짓이 내게 전화할 수도 있겠지만 그럴 것 같지 않았다. 대니의 실종에 애초에 별 관심이 없어 보였으니 다시 나타난다 한들 크게 신경 쓰지 않을 터였다. 너무 이상하고 냉정해서 정이 안 가는 여자였다. 정오 뉴스를 보려고 TV를 켰더니 대니가 짧게 언급되었다.

에이번 경찰서에 따르면 약 3주 전에 실종된 33세의 대니 오코너가 무사히 발견되었습니다. 지난달 브리스톨에서 두 명의 남성이 살해된 후, 그가 '연쇄 살인범'의 또 다른 희생자가 되었을지도 모른다는 우려가 있었습니다. 런던에서 발생한 다른 살인 두 건과 살인 미수 사건도 브리스톨 연쇄 살인과 관련이 있는 것으로 보입니다. 조사를 받던 여성은 이제 무혐의로 풀려났습니다. 대변인에 따르면 경찰청은 이제 살인범을 찾는 것이 급선무입니다.

나는 리모컨을 집어 TV를 껐다. 아직도 내가 모르는 사실이 훨씬 많았고 앞으로 가슴이 찢어질 일도 적지 않을 것이다. 하지만 지금은 이대로 좋았다. 쏟아지는 햇살을 맞으며 내 집에 앉아 있고, 배가 부르고, 누명이 벗겨지고, 남편이 살아 있어서 만족스러웠다. 이제 다 끝났다.

37

"그 자식, 잡히기만 해봐. 엄벌을 받게 해 줄 테니."

헬레나는 그런 의지를 표현하려는 듯 책상 옆 휴지통에 사과 심을 힘껏 던졌다. 그것이 가장자리에 맞고 튀어나와 카펫에 떨어지자 낮은 소리로 욕을 중얼거리다가 허리를 숙여 집었다. 수요일 늦은 오후였다. 대니 오코너가 살인 피해자가 아니라 어제부로 끝난 실종 자작극의 장본인이었다는 예상 밖의 사실이 밝혀진 이후 수사팀은 정보 교환과 역할 재편성을 위해 다시 모였다.

"우선 그 자식한테 공무집행 방해죄부터 적용해야겠어."

그녀는 미간을 찌푸린 채 두 줄로 놓인 책상 사이의 좁은 틈새를 왔다 갔다 했다.

"침실에 피를 뿌리고, 그 썩을 인간이…, 증거를 조작해 젬마를 살인범으로 몰고…, 그것만으로도 몇 년간 철창에서 썩어야 해. 경찰 업무 방해에다…, 위조 신분증도 갖고 있다면…, 아직 행방은 파악 못 했나? 사촌 퀸의 소재는? 그 자식도 꼭 잡아야 해. 여기까지 찾아와서 우리한테 젬마에 대해 새빨간 거짓말을 하고 빌어먹을 계획에 동조하고…. 당장 둘 다 잡아들여야 해. 새로 들어온 소식 있어?"

"아니요."

"아직 없어요, 팀장님."

"그놈을 뒤쫓던 사람 손에 결국 붙잡혔을지도 몰라요. 그랬다면 쌤통이죠."

곳곳에서 나온 반응에 그녀는 답답하여 한숨을 쉬었다. 대니와 퀸 오코너에 대해 이미 지명수배를 내렸다. 도주 중인 용의자를 적발하고 체포하기 위해 모든 국제 항구와 공항에 수배령을 전달했지만 여태 목격자는 나타나지 않았다.

"아마 영국 모처에 숨어 있겠죠." 데번이 침울하게 말했다. "숨는 데는 귀신인 놈들 아닙니까."

헬레나가 걸음을 멈추고 그에게 다가가 어깨를 주먹으로 살짝 쳤다.

"힘내야지. 대니를 놓쳤다고 자책할 거 없어. 우리가 조만간 잡을 테니까. 그나저나 살인 사건 수사가 원점으로 돌아왔잖아. 다들 머리를 맞대야 해. 대니와 젬마 오코너가 시간을 너무 많이 잡아먹었어. 당분간 두 사람은 잊어버리는 거야."

데번이 한숨을 쉬었다. "네. 옳은 말씀이지만 저 자신한테 너무 화가 나요. 차 좀 갖고 올게요. 한잔 하실래요?"

"부탁해." 헬레나가 그를 동정하듯 일그러진 미소를 지었다. 대니가 욕실 창문으로 달아나도록 방치한 것은 결코 잘한 행동이 아니었지만 그녀는 데번도, 마이크도 나무랄 생각이 없었다. 이런 사고는 노상 일어났다. 그녀는 수사팀이 대니를 찾고 젬마를 조사하는 데 너무 많은 시간을 낭비했다는 사실에 더 화가 났다. 분해서 죽을 지경이었다. 대니와 살인 피해자들의 유사한 외모 등 아직도 찝찝하게 느껴지는 우연들이 남아 있었지만 이제 그것은 잊고 수사를 진행해야 했다. 대니는 피해자가 아니었고 자신의 실종을 가장했으니까. 지금은 더 중요한 걱정거리들이 있었다. 나쁜 소문은 항상 재빠르게 탐지하는 언론은 이제 유력 용의자가 무혐의로 풀려났으니 소위 연쇄 살인 사건 수사의 다음 단계는 무엇인지 공식적인 수사계획을 밝혀달라고 요구했다. 남자 다섯 명을 모두 죽였다고 주장했던 조지 돌런을 다시 잡아들일까 잠시 고민 하다가 헬레나는 즉시 그 생각을 물리쳤다. 돌런의 주장과 달리 대니 오코너가 멀쩡히 살아 있으니 그의 말이 전부 거짓이라는 사실은 더욱 분명해졌다. 그녀의 직감에 따르면 그 사람에게 쏟은 시간 역시 완전히 낭비였다. 또다시 헛물을 켤 여유는 없었다. 이미 아침부터 격노한 총경의 전화에 시달려야 했다. 절대 유쾌한 대화는 아니었다.

"돌파구가 필요해. 작은 단서 하나라도. 제발, 누가 나 좀 도와 줬으면." 그녀는 책상 앞에 앉아 마우스를 클릭하며 중얼거렸다. 화면이 켜지고 한쪽 구석에 이메일 알림이 깜박거렸다. 헬레나 는 그것을 클릭했다. 런던의 디클랜 베일리 살인 미수 사건 현장 을 분석한 법의학 보고서였다. 지금 와서 생각해도 젬마와 퀸이 만난 식당에서 우연찮게 아주 가까운 위치였다. 메시지를 훑어보 던 그녀의 심장이 두방망이질 쳤다. 가해자가 떨어뜨린 흉기에서 DNA가 발견됐다면…, 그녀는 스크롤을 멈추고 얼굴을 찌푸렸다.

"뭐? 아니 이게 대체 무슨…."

"왜 그러세요?"

차를 끓이러 출입구 쪽으로 가다가 중간에 멈춰 타라와 이야기 를 나누던 데번이 방향을 틀어 헬레나 쪽으로 다가오기 시작했 다.

"맙소사! 이럴 수는 없어. 말도 안 돼. 있을 수 없는 일…."

그녀는 자리에서 일어서면서도 자신이 읽은 내용을 도저히 못 믿겠다는 듯 컴퓨터 화면에서 눈을 떼지 않았다.

"팀장님, 무슨 일이죠? 왜 그러십니까?"

데번은 헬레나 옆에 서서 그녀가 읽던 문서를 들여다봤다.

"런던 살인 미수 사건의 법의학 보고서야. DNA가 발견됐대. 그런데 데번. 이것 좀 봐."

데번도 그것을 읽고 헉 소리를 냈다.

"이게 무슨? 그렇다면…."

헬레나는 심호흡했다.

"맞아. 우리가 헛짚었다는 뜻이야. 완전히 잘못 생각했다는 뜻이지."

38

"잘 먹을게요. 고맙습니다. 정말 감사해요." 나는 조에게서 향긋한 캐서롤 접시를 받아들고 미소를 지었다. 방금 찾아온 옆집 사람은 뉴스를 계속 챙겨봤는데 내가 풀려나고 대니가 살아 있다는 소식에 무척 안도했다고 말했다.

"한 번도 만난 적은 없지만 지난번에 당신이 우리 집에 찾아와서 남편 걱정을 많이 했잖아요. 이제 전부 잘 해결됐다니 기쁘네요." 조가 말했다. "나랑 제니, 클라이브는 한창 시끌벅적할 때 어떻게 해야 할지를 모르겠더라고요. 바깥에 기자들이 잔뜩 몰려왔을 때 있잖아요. 당신이 괜찮은지 찾아가 볼까 했지만, 음, 별로 친한 사이도 아니고…, 왠지 쑥스러워서…. 그래도 한번 찾아왔어야 했는데, 미안해요."

"아 별말씀을요. 미안해하실 거 없어요. 오히려 제가 미안하죠. 기자들 때문에 시끄러웠던 것도 그렇고. 클라이브를 몇 번 만난 적 있는데 저 때문에 많이 불편해 보이시더라고요. 그분이나 당신을 비난하고 싶지 않아요. 불쾌한 상황이었으니까요."

조가 미소를 지었다. "음, 그렇긴 하죠. 어쨌든 이제 다 끝난 일이니까요. 그간 힘든 일을 겪느라 요리할 시간이 별로 없었을 것 같아서 먹을 걸 가져왔어요. 소시지 스튜인데 제 친구들은 전부 좋아하더라고요. 참, 맞다. 혹시 채식주의자인가요?"

"아니에요. 엄청 맛있는 냄새가 나는데요. 감사합니다. 앨버트도 그렇게 생각하나 봐요. 요즘 끝도 없이 먹으려 들어요."

나는 접시를 뚫어지게 올려다보며 꼬리가 떨어져라 흔드는 개를 가리켰다. 조는 슬며시 웃었다.

"아이 귀여워라. 이 녀석도 같이 먹기에 넉넉할 거예요."

나는 미소를 지어 보였다. "안 주고는 못 배겨요. 저한테서 원하는 건 꼭 얻어내고 말거든요. 그런데 다들 너무 친절하게 대해주셔서, 어떻게 감사드려야 할지 모르겠어요. 밖에 몰려온 기자들 때문에 그동안 불편하셨던 건 다시 한번 사과드릴게요. 지금은 다 떠났네요. 다시는 안 왔으면 좋겠어요."

조는 서글서글한 눈가에 주름이 잡히도록 미소를 짓고는 흘러내린 머리카락을 얼굴 뒤로 넘겼다. 오늘은 풀어헤친 머리가 등 뒤에 회색 커튼처럼 묵직하게 드리워져 있었다.

"괜찮아요. 기분 내킬 때 차 한잔 마시러 와요. 제니랑 클라이브도 잡아둘게요. 우리 좀 더 친하게 지내요."

"그래야죠, 고맙습니다. 이건 얼마나 익혀야 되죠?"

"170도에서 30분이요. 그냥 뜨끈뜨끈해질 때까지 데워요. 이제 가봐야겠네요. 10분 뒤에 친구가 온다고 해서 스콘을 오븐에 넣었거든요. 이제 냉장고에서 식혀야죠. 가볼게요. 잘 있어요, 젬마."

그녀는 내 팔을 토닥이고는 주방문을 나가 복도를 내려갔다. 팔꿈치로 냉장고를 열고 커다란 접시를 가운데 선반에 조심스럽게 올려놓는 순간 그녀의 목소리가 다시 들렸다.

"젬마? 또 누가 찾아왔네요! 내가 들여보낼게요. 그럼 다음에 봐요!"

누가 찾아왔다고? 싱크대 옆 고리에 걸린 수건을 쥐고 손을 닦았다. 그 순간 주방으로 들어서는 발소리를 듣고 나는 뒤로 돌아섰다. 턱수염을 기르고 안경을 끼고 검은 비니를 쓴 키 큰 남자가

서 있었다. 앨버트도 돌아서서 잠시 머뭇대다가 큰 소리로 짖으며 손님에게 달려들었다. 녀석은 꼬리가 안 보일 정도로 흔들어대며 신나게 폴짝폴짝 뛰고 왈왈 짖었다.

"뭐지…, 누구…?" 나는 말을 더듬으며 남자를 빤히 보았다.

'설마. 혹시?'

"잘 지냈어, 젬마?" 남자의 목소리에 나는 숨이 턱 막혔다.

대니. 대니였다. 그가 집에 돌아왔다.

39

수사본부에 팽팽한 긴장이 감돌았다. 활발하게 웅성대며 대화하던 소리가 소곤대는 소리로 바뀌었다. 헬레나가 앞으로 나가한 손을 쳐들자 수사본부는 조용해졌다.

"좋아요, 다들 잘 들어요. 모두 알다시피 이제 용의자가 나타났습니다. 법의학 증거는 확실합니다. 디클랜 베일리를 살해하려다가 저지당하고 달아나면서 흉기로 사용한 망치를 떨어뜨린 사람이 예상대로 DNA를 남겼어요. 그리고 국가 DNA 데이터베이스에그것과 일치하는 DNA가 있었습니다. 맞아요, 충격적인 결과죠. 하지만 지금 우리의 최우선 과제는 가급적 빨리 용의자를 찾아이번 습격이 다른 미제 살인 두 건이나 런던의 살인 두 건과도 연관이 있는지 확인하는 겁니다. 범행 수법의 유사성을 보면 이 가해자가 실제로 우리가 찾고 있는 범인이 맞을 가능성이 매우 높습니다. 언론의 추측도 옳았던 셈이고요."

그녀는 심호흡했다.

"우리는 이제 공식적으로 연쇄 살인범을 뒤쫓고 있습니다. 이제는 얼굴과 이름도 알고 있죠. 다만 우리 중 누구도 예상하지 못했던 얼굴과 이름입니다."

40

예전처럼 대니와 나는 식탁에 앉고 앨버트는 그 밑에 몸을 쭉 뻗고 엎드렸다. 하지만 어떻게 그토록 철저히 자취를 감출 수 있었는지에 대해 남편의 설명을 듣고 나니 더는 예전 같을 수 없었다. 결국 에바와 나의 추측이 옳았다. 그는 자신의 설계에 따라 브리스톨에서 숨어 있었다. 그 이유는 아직 밝히지 않았다. 나중에 말해주겠다고 했다. 하지만 방법은 알려주었다. 오랜 시간에 걸쳐 어떻게 모든 것을 계획했는지, 계획을 실현할 방법을 어떻게 완벽히 구상하고 이행했는지, 모든 것을 알고 있던 퀸이 그를 어떻게 도왔는지를. 퀸은 대니가 자신의 죽음을 기획하는 데 협조했다. 피. 집 구석구석을 표백제로 청소해 자신이 존재했던 흔적을 대부분 지운 것. 여유가 생길 때마다 따로 모아둔 현금으로 물건값을 지불하고 생소한 외국 은행 카드를 사용하면서도 내게 들키지 않은 것. 자신의 미래를 위해 돈을 조금씩 비축한 것. 브리스톨에 설치된 CCTV의 위치를 전부 파악해 카메라가 하나도 없는 곳에 우리의 새집을 구한 것. 내가 최근에 찍은 자신의 사진과 그에게서 받은 이메일을 내 휴대폰에서 전부 삭제한 것. 브리스톨의 새 직장을 포기하고 하루 종일 헬스장에 숨어 있었던 것. 내 추측이 옳았던 셈이지만 그 모든 계획, 너무나 매끄럽게 굴러갔던 치밀하고 정교한 계획에 나는 혀를 내둘렀다. 그는 내가 자신을 살해한 용의자로 경찰의 의심을 받으리라는 것도 알고 있었다. 그들이 나를 의심하기를 바랐다. 그는 또 우리의 결혼 생활 내내 끊임없이 바람을 피웠다. 다른 여자들과의 섹스에 '중독'됐으며 온라인에서 알게 된 사람들을 몰래 만나고 다녔다고 털어놨다. 나는 그가 야근을 하거나 혼자 자전거를 타러 가는 줄로만 알았는데. 그는 새로운 사실을 고백할 때마다 사과를 덧붙였다. 내게 떠안긴 고통에 대한 자책감의 표현이었지만 그의 후회하는 말들이 귀에 잘 들어오지 않았다. 그의 거대한 기만이 준 타격이 너무커서, 마치 신체적 폭행을 당하는 듯 가슴이 답답해지고 숨이 막히고 구역질이 올라왔다. 내 인생이 아니라 신문에서 읽은 사연이었다면 누가 지어냈다고 생각했을 법한 이야기였다. 하지만 틀림없이 내 인생에 일어난 일이었기에, 누군가가 던진 폭탄에 신산조각 난 기분이었다.

"계속 말해봐, 대니. 대체 왜 그랬어? 방법은 얘기했으니 이제 이유를 말해줘. 왜 달아나야 했고 죽은 척해야 했어? 어떤 사정이 있어서 그런 짓까지 해야 했냐고? 왜 내게 살인죄를 뒤집어씌웠어? 당신 아내인 나한테?"

내 목소리가 떨리고 있었다. 끔찍했던 지난 몇 주 동안 이날을, 대니가 무사히 집에 돌아오는 날을 상상이나 할 수 있었던가. 이런 결과는 조금도 예측하지 못했다. 내가 그토록 사랑하는 남자가 이렇게 나를 이용하고, 의도적으로 궁지에 몰아넣을 줄은 꿈에도 몰랐다. 연쇄 살인범으로 몰리기까지 했는데, 전부 그가 꾸민 짓이라니. 그를 노려보며 해명을 기다렸다. 가슴 속에서 심장이 둔탁하게 쿵쿵거렸다. 나는 한동안 의심하던 사실을 갑작스럽게, 소름 끼치도록 또렷이 깨달았다. 나는 이 사람을 제대로 안적이 없다. 좋을 때나 나쁠 때나 인생을 함께하겠다고 맹세한 이 남자, 나와 똑같은 서약을 한 이 남자를. 사소한 것 하나하나가 전부 거짓말이었다. 암울했던 지난 몇 주 내내 의심했었지만 마침내 모든 것이 빼도 박도 못할 사실로 드러나자 어지러웠다. 아니 '어지럽다'는 말은 내 감정을 표현하기에 턱없이 부족했다. '어지럽다'는 무도장에서 빙그르르 돌 때의 가볍고 짜릿한 감각에나 어울릴 단어였다. 사실은 나의 세계가 통제 불능으로, 현기증이 날 만큼 위험한 속도로 뱅뱅 돌고 있어 도저히 정상으로 돌아갈 가망이 없어 보였다. 이런 절망을 어떻게 극복해야 하나? 극복이 가능하기나 할까?

"당신을 사랑해. 알잖아."

나는 경악했다. 내 남편은 아름다운 초콜릿색 눈으로 나를 지그시 바라보며 다시 입을 열었다. 나 자신을 향한 비탄에서 벗어나, 나를 서서히 집어삼키던 심연에서 벗어나 다시 그에게 주의를 돌리려 애썼다. 하지만 그가 떠난 순간에 풍덩 뛰어든 깊고 어두운 곳에서 빠져나올 수 있을지 의문이었다.

"뭐라고?" 나는 웃음이 터졌다. 나의 짧고 거친 웃음소리에 대니는 조금 움츠러들었다. 그는 모자와 안경을 벗고 턱에서 수염을 떼어 본 모습으로 돌아왔다. 식탁에 놓인 수염이 마치 잠자는 작은 동물 같았다.

"진심이야. 지금은 도저히 안 믿기겠지. 하지만 정말이야. 내가 원한 건 평범한 삶, 그리고 가족뿐이었어. 당신과 나, 아이들, 이곳 브리스톨처럼 아름다운 곳에 사는 것. 뜻대로 되지 않았을 뿐이야."

나는 코웃음을 쳤다. "사랑? 당신은 사랑이 무슨 뜻인지 몰라, 대니. 당신이 나를 사랑한다면 절대 이렇게 대할 수 없어. 더구나 당신은 아직도 내게 이유를 말하지 않았잖아. 왜 그랬어, 대니?"

이렇게 외치며 주먹으로 탁자를 쾅 두드리자 그는 다시 움찔했다.

"미안해. 이런 일을 겪게 해서 정말 미안해. 얼마나 미안한지 말로 표현할 수 없을 정도야. 하지만 제대로 사라지려면 그 방법밖에 없다고 생각했어. 내 얘기를 들으면 당신도 이해할 거야. 제발 시간을 좀 줘. 나도 힘드니까."

나는 천천히 고개를 저었다. 분노와 고통이 잠시 사라지고 완전한 불신이 찾아왔다.

"제정신이야? 힘들다고? 나는 안 힘들었을 거 같아? 당신, 나한테 누명을 씌우려 했어. 살인 누명을. 그게 얼마나 잔인한 짓인지 알아? 당신이 외국으로 가서 새 출발을 하고 싶다는 이유만으로? 당신 진짜 제정신이야? 왜 그랬어, 대니? 대체 왜 이런 빌어먹을 짓을 저질렀냐고?"

이 무렵 나는 악을 쓰며 벌떡 일어서서 식탁 위로 몸을 굽힌 채 그에게 침을 튀기고 있었다. 앨버트도 일어서더니 꼬리를 다리 사이에 감추고 나와 대니를 번갈아 보며 눈치를 살폈다. 대니는 의자에서 몸을 웅크렸다. 나는 그 자리에 서서 잠시 그를 쏘아보다가 탄식하며 돌아섰다. 주방 창가로 다가가 멍하니 밖을 내다보았다. 그밖에 무슨 할 말, 무슨 할 일이 있을까? 설사 그가 다른 사람과 사랑에 빠졌다고 실토한다 해도 더는 나와 상관없다는 생각이 문득 들었다. 그냥 그를 보내야 했다. 복도에서 휴대폰 울리는 소리가 들렸다. 나는 그 소리를 무시했다.

"가 버려, 대니." 나는 돌아보지도 않은 채 차분히 말했다. "어서 나가라고. 새 인생을 시작해. 우린 여기까지야."

41

"젬마 오코너가 전화를 받지 않네요, 팀장님."

프랭키 스티븐스 경장이 헬레나에게 전화 수화기를 흔들자 그녀는 고개를 끄덕였다.

"알았어. 좀 있다 내가 다시 걸어볼게. 일단 출발부터 해야겠어. 데번, 같이 가줄래?"

"네." 그가 음울하게 대답했다. "지금은 어디든 가는 게 차라리 낫겠어요."

헬레나는 그에게 딱딱한 미소를 지었다. "우리가 잡을 거잖아. 잡고 말 거야. 형사직을 걸고 꼭 그렇게 할 거야."

'그럴지도 몰라. 이 사건이 진짜 형사로서 마지막이 될지도 모르지. 우리가 다 망쳤으니까. 내가 일을 엉망으로 만들었어. 너무 큰 오해를 했어. 아예 잘못된 방식으로 사건에 접근했고 엉뚱한 사람만 의심하면서 많은 시간을 낭비했어. 이제는 바로잡아야 해. 어떻게든. 반드시 그래야 해.'

그녀는 깊이 심호흡을 한 다음 어깨를 쫙 펴고 사건 현황판을 돌아봤다. 지난 2주 반 내내 붙어 있던 사진 중 하나에 커다란 빨간 동그라미가 쳐져 있었다.

"어서 출발하자." 그녀가 말했다. "연쇄 살인범을 잡으러 가자고. 대니 오코너를 잡아야지."

42

"가, 대니. 이 집에서 나가. 꼴도 보기 싫어."

나는 그를 등지고 선 채 눈물을 억지로 참았다.

"아직은 못 가. 당신한테 전부 말해야겠어. 내 속마음을 다 털어놓고 싶어. 하지만 젬마, 일단 약속부터 해줘. 내가 당신한테 부탁할 처지는 아니지. 이런 짓을 해놓고, 당신한테 그런 일을 겪게 해놓고 무슨 염치로 부탁을 하겠어? 하지만 제발, 젬마, 한때라도 날 사랑한 적이 있다면 마지막으로 한 가지만 약속해줄래? 내가 지금 당신한테 하려는 말을 혼자만 간직해주겠어? 누구한테도 발설하지 않고? 제발, 젬마, 약속해줘. 그러면 당신한테 다 말하고 떠날게. 두 번 다시 나를 볼 일 없을 거야."

'제정신인가? 나한테 그런 짓을 해놓고 부탁을 하다니?' 잠시 속이 부글부글 끓었지만 금방 가라앉았다. 별안간 극심한 피로가 밀려왔다. 더 이상 견딜 수 있을지 의문이었다. 지금까지 이 사람이 쏟아낸 이야기만으로도 감당할 수 없을 만큼 힘들었다. '하지만 괜찮아. 무슨 얘기든. 이제 와서 무슨 상관이겠어?'

"아, 그러시든가. 아마 딴 여자가 생겼나 본데, 대니, 당신이 누구를 만나든 관심 없어. 진짜로 쥐뿔도 관심 없다고. 하지만 굳이 그래야겠다면 말해보시든가. 지저분한 당신 비밀은 지켜줄 테니까. 얼른 듣고 끝내자." 나는 진력이 나서 이렇게 내뱉었다. 그를 마주 보니 비참한 기분에 뱃속이 뒤틀렸다.

"약속했지? 정말 약속한 거야, 젬마?"

"환장하겠네. 그래, 약속했다." 나는 그에게 쏘아붙였다.

"그래. 알았어. 고마워. 그럼, 얘기할게."

그는 자신의 두 손을 내려다보며 주먹을 한 번, 두 번, 세 번 쥐었다 폈다. 그리고 다시 나를 보았다.

"경찰한테 거짓말을 했어, 젬마. 내가 사라졌어야 하는 이유를 설명하려고 엉뚱한 얘기를 꾸며냈어. 위험한 의뢰인과의 사이에 말썽이 생겨서 내 목숨도, 당신 목숨도 위태롭다고 했더니 곧이곧대로 믿더라. 하지만 그건 사실이 아니었어. 정말 무슨 일이 있었는지 당신한테 말하고 싶어. 내가 다른 여자를 만나서 앞으로 같이 살겠다거나 하는 얘기는 아니야. 차라리 그런 이유가 나왔을 텐데. 사실은…, 음, 전혀 다른 이유야. 아주…, 아주 끔찍한 이유야, 젬마."

그는 말을 멈추고 심호흡을 했다.

"좋아, 지금부터 얘기할게. 내가 어렸을 때 아버지는…, 음, 개자식이었어. 진짜 몹쓸 인간이었다는 뜻이야. 술을 잔뜩 퍼마시고 집에 돌아와서는 어머니한테 손찌검을 했어. 병원에 실려 가야 할 정도로 심하게 때렸어. 아무 이유 없이, 그냥 힘자랑을 하면서 어머니를 굴복시키려고. 나도 멍이 들도록 두들겨 맞곤 했지. 아침 식사 때 빵부스러기를 바닥에 흘리거나 밖에서 신발에 진흙을 묻혀왔다는 이유로. 우리 둘 중 하나가 얻어맞지 않고 지나가는 날은 거의 없었어. 몇 년에 하루쯤 있을까 말까였지."

나는 당황하여 대꾸하지 않았다. 이야기가 예상치 못한 방향으로 전환되어 깜짝 놀랐다. 대니가 설명하는 도널을 그의 고향에서 딱 한 번 만난 안락의자 위의 노쇠한 영감과 연결 지어 보려고 애썼다. 전혀 호감이 가지 않는 노인이었다. 쌀쌀맞고 까다롭고

지극히 불쾌한 사람. '하지만 그토록 폭력적이었다고?'

나의 의심이 얼굴에 드러났는지 대니는 이렇게 설명했다. "아, 물론 말년에는 그렇게 못했어. 늙고 병들었으니까. 하지만 옛날에는…, 짐승이나 다름없었어, 젬마. 당신은 상상도 못 할 거야."

'뭐, 웬만큼 짐작은 되네.' 내가 만난 도널은 연약했다. 그래도 그 집안을 꽉 잡고 있다는 인상을 주었다. 브리짓은 그의 지시에 따르느라 바쁘게 종종거렸다. 그때도 남편을 두려워하고 있었나? 그래서 그렇게 행동했나? 대니의 말이 사실이라면 모두에게 끔찍한 삶이었을 것이다. 나한테 이런 얘기를 왜 하는지, 자신의 어린 시절이 이렇게 엉망진창이 된 현재와 무슨 상관이 있는지 이해하지 못한 채 나는 차분히 말했다. "그랬구나. 참 힘들었겠네." 그것은 진심이었다.

대니는 대꾸하지 않고 식탁만 뚫어지게 내려다봤다.

"더구나 끊임없이 오입질을 하고 다녔어. 밤마다 나가서 여자들을 만나고 돌아와서는 그걸 자랑처럼 떠벌렸지. 자기처럼 잘생긴 남자가 어머니처럼 촌스럽고 하찮은 여자만 보고 살 수는 없다느니, 자기는 마음에 드는 어떤 여자든 만날 수 있다느니 하면서. 어머니는 묵묵히 밥을 짓고, 아버지의 옷을 빨고, 다림질을 할 뿐이었어. 내 기억에 어린 시절을 통틀어 부부끼리 외식을 하거나 파티에 간 건 서너 번이 다였어. 성장하기에는 최악의 환경이었던 셈이야. 나는 언제 뺨을 맞을지, 배에 주먹이 날아올지, 싸움이 날지 두려워하며 어린 시절을 보냈어."

"맙소사, 대니."

그는 이제 허공을 응시하고 있었다. 비참했던 어린 시절이 눈앞에 펼쳐진 듯 촉촉해진 그의 눈을 보자, 그를 품에 안고 위로하며 고통을 나누고픈 충동이 들었다. 하지만 그가 내게 한 짓을 떠올리며 마음을 단단히 잡았다.

'오입질? 끊임없이? 참 그 아버지에 그 아들이구나.' 씁쓸한 마음으로 잠자코 기다렸다. 이야기가 빨리 끝날수록 그를 빨리 내보낼 수 있을 것이다.

"그런 삶이 끝도 없이 계속됐어, 젬마. 그런데 가장 비참한 게 뭔지 알아? 어머니랑 나 둘 다 그걸 꾹꾹 참았다는 거야. 리암이 태어났을 때, 나는 몇 주씩이나 속이 불편했어. 그 애가 어떻게 생기게 된 건진 별로 생각하고 싶지 않았어. 아버지가 그 녀석마저 괴롭힐까 봐 못 견디게 두려웠어. 하지만 그런 일은 생기지 않았지. 이유는 도무지 모르겠지만 아버지는 리암을 때린 적이 없어. 리암은 여러모로 남들과 달랐지만, 아버지에게 맞은 적이 없다는 사실은 그 애의 일그러지고 뒤틀린 삶에서 유일한 축복이었지. 하지만 아버지가 나와 어머니에게 하는 짓에는 변함이 없었고 우리는 꾸역꾸역 참기만 했어. 지금까지도 왜 그랬는지 이유를 모르겠어. 마치 아버지가 우리를…, 지배하는 힘이 있었던 것 같았어. 우리는 아무에게도 말하지 않았고 아버지를 경찰에 신고하지도 않았어. 누가 다친 이유를 물어보면 사고를 당했거나 넘어졌다고 둘러댔어. 사람들이 우리를 믿었는지는 알 수 없지만 몸에 노상 달고 다니는 멍 자국을 설명하려면 하루가 멀다하고 넘어져야 했겠지. 주변 사람들은 전부 평범하고 행복하게 사는데 우리만 그 꼴로 사는 게 부끄러워서 말하지 못한 것 같기도 해. 하지만 무엇보다 두려웠기 때문이야. 아버지가 무서웠고, 받아치고 대들다가 무슨 일을 당할지 무서웠던 거야. 우리는 아버지가 하는 대로 가만히 있기만 했어. 진짜 아무 대응도 하지 않고."

그는 분노로 얼굴을 붉히며 식탁을 쾅 내리쳤다. 동정심이 또 한 번 나를 휩쓸었다. 대니가 가여웠다. 아직도 모든 것에 대해 화가 나 있는 내 시어머니도 불쌍했다. 그녀는 얼마나 힘든 삶을 살았을까?

대니는 자신의 이야기에 몰입해 있었다.

"때가 되자 기다렸던 대로 집을 떠났어. 열여덟 살 때 대학에 들어가면서. 하지만 그때도, 충분히 맞서 싸울 수 있을 만큼 몸이 크고 힘이 세졌는데도 나는 그 인간에게서 어머니를 지키지 못했어. 그렇게 할 수가 없었어. 평생 그렇게 살다 보니, 우리는…, 아버지 손아귀를 벗어날 수 없었던 거야. 우리는 단 한 번도 맞서 싸우지도, 앙갚음도 못 했지. 하지만, 퀸은 그렇지 않았어."

그는 잠시 말을 멈추고 손으로 얼굴을 비볐다.

"퀸이 모든 걸 알았던 건 아니야. 학대가 얼마나 부단하고 지독했는지 당시에는 잘 몰랐어. 지금은 잘 알지만. 어느 날 녀석이 우리 집에 불쑥 들렀다가 어머니를 마구 두들겨 패는 아버지를 목격하고 말았어. 녀석의 표정을 도저히 잊을 수 없어, 젬마. 피를 봤을 때, 아버지가 어머니를 구타하는 모습을 봤을 때 그 녀석이 얼마나 충격을 받았는지 난 절대 못 잊을 거야. 다행이라 해야 할지 아버지는 퀸이 그 자리에 있었다는 걸 몰랐어. 나는 녀석에게 아무한테도 말하지 말라고 애원했어. 그랬다가는 아버지가 너랑 우리를 전부 죽일 거라고. 그래서 녀석은 비밀을 지켰어. 퀸은 어릴 때부터 나를 보살폈어. 나도 녀석을 챙겼고. 내가 아니었으면 퀸은 지금 세상에 없을걸. 하지만 그 얘기는 나중에 할게. 어쨌든 그 친구는 나를 위해서라면 뭐든지 할 거야. 언제든지. 지금도 그래."

'그건 나도 아는 얘기야. 퀸이 형사들에게 나에 대해 새빨간 거 짓말을 한 것도 그 때문이지. 당신이 그의 생명을 구했기 때문에 퀸은 당신을 보호하기 위해 뭐든지 하는 거잖아.'

다시 불쾌해졌다. 나한테 이런 얘기는 왜 하는 걸까? 그래, 끔찍 하고 무서웠을 거다. 하지만 전부 지난 일이다. 그는 집을 떠나 런 던에서 새 삶을 시작했다. 옛날 일이 지금 와서 무슨 의미가 있을 까?

"그래서 퀸도 비밀을 지킨 거야." 대니가 말을 이었다. "우리는 모두 비밀을 안고 살았어. 어릴 때부터 숨기는 데 이력이 나서 습 관이 돼버렸지. 성인이 되고 이 나라로 건너왔어도 누구에게도 이 얘기를 할 이유는 없어 보였어. 하지만 비밀은 아직 내 안에 있 어. 잊고 산 적도 많지만 완전히 지우지는 못했어. 그리고 그 상처 는…, 곪을 대로 곪아버렸지. 아버지를 저지하기 위해 내가 뭔가 를 할 수 있었는데도 하지 않았다는 사실 때문에…, 세월이 흐를 수록 나 자신이 미워졌어. 너무 미워서 견딜 수가 없었어. 그런 생 각이 나를 좀먹기 시작했어, 젬마. 수치심, 죄책감을 떨칠 수 없었 어. 나한테는 어찌하든 내버려 둔다 쳐도 왜 어머니까지 괴롭히도 록 보고만 있었을까? 아버지를 때려눕히고도 남을 만큼 몸집이 컸을 때도 왜 어머니를 보호하지 않았을까? 내가 그렇게 비겁한 놈이었나? 나는 비겁했고 어머니도 그 사실을 알고 있었어. 내가 겁쟁이라서 나를 미워한 거야. 어머니는 지금도 나를 미워해. 그렇 게 실망만 시킨 나를 절대 용서하지 않을 거야."

나는 브리짓이 대니의 실종에 어떻게 반응했는지, 그녀가 얼마 나 무심해 보였는지, 우리가 찾아갔을 때 그를 어떻게 대했는지 를 떠올렸다. 자기 어머니의 비위를 맞추려는 대니의 애처로운 노

력과 그녀의 냉담한 반응을 떠올렸다. 그가 옳았다. 그녀는 절대
용서하지 않을 것이다. 서로를 간절히 필요로 했지만 생지옥을 벗
어날 방법을 찾지 못한 가련한 두 사람 때문에 내 삶 역시 산산
이 부서졌다.

"나는 항상 아버지의 판박이라는 말을 듣고 살았어. 당신도 아
버지를 만나고 나서 나랑 꼭 닮았다고 했었잖아, 기억나?"

나는 고개를 까딱했다. 도널은 말 그대로 회색 머리의 나이 든
대니였다.

"그런 말을 들을 때마다 구역질이 났어. '아니, 아니야! 전혀 닮
지 않았어. 나는 그 개자식과 전혀 달라.' 이렇게 외치고 싶었지.
그런데…, 그런데 젬마, 어느 순간 내가 그 인간이랑 비슷하다는
걸 깨닫기 시작했어. 나는 아버지와 다를 게 없었어."

나는 그를 빤히 보았다. "무슨 뜻이야?" 대니는 폭력적이었던
적은 없었다. 여자든 누구든 그가 사람을 때리는 것은 상상할 수
없었다.

"폭력이 아니야." 내 마음을 읽기라도 한 듯 그가 대답했다. "다
른…, 쪽으로. 아무 여자나 만나고 다니는 거. 처음으로 여자친구
가 생겼을 때부터 관계는 몇 주 이상 지속되지 못했어. 늘 한눈을
팔면서 다음 여자를 물색했거든. 아버지한테 물려받은 습관이었
어, 젬마. 그런 성향 때문에 그 사람을 그토록 미워했으면서도 똑
같이 행동한 거지. 하지만 나 자신이 더 미웠어. 그러다가…, 당신
을 만난 거야. 결국 인생의 마지막 여자를 만났다고 여겼어. 난 당
신을 사랑했어, 젬마. 당신도 날 사랑한다는 걸 알았고. 그래서 이
번엔 진짜라고, 이번엔 다를 거라고, 이 여자랑 결혼하면 절대 딴
짓하지 않을 거라고 생각했어. 더는 아버지처럼 살지 않겠다고 마

음먹었어. 이제 다 끝났고 내가 결국 이긴 줄 알았어."

그는 또 테이블을 주먹으로 쾅 내리쳤다. 그의 눈에 뭔가가 번쩍였고 불꽃처럼 타오르는 분노가 느껴졌다.

"하지만 아니었지? 당신은 이기지 못했어, 대니. 계속 그러고 다녔으니까. 나랑 결혼했지만 그 버릇을 고치지 못했지. 결혼 후에도 데이트 사이트까지 가입했잖아."

나와 눈이 마주치자 그의 어깨가 축 처졌다.

"알아." 그가 속삭였다. "노력했어. 무지 노력했어. 하지만 그건 병이나 다름없었어, 젬마. 중독이랄까. 통제할 수가 없었어. 우리가 결혼한 후에는 아주 가끔이었어. 정말이야. 그래도…, 도저히 멈출 수는 없더라. 그건 정말, 정말 미안하게 생각해. 내가 얼마나 미안한지 당신은 모를 거야."

나는 한숨을 푹 내쉬며 고개를 저었다. 이제 와서 그게 다 무슨 소용인가?

"당신, 이런 얘기를 왜 하는 거야? 이 일과 대체 무슨 상관이-?"

그가 손을 쳐들었다. "제발. 거의 다 얘기했어. 듣고 나면 당신도 이해할…. 어쨌든 시간이 흐를수록 내 분노는 커졌어. 아버지와 나 자신에 대한 증오, 아버지를 닮은 내 모습에 대한 증오…, 증오는 마치 살아있는 존재처럼 나를 산 채로 좀먹었어, 젬마. 내 머릿속엔 왜 아무 저항도 하지 않았을까, 왜 아버지를 막지 않았을까 하는 후회뿐이었지. 아버지는 꿈에도 나타났어. 내가 아일랜드로 돌아가서 오래전에 당연히 했었어야 하는 일을 하는 꿈, 아버지에게 마땅히 받아야 할 벌을 주는 꿈까지 꾸었어. 그런데…, 그런데…"

그는 식탁에 시선을 고정한 채 침을 꿀꺽 삼켰다.

"그런데 그 인간이 죽어버렸어. 너무 늦은 거지."

긴 침묵이 이어졌다. 나는 선 채로 그를 응시하며 기다렸다. 뜻밖에 약간의 죄책감이 밀려왔다. 내 남편은 너무 큰 고통과 역경을 겪었다. 왜 전혀 눈치채지 못했을까? 도널이 죽은 후 대니가 홀로 몇 시간씩 사라지곤 했을 때, 그는 내가 생각했던 것보다 훨씬 깊은, 전혀 다른 종류의 슬픔을 겪고 있었음을 나는 불현듯 깨달았다. 아버지를 사랑해서가 아니라 증오해서 느낀 슬픔. 그를 한없이 경멸했지만 복수하지 못해서 느낀 슬픔. 영원히 기회를 잃었기 때문에 느낀 슬픔. 내가 알았더라면, 그 당시에 깨달았더라면 그를 도울 수 있었을지도, 이런 상황을 피할 수도 있었을지도⋯.

"그런데 어느 날 이상한 일이 일어났어."

그가 다시 입을 열었다.

"너무 이상한 일이었어, 젬마. 운명 같은 사건, 미리 계획된 사건 같았어. 엘리트 후크업에 가입하고 얼마 뒤였는데⋯. 알아, 알아. 다시 한번 정말 미안해. 어쨌든, 프로필을 어떻게 쓸지 참고하려고 다른 사람들의 프로필을 훑어봤어. 그러다 그 남자를 발견한 거야."

그는 말을 멈추고 나를 응시하다가 시선을 돌렸다.

"발견하다니, 누구를?"

"아버지처럼 생긴 남자. 똑같이 생긴 사람이었어. 젊었을 때, 내 나이였을 때, 우리를 구타하고 학대하고 외도를 일삼던 시절의 아버지⋯"

그는 눈을 가늘게 뜨며 낮은 소리로 으르렁거렸다.

"…갑자기 널리 광명이 쏟아지는 기분이었어. 어떻게 해야 할지 알 것 같았다고나 할까? 내 마음이 편해지려면 뭘 해야 할지 깨달은 기분이었지. 증오를 전부 흘려보내려면. 스스로를 치유하려면. 물론…."

그는 짧고 씁쓸하고 거칠게 웃었다.

"얄궂게도 그 순간부터 모든 게 어그러지기 시작했어."

그는 말을 멈추고 숨을 들이쉬었다. 갑자기 그의 눈이 촉촉해졌다. 작은 불안감이 나를 휩쓸었다.

"뭐가? 뭐가 어그러졌다는 거야, 대니?"

그는 나를 빤히 바라봤다. 입술을 굳게 다물고 갑자기 나를 이글거리는 눈으로 노려보며 얼굴을 살짝 찡그렸다.

"말해! 대니, 제발."

긴 침묵이 흐르는 사이 우리 둘은 미동도 하지 않았다. 그는 깍지 낀 두 손을 식탁 위에 놓은 채 등을 꼿꼿이 세우고 앉아 있고, 나는 주방 싱크대의 딱딱한 모서리에 기대서서 기다렸다. 서늘한 감각이 척추를 슬금슬금 타고 올라왔다.

"대니?" 내 목소리가 너무 시끄럽고 날카롭게 들렸다.

그는 마른침을 삼켰다.

"나는 사람을 죽이기 시작했어."

43

뱃속이 요동쳤다. '뭐라고?'

"당신이⋯, 뭘 했다고?"

방금 이 사람이 무슨 소리를 한 건가? 잘못 들은 게 틀림없다. 설마⋯.

대니는 일어서서 식탁을 돌아 내 쪽으로 다가왔다. 그는 다시 말을 이었다. 말이 점점 빨라져 그의 입에서 쏟아져 나오는 느낌이었다.

"말했듯이 앱에서 첫 번째 남자를 발견했어." 그가 쉰 목소리를 냈다. "경찰이 앱에 대해 조사할 줄은 몰랐어. 흔적을 말끔히 지운 줄 알았는데. 경찰은 생각만큼 멍청하진 않았던 거야. 어쨌든 그 남자를 본 순간 꼭 만나야겠다는 생각이 들었어. 남자 얼굴이⋯, 아버지랑 똑같았거든, 젬마. 물론 지금 생각해보면 나를 닮기도 했지. 하지만 이상하게도 그때는 어떻게 그런 생각은 전혀 못 했는지 몰라? 나는 아버지를 봤을 뿐이야. 아버지 얼굴만 보였지. 그다음은 일사천리였어. 가짜 여자 프로필, 예쁜 여자 사진만 들이밀면 되니까. 그러면 데이트가 성사되는 거야. 그렇게 간단하다고. 총각파티 날이어서 일찌감치 나섰어. 술집에서 다른 친구들을 만나기 전에. 전혀 낌새를 못 채고 약속 장소인 리치먼드 공원에 나타난 그 남자를 본 순간⋯."

그가 눈빛을 번득이자 나는 오싹한 공포에 사로잡혔다.

'안 돼, 대니, 제발, 제발 안 돼.'

"폭풍이 지나간 후라 사방에 나뭇가지가 흩어져있었어. 나는 한번도 경험한 적 없는 격렬한 분노를 느끼면서 떨어진 굵은 나뭇가지를 집어 그를 후려쳤어, 힘껏. 그랬더니… 대번에 깨달았어. 내가 그 사람을 죽인 거야. 그렇게 간단한 일이라니. 그 자리에 서서 죽은 남자를 바라보면서, 한참이나 바라보면서, 뭐랄까…, 마음의 평화와 안도감을 느꼈어. 해방되는 기분이랄까? 치유 과정이 시작된 것만 같았지. 그 몇 분 사이에 처음으로 그런 감정을 느꼈어, 젬마. 마치 내가 그 사람을, 아버지를, 괴물을, 내게 그토록 많은 고통을 준 악마를 죽인 기분이었어. 말도 안 되는 소리라는 건 알아, 하지만…, 이해하겠어, 젬마? 이해하겠냐고?"

그는 한 발짝 더 다가왔고 나는 휘둥그레진 눈을 그의 얼굴에 고정한 채 그 자리에 얼어붙었다. 이것이 현실인가? 내 남편이 정말 사람을 죽였다고 말했나? 내 뇌는 제 기능을 하지 못했고 이상한 무감각이 발가락에서부터 위로 퍼지기 시작했다. 다리는 뻣뻣하고 묵직해졌고, 위장은 오그라들었다. 나는 그를 응시하며 말을 하려고 입을 벌렸지만 아무 말도 나오지 않았다.

'리치먼드 공원이라고? 브리스톨 살인 사건과 관계가 있다는 런던 살인 사건 중 한 건이 리치먼드 공원에서 발생했지, 아마? 그렇다면? …세상에, 안 돼…'

"한동안 기분이 개운했어." 대니가 말을 이었다. 그는 사나운 눈빛을 희번덕거리며 방 안을 두리번거렸다.

"그런데 우리가 결혼하고 몇 주 지났을 무렵 퇴근하고 술을 마시러 갔다가 바 맞은편에서 아버지를 닮은 다른 남자를 봤어. 정말 닮았더라, 젬마. 딱 아버지가 그 자리에 앉아 있는 기분이었어. 알아, 나도 알아. 아버지나 나처럼 검은 머리, 짙은 눈썹을 가진 사람은 쎄고 쎘지. 그런데 그 순간에는 운명처럼 느껴진 거 알아? 또 하나가 내 앞에 나타났구나 싶었어. 그래서 다가가 말을 붙였 어. '와, 오래전에 잃어버린 동생을 만난 기분이네요. 봐요, 우리가 얼마나 닮았는지!' 그런 식으로 접근해서 잡담을 나누다가 그 자 식이 여자친구가 기다리는 집으로 돌아가겠다길래 뒤를 밟았어. 그놈이 지하철을 타면 나도 지하철을 타고…. 놈은 훈슬로 웨스 트 지하철역 으슥한 구석에 차를 세워뒀더군. 그 근처에 숨어서 놈을 지켜보다가…. 갑자기 머리가 돌아버린 거지, 쳄마. 꼭 뭐에 씌인 기분이었어. 그래서 바닥에 놓여 있던 물체를 움켜잡았어. 부서진 배기관 같은 게 떨어져 있어서…, 결국 같은 일이 또 일어 난 거야. 다시 안도, 평화가 찾아왔어."

"또 죽였구나." 내가 들릴락 말락 한 소리를 냈다. 목구멍이 조 여들고 숨이 막힐 것 같았다. '지금 이건 현실일까? 이게 정말 대 니의 입에서 나오는 말인가?'

대니가 껄껄 웃다가 다시 심각한 표정을 지었다.

"또 죽였지." 그가 차분히 말했다.

우리는 잠시 서로를 마주 봤다. 그가 내 쪽으로 한 발짝 다가왔 다. 땀과 로션이 섞여 시큼하고도 향긋한 냄새가 났다. 내 휴대폰 이 다시 울리더니 이내 멈추고 음성사서함으로 전환되었다. 그가 나와 눈을 맞췄다.

"그리고 아무 일도 일어나지 않았어. 내 기분은 훨씬 나아졌고. 이제 끝났다, 이제 난 괜찮다, 드디어 다 잊고 마음을 정리할 수 있겠다 싶었어. 한동안 다 좋았지. 같이 미래를 설계할 당신도 옆 에 있었고, 모든 게 잘될 것만 같았어. 사람을 죽였는데 어떻게 된 일인지 발각되지도 않는 거야. 두 사람을 직접 건드린 적이 없기 때문이겠지. 내 손이나 몸을 접촉한 적이 없기 때문에 DNA든 뭐든 나올 게 없었을 테고, 흉기는…, 둘 다 백팩에 담아 사용한 장소에서 멀리 떨어진 곳에 갖다 버렸어. 첫 번째 남자의 휴대폰에서 앱을 제거하고 이메일도 다 지워서 나랑 연락한 증거를 싹 인멸하는 것도 잊지 않았고. 내 직업 덕분에 일이 간편해진 셈이지. 별로 어렵지 않았어. 내 IP 주소를 숨기는 소프트웨어도 이용했어. 그렇게 하면 절대 발각되지 않을 줄 알았어. 하지만 평화는 오래 가지 못했지. 몇 달 후에는 분노와 증오가 되돌아왔으니까. 내 마음이 아직 풀리지 않았어, 젬마. 하지만 운이 언제까지나 계속될 리는 없고 조만간 바닥날 거라는 생각은 들었어. 감옥에서 썩고 싶진 않았어, 젬마. 그건 못 견딜 것 같았어. 그러면 해결책은 딱 하나뿐이야. 달아나는 것. 모든 걸 버리고 흔적 없이 증발했다가 새로운 신분으로 새 출발을 하는 거지. 내가 저지른 죄에서 벗어나는 거야."

그의 말은 차분했지만 표정은 미친 사람 같았다.

"스스로 목숨을 끊는 것도 하나의 해결책이었겠지. 그럴 생각도 잠깐 해봤어. 하지만 그건 엄청난 낭비다 싶었어. 나는 할 일이 너무 많거든, 젬마. 어딘가로 떠나 가정 폭력 피해자를 돕는 일을 하면서 죗값을 치르려 했는데…. 물론 당신 생각도 했어. 당신을 위해서 돈을, 꽤 많은 돈을 마련해뒀어. 당분간은 충분히 먹고 살 만한 돈…. 당신 생각도 했던 거야, 알지? 내가 당신을 사랑하는 거 알잖아? 어쨌든 우리는 브리스톨로 이사했고 계획은 멋지게 착착 진행됐어. 이미 말했듯이 도망치려는 계획. 그런데…."

나는 속이 울렁대고 뒤틀렸다.

그가 한숨을 토했다.

"그런데 몇 가지 일이 꼬인 거야. 이제 당신도 뭐가 잘못됐는지 알 텐데?"

그의 말투가 갑자기 바뀌면서 광기가 드러나기 시작했다. 나는 등골이 서늘해졌다. 그는 수수께끼를 풀기를 바라는 듯 짓궂게 나를 바라보며 대답을 기다렸다. 그의 짙은 색 눈은 검정에 가까웠고 입술은 웃음을 참는 듯 움찔거렸다. 나는 양손으로 등 뒤의 싱크대 모서리를 짚고 고개를 끄덕였다. 머릿속이 혼란스럽고 어질어질했다. 그래, 나도 알 것 같았다. 당연히 알 것 같았다.

"브리스톨에서 살인 두 건이 일어났지. 다운스에서 남자 둘이 죽었잖아. 역시 당신이 죽였지." 내가 간신히 목소리를 짜냈다. "당신은 연쇄 살인범이야."

그는 고개를 젖히고 웃어대다가 뚝 그쳤다.

"그렇다고 해야겠지. 다들 나를 그렇게 부르겠지?"

그는 대답을 기다리듯 나를 보다가 말을 이었다.

"그 빌어먹을 앱으로는…, 조건에 맞는 사람을 찾기가 너무 쉬웠어. 생김새가 비슷한 사람 말이야, 브리스톨에서 다시 충동이 찾아왔을 때…. 가짜 여성 프로필을 이용해 깜깜한 저녁 시간에 남자를 만났어. 첫 남자는 달리기를 열심히 한다길래 나도 그렇다면서 다운스에서 만나 같이 달린 다음에 술을 마시자고 제안했어. 두 번째 남자한테는 가까운 곳에 사니까 그 골목에서 만나자고 했고. 매번 시간은 몇 분밖에 걸리지 않았어. 사용한 무기는 절대 발견되지 않을 곳에 버리면 그만이고. 그렇게 간단할 수가 없었지. 어쨌든 집에 돌아와서도 태연하게 행동할 수 있었으니까. 경찰이 나를 찾지 못하게 하는 것도 얼마나 쉬웠나 몰라. 그놈들 휴대폰에서 이메일과 문자메시지를 싹 지우고, 누군가가 어떻게

든 살인을 앱과 연관 지을 경우에 대비해 EHU를 해킹한 다음 검색 데이터를 전부 없앴어. 뉴스를 봐서 경찰이 그 모든 살인의 용의자로 당신을 의심했다는 것도 알았어. 그 점은 정말 미안하게 생각해, 젬마. 당신한테 그런 일을 겪게 한 건 내가 비겁했어. 경찰이 내가 당신에게 당했다고 생각하기를 바라긴 했지만…, 정말 미안해. 그래도 이제 잘 끝났으니까 괜찮은 거 아냐? 당신은 혐의를 벗었고 경찰은 나를 감방에 처넣고 싶어도 찾지 못할 거야, 젬마. 내가 경찰들보다 몇 수는 위거든. 여기를 떠나 새 출발을 할 거고, 다시는 누구도 해치지 않을 거야. 이제 다 끝났어. 지금까지 내가 하는 얘기를 들었으니 당신은 믿기지 않을지 몰라도 진짜 그럴 거야. 드디어 그 개자식을 내 인생에서 도려냈으니까 이제는 다 괜찮지만…."

그는 씩 웃고 나서 이마를 우그렸다. "한 가지 걸리는 게 있어. 그게 문제가 되지 않기를 바랄 뿐이야. 지난주에 실수를 좀 했어. 재수가 없었는지, 퀸이 당신을 만난 날 말이야. 당신이 그 녀석한테 왜 연락했는지, 둘이 무슨 얘기를 나눴는지, 경찰이 나한테 접근하고 있는 건 아닌지 너무 불안했어. 방송을 보고 경찰이 런던과 브리스틀의 살인 사건들을 연관 짓고 있다는 사실을 알고 나서는 불안을 잠재우기 위해서 뭔가 해야만 했어. 돌이켜 보면 참 어리석은 생각이지만 앱에서 한 명을 더 찾기로 결심한 거야. 역시 아버지를 빼닮은 녀석으로. 사실 그런 놈은 꽤 많았어, 젬마. 한둘이 아니었지. 여자인 척하고 그중에 한 놈을 꼬여내 당장 만났지. 하지만 그 자식의 머리를 후려치자마자 어떤 남자가 골목으로 들어왔어. 내 잘못이었어. 그 시간에 그런 데서 만나는 건 너무 위험했는데…. 도망가다가 손에 들고 있던 망치를 떨어뜨렸어.

그걸로 남자를 공격했다는 사실이 경찰에 발각되면 내가 범인으로 지목될 수 있겠다는 생각이 들었어. 장갑을 끼고 있었지만 더워서 땀이 났으니까 몇 방울 떨어졌을 수도 있잖아. 모르지, 아닐 수도 있지만…, 이번에는 그 남자 휴대폰에서 앱을 삭제할 틈도 없었어. 어, 그 EHU 앱 말이야, 그러니까 어쩌면…"

그는 광기 어린 눈으로 다시 급하게 말을 쏟아냈다. 나는 싱크대에 바짝 붙으며 몸을 움츠렸다. 나무 상판에 등이 눌렸다. 이 남자는 제정신이 아니었다. 극도로 심각한 상태였다. 그걸 이제야 깨닫다니. 정신이 병들고, 실성한 사람이었다. 그렇게 오랫동안 정신병자와 한집에 살면서도 어떻게 전혀 눈치를 못 챘을까? 어떻게? 머릿속이 웅웅거리고 같은 문장이 자꾸만 맴돌았다.

'내 남편이 연쇄 살인범이라니, 내 남편이 연쇄 살인범이라니…'

"당신을 만났을 때 퀸이 대응을 잘했지. 내가 듣기로 연극을 제대로 한 것 같았어. 그동안 퀸은 나한테도 얼마나 정성을 다했는지 몰라. 처음에는 꽤 충격을 받은 눈치였어. 당연히 그랬겠지, 내가 남자들을 해쳤다는…, 죽였다는 얘기를 들었을 때 말이야. 심지어 그 짓을 그만둔 것도 아니었으니까, 누군들 기겁하지 않겠어? 미친 듯이 화를 내면서, 자기는 나를 사랑하니까 항상 보살피겠지만 이런 일에 협조할 수는 없다는 거야. 하지만 내가 이유를 설명했더니 이해하는 눈치였어. 퀸은 참 재밌는 녀석이야. 간음, 불륜에 관해서는 어지간히 엄격한 녀석이지. 내가 아무하고나 자고 다니는 걸 알았으면 길길이 날뛰었을걸. 그 얘기는 아무한테도 안 했어. 내 친구들도 아무도 몰라. 아마 창피해서 말 못했던 것 같아. 말했다면 퀸이 나를 죽이려 들었을 거고. 사실…, 사람을 죽인 게 백만 배, 천만 배 더 나쁜 짓이지만, 퀸은 내가 어릴 때 무슨 일을 겪었고, 어머니가 어떻게 살았는지 알기 때문에 나를 이해했던 거야. 시간이 좀 걸리긴 했지만 결국 나를 돕기로 했어. 내가 달아나는 데 협조하기로 했어."

내가 브리짓 얘기를 꺼냈을 때 퀸이 보인 반응이 떠올랐다. 이제 이해가 되었다. 그는 전부 알고 있었다. 브리짓이 대니를 그토록 미워하는 이유를 알고 있었다.

대니가 말을 이었다.

"퀸은 런던을 떠나면 다시는 아무도 해치지 않겠다고 약속하라고 했어. 내가 어리석게도 브리스톨에서 사람들을 또 죽였을 때 녀석은 불같이 화를 내면서 이 일에서 손을 떼겠다고 했어. 둘도 당황스러운데 넷씩이냐면서… 하지만 이미 너도 살인자를 도왔으니 빼도 박도 못하게 됐다고 했지. 이미 둘이나 죽인 마당에 두 명 더 늘어난들 대수겠어? 그래서 퀸은 계속 협조하기로 했어. 녀석은 무척이나 괴로워하면서도 내 곁에 머물렀지. 하지만 그 무렵부터는 상황이 훨씬 불리해진 거야. 내가 골목에서 일을 그르친 다음부터 퀸은 당신에게 메시지를 보내기 시작했지. 겁을 줄 뜻은 아니었어, 젬마. 하지만 까딱 잘못하면 나는 이제 끝장나겠구나 싶었어. 당신이 그 메시지를 형사들한테 보여주면…, 퀸은 당신을 살인자라고 생각하고 협박하는 사람이 있다면 경찰의 주의를 당신한테 돌리고 내가 좀 더 쉽게 빠져나갈 수 있다고 계산한 거야. 그러다 녀석이 바보짓만 안 했으면… 엔간히 똥줄이 탔던 거지, 싸구려 일회용 말고 제 휴대폰으로 메시지를 날리는 실수를 한 거 보면. 덕분에 경찰이 우리 집으로 들이닥쳐서 내가 이 꼴이 났잖아. 그래도 아직은 그 골목에서 도망친 놈이 나라고는 생각하지 못하는 게 분명해. 하지만 시간이 얼마 남지 않았어, 젬마.

나는 달아나야 해."

그는 한 걸음 더 다가와 손을 내밀었다. 내 눈을 들여다보며 손가락으로 뺨을 부드럽게 쓸었다. 앨버트를 돌아보니 녀석은 털을 잔뜩 세우고 낮은 소리로 으르렁거리며 우리를 향해 다가오고 있었다. 내 뺨을 쓰다듬는 대니 앞에서 나는 움츠러들지 않으려고 침을 꿀꺽 삼켰다. 어서 가버렸으면. 휴대폰을 가지러 가야겠다는 생각밖에 없었다. 당장 도움을 청해야 했다.

'대니를 이 집에서 내보내고 경찰에 연락해야 해. 가, 대니. 제발 좀 가줘.'

"자, 그럼 다 된 거지, 젬마? 당신에게 전부 다 말했어. 이제 이 짓도 끝이야. 다시는, 다시는 그런 짓 안 하겠다고 약속할게, 젬마. 그러면 우리 사이는 괜찮은 거지? 아무한테도 말하지 않기로 한 약속, 당신도 지킬 거지? 그럴 거지?"

그가 더 바짝 다가와 입술을 내 귓불에 스치며 속삭였다.

"퀸이 근처에서 기다리고 있어. 조금 있다 전화하면 여기로 와서 나를 태우고 같이 공항으로 갈 거야. 지난 몇 달 사이 진짜 무슨 일이 있었는지 아는 사람은 이제 당신이랑 퀸 둘뿐이야. 퀸은 믿을 수 있어. 내 가족이니까. 당분간 내 옆에 있어 주기로 했고 앞으로 무슨 일이 있더라도 자기가 아는 사실을 발설하지는 않을 거야. 내가 저지른 짓을 혐오하지만 이제 발을 뺄 수 없게 됐잖아. 지금껏 항상 내 뒤를 봐줬고 앞으로도 그럴 거야. 당신도 마찬가지잖아, 젬마, 맞지? 당신도 내 가족이고 우리는 아직 서로를 사랑하니까. 지금껏 무슨 일이 있었든지 간에. 그러니까 다시 한번 약속해줘. 아무 말 하지 않겠다고, 내가 방금 한 얘기는 전부 잊겠다고 한 번 더 약속해줘. 제발. 약속해. 그러면 당신 앞에서 영원히 사라질게."

그 순간 나는 두려움과 회의감에 그 자리에서 꼼짝할 수 없었다. 그의 비밀을 절대 발설하지 않겠다고 약속했지만 그건 그 비밀이 다른 여자를 만났다거나…, 뭔가 사소하고, 어리석고, 엉뚱한 잘못이라고 생각했을 때였다. 이건 아니다. 이런 무서운 잘못은 아니다. 나더러 이런 일에 입을 꾹 닫고 있기를 바란단 말인가? 어느 누가 그런 무리한 기대를 할 수 있을까?

뜻밖에도 나는 펄펄 끓는 분노에 휩쓸렸다. 생각할 새도 없이 양손으로 대니의 가슴팍을 힘껏 밀쳤다. 불시에 세게 떠밀린 그는 비틀거리며 뒷걸음질 치다가 나동그라질 뻔했다.

"싫어!" 나는 소리를 빽 질렀다.

그가 눈을 동그랗게 뜨며 경악한 표정을 지었다.

"뭐?"

"싫다고!" 나는 다시 악을 썼다. "아니, 절대 입 닫고 있지 않을 거야, 이 정신 나간 인간아!"

그가 입을 벙긋거리며 내 쪽으로 한 발짝 다가섰지만 나는 한 손을 들어 올렸다.

"가까이 오지 마, 대니."

"하지만…"

"저리 가래도."

정신이 없었다. 이런 상황에서는 어떻게 처신해야 하나? 대니는 알아야 한다, 내가 비밀을 지킬 수 없다는 것을. 나는 침묵하지 않을 거다. 하지만 그는 나를 막기 위해 무슨 짓이든 할 텐데? 사람을 여럿 죽였다고 고백하지 않았나. 나도 죽일까? 조금 전에도 나를 사랑한다고 말했는데…. 심호흡을 하며 마음을 다잡았다.

그는 조금 떨어진 위치에 서서 말없이 기다리고 있었다.

"이 집에서 나가줘, 당장." 냉정하고 침착한 내 목소리에 나도 놀랐다. "당신이 가고 나면 경찰을 부를 거야. 대니, 미안해. 약속하는 순간에는 당신이 무슨 얘기를 할지 몰랐으니까…, 하지만 기회를 줄게, 대니. 그간 쌓아온 정을 봐서, 우리 관계를 생각해서 신고하기 전에 일단 기다릴게. 당신한테 시간을 주는 거야. 도망칠 수 있게. 15분, 20분이면 되겠지? 그러니까 퀸한테 전화해, 데리러 오라고 하고 떠나, 알겠지? 그러면 나는 좀 기다렸다가 경찰에 연락하겠어."

거짓말이었다. 그가 문밖을 나가자마자 통화 버튼을 누를 작정이었으니까.

"어때, 대니? 그 정도면 괜찮겠지?"

대답이 없었다. 미동도 없이 나를 응시하는 그에게서 아무 표정도 읽을 수 없었다. 그 순간 앨버트가 다시 낮은 소리로 위협하듯 으르렁대기 시작했다. 대니가 돌아서서 바라보자 으르렁 소리는 더 커졌다. 남편은 다시 나를 돌아보며 실눈을 떴다. 그는 앨버트의 목줄을 잡고 주방 문 쪽으로 끌고 가더니 문을 열고 개를 복도로 내보냈다. 대니가 문을 쾅 닫자 앨버트는 더 요란하게 으르렁대다가 급기야 맹렬히 짖기 시작했다. 대니는 내 쪽으로 서서히 다가왔다. 개 짖는 소리는 갈수록 날카로워졌지만 그의 표정은 차분했다. 앨버트는 몸을 문에다 쾅쾅 부딪치며 발톱으로 나무를 벅벅 긁었다.

"이제 됐군. 당신 질문에 대답해야지, 젬마. 안 되겠어. 그러면 안 되지. 분명히 나한테 약속을 해놓고 어기겠다는 뜻이잖아? 그건 옳지 않아. 그래선 안 되는 거야."

그는 다정한 목소리를 내며 다시 내 뺨을 쓰다듬었다.

"대니, 왜 이래…."

내 수가 틀렸을까? 내가 몸을 움츠리자 그는 다른 손으로 내 허리를 움켜쥐고, 아프도록 손가락을 살에 깊이 박았다. 나는 침착하려고 심호흡을 했다. 이 사람을 내보내야 했다. 떠나보내야 하는데….

"저런. 나는 당신을 믿었는데, 젬마. 안 믿었으면 얘기도 안 했겠지. 나는 당신을 믿었는데 당신은 나를 실망시키는군. 이러면 어떻게 될지 잘 알 텐데…." 그가 말을 멈추고 내 허리를 쥔 손에 힘을 주었다.

나는 마른침을 삼켰다. 방 안 공기가 갑갑해져 숨쉬기가 힘들었다. 이제 끝장이다. 젠장, 젠장, 젠장. 내가 판단을 잘못한 것 같은데? 그를 완전히 잘못 파악했다. 얼마나 정신 나간 인간인지 짐작하지 못했다. 혹시…, 아니, 그건 아닐 거다. 그럴 수는 없다, 나한테는…. 생각을 하자, 젬마, 머리를 굴려야 해….

"대니, 제발, 미안해, 나는…."

그는 듣고 있지 않았다. 눈빛에 암흑, 악의가 서려 있었다. 목이 막혔다.

"대니…, 제발…."

그는 내 눈을 노려보며 고개를 저었다.

"당신이 자초한 일이야. 내 얘기를 다 들었으니 이제 죽어줘야겠어."

그는 천천히, 아주 천천히 내 얼굴에서 손을 떼고 자신의 재킷 주머니에 집어넣었다. 그러고는 칼을 꺼냈다.

44

헬레나는 속이 울렁대고 뒤틀렸다. 일을 심각하게 망쳐버렸다는 생각에 견딜 수가 없었다. '잡쳐도 이렇게 잡칠 수 있을까.' 그래도 런던의 골목에서 디클랜 베일리를 반쯤 죽이는 데 쓰인 망치에서 대니 오코너의 DNA가 발견되자 모든 퍼즐 조각이 일거에 제자리를 찾았다. 지금까지 젬마 오코너에게만 너무 초점을 맞췄다. 그녀가 거짓말을 하고 있다고 확신했고, 정황 증거도 제법 그럴듯했다. 젬마의 런던 아파트 인근에서 발생한 두 건의 살인 사건, 그녀가 이사한 직후에 브리스톨에서 일어난 두 건의 살인 사건. 디클랜 베일리가 죽을 뻔했던 날에도 우연찮게 그녀는 런던에 있었고, 범행 위치도 약속 장소인 빅토리아역 근처였다. 옛 아파트 침실에 뿌려져 있던 피도 그녀가 그곳에서 남편을 죽였다는 확신을 주었다. 전부 앞뒤가 딱딱 맞았다. 하지만 알고 보니 전부 오해였다. 대니 오코너가 본인 손으로 침실에서 살해를 당한 듯이 연출을 했을 뿐. 빅토리아에서 살인을 시도한 사람이 대니라면 다른 살인도 전부 그의 소행이라 봐야 한다. 아직 100퍼센트 확신할 수는 없지만 이미 그녀는 90퍼센트 정도 심증을 굳히고 있었다. 대니가 왜 자신과 닮은 남자들을 죽여야 했는지는 몰라도 헬레나는 일단 그를 찾으면 진상을 밝힐 수 있으리라 확신했다. 물론 그를 잡아야 가능한 일이다. 이미 그를 놓쳐버렸으니. 지극히 위험한 연쇄 살인범일지도 모를 그 남자를 그들은 그야말로 다 잡았다가 놓쳐버렸다. 그를 잡는 것이 급선무였다.

"5분 내로 도착합니다, 팀장님."

"고마워, 데번. 거기 있을 리는 없지만 혹시 모르니까 확인해야지."

그녀는 조수석에, 데번은 운전석에 앉아 이미 어둑해진 브리스톨의 도로를 달리고 있었다. 클리프턴에 있는 오코너의 집으로 향하는 중이었다. 대니를 찾으러 다닌 지 고작 몇 시간째였지만 헬레나는 이미 절망하기 시작했다. 언론에는 용케 숨겼지만 아침까지 대니를 찾아내지 못하면 차라리 그의 얼굴을 공개해 대중의 도움을 받는 편이 나을 것이다. 다른 것도 문제였지만 그녀의 속을 불편하게 하는 것은 상관들의 노여움과 향후 며칠 안에 틀림없이 등장할 뼈아픈 신문 기사였다. 벌써 헤드라인이 눈에 선했다.

경찰, 어처구니없는 실수로 연쇄 살인범 놓쳐

경찰 역사상 최악의 실수?

경찰을 따돌린 연쇄 살인범…, 영국 곳곳에 번지는 공포

지금까지는 언론을 성공적으로 통제했지만 성공이라 할 만한 건 그게 전부였다. 그녀는 지난 몇 시간 사이 할 수 있는 온갖 조치를 다 취했지만 역시 뒤늦은 감이 있었다. 런던에서도 만일을 대비해 퀸 오코너의 아파트를 수색하고 그가 자주 다녔다는 동네 술집, 당구장 등을 찾아가 두 남자 중 한 사람의 소재라도 아는 사람이 있는지 수소문했다. 아일랜드 현지 경찰들은 대니와 퀸의 고향집은 물론이고 가급적 넓은 범위의 친구와 친척 집을 뒤졌다. 출국금지를 신청했지만 두 사촌 형제가 이미 아일랜드 해(海)를 건너 달아났을 가능성을 염두에 둔 것이었다. 대니의 친구와 옛 직장 동료들에게도 연락이 갔고 영국 전역의 경찰서에 사진이 배포되었다. 헬레나는 지난 30분 동안 직접 젬마의 번호로 전화를 걸어 남편이 현재 여러 건의 살인 혐의로 수배 중이라고 경고하려 했지만 계속 연락이 닿지 않았다.

"자유를 되찾은 기념으로 외출했겠죠." 데번이 추측했다. "저 같으면 그랬을 거예요. 아니면 잠들었거나. 감방에서는 눈 붙이기가 쉽지 않잖아요. 침대가 그냥 나무판자 수준이니."

하지만 그녀가 전화를 받지 않자 헬레나는 슬슬 걱정이 되어 집으로 직접 찾아가서 소식을 전하기로 했다. 젬마가 거짓말을 하고 있다고, 뭔가를 숨기고 있다고 확신하면서 그녀를 그토록 모질게 대한 지난날을 떠올리며, 제대로 사과해야겠다고 그녀는 씁쓸하게 생각했다. 대니가 브리스톨의 집을 찾아갔을 가능성은 희박했지만 그를 검거하려면 빠뜨릴 수 없는 곳이기도 했다.

"다 왔습니다. 그런데 집에 아무도 없는 모양인데요."

데번은 시동을 껐다. 두 사람은 잠시 가만히 앉아 깜깜한 창문을 바라봤다. 헬레나가 안전벨트를 풀었다.

"가보자."

그녀가 먼저 진입로로 들어가 초인종을 눌렀다. 집 안에서 발이 후다닥 움직이는 소리가 들리고 개가 목이 터져라 짖기 시작했지만 문은 열리지 않았다. 헬레나는 다시 벨을 울렸다. 버튼을 20초는 족히 누르고 있는 사이 두툼한 현관문 틈으로 벨소리가 날카롭고 요란하게 새어 나왔다. 개 짖는 소리가 더 요란해졌지만 아무도 나오지 않았다. 헬레나는 조금 불안해졌다.

"말씀드렸다시피 나가서 축배를 들거나 잠을 자거나 둘 중 한 가지겠죠. 세상모르고 곯아떨어졌어도 이 시끄러운 소리를 못 들을 리는 없으니 아무래도 나갔나 보죠?"

"개를 두고 갔을 리 없는데."

불길한 느낌이 점점 커져 헬레나는 뱃속에 작은 응어리가 맺히는 기분이었다. 뭔가 잘못된 것만 같았다. 젬마가 유흥을 즐기는 부류로 보이지는 않았다. 더구나 최근에 그런 일까지 겪었는데. 며칠 집을 떠나면서 누군가에게 개를 돌봐달라고 부탁했을지도 모르지만 전화를 받지 않아 걱정스러웠다. 확인할 필요가 있었다.

"집 뒤쪽을 둘러보자."

둘은 모퉁이를 돌아 집 뒤편의 좁은 골목으로 향했다. 뒷문이 잠겨 있지 않아 그들은 가만가만 뒤란으로 들어갔다. 데번은 부엌 쪽으로 다가가 손잡이를 덜컥덜컥 돌렸다.

"잠겨 있네요."

헬레나는 두 손을 말아 눈에다 대고 주방 창문을 통해 내부를 들여다봤다. 그리고는 헉 소리를 냈다.

"세상에. 맙소사!"

"왜? 왜 그래요?"

헬레나는 양손을 뻗은 채 데번 쪽으로 달려가 문손잡이를 마구 흔들고 문을 쾅쾅 내리쳤다.

"안 돼, 안 돼, 안 돼!" 그녀가 소리를 빽 질렀다. "데번, 안으로 들어가야 돼, 어서!"

그는 잠시 망설이며 헬레나를 응시하다가 양손을 그녀의 어깨에 얹고 한쪽으로 밀었다.

"알았어요. 아직 어깨가 아파 죽겠지만 한번 해볼게요. 가만히 서 계세요." 그는 몇 발짝 뒤로 물러나 왼쪽 어깨로 문을 겨냥하고는 손잡이 쪽으로 돌진했다. 소름 끼치는 쿵 소리와 더불어 나무 쪼개지는 소리가 들렸다. 문이 홱 열리자 헬레나는 문틀에 기댄 채 어깨를 붙잡고 끙끙대는 데번을 획 지나갔다. 그리고 우뚝 멈춰 타일 바닥에 널브러진 형체를 겁에 질린 눈으로 바라봤다. 창밖에서 본 모습도 두려움을 일으키기에 충분했지만 예상과는 다른 물체이기를 간절히 바랐다. 세탁기에 넣기 전에 쌓아둔 빨래 무더기라든지, 바닥에 떨어진 외투라든지.

둘 다 아니었다. 젬마 오코너였다. 정확히 말해 젬마 오코너의 시체일지도 모른다. 미동도 없이 태아처럼 웅크리고 쓰러져 있는 그녀의 주위로 짙은 색 웅덩이가 형성되어 있었다. 헬레나는 보았다. 이 여성에게 정확히 무슨 일이 생겼는지 직접 확인했다. 처절하게 쓰러진 그녀를 보며 헬레나는 슬픔과 죄책감에 휩싸였다. 불 꺼진 주방의 어둠 속에서도 젬마의 목에 생긴 칼자국이 선명하게 보였다.

45

"대니를 찾아야 해. 그 자식을 찾아야 한다고. 지금 당장."

헬레나는 병원 복도를 서성댔다. 노여움과 좌절감으로 얼굴은 일그러지고 겉옷에는 젬마 오코너의 피가, 뺨에는 짙은 얼룩이 묻어있었다. 데번은 벽을 따라 줄지어 놓인 딱딱한 플라스틱 의자 중 하나에 앉아 그녀를 지켜보고 있었다. 그의 분노도 커져갔지만 오로지 자신에게 향하는 분노였다. 그는 대니 오코너를 코앞에 두고 그와 함께 앉아 차를 마시기까지 했다. 그런데도 놓쳐버렸다. 대니를 놓친 건 자신이니 젬마 오코너에게 닥친 일은 모두 그의 탓이었다. 그는 양손에 머리를 묻고 눈을 질끈 감은 채 주방 바닥에 쓰러져 있던 몸, 목에 가로로 파인 깊고 선명한 상처, 피…, 엄청난 피를 기억에서 지우려고 안간힘을 썼다.

하지만 젬마는 기적적으로 숨이 붙어 있었다. 아예 죽은 사람처럼 보였지만. 새하얗게 질린 헬레나는 한참을 웅크리고 앉아 맥박을 재고 활력징후를 확인하다가 갑자기 데번을 획 돌아보며 소리쳤다.

"숨을 쉬고 있어! 아직 숨을 쉬고 있다고! 구급차를 불러, 어서! 서둘러!"

그가 떨리는 손으로 번호를 누르는 사이 헬레나는 정신없이 주방을 둘러보다가 벽에 걸린 행주를 집어 젬마의 목을 눌렀다. 두 시간 전의 일이다. 젬마가 수술실로 급히 실려 가는 동안 그들을 맞으러 나온 의사는 그녀가 운이 좋았다고 말했다. 목은 갑상선까지 깊이 베였지만 칼이 주요 정맥과 동맥은 비켜 갔다고 했다.

"갑상선에서 피가 펑펑 나지만 목을 심하게 베인 것 치고, 음…, 경동맥이나 경정맥, 기관지는 손상되지 않았네요. 베이고 몇 분 안에 병원에 도착했나 봅니다. 조금만 더 오래 방치되어 피를 흘렸다면 목숨을 잃었을 거예요. 당장 수술을 해야 하고 상태도 심각합니다만 환자는 잘 이겨낼 겁니다. 말씀드렸듯이 운이 좋은 분이니까요."

'운이 좋다고?' 데번은 고개를 절레절레 저었다. 젬마 오코너는 그가 아는 가장 운 나쁜 여자였다. 결혼한 남자가 자신을 이용하는 것도 모자라 살인죄를 뒤집어씌우려 했다. 영국에서 가장 흉악한 연쇄 살인범으로 밝혀질지도 모를 남자와 결혼했다. 지금 그들이 품은 의혹이 사실로 드러난다면 말이다. 아직은 확실한 증거가 없지만 그자가 아니면 누가 그런 짓을 저질렀겠는가? 이유가 무엇이든 도주 중에 짬을 내어 찾아간 아내의 목을 그은 남자가 아니라면?

'제발, 젬마, 살아줘요.' 그는 조용히 애원했다. '당신 자신을 위해서요. 다 이겨내고 보란 듯이 잘 살아야죠. 우리를 위해서도 살아야 해요. 우리에겐 당신이 필요해요. 당신의 도움을 받아야 그를 잡을 수 있어요.'

"대니가 가짜 여권을 구했다고 했지?"

데번이 깜짝 놀라며 고개를 들어 보니 헬레나가 서성대던 걸음을 멈추고 그의 앞에 서 있었다.

"어…, 네, 그렇게 말했어요. 무슨 이름을 썼는지, 국적이 어디로 돼 있는지는 몰라도…, 아 망할, 팀장님. 정말 죄송합니다."

헬레나는 잠시 서서 망연자실한 얼굴로 그를 내려다봤다. 그러고는 고개를 흔들며 그의 옆자리에 앉았다.

"나도 미안해 죽겠어, 데번. 젬마의 말을 귀담아듣지 않아서. 그 말을 믿지 않아서. 이번엔 우리가 일을 전부 그르친 거야." 그녀가 차분히 말했다.

"거기다 놈은 달아났잖아. 가짜 여권으로 좋은 신분을 얻어 어디든 갈 수 있어. IT의 귀재니 최고의 직업을 구할 수 있겠지. 다크 웹이라든지, 갈 곳은 널렸고 그자는 방법을 알 테니까. 변장만 잘하면 출국금지고 뭐고 다 소용없을 테고…, 젬마를 공격한 후에 곧장 브리스톨 공항으로 가서 비행기를 탔을지도 모르지. 아니면 항구에서 배를 탔거나. 개인 소유의 배라면…, 우리가 놓친 거야, 데번. 그 사촌도. 그래도 그 둘은 반드시 다시 찾아낼 거야. 절대 포기하지 말자고. 무슨 일이 있어도 찾아내야 해."

헬레나의 목소리에 활활 타는 결의가 느껴져 데번은 슬며시 웃었다가 한숨을 내쉬었다.

"우리가 잘리지 않는다면요."

그녀는 잠시 말이 없었다.

그 순간 헬레나가 벌떡 일어섰다. 아까 얘기를 나눈 의사가 복도에 불쑥 나타난 것이다.

"의식이 돌아왔습니다. 환자가 지금 형사님께 급히 드릴 말씀이 있대요."

46

아침이었다. 적어도 내 침대 맞은편, 조그맣고 네모난 창문 밖의 빛을 보면 아침이라고 생각할 수밖에 없었다. 자다 깨다를 반복하며 시간 감각을 잃은 지 오래였다. 흰 가운을 입은 남녀가 끊임없이 나를 살피고, 찌르고, 낮은 목소리로 이것저것 물었다. 팔에 꽂힌 바늘을 통해 밤새 흘러 들어간 약물 탓에 머리가 몽롱했지만, 그토록 격렬하고 지독하던 통증이 이제는 뭉근하고 은근한 아픔으로 줄었다. 보드라운 침대보 위로 오른손을 천천히 움직여 조심스레 내 목을 확인하니 피부가 아니라 단단히 감긴 푹신한 붕대가 만져졌다. 칼, 칼날, 통증, 매섭고 끔찍한 통증…. 갑자기 공포가 밀려와서 나는 심호흡을 하며 이제는 안전하다고 되뇌었다. 나는 병원에 있고 대니는 떠났다. 나는 안전하다. 대니…, 두려움이 다시 피어났다. 연쇄 살인범인 내 남편. 몸에 입은 상처는 치유될 수 있다고 들었다. 하지만 나머지는? 누가 그런 상처에서 벗어날 수 있을까? 나는 괴물과 결혼했지만 그 사실을 꿈에도 몰랐다. 얼마나 어리석으면 여가 시간에 취미 생활을 하듯 사람을 죽이고 다니는 남자와 결혼하고도 전혀 간파하지 못할 수 있을까? 제정신이 아닌 남자와 결혼하고도 어떻게 전혀 모를 수 있을까? 한숨이 났다. 대체 왜 그랬을까?

하지만 그 무엇도 내 잘못은 아니라는 두 형사의 말을 나는 믿어야 했다. 헬레나 디킨스 경감은 내 침대 가까이에 의자를 끌어다 놓고 앉아 비통한 표정으로, 얼마나 미안한지 모른다며 내 손을 잡았다. 나의 뜨겁고 메마른 피부에 와 닿는 그녀의 손길이 묘하게 위로가 되었다. 클라크 경사는 선 채로 양쪽 발에 번갈아 무게를 실으며 호주머니에서 꺼낸 수첩에 내 진술을 받아 적었다. 나는 예리한 통증과 약 기운에 몽롱한 상태였지만 더듬더듬 모든 것을, 대니가 내게 털어놓은 전부를 전했다. 그가 저지른 범행과 그 이유, 그의 향후 계획을 낱낱이 설명했다.

내가 이야기를 마치고도 한참이 지나도록 그들은 충격에 빠진 표정으로 서로를 응시할 뿐 아무런 말이 없었다. 디킨스 경감은 다시 내 눈을 보며 내 손을 잡았다.

"그가 어릴 때 겪은 고통을 차마 상상도 못 하겠네요. 어떤 아이도 그런 참혹한 환경에서 자라서는 안 되겠죠. 그렇다 해도 그 사람의 죄가 없어지는 건 아니에요, 젬마. 대니는 아주 비열하고 위험한 인물이 분명해요. 사람 넷을 죽였고, 다섯 번째는 거의 죽일 뻔했고 당신까지 죽이려 했잖아요. 더 이상 아무도 해치지 못하게 하겠다고 약속드릴게요. 이제는 끝내야 해요."

그들은 떠나면서 내게 다 잘될 거라는 말을 남겼다. 정말 그럴까? 그게 어떻게 가능할까? 형사들에게도 그렇게 물었더니 두 사람은 서로 눈빛을 교환했다. 그리고 디킨스가 내 손을 살며시 잡았다. 날마다 조금씩 나아지는 것이 이런 상처를 극복하는 유일한 방법이라고 그녀는 말했다. 일단 건강부터 회복하고 나머지는 나중에 걱정하라고. 그래도 갈수록 괜찮아질 거라고. 한 시간 한 시간이 흐를수록, 하루하루가 지날수록 행복을 되찾을 거라고 그녀는 장담했다.

"당신은 강한 사람이에요, 젬마. 여간 강한 사람이 아니에요. 이미 얼마나 험한 일을 겪었나요. 목이 베였는데도 이렇게 살아남아 회복 중이죠. 당신은 할 수 있어요. 필요한 도움을 받을 수 있게 우리도 최선을 다할게요. 알겠죠? 그리고 대니를 찾아서 그가 당신한테 한 짓, 그 남자들에게 한 짓에 대해 죗값을 치르게 할 거예요. 일단 여기를 나가면 긴급 기자회견부터 할 거예요. 몇 시간 내에 대니의 얼굴은 국내뿐 아니라 유럽 전역, 전 세계 모든 TV 뉴스, 신문, 웹사이트에 공개될 거예요. 그를 꼭 잡을 겁니다, 젬마, 알겠죠? 그의 사촌도요. 퀸 역시 대가를 치러야 해요."

앨버트는 잘 있다는 그녀의 말에 나는 크게 안도했다. 잔뜩 풀이 죽었지만 다치지는 않았고 내가 회복할 때까지 애견 호텔에서 보살핌을 받을 거라고 했다. 그녀는 또 나 대신 여기지기 전화를 걸어 내 소식을 전했다. 오늘 에바와 부모님이 여기로 올 거라고 들었다. 갑자기 눈물이 왈칵 솟아, 나는 목에 대고 있던 손을 떼어 눈물을 훔쳤다. 부모님은…, 이 모든 일을 어떻게 받아들일까? 대체 어떻게 설명해야…?

그 순간 떠오른 다른 생각에 숨이 턱 막혔다. 대니는 내가 지금 알고 있는 사실, 그의 범행 사실을 발설하지 못하도록 나를 죽이려 했다. 하지만 나는 죽지 않고 살아서 전부 까발렸다. 그도 곧 알게 된다. 경찰이 기자회견을 할 테니까. 영국 연쇄 살인 사건의 주요 용의자로서 그의 얼굴은 전 세계의 TV 화면과 소셜미디어 사이트에 공개된다. 대니도 볼 것이다. 못 볼 리가 없다. 그러면 내가 살아남아 무엇을 했는지 알게 된다. 그러면 그는 어떻게 나올까?

두려움이 엄습하면서 숨이 가빠오기 시작했다. 검은 얼룩이 눈앞에서 어른거렸다. 대니가 날카로운 칼날로 내 목을 휙 그은 순간, 너무 뜻밖의 일이 순식간에 일어났기에 두려움을 느낄 새도 없었다. 펑펑 솟구치고 줄줄 흐르는 피를 느끼고 바닥에 털썩 쓰러지는 내 몸을 느꼈다. 주방에 멈췄다가 다시 움직이는 대니의 발소리, 복도에 울리는 앨버트의 짖는 소리, 현관문이 쾅 닫히는 소리를 들으며 나는 눈을 감았고 곧 어둠이 내려앉았다. 하지만 두려움은…, 그 순간에는 별로 두려움을 느끼지 못했다. 숨을 헐떡일 때마다 척추를 타고 전율이 흐르고, 목 위로 격렬한 통증이 지나가고, 이마에서 흐른 땀이 눈으로 들어가면서 시야가 흐려졌다.

"오코너 부인? 오코너 부인, 깨어나셨나요? 괜찮으세요?"

그 목소리에 기겁했다가 나를 치료해준 의사를 알아보고 떨리는 숨을 쉬었다. 그의 온화한 얼굴은 근심 어린 표정으로 나를 내려다보고 있었다.

"괜찮아요. 전 괜찮아요." 간신히 목소리를 짜냈다.

"음, 다행이네요. 좋은 소식이 있어요." 의사가 말했다.

47

7개월 후

"젬마, 이쪽으로 와요! 샴페인 따르고 있어요!" 왁자지껄한 거실의 수다와 웃음 사이로 클레어의 목소리가 들렸다. 오늘 모두가 한자리에 모였다. 클레어, 타이, 에바 그밖에 다른 여자들 전부. 지난 몇 달간 다닌 수업에서 만난 친구들이었다. 나의 든든한 친구, 응원팀, 브리스톨의 새 가족이 된 여자들, 나와 더불어 울고 웃을 수 있는 여자들이었다. 같이 웃을 수 있는 사람들이야 늘 많았지만, 같이 울어주는 사람들 덕분에 나는 정신을 차리고 꿋꿋이 버티면서 지난날에 너무 집착하지 않을 수 있었다. 물론 깜깜하고 적막한 시간이면 두려움에 사로잡힌 채 앨버트를 끌어안고 몸을 떨면서 햇빛이 어둠을 몰아낼 새벽이 오기만을 간절히 기다렸다. 하지만 나는 노력했고 꾸준히 나아졌다.

복도에 나가 발매트 위에 쌓인 편지 무더기를 집었다.

"금방 갈게요. 우편물 좀 확인하고요!"

봉투를 획획 넘겨보니 대부분 크리스마스카드였다. 지난주에도 꽤 많은 우편물을 받았다. 친구, 옛 동료, 심지어 모르는 사람들이 내게 사랑을 전하고 새로 시작된 예기치 못한 여정에 행운을 기원했다.

복도 테이블에 우편물을 내려놓는 순간 거실에서 한바탕 웃음소리가 들리고 샴페인 터지는 소리와 앨버트의 경쾌한 짖는 소리,

"좋았어!"라는 환호성이 뒤따랐다. 나는 슬며시 웃었다. 아빠였다. 부모님도 이 자리에 있었다. 우리 집에 며칠 지내러 왔다가 이웃에 사는 조, 제니, 클라이브와 금방 죽이 맞았다. 거의 매일 만나는 이웃들이 주방에서 분주하게 먹거리를 쟁반에 담고 있었다. 파티를 위해 준비해 온 깔끔한 삼각형의 샌드위치와 앙증맞은 케이크였다. 의자 등받이와 문손잡이에 묶인 풍선들도 긴 줄 끝에서 까딱거렸다. 귀한 손님을 환영하는 파란 풍선들이었다.

고개를 돌리니 아기가 초롱초롱한 눈으로 나를 응시하고 있었다. 아기의 이마를 살살 쓰다듬다가 손을 내 목으로 천천히 옮겨 그 위를 가로지르는 섬뜩한 흉터를 더듬었다. 이제는 덜 아프고 많이 아물었지만 아직도 불룩하고 추했다. 내 인생이 영원히 바뀐 날을 영원히 상기시키는 흔적이었다.

그는 아직 바깥세상 어딘가에 있다. 대니도, 퀸도. 경찰이 매주 내게 추적이 어떻게 진행되고 있는지 알려주지만 전화를 할 때마다 말수는 줄고 전하는 정보도 줄었다. 처음에는 전 세계의 경찰서에 목격담이 쇄도했다. 마르베야의 레스토랑에서 대니를 만난 사람, 맨해튼의 슈퍼마켓에서 일하는 퀸을 본 사람, 본다이 해변 도로에서 히치하이킹을 시도하는 둘을 목격한 사람이 나타났다. 하지만 어떤 제보도 쓸모가 없었고 신고는 점차 뜸해졌다. 거실에는 헬레나와 데번도 있었다. 요즘은 두 사람을 그렇게 부른다. 경감이니 경사니 하는 호칭은 떼어버린 지 오래다. 바쁜 중에 짬을 내어 파티에 참석한 것이었다. 나는 기뻤다. 그들을 친구로 여기게 되었을 뿐 아니라 그들 덕분에 안전하다고 느낄 수 있어서였다. 결국 두 사람은 내 목숨을 구했다. 내가 죽었으면 아이도 죽었을 테니 두 목숨을 살린 셈이다.

다시 아기를 내려다보았다. 이제 눈꺼풀이 까물까물 닫히고 있었다. 보드라운 흰 담요가 턱밑까지 덮여있고 발치에는 무지개색 곰 인형이 놓여 있었다. 나는 요람 손잡이를 잡고 살살 흔들기 시작했다. 내 아기. 내 아들. 그날 병원에서 임신 중이라는 말을 듣고 나는 충격에 말문이 막혔다. '임신이라니?' 지난 몇 주 사이 체중이 꽤 줄었다. 하지만 임신은 많은 현상을 설명했다. 내가 느낀 피로, 잦은 구역질. 그 당시에는 내가 처한 상황, 대니의 실종이 가져온 스트레스와 슬픔 때문이라고만 생각했다. 아마도 브리스톨로 이사하기 몇 주 전인 1월에 아이가 들어선 모양이다. 대니가 이미 두 사람을 죽이고 달아날 궁리를 하고 있던 1월에. 그 생각을 하자 간담이 서늘해졌다. 자신이 무슨 짓을 저질렀는지, 앞으로 무엇을 할지 뻔히 알면서 어떻게 나와 관계를 가질 수 있었을까? 나를 어떤 지옥에 빠뜨릴지 이미 구상하고 있었으면서?

아이 아빠의 손에 목을 베여 죽을 고비를 넘긴 후 병원에 누워 회복하던 중에 잠시 낙태를 고민했다. 어떻게 이 아이를 세상에 데려다 놓을 수 있을까? 언젠가는 이 아이에게 네가 전 세계에서 수배 중인 연쇄 살인범의 자식이라고 말해주어야 할 텐데? 하지만 나는 이내 그 생각을 버렸다. 이미 내 아이의 존재, 생명력을 느낄 수 있어서였다. 대니 때문에 이미 너무 많은 무고한 생명이 목숨을 잃었다.

며칠 전에 태어난 우리 아기가 이제 집으로 왔다. 우리는 아이의 탄생을 축하할 참이다. 아이와 가까운 인물 가운데 참석하지 않은 이는 할머니가 유일했다. 브리짓과 나는 전화 통화로 관계를 서서히 쌓아가고 있지만 아직 갈 길은 멀다. 나와 이 가련한 여자는 너무 가혹한 시련을 겪었다. 그녀는 학대하는 남편에 대한 비밀을 안고 세상과 단절한 채 오랜 세월을 살았기에 지금도 누군 가를 마음에 받아들이기 어려워한다. 이제 연쇄 살인범의 어머니 라는 사실이 만천하에 알려졌으니 그것이 더 힘들어졌는지도 모른다. 과거에도 늘 그랬듯 그녀는 홀로 조용히 고통을 삼켰다. 하지만 적어도 내 전화를 받아주고, 어떻게 지내냐며 몇 마디 인사 치레를 하고, 손자에게 탄생 축하 카드까지 보냈다. 우리 사이는 끝내 애틋해지지는 못하겠지만 언젠가는 그녀를 찾아가 지금 혼자 키우고 있는 손자를 안겨줄 것이다.

우리는 그럭저럭 잘 지내고 있다. 우리 둘은. 아니 우리 셋은. 앨버트가 신나게 짖는 소리가 들렸다. 한동안 나는 대니가 다시 찾아올까 두려워 클리프턴의 집을 떠나고 싶었다. 주방에 들어갈 때마다 몸이 떨리고 그가 남긴 말들과 칼, 고통이 떠올랐다. 하지만 생각이 바뀌었다. 나는 이 집과 안뜰을 사랑했고, 이제는 이웃들도 사랑했다. 대니는 이미 내게서 많은 것을 빼앗았다. 이 집마저 빼앗을 수는 없다. 언젠가 돈이 모이면 다른 곳에 집을 살지도 모르지만 지금은 이곳이 편안한 내 집이었다. 대니가 나를 위해 마련했다고 주장한 돈은 손에 넣지 못했다. 있었다 해도 가질 생각은 없었다. 하지만 우려와 달리 돈은 떨어지지 않았다. 고난을 겪은 후 일거리는 두 배, 세 배로 늘었다. 도주 중인 연쇄 살인범의 아내라는 새 추명 때문일 테지만 어쨌거나 감사한 일이었다. '닮은꼴 살인자', 사람들이 대니에게 붙인 별명이었다. 자신을 괴롭힌 유령을 없애려고 자신과 꼭 닮은 남자들을 죽인 살인자. 처음에는 내막을 밝혀달라는 인터뷰 요청이 쇄도했지만 나는 전부 거절했고 지난 몇 달 사이 모든 생활은 거의 정상으로 돌아왔다.

"엄마가 너랑 함께 집에 있으면서 일을 할 수 있어서 다행이지."

아기에게 속삭였다. 잠시 요람을 떠나 현관문이 이중으로 잠겼는지, 체인이 단단히 걸렸는지 확인했다. 어젯밤에도 소음을 들었다. 지난 며칠간 밤마다 들린 요란한 긁는 소리, 두드리는 소리에 피가 얼어붙는 기분이었다. 침대에 벌떡 일어나 앉아 온몸이 굳은 채 숨을 헐떡이며 만일을 대비해 경찰이 설치한 비상 단추를 파들거리는 손가락으로 누르려 했다. 하지만 소음은 곧 멈췄다. 어쩌면 애초에 없었는지도 모른다. 나는 다시 선잠이 들었다가 불과 몇 분처럼 느껴지는 시간 뒤에 배고픈 아기의 울음소리를 듣고 잠에서 깼다.

"젬마! 어서요!"

클레어가 다시 불렀다.

"갈게요! 아기 좀 달래고요. 1분만요!"

요람을 돌아봤다. 아기가 다시 눈을 말똥말똥 뜨고 있었다. 짙은 색 커다란 눈과 기다란 속눈썹을 가진 아기였다. 머리카락도 짙은 색이었다. 듬성듬성한 솜털이 아니라 놀랍게도 검고 풍성하고 보드라운 곱슬머리가 이마를 덮고 있었다. 대니의 눈, 대니의 머리카락을 지닌 영락없는 대니의 아들이었다. '닮은꼴 살인자'의 아들. 할아버지와 아버지를 빼다 박은 아기. 아버지가 죽인 네 명의 희생자와 흡사하게 생긴 아기. 내 아이의 눈을 들여다보다가 갑자기 피부 위로 벌레가 기어가는 듯 오싹한 기분을 느꼈다. 나는 전율하다가 다시 돌아서서 현관문과 체인을 확인했다. 심호흡하며 갑자기 빨라진 심장 박동을 겨우 진정시켰다. 괜찮았다. 우리는 안전하고 무사했다. 집 안에는 사람들과 사랑, 웃음이 가득했다. 적어도 오늘은 이곳에 나쁜 일이 생기지 않을 것이다.

다시 내 아기를 보았다. 속눈썹을 다소곳이 내린 채 잠들어 있었다. 요람 손잡이를 잡고 잠시 아이를 지켜봤다. 새근새근 숨을 쉴 때마다 담요가 달싹거렸다. 다시 한번 현관문 쪽을 돌아봤다. 요람을 거실 쪽으로 조심스레 밀고 가 파티에 합류했다.

옮긴이 김효정

역자 김효정은 연세대학교에서 심리학과 영문학을 전공했다. 글밥 아카데미 수료 후 현재 바른번역 소속 번역가로 활동하고 있다. 옮긴 책으로는 『죽음을 보는 재능』, 『스토커』, 『누군가는 알고 있다』, 『최고의 교육은 어떻게 만들어지는가』, 『어떻게 변화를 끌어낼 것인가』, 『철학하는 십대가 세상을 바꾼다』 등이 있다.

퍼펙트 커플

인쇄 2022년 1월 20일 초판 1쇄
저자 재키 캐블러
옮긴이 김효정
ISBN 979-11-90157-41-4 03840

출판사 북플라자
주소 서울특별시 강남구 논현동 118-13 북플라자 타워 5층
홈페이지 www.bookplaza.co.kr

영화 판권, 오탈자 제보 등 기타 문의사항은 book.plaza@hanmail.net으로 보내주세요.
잘못된 책은 구입하신 서점에서 교환해 드립니다.